うたと文献学

久保木哲夫
Kuboki Tetsuo

笠間書院

【口絵1】催馬楽断簡　大垣博氏蔵　4ページ参照

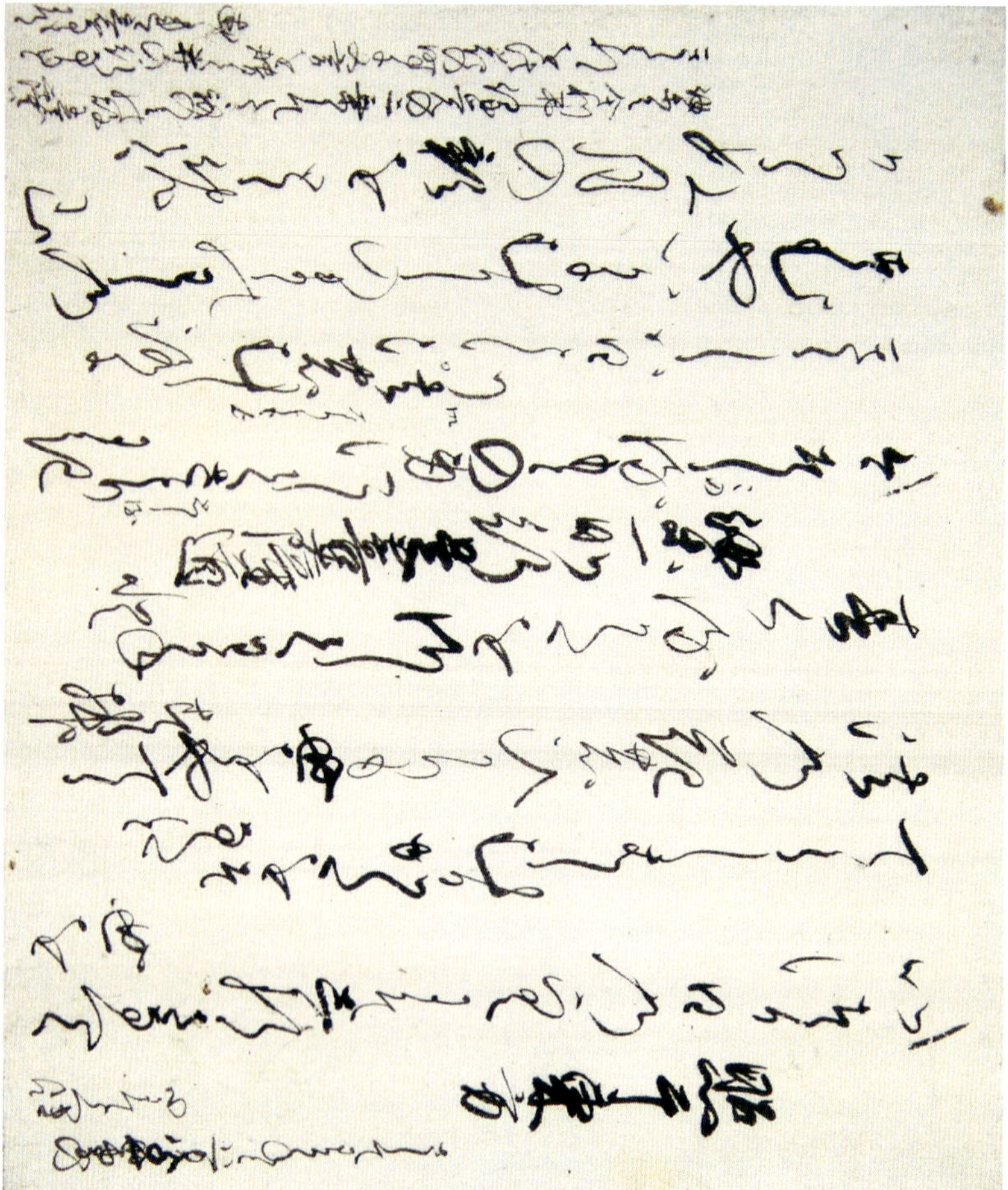

【口絵2】
後奈良院宸筆詠草
文化庁蔵手鑑所収
72ページ参照

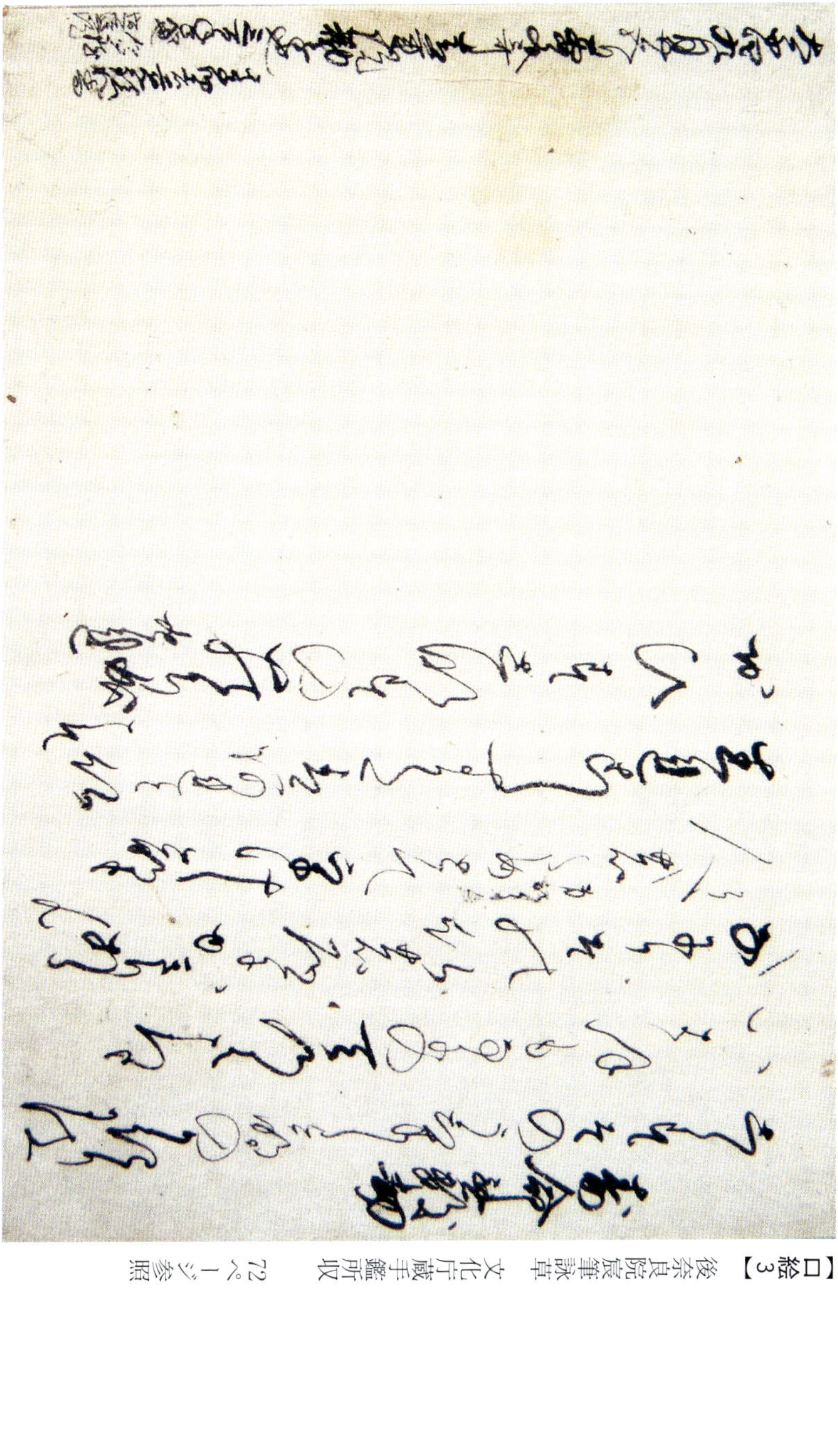

【口絵3】
後奈良院宸筆詠草
文化庁蔵手鑑所収
72ページ参照

【口絵5】具平親王集切（大富切）
久保木秀夫蔵
369ページ参照

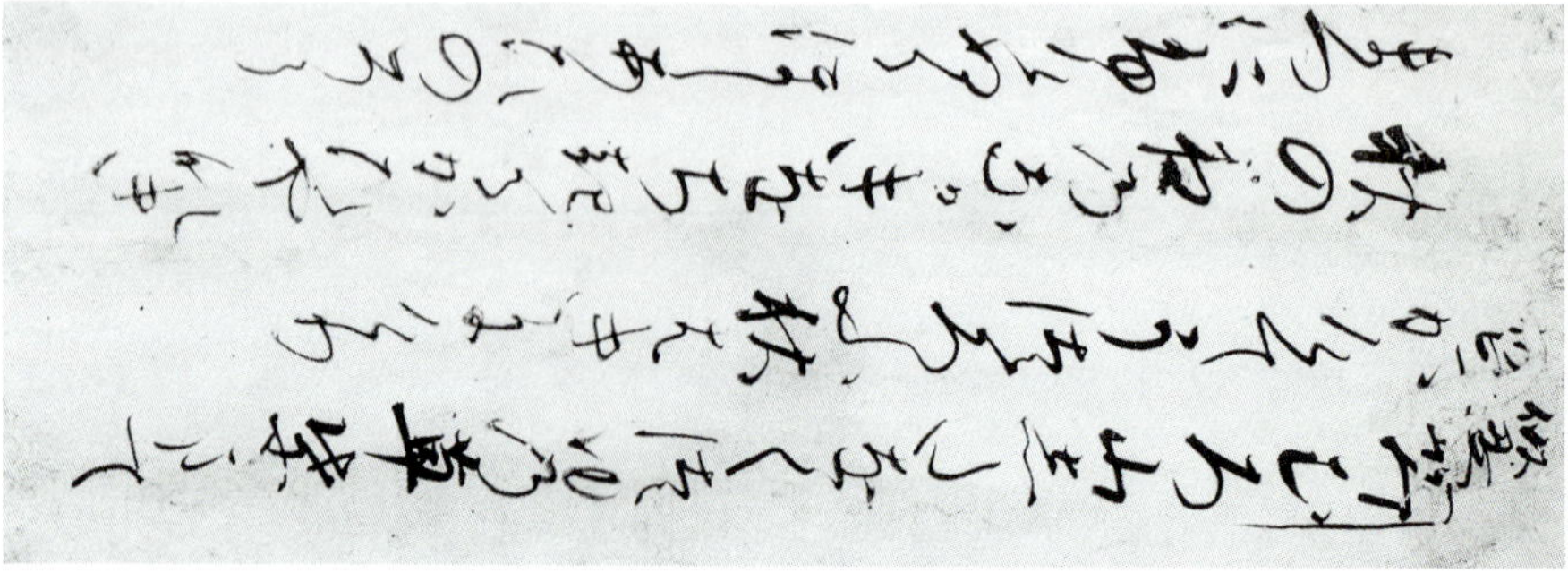

【口絵4】御文庫切
『古筆手鑑大成 藻塩草』（京都国立博物館蔵）より
313ページ参照

うたと文献学●目次

第Ⅰ章　文献学的な方法と問題

第Ⅱ章　歌合と私撰集

第Ⅲ章　私家集と歌人

第Ⅰ章
文献学的な方法と問題

一　古筆断簡の効用

――催馬楽「なにそもそ」と男踏歌――

一

新しい催馬楽の断簡が出現した。東京神田の古美術商萬羽啓吾氏によって発掘されたもので[1]、いわゆる古譜と呼ばれる鍋島家本や天治本など、主要な伝本類には見られない特殊な詞章を持ち、伝本研究の面ではもちろん、『源氏物語』本文の解などにもかかわる、非常に興味深い、貴重な資料である。**【口絵1】**に示したように、それは紙背のある料紙にきわめて怱卒に書かれていて、書写年代はどんなに厳しく見ても鎌倉前期を下らないものと考えられる。料紙は楮紙、縦三〇・一センチメートル、横三九・八センチメートル、ただし上から一五・二、三センチメートルあたりのところに真横に継ぎ目があり、もともとどういう形のものであったかについては後に述べるように問題がある。現在は軸装され、桐箱に納められているが、箱には「寂蓮催馬楽高砂」と記される。また蓋裏には「前田家上々かりおし帖中之もの也」と書かれ、「春」一字の印が押されている。萬羽氏によれば、その印はかつて古美術界に名を馳せた茶人森川如春庵（勘一郎）のものに間違いないという。その如春庵によって記された記述を信ずれば、この断簡は、かつて加賀前田家に蔵せられた「仮押し帖」なる、おそらく本装前の手鑑に押されていたものと考えられる。
断簡の内容は、紙背の裏写りがしていて非常に読みにくいが、一応試読してみると、

なにそもそ
きぬかもわたかもかはかもぬのかも
なにそも
　右詠以雙調為音故加呂哥
　末参入音聲及在座之間
　唱竹河曲罷出音聲唱我家
　曲何曾毛曾次唱此殿之曲
律　商徴羽　変商　変徴
　高沙古
たかさこのさいさゝこのおたかさ
このをのへにたてるしらたまたまつ
はきたまやあなき
　二帖
それもかもさんましもかとましも
かとねりをさみをのみそかけにせん

ということになろうか。後半についてはすでに知られていて、催馬楽の曲としては非常に有名な「高砂」である。紙の継ぎ目の部分は鍋島家本の本文などを参照しながら判読したが、前半部と後半部とでは紙の重なり具合が違っており、後半部にいくほど読みにくいものになっている　たとえば二行目「わたかも」、四行目「雙調」、五行目「参入音聲」のあたりは何とか読めるが、十一行目「をのへにたてる」の「て」、十二行目「たまやあなぎ」の「な」、十四行目「ましもがと」の「ま」、十五行目「さみをの」の「を」などは他本を参照しなければとても読めないであろう。要するに紙継ぎをしたあとに文字を書いたのではなく、文字を書いた紙を一度切り離し、改めて継ぎなおしたとしか考えられないものになっている。

こうした紙の継ぎ方になるためにはどういう場合が想定できるだろうか。実はこの断簡にはつれがあり、現在の所在は寡聞にして知らないが、佐佐木信綱編『古筆凌寒帖』(2)に写真版が収められている。**【図版】**に示したように、やはり紙背のある料紙が用いられていて、同じように上下に分割されている。内容はこれも有名な催馬楽の曲の一つで、通常は「山城」と表記されているものである。

山背
やましろのおしこおまのわぁたりのうり
つくりいしなよやらいしなやさいしなや
うりつくりうりつくりいしはれ(3)
二帖
うりつくりいしわれをほおししといふいかにせん
せんやらいしなや□□しなやいかにせん

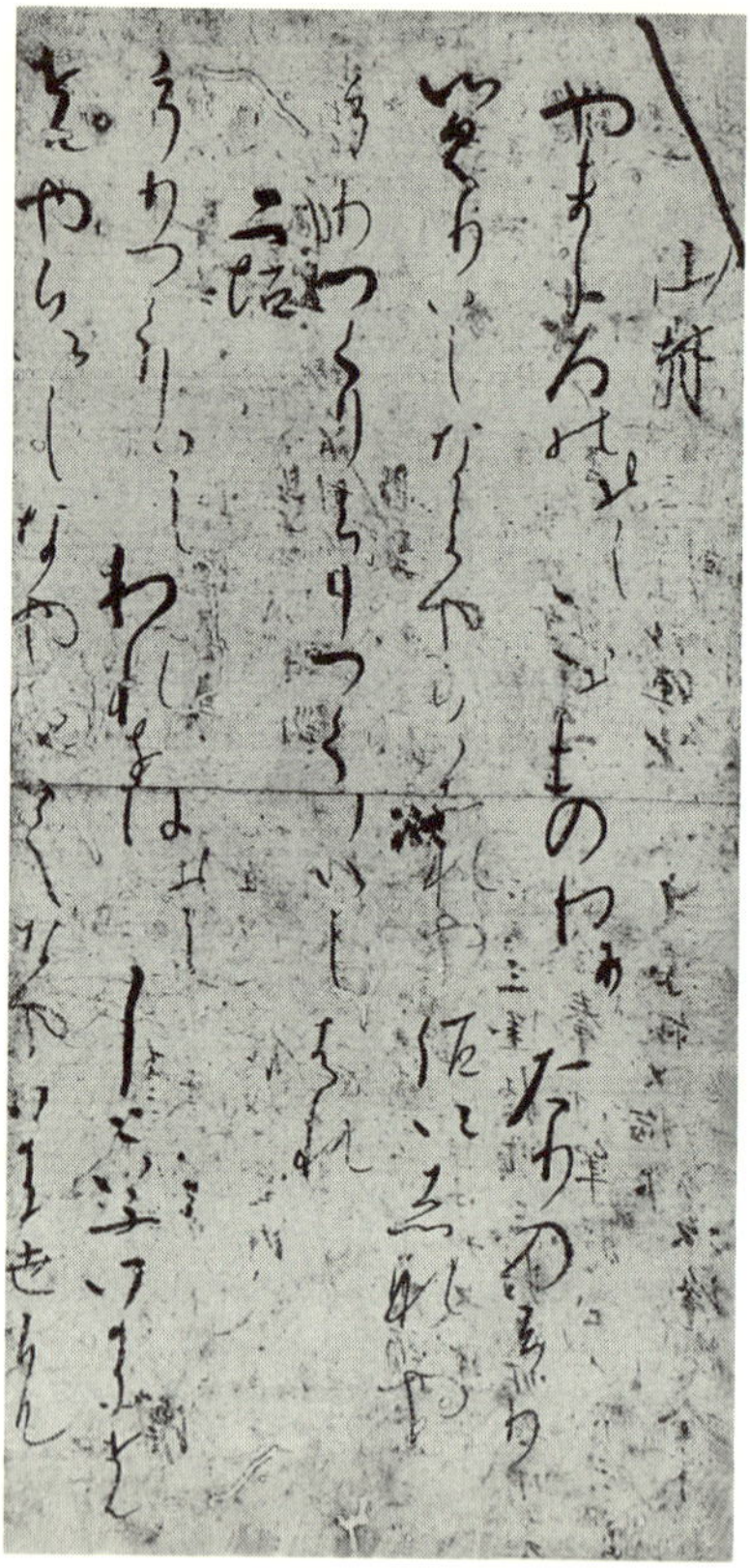

【図版】『古筆凌寒帖』より

ここでも継ぎ目の部分はかなり読みにくい状態になっている。しかもさらに不思議なのは、その紙背のあり方である。紙背文書の内容そのものについては専門家の解明を待つよりほかはないが、おそらく何らかのメモ的なもので、わずかに読み得たものの中には、【口絵1】では「轉法輪」「後夜偈」「諸法」などの文字が、【図版】では、「不動」などの文字が見え、仏法にかかわるものかとは思われる。それが上下に分かれている。ただし上部と下部とでは行が整っていないし、しかも【図版】では上部と下部とで天地が逆にもなっている。文書がさかさまに継ぎ合わされているのである。

紙背を利用したのはおそらく催馬楽本文の方ではなく、文書の方だったのであろう。まず催馬楽を書き、あとでその料紙を細長く横に割いて、紙背を利用し、文書を書いた。その際天地は特に配慮しなかったが、後に文書よりも催馬楽本文の方に価値があることを見出だして、改めてもとに戻した。不思議な裁断の仕方、継ぎ合わされ方は、そのように考えてはじめて納得のいく説明が出来るように思われる。その逆はなかなか説明がつきにくいだろう。

二

ところで問題は「なにそもそ」なる詞章である。はじめはまったくの新出資料かと思われたが、本文そのものは、早く、藤田徳太郎氏によって昭和のはじめに紹介されていた。[4] 彰考館文庫に内題を単に「催馬楽」とする写本があり、従来鍋島家本などでは知ることの出来なかった「長澤」「万木」「鏡山」「高嶋」なる四曲の歌詞がそれには載せられていることを紹介し、さらに、

> 此の寫本には、呂歌の終に、踏歌詠と題して、朝野群載にも出でた踏歌章曲の男踏歌の歌詞を載せ、その次に、
>
> なにそもそ、なにそもそ、
> きぬかも、わたかも、ぜにかも、ぬのかも、なにそもそ
>
> と云ふ句を掲げて、註して曰く、「右詠以二雙調一為レ音、故加二呂歌末一。参入音聲及在レ座之間唱二竹河曲一、罷出音聲唱二我家、何曾毛曾一、次唱二此殿三曲一」とある。

と述べられたのである。本文に多少の異同は認められるが、注の部分を含めて、基本的には当断簡とまったく同じものと見てよいであろう。

彰考館本は、催馬楽本文二点と「三五中録　巻二」との計三点よりなる合綴本である。函架番号は「午五」。

筆跡は三点それぞれに異なるが、催馬楽二点のうち一点は明らかに天治本の写しで、他の一点が問題の本文ということになる。該本はいわゆる万葉仮名表記ではなく、催馬楽本文としては珍しく平仮名表記である。最後の「三五中録」の末尾に、

右三五中録第二巻以伶人東儀出雲守本写之
天和元年辛酉冬十一月

との奥書があり、筆跡その他からして「三五中録」だけのものとこれは考えられるが、他の二点も含めてすべて近世の写であることは間違いない。

従来知られていた催馬楽の曲は、鍋島家本や天治本など、信ずべき伝本によれば、律二十五曲、呂三十六曲（藤田氏論文や、臼田甚五郎氏による古典文学全集本『催馬楽』解説では、「呂二十五曲、律三十六曲」とするが、逆である）、計六十一曲であった。ところがこの彰考館蔵平仮名本では、「呂」として、

吾駒　澤田河　最貴　梅枝　桜人　美濃山　石河　葦垣　葛木
山背　真金吹　紀伊国　本滋　美作　藤生野　婦吾　鈴鹿河　奥山
婦門　白馬　浅緑　筵田　御馬草　酒飲　竹河　河口　此殿
酒屋　倉垣　鷹山　吾家　田中井戸　無力蟇　総角　大宮　長沢
万木　鏡山　高嶋

の三十九曲が、「律」として、

高沙古　東屋　貫河　夏引　青柳　伊勢海　庭生　走井　飛鳥井　大道

の十曲が、そして両者の中間に、例の「踏歌詠」二曲、

万春楽　なにそもそ

が記される。傍線を施した四曲が従来知られていなかった曲ということになる。問題は「踏歌詠」とそれにつづく「律」の部分である。いわゆる百拍子や延音表記など、小文字によるこまかな注記類は省略して、大筋の本文のみを掲げると次のとおりになる。

踏歌詠
万春楽　万春楽
我皇延祚　億千齢　万春楽
元正慶序　年光麗　万春楽
延暦休期　帝化昌　万春楽
百辟陪筵　華幄内　天人感
千般作業　紫宸場　万春楽
我皇延祚　億千齢　万春楽
仁霑湛露　帰依徳　万春楽
日暖春天　作載陽　万春楽
願以嘉辰　常楽事　天人感
千々億歳　奉明王　万春楽
万春楽　々々々

なにそもそ　なにそもそ

きぬかもわたかもせにかもぬのかも
なにそもそ
右詠以雙調為音故加呂哥末参入
音聲及在座之間唱竹河曲罷出音
聲唱我家曲何曾毛曾次唱此殿三
曲

律　商　平調　乞食調　徵　性調　黄鐘調　羽　盤涉調　同調
変商　上無調　変徵　下無調

高沙古
たかさこのさいさゝこの
たかさこのをのへにたゝ
るしらたまたまつはきたまや
あなき
二帖
それもかもさもましもかと
ましもかとねりをさみを
のみそかけにせんたまやあ

なき
　三帖
なにしかもさなにしか
もなにしかもこころうま
たいけんゆりはなのさゆりは
あなの
　四帖
けさゝいたるはつはなのあはま
しものをさゆりはあなの

「なにそもそ」から「高沙古」の途中まで、断簡本文とこの彰考館本文とを比較すると、こまかな部分はともかく、前述したように内容は基本的にほとんど一致する。『古筆凌寒帖』所載の「山背」の部分も同様である。ただし翻刻では省略したが、彰考館本には断簡本文には見られない百拍子や延音表記など、唱い方にかかわるこまかな注記がたくさん見出だされる。たとえば「きぬかも」の箇所は、「き《百》ぃぬかもわ《百》たかもぉゝ」、「たかさこの」の箇所は、「た《百》かさこぉゝぉゝの《百》ぉぉぉ」といった類である。それに対して本文部分の異同はきわめて少ない。多少問題になるかと思われるところは「なにそもそ」の第三句「かはかも」が「せにかも」となっている箇所であろうか。ここは断簡本文でも裏写りがはげしく、読みに関しては非常に問題の多いところで、一見して「よはかも」、あるいは「よむかも」「よにかも」などとも読めるところである。しかし「よ」と読めるところの第一画「、」は、実は紙背文書中の文字の一部で、「礼」の第四画の「、」である。「よはかも」でも「よむかも」でも、また「よにかも」でも意味は通じまい。彰考館本では「世にかも」となっていて、「世」は他の箇所では「せ」の変体仮名としても用いられている例があるから、ここも「ぜにかも」と読むのだろうというわけだが、

絹かも　綿かも　……　布かも　何ぞもぞ

という前後の詞章からも、どういう語がその間に入るのが意味的に最も適当か、ということも考える必要はあるだろう「絹、綿」とあり、「布」とあったら、やはり一般的には衣類に関するもの、と考えるのが穏当なのではないか。『源氏物語』末摘花巻に、

黒貂の皮ならぬ、絹、綾、綿など、老い人どもの着るべきもののたぐひ、かの翁のためまで上下思しやりて奉りたまふ。

という場面がある。源氏が末摘花に同情し、生活上の援助をするのだが、ここでは「老い人どもの着るべきもののたぐひ」として「黒貂の皮ならぬ、絹、綾、綿など」が贈られる。「黒貂の皮」とは末摘花が着ていた古めかしい上着を踏まえていて、やや皮肉を効かせたユーモラスな表現ということになろうが、「皮」が、「絹、綾、綿」などと同列に扱われている。もっとも『竹取物語』の龍の頸の玉の条には、大納言大伴御行が、これから出発しようとする家来の「をのこども」に対し、「絹、綿、ぜに」を贈る場面がある。

この人々の道の糧、食ひ物に、殿の内の絹、綿、ぜになど、ある限り取り出でて添へてつかはす。

旅の必需品だけではなく、いわば貴重品を贈るという意味合いがここにはあろう。龍の頸の玉を取りに行くという無謀な計画に尻込みする「をのこども」に対してとった、大納言の一種の配慮であり、対応である。困難な仕事に向かう者たちに対して彼なりの誠意が示せればいいのであって、「絹、綿」と「ぜに」そのものの間に格別の共通項があるわけではない。「なにぞもぞ」という疑問詞に対応するものとしても、まったく紛れようもない「ぜに」より、「皮」の方がふさわしいように思われる。ここはむしろ断簡本文が彰考館本の遠い祖本で、「か

はかも」の箇所を「よにかも」と読み誤り、「世にかも」と表記したところから生じた混乱と考えられないだろうか。彰考館本本文の漢文注記部分「此殿三曲」、また「高沙古」における「をのへにたゝる」は、それぞれ「此殿之曲」あるいは「をのへにたてる」が正しいかと思われるが、確かにうっかりすれば断簡本文でも「此殿三曲」「をのへにたゝる」と読めてしまう。断簡本文は紙背に文書が書かれた後、一旦復元され、改めて断簡となる過程を辿るのではないかとさきに考えたが、その断簡となる前の本文を写したものを、彰考館本本文は祖としているのではないだろうか。彰考館本本文は現存催馬楽としてはいわば孤本で、しかも近世の写。従来はややもするとその扱いには慎重さが求められる傾向にあった。日本古典文学大系『古代歌謡集』の解説で、小西甚一氏が、藤田氏発見の彰考館蔵「催馬楽」にのみ見える四首を、

　ほかの文献にまったく見えない歌詞が突然この写本にだけ出てくることも不審なので、どこまで信用してよいかわからないけれど、

と一応の懸念を示しながら紹介されているのはその典型的な例であろう。まったく同系の古写本の断簡が現われたことで、そうした懸念はここに完全に払拭されることになる。

三

「踏歌詠」として掲げられた「万春楽」と「なにぞもぞ」は、当該本文の解説によれば「雙調」であり、故に「呂哥末」に加えるとする。以下、「参入音聲」及び「在座之間」に「竹河」を唱い、「罷出音聲」の際に「我家」と「何ぞもぞ」を、次いで「此殿」を唱う。おそらく「踏歌」の際における宮中での進行に関する記述なのであろう。『西宮記』巻三にも、

　蔵人・当夜歌人候二右近陣一。出御。王卿依レ召参上。内蔵寮賜二王卿酒肴一。御厨子所供二御料一。歌人於二南殿

西一発二調子一、入レ自二仙華門一列二立東庭一。踏歌周旋三度、列二立御前一、言吹。奏二祝詞一畢、喚二嚢持一。嚢持唯進、計レ綿奏二絹鴨一。次奏二此殿曲一、着レ座。王卿以下下レ殿勧盃。三四巡後、吹二調子一、唱二竹河曲一、即起レ座。列立如レ前。歌曲唱後、舞人已上雙雙舞、進レ半上二東面南階一。内侍二人分二被綿一、且舞且還。弾二和琴一者已下、男蔵人伝三取自二御簾中一、於二庭中一被レ之。奏二我家曲一、退出。自二北廊戸一向二所々一。暁帰二参御座一、如レ初。歌頭以下座給二庭中一。御出歌人、依レ召参入着レ座、給二酒饌一。此間、奏二管絃一数巡。畢禄有レ差。

とある（多くの割注があるが、省略）。やはり踏歌に関する記述の部分だが、傍線の箇所が催馬楽の曲名の記されているところである。

天皇が出御して、王卿が参上。酒肴を賜わって後、東庭に列立する。踏歌周旋を三度し、祝詞を奏し畢えると、嚢持が綿を計えて「絹鴨」を奏する。次に「此殿」を奏して着座。王卿以下が勧盃して三四巡後、今度は「竹河」を奏し、唱い終わると舞人が舞い、内侍が綿を分け与えて被ける。和琴を弾く者が「我家」を奏して、退出する。

その後、一行は宮中から外に出るようだが、藤田氏は、ここにいう「絹鴨」と、例の「なにぞもぞ」とは同じものとされる。「きぬかも　わたかも　かはかも……」の冒頭であろうから、間違いないであろう。藤田氏は触れられていないが、『花鳥余情』巻十三、初音の条にも（『孟津抄』『岷江入楚』などにも同様の記述がある）、

かづけ綿は、内蔵寮よりこれをたてまつるを、内侍・蔵人等東階の上に匣に綿を入て持ち向かへば、歌頭以下、舞童以上、双々に舞すゝみて階をのぼりて、かの綿を給ふなり。琴弾き以下のかづけ綿は、六位の蔵人簾中よりとりつたへて、庭中にしてこれをかづくるなり。これよりさきに、又机に綿を積みてをきたるを、袋持すゝみよりて、一十百千万と綿をかずへて、袋に入て、になひて、きぬかもといふ歌をうたひてまかづ

るよし見えたり。今の世に絶えて久しき事なれば、確かなる事は知れる人なし。新儀式、西宮、延喜の御記などにのせられたる事を、大かたしるし侍るばかりなり。

とあり、この「きぬかも」も当然ながら「なにぞもぞ」と同じものであろう。「一十百千万」と綿を数えて、袋に入れ、荷って、唱いながら退出したという。ただし『花鳥余情』の書かれた一条兼良の時代に、すでに「今の世に絶えて久しき事なれば、確かなる事は知れる人なし」という状態であった。行事の内容についての言辞ではあろうが、「きぬかもといふ歌」という記述のあり方からしても、やはり曲そのものも、当時すでに奏されることなく、歌詞なども一般的には知られていなかったと考えていいのではないか。何はともあれ、これらの記述から、踏歌では「竹河」「我家」「此殿」などとともに、「なにぞもぞ（絹かも）」もかなり重要で、なくてはならない曲であったことがわかる。断簡には特に記されていないが、「かづけ綿」の風習もやはり行事の重要な一部であったのであろう。

なお踏歌には周知のように男踏歌と女踏歌とがあった。(5)『西宮記』には右の記述を正月十四日夜の行事として記すが、十六日の項には別に「女踏歌」の記述があるから、当然これは男踏歌のこととなろう。さきの『花鳥余情』の注記の対象となった『源氏物語』初音巻には、

今年は男踏歌あり。内裏より朱雀院に参りて、次にこの院に参る、道のほど遠くて、夜明け方になりにけり。(中略)夜もやうやう明けゆけば、水駅にて事そがせたまふべきを、(中略)ほのぼのと明けゆくに、雪やや散りてそぞろ寒きに、「竹河」うたひてかよれる姿、なつかしき声々の、絵にも描きとどめがたからむこそ口惜しけれ。(中略)例の綿かづきわたりてまかでぬ。

とあり、真木柱巻にも、

朱雀院より帰り参りて、春宮の御方々めぐるほどに夜明けぬ。ほのぼのとをかしき朝ぼらけに、いたく酔ひ

乱れたるさまして、「竹河」うたひけるほどを見れば、

とあって、物語におけるものであるが、男踏歌についての比較的くわしい描写がある。それによると、一行は宮中での行事が終った後、外に出て、貴顕の邸宅などで踏歌を行い、夜通し歩きまわったらしい。途中には「水駅」などがあり、飲食をふるまわれて、ひどく酔い乱れ、「竹河」なども唱ったりした。夜がほのぼのと明けるころ、宮中に帰参し、再び酒饌や管絃のことがあり、禄を賜わった。やはり綿をかずけられるのが男踏歌の例だったようである。

四

ところで『源氏物語』竹河巻は、東屋、梅枝、総角巻などと同じように、催馬楽の曲名を巻名とし、内容的にも催馬楽の「竹河」そのものと深くかかわっている巻である。鬚黒大臣亡きあと、未亡人になった玉鬘とその子女たちのことがそこでは語られているが、大君と、大君に熱烈な恋慕の情を抱く夕霧の子息蔵人少将、そのライバル役にここではなっている薫、結局は母玉鬘の裁断によって大君を手に入れることになる冷泉院などが主たる登場人物である。

大君が院のもとに参上する直前の正月二十日過ぎ、薫は玉鬘邸を訪ね、いまだに大君を忘れられない蔵人少将とそこで一緒になる。たまたま管弦の遊びをしているところで、彼らも請われて和琴を弾き、催馬楽を唱うことになる。

少将も、声いとおもしろうて、「さき草」うたふ。さかしら心つきてうち過ぐしたる人もまじらねば、おのづから互みにもよほされて遊びたまふに、主の侍従は、故大臣に似たてまつりたまへるにや、かやうの方はおくれて、盃をのみすすむれば、「ことぶきをだにせむや」とはづかしめられて、「竹河」を同じ声に出だし

て、まだ若けれどをかしううたふ。簾の内よりかはらけさし出づ。「酔ひのすすみては、忍ぶることもつつまれず、ひが事するわざとこそ聞きはべれ。いかにもてないたまふぞ」ととみにうけひかず小袿重なりたる細長の人香なつかしう染みたるを、とりあへたるままにかづけたまふ。「何ぞもぞ」などさうどきて、侍従は主の君にうちかづけて去ぬ。ひきとどめてかづくれど、「水駅にて夜更けにけり」とて逃げにけり。

「少将」は蔵人少将、「侍従」は薫。ただし「侍従」にはもう一人いて、玉鬘の子息が「主の侍従」あるいは「主の君」と呼ばれている。「故大臣」はその「主の侍従」の父、故鬚黒大臣のことである。唱われる催馬楽は「さき草」と「竹河」。「さき草」は「この殿は　むべも　むべも富みけり　さき草の……」という詞章を持つもので、一般には「此殿」の名で名高い。

若い薫はいわばまじめ人間である。玉鬘から以前「まめ人」と評され、何とかそれを打消したい気待ちもあって、玉鬘邸に出かける。しかし簡単にはやはりうまくいかない。請われた和琴は何とか弾いたものの、少将や主の侍従が「此殿」や「竹河」を唱ったあと、差し出された盃もすぐには受けられない。小袿を重ねた細長を玉鬘からかずけられると、「何ぞもぞ」とうろたえ、半ば冗談めかして、主の侍従からひきとどめられても、「水駅にて夜更けにけり」と言って逃げ帰る。

踏歌の時期も過ぎた正月の二十日過ぎのことではあるし、そもそもこの年は男踏歌のない年でもある。しかしすべてがここでは男踏歌仕立てで事が進んでいる。少将たちは「此殿」や「竹河」を唱う。薫も「水駅にて……」を逃げ口上として用いる。当然ながら「何ぞもぞ」もその一環として考えるべきだったのだろう。つい最近まで、しかしそれは単なる応答の語としてしか解されていなかった。たとえば古注では、

細長を源侍従の君の纏頭にいだしたるを、これはなにぞもぞとて、あるじの侍従にうちかけていそぎ出たるなり（花鳥余情）

何事ぞ、つきなし、おもひもかけずといひてきぬを辞したる也（細流抄）

などが一般的で、特に問題意識らしいものは持っていない。もっとも僅かだが、催馬楽に触れているものもないわけではない。たとえば『弄花抄』（『萬水一路』も）は、『細流抄』の注につけ加えて、

わかくてはづかしがる心。なにぞもぞ、高砂の歌にあるか。

と言い、『一葉抄』では、

踏歌の時の詞也。竹川につきて云る詞也云々。猶可尋。心はなにぞなどたはぶるゝよし也。

と言う。残念ながら「高砂」や「竹河」には直接の関係はないが、前後の状況を踏まえた解としては評価できるだろう。近代の注でも、『対校』の、

これは何といふかづけ物ぞ。思ひがけないかづけ物で驚いたのである。

が一般的で、『大系』もほぼ同じ。『評釈』は全体として踏歌を下敷にしているとの説明はあるが、該当箇所は単に「これは何のつもりです」と口語訳しているのみである。

それを大きく前進させたのが『全集』である。

催馬楽の曲名で洒落を言った。「踏歌には我家・此殿・万春楽・何ぞもぞ、この催馬楽四つを謡ひ候」（定家自筆本奥入付箋）。

とはじめて催馬楽の曲名であることを、「奥入」の注を引いて指摘した。『集成』はそれを受け、

これはどういうおつもりでしょう、『奥入』に引く多久行の説に「すべてたうかには、わがいへ、このとの、ばんすらく、なにぞもぞ、このさいばら四をうたひ候」とある。このあたり、男踏歌仕立ての洒落。ただし「なにぞもぞ」については不明。

とする。ただし最も新しい『新大系』では、

「なにぞもぞ」は男踏歌で歌われる催馬楽の曲名ともいう。
とやや消極的な注にとどめる。

定家自筆本「奥入」に引く多久行の説とは、付箋として貼られているもので、

一　踏哥曲
　万春楽のことは
　はんすらく二反
　くわうえんそう　◯　おく
　せんねん　◯二反
　くゐんせいくゐうくゐ
　ねんくわうれい　◯二反
催馬楽不可然事歟不入名家目六
これはさいはらにて候
いつれの人々つたへさせ給
はす多氏はかりにはつ
たへて候
すへてたうかには
わかいへ　◯　このとの
はんすらく　◯　なにそもそ
このさいはら四をうたひ
候これみなれうにて候也

とあるものである。多久行は定家と同時代の楽人らしく、(6) この付箋については「奥入」の成立の問題ともからめられ、これまでにさまざまに論じられてきた。(7) ここで問題になるのは『大系』や『集成』で取り扱われている「すべてたうかには、わがいへ、このとの、ばんすらく、なにぞもぞ、このさいばら四をうたひ候」の部分である。「竹河」が入っていない理由は不明だが、いずれもこれまで見てきたとおり踏歌に関係の深いものばかり四曲が挙げられている。また冒頭の「万春楽のことば」は一見意味不明だが、彰考館本に載る「踏歌詠」のひとつ、

万春楽　万春楽
我皇延祚　億千齢　万春楽
元正慶序　年光麗　万春楽（以下略）

が、字音で、いわば音読されたものがもとになっているのではなかろうか。この「万春楽」は『朝野群載』巻二十一にも「踏歌章曲」として載るものだが、多久行はそれを「これはさいばらにて候」と言い、傍らには明らかに定家の筆跡で、「催馬楽不レ可レ然事歟。不レ入ニ名家目六一」なる書き込みがある。「万春楽」は、そしておそらく「何ぞもぞ」の曲も、定家の時代にはすでに一般的な目録類にはなく、催馬楽としては認められない状態になっていたのではないか。もしかしたら久行自身、その「万春楽のことば」を、「ばんすらく　ばんすらく　くわうえんそう　おくせんねん……」と口伝えでおぼえていただけで、原典がどのようなものであったかを知らなかった可能性さえあろう。竹河巻における薫の行動が、実は細長を「かづけ綿」に見立てて、「何ぞもぞ、絹かも、綿かも……」と言いながら退出して行ったものであって、やはりこれも男踏歌を下敷にした一種の諧謔だったのだが、後世その意味がわからなくなっていった。かなり早い時代からそうした状況が生み出されていたらしいし、それも無理はないと思うが、近代の注釈書類がせっかくの藤田氏のご研究を活かしきっていなかったこともまた事実である。

従来ごく一部にしか知られていなかった催馬楽の存在、しかも男踏歌専用かと思われる催馬楽、それをめぐっての男踏歌のあり方、また『源氏物語』の本文理解など、以上を通して多少なりとも明らかになった点があるかと思われるが、近世の写本である孤本の価値を、一片の断簡が気づかせ、確認させてもくれた、その功績はきわめて大きい。断簡の持つ意味の大きさを改めて思うべきであるが、彰考館本本文そのものの研究ももちろん重要であろう。いくつかの曲に施されている注やその意味等についてはすでに藤田氏(8)や臼田氏(9)も触れられてはいるが、収録されている曲について、たとえば他本との比較、本文異同、呂、律の分類の違いといった、きわめて基本的な問題をはじめ、全体的、総合的な検討はまだほとんど手つかずの状態である。当然ながらこれを機会に本格的な研究が必要になってくるはずだと思われる。

(1) 現在は大垣博氏蔵。
(2) 佐佐木信綱『古筆淩寒帖』竹柏会　昭和32
(3) 小文字で記されている「おし」「いし」などは、図版ではそうとしか読めないように思われるが、内容的にはいわゆる延音表記の「おゝゝ」「いゝゝ」の方が適当かと思われ、あるいはそう読むべきところなのかもしれない。
(4) 藤田徳太郎『古代歌謡の研究』有精堂出版　三版　昭和52（初版は昭9）
なおその後、右を引用して「なにそもそ」の詞章そのものを紹介している論はそう多くはないが、管見に入った文献には次のようなものがある。
臼田甚五郎「日本に於ける踏歌の展開」『神道と文学』所収　白帝社　昭和16
植田恭代「催馬楽『竹河』と薫の恋」日本文学　39号　平成2・9
中田武司『踏歌節会研究と資料』所収　おうふう　平成8

（5）踏歌に関して参照した文献は次の通り。
臼田甚五郎　注4に同じ。
山中裕『平安朝の年中行事』塙書房　昭和47
森田悌・井上和久「踏歌について」金沢大学教育学部紀要（人文科学・社会科学編42）平成5・2
中田武司　注4に同じ。
（6）磯水絵「『源氏物語奥入』に見える楽人、多久行について」『徳江元正退職記念鎌倉室町文学論纂』所収　三弥井書店　平成14・5
（7）たとえば次のようなものがある。
池田亀鑑『源氏物語大成』巻七　中央公論社　昭和31
待井新一「源氏物語奥入成立考」国語と国文学　昭和35・2
今井源衛「源氏物語奥入の成立について」語文研究　昭和35・9
待井新一「『源氏物語』と『奥入』―二つの提案をめぐって―」『和歌文学新論』所収　明治書院　昭和57
なお定家自筆本「奥入」については、『日本古典文学影印叢刊　19』（池田利夫解説　日本古典文学会　昭和60）に影印刊行されている。
（8）注4に同じ。
（9）臼田甚五郎「催馬楽の成立に関する一面」國文學論究　七　昭和13・3

二　誤写と本文の整定

――『出羽弁集』の場合――

一

『堤中納言物語』の伝本にはいわゆる善本と呼べるものがない。本文は非常に誤脱が多く、校訂をしようにも現存するものはいずれも江戸時代以降の写本ばかりなので、特に有効な方法が見当たらない。注釈にあたっては細部になるほど困難を極めることになる。そうした中、山岸徳平氏は、かつてその著『堤中納言物語評解』[1]において思い切った誤写説を全編に採用された。「復元的批判」と氏はそれを称される。具体的には次のような方法である。

> 仮字書体と、その転移の事情とを、古筆や古写本の文字などから帰納し、誤写と思われるものは、改め正して（整定する）

という方法で、一種の経験則からの推定による復元法である。たとえば題名の「はなだの女御」は、もともと「花〻の女こ」であったのだが、オドリ字の「〻」は「た」の変体仮名と見間違いやすく、「女こ」も「をんなご」と読むべきを、「女御」と誤って理解し、後世に伝えたために意味の通らない題になってしまったのであろう、とする。

また「このついで」の章段中に見える「人に忍ぶにやとみえはべりし」の「みえ」の部分も、もとは「そミ」とあったのであろうが、「みえ」と見誤りやすく、現行本文のように「人に忍ぶにやとみえはべりし」となったもので、本来「人に忍ぶにやとぞみはべりし」でないと意味が通じないだろう、といった具合である。全編この調子で押し通す。

もちろんこうした方法には賛否両論があるだろう。写本に誤写はつきものだし、いわゆる「復元的批判」の有効性は十分に認められるものの、これだけ思い切った誤写説の採用に対しては、やはりなにがしかの抵抗感を抱かずにはいられないからである。推測はどこまでいっても推測であるし、それは蓋然性、ないしは可能性の範囲を出るものではない。行き過ぎ、との批判も無論あろう。ある意味では文献学の泰斗として自他共に認める山岸氏だからこそ許される方法でもあって、一般にはなかなか認められるものではないように思われる。

二

今回誤写の問題を考えるにあたって、特に対象とするのは『出羽弁集』である。これまで諸伝本中最善本とされ、各種本文の底本として用いられてきた宮内庁書陵部蔵（五〇一・一三八）本は、実は新たに見出だされた冷泉家時雨亭文庫本（『平安私家集二』所収）の忠実な写しであることが判明した。一部に「む」が「ん」になっているような表記の違いがあったり、重ね書きや訂正されている箇所がはじめから訂正済みの本文になっていたり、意味不明の箇所や読めない箇所に「如本」とか「不見」などとあったりする違いはあるものの、改丁、改行、字配り等、書陵部本はすべて基本的には冷泉家本に一致する。書陵部本では丁の変わり目にあったために詞書の中に埋没した形になっていた「おもひつる」の歌も（旧『私家集大成』では歌として認めていない。『新編国歌大観』や『新編私家集大成』では69番)、やはり冷泉家本でもまったく同じ形をとっている。

それほど丁寧な臨写本であるが、両者をこまかに見ていくと、なお問題がある。冷泉家本はいわゆる伝西行筆本で、名筆とされる『一条摂政御集』などと同筆であるが、非常に怱卒に書かれており、特異な筆跡でもあって、はなはだ読みにくい。むしろ臨写本である書陵部本がたまたま傍らにあるから、われわれはそれに助けられて読むことが出来るのであって、冷泉家本単独だったらかなり難渋するだろう。

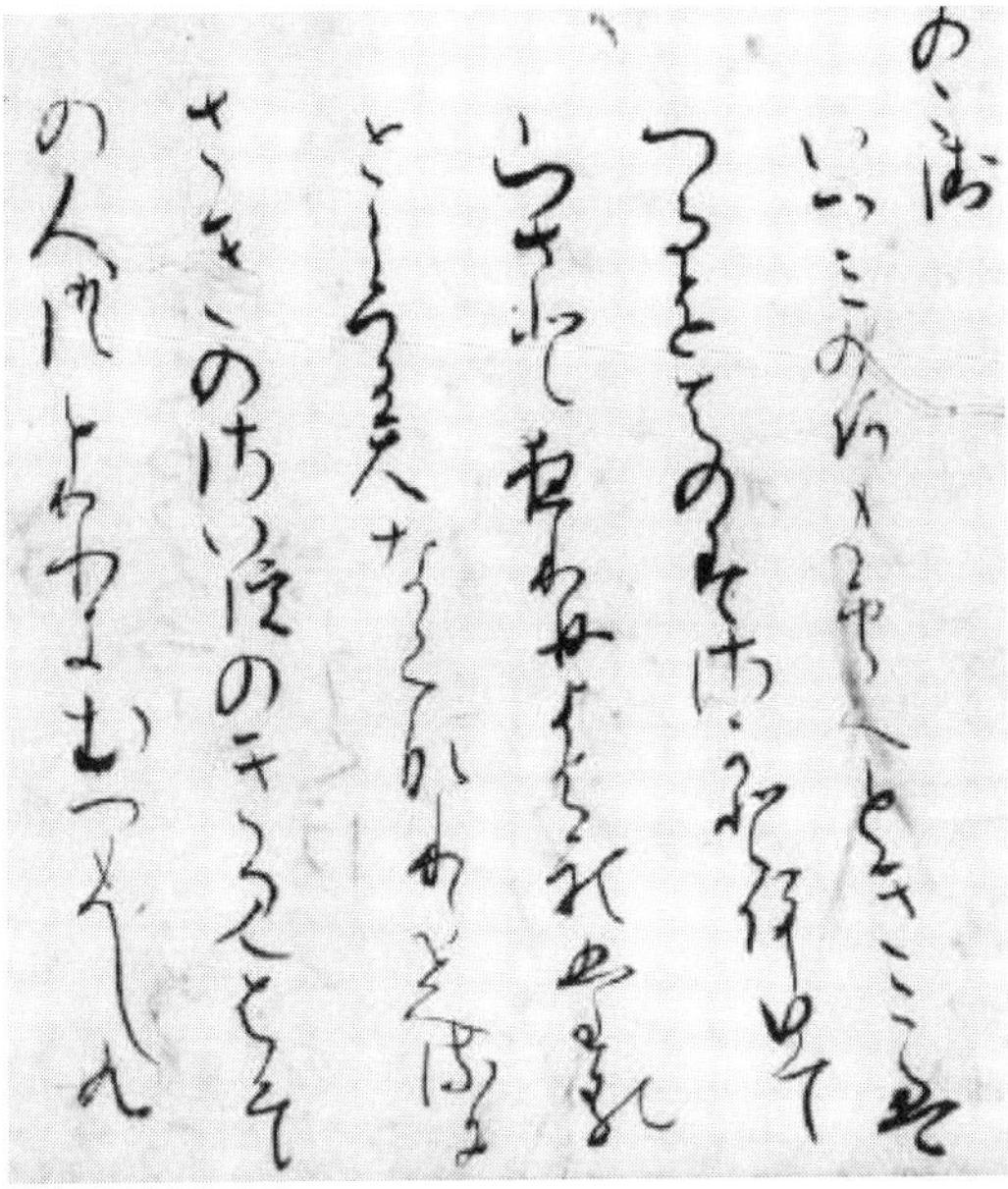
【図版1】 冷泉家本

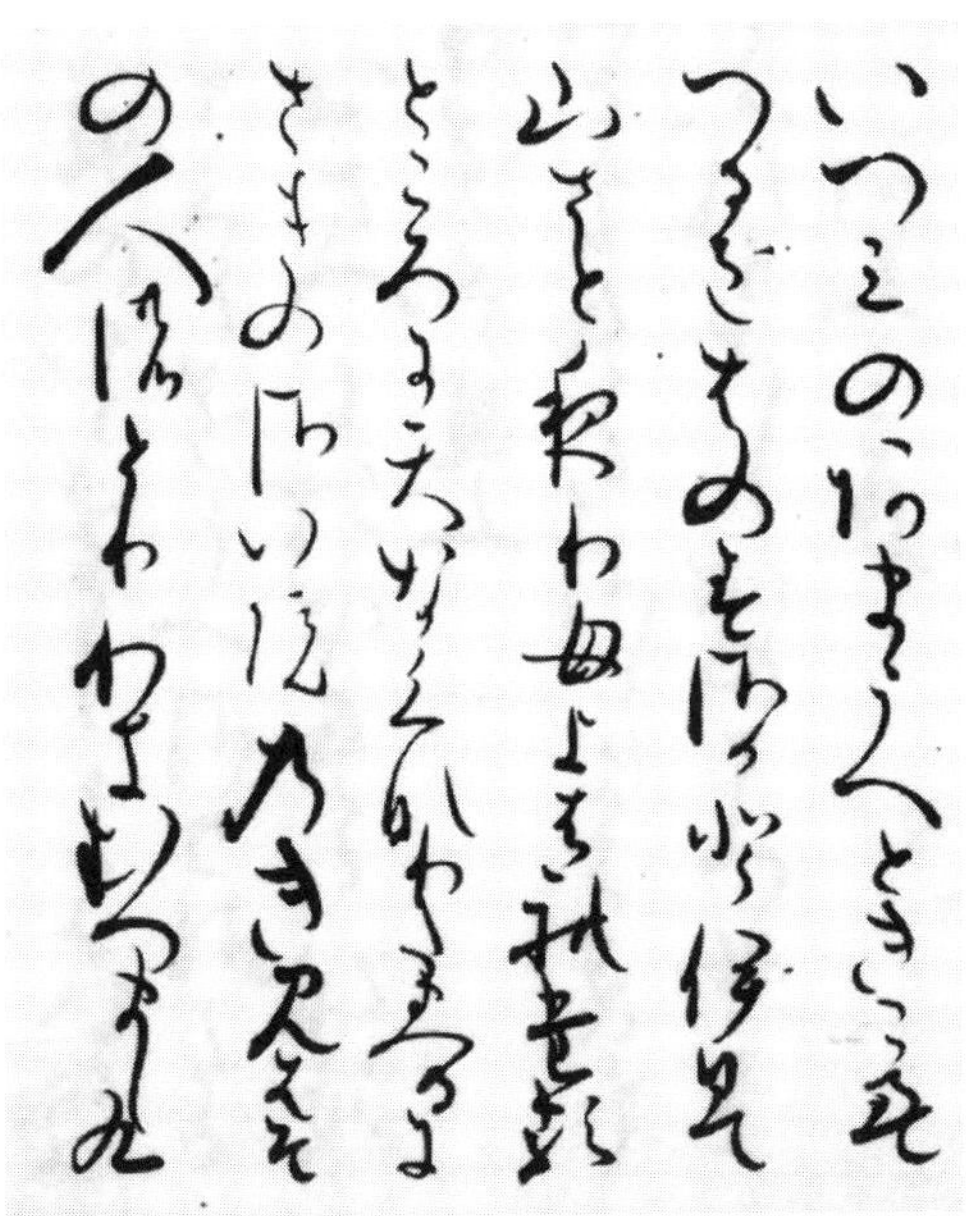
書陵部本

たとえば【図版1】は18番歌の詞書で、上段が冷泉家本（朝日新聞社刊『冷泉家時雨亭叢書　平安私家集二』による。以下同じ）、下段が書陵部本であるが、冷泉家本だけだったら完全に読み通せるかどうか、私には心もとない。特に一行目「いつみのあまうへ」の「う」、二行目「すさかといひて」の「い」、四行目「なくなりたまへるに」の「たまへ」、末行「人の」の「の」などはお手上げである。

しかし、にもかかわらず、その書陵部本にも完全な読み違いと思われるものがある。

次の【図版2】は42・43番歌で、出羽弁と丹後内侍とのやりとりだが、下段の書陵部本では、

42　春ことにはなのしるへとなる君はゝかなゝからもあはれちきりや
　　ないしの御しるへにてたひ〳〵になりぬるかかなしきことなといひて
　　ないし

43　春ことに花たよりせは我にきみなけのあはれもかけすやあらまし

と読める。ここは37番歌から50番歌まで、女房達が花見に出かけた際に詠み合った一連の歌の中の一節で、「ひととせも見し桜本の桜」が「まだ散り残りてや」（37番詞書）と、丹後内侍の道案内で遅い花見に出かけた一行が、途中、手入れのされていない田や、もうあでやかに咲き始めている桃の花を歌に詠み合いながら、ともかくも目的地へと急ぐ。「ないしの御しるべにてたびたびになりぬるが」というのは、先年見に行った折もやはり丹後内侍を道案内に頼んだからである。同じ37番の詞書に「例の丹後内侍をしるべにしきこえて出で立つに」とある。そうするとここは丹後内侍に対して感謝の気持ちをこそ述べて然るべきだと思われるのに、「たびたびになりぬるがかなしきこと」とあるのは合点がいかない。この箇所、群書類従本や彰考館文庫本では「うれしきこと」とあり、それなら納得がいくし、上段の冷泉家本でも気をつけてみると確かにそう読めるのではないか。

【図版2】冷泉家本

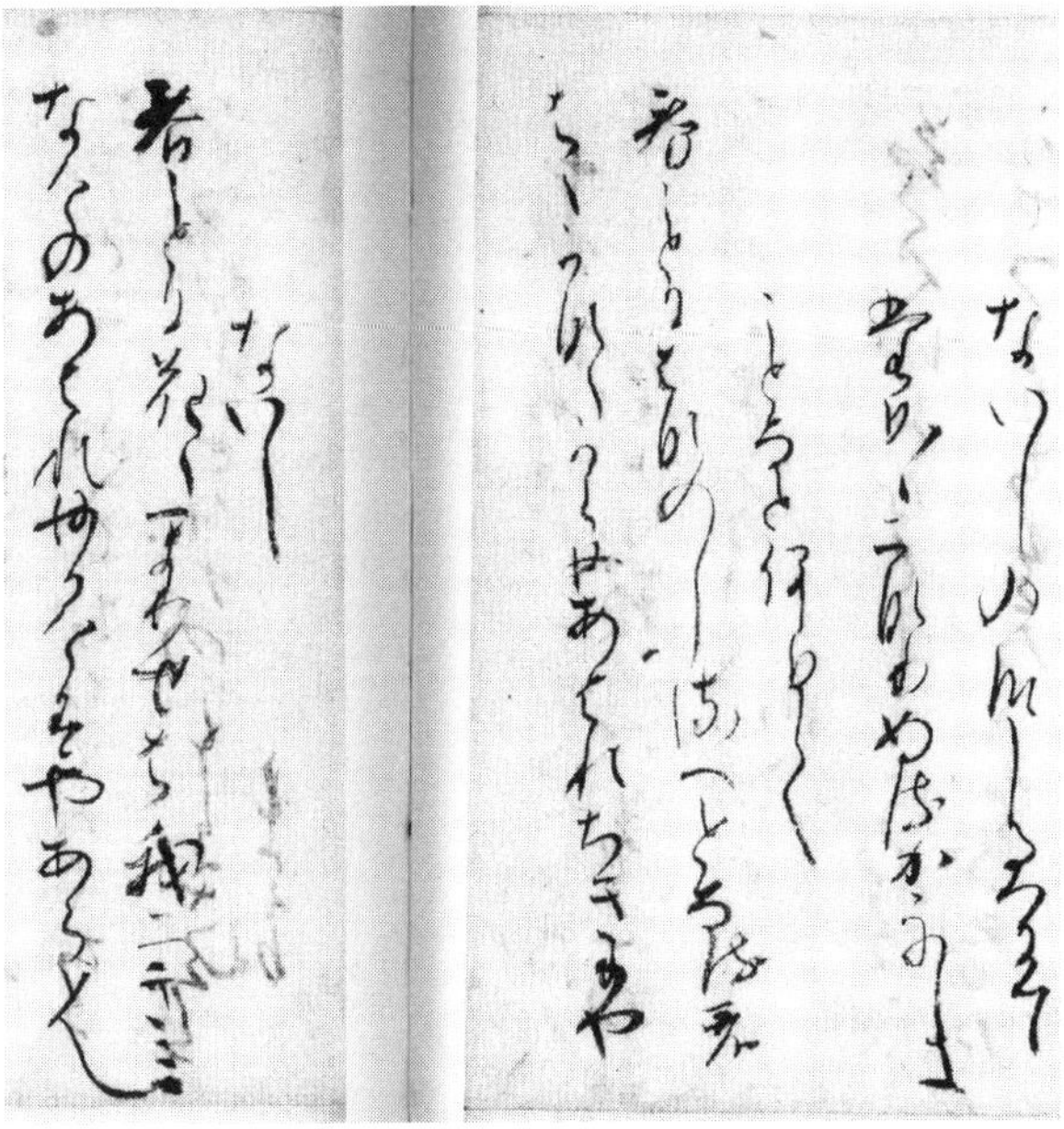

書陵部本

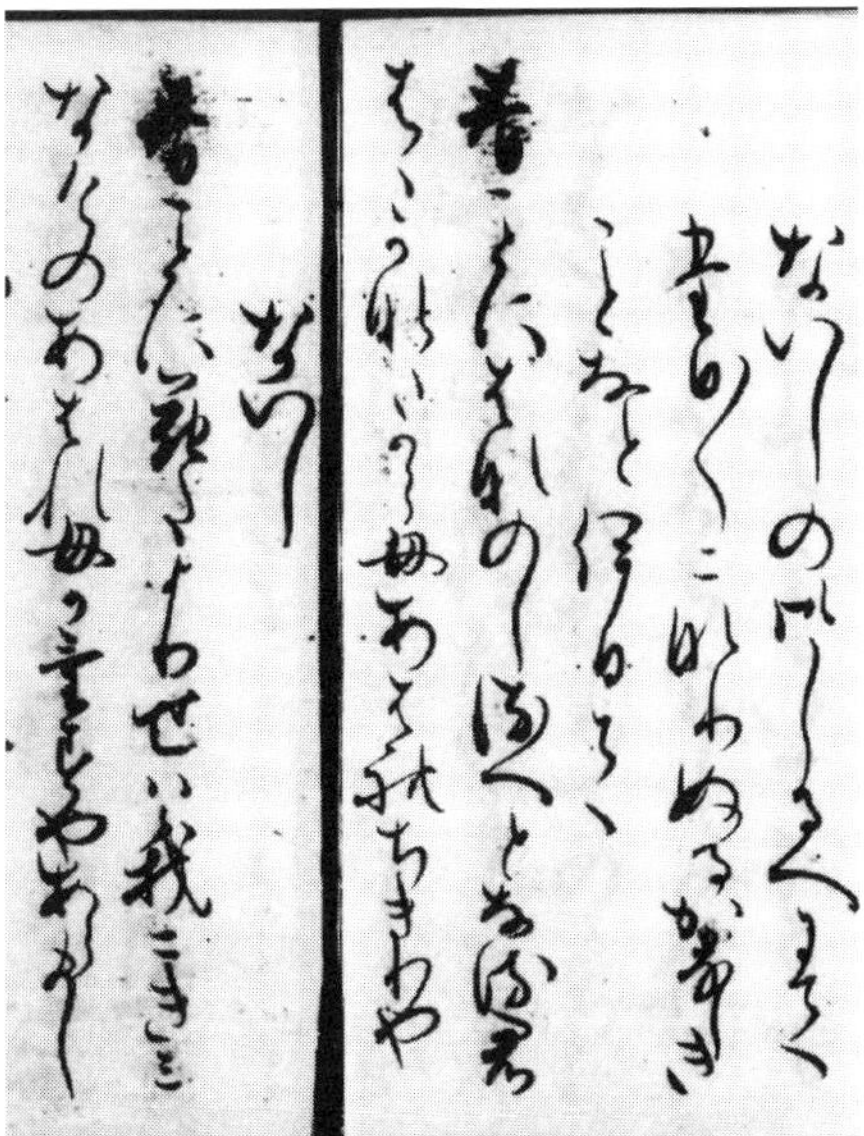

同じような文字は、45番の詞書や、90番、95番の歌にも見える。45番は花見のつづきで、書陵部本によると、

さかりすきぬと思ふにいみしうめてたきにほひとものこりたるにまことに心もなくさみてみゆる

44　花をこそをしみにはくれ春ことにいのちをのふる山さくらかな

いまはちりぬらんと人のおし許たまへるにかくさかりすきぬといとかなしくて

45　たつねつるほともあり《ヲマチ》つるさくら花山のあらしとたれかいひけん

こさこ

46　春かすみたちかくしつゝきみまつにかせにしらせぬ花とこそ見れ

とあり、冷泉家本の当該箇所では、

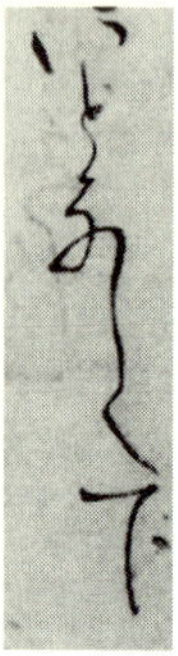

とある。ここは「さかりすぎぬと」なのでむしろ「いとかなしくて」の方が意味的にわかりやすいとも見えるが、前後の状況から考えるとやはりおかしい。44番歌は、花の盛りは過ぎてしまったと思っていたけれど、「いみじうめでたき匂ひども」が残っていたので、「心も慰みて」見え、「命を延ぶる山桜かな」と述べている歌だし、45番歌も、われわれが訪ねてくるのを待っていた桜花は、「山の嵐」などとよく言われるが、風に吹かれるようなこともなく、散らずにいてくれましたね、という歌で、心配しながら来たけれど、桜の花が残っていてよかった、という場面である。従って状況としては、45番の詞書は、

「もう今は散っているでしょう」と人が推測なさったが、このようにまだ盛りが過ぎていないのを大層うれしく思って

の意でありたいし、「いとかなしくて」では意味的に齟齬が生じよう。そうすると「さかりすぎぬと」の「ぬ」が問題になり、打消の助動詞と考えねばならなくなってくるが、あるいはもと「さかりすぎぬを」とでもあったのであろうか。いずれにしてもここは、「いとうれしくて」と読むべきところのように思われる。

90番歌は、書陵部本では、

みまさかに宮のさふらひなりともといふかくたりたりけるもしらぬになとかゝかるたよりにもおとつるましきとうらみて　　宮のすけ

89　いかにしてかゝるたよりにとはさらんうしとそ思ふおとなしのたき

かへし

90　たのみけるこゝろのほとをしりぬれはうらみられてもか《ソ》なしかりける

とあるところである。「宮のさぶらひ」であった「なりとも」という人物が美作に下っていった。ところがそれを出羽弁は知らずにいて、何の挨拶もしなかったところ、宮の亮が「いかにしてかゝるたよりにとはざらん」と咎めてよこした。それに対して返歌をしたわけだが、「かなしかりける」の箇所、書陵部本では、

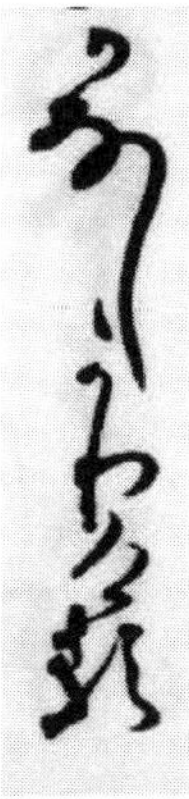

とあり、冷泉家本では、

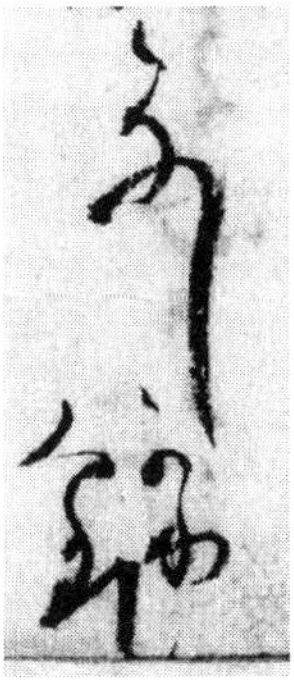

とある。確かに冷泉家本でも「かなしかりける」と読めそうだが、ここもやはり「うれしかりける」でないと意味が通じまい。私のことを頼みに思っているあなたの心のほどがよくわかったので、あなたに恨まれて、却って

うれしいことでした、という意になるはずである。
95番歌の書陵部本は、

さい院の長官なかふさのきみのうちの御前にてきくのうたをかしうよみたりと御前にもほめさせたまひ人〳〵もほいひしかはいひやりし

95　いとさしもわれは《ヲ》思はぬきみなれとたゝ人しれすかなしとそ思《キク》

かへしなかふさのきみ

96　いろふかくたのむこゝろのしるしにはことのはわきて人のとふらん

とあり、当該箇所は、

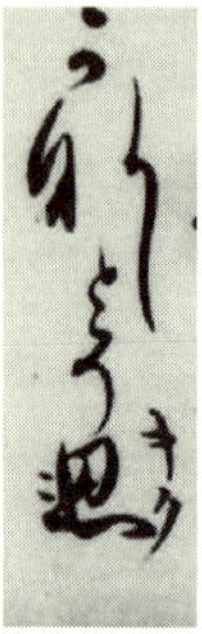

となっている。しかしここもやはり「悲し」では意味が通じないだろう。斎院長官長房が天皇の前で見事に菊の歌を詠み、皆に褒められた、それを聞いて詠んでやった歌である。ふだん私のことをそれほど深くは思ってくださらないあなただけれど、と逆接になっており、長房にとっては喜ばしい話なのに、それを「ただ人知れず悲しとぞ聞く」ではわけがわからない。やはり冷泉家本では、

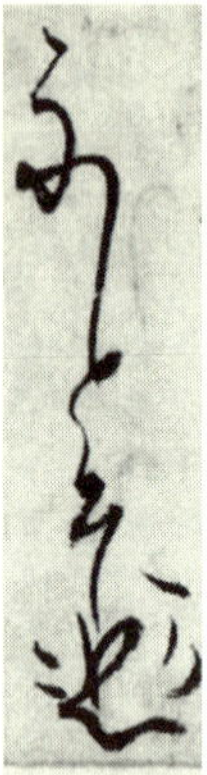

となっていて、ここも当然「うれし」と読むべきではないか。

三

先に掲げた【図版2】の43番歌には別な問題もある。下段の書陵部本では明らかに、

　春ごとに花たよりせば我にきみなげのあはれもかけずやあらまし

と読めるし、そうとしか読めない。上段の冷泉家本も、「花たよりせは」の「た」の字にやや不自然さがあるのと、「あらまし」の「まし」が読みにくいものの、特に気をつけなければ書陵部本のとおりに読んでしまうだろう。ただし上句と下句との関係がわかりにくい。ところが群書類従本や彰考館文庫本ではここを、

　はるごとに花なかりせばわれに君なげの哀もかけずやあらまし

とする。末句は問題ないものの、第二句は「花なかりせば」となっていて、春が来るたびにもし花がなかったら、私に対してあなたはそんなかりそめの情けもかけてはくれなかったでしょう、たとえそうした情けでもかけてくれるのは、やはり花があるおかげです、の意となり、非常にわかりやすくなる。やはり冷泉家本の第二句も「花たよりせは」ではなく「花ゝかりせは」なのだろう。「花ゝ」のように、漢字の一部にのみオドリ字のつく例には、たとえば「宮のせし殿ゝ」（9番詞書）「たといふ物ゝ」（38番詞書）などがある。また「か」の字母は「閑」であろう。48番歌にも、

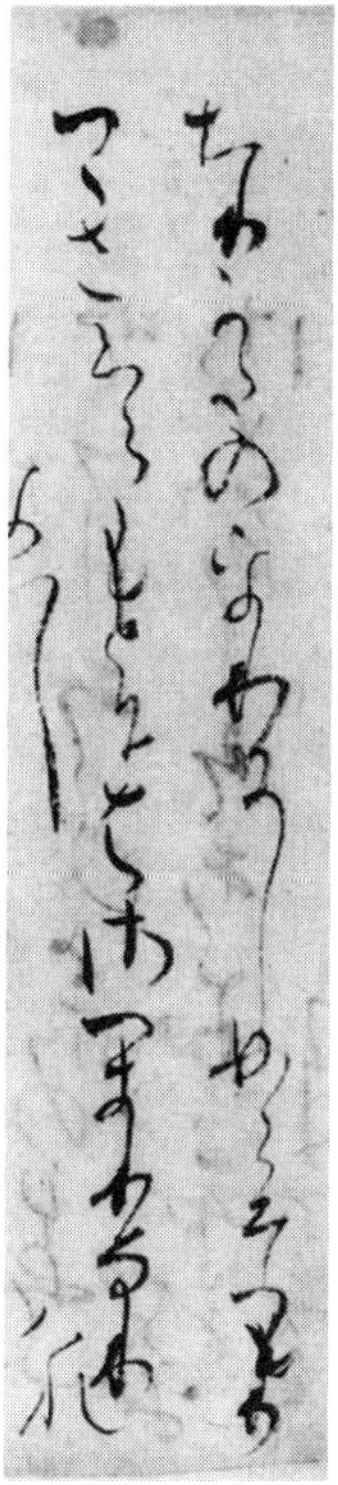

とあり、「さかりなりけれ」に同じ字母の「か」が用いられている。

また別に、29番の詞書と93番の詞書には「おらせて」か「おこせて」かという問題がある。29番の詞書の一部に、書陵部本では、

> このころのさくら、よのつねの春よりもいみじきを、ひとえだおらせて、あれより

とあり、写本では、

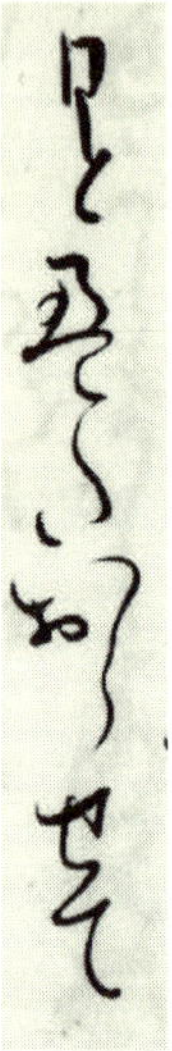

のようになっている。ところが冷泉家本では、

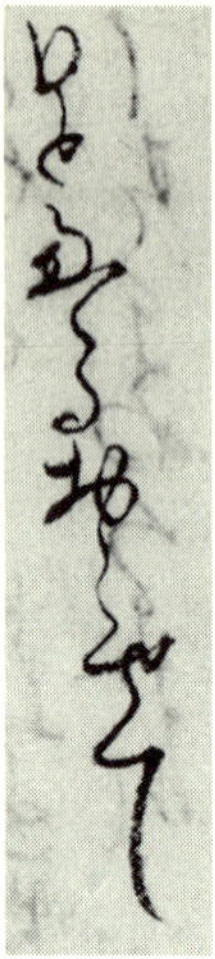

となっていて「おこせて」とも読めそうである。意味的にはどちらも通じよう。
93番の詞書でもまったく同じことが言える。

> はぎのいみじういろこくさきたるを、ちりなばをしとてこいよのきたのかたのおらせたまへるかへりごとに

の箇所で、書陵部本では、

となっており、冷泉家本では、

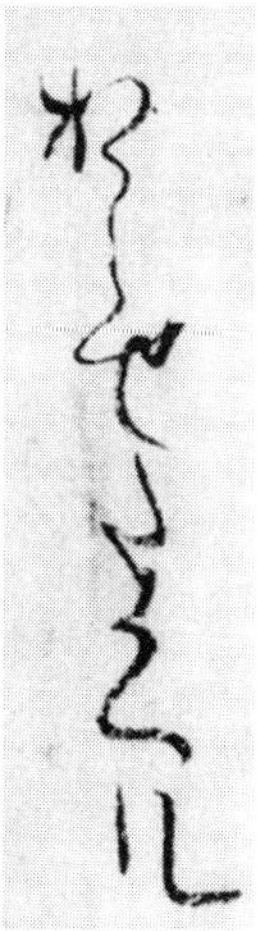

となっている。きわめて微妙だが、やはりここも「おこせ」と読めないこともない。同じように意味はどちらでも通じるであろう。群書類従本や彰考館文庫本は二例とも書陵部本と同じで「おらせ」である。もちろん仮名遣いの問題もある。いわゆる歴史的仮名遣いでは「折らせ」は「を」だし、「遣せ」は「お」であるが、定家仮名遣いでは逆である。一般的な写本ではむしろ混乱していることの方が多い。ただし本集の場合、次のような例がある。

あふみのかみやすのり、みゐでらにつくる山ざとに、さくらのさかりにきて見よとありしを、いとよきことなどいひしかど、さかりになるまで思ひもたゝでやみぬるに、そのころあしこにありて、みもおどろけとにや、えならずいみじきをひとえだをりて、たゞ物もいはでおこせたるに

右は35番の詞書であるが、ここには非常に興味ある表記が見られよう。「ひとえだをりて」と「おこせたるに」が使い分けされているのである。書陵部本、冷泉家本ともに、写本レベルでもまったくあいまいさがない。念のために他の箇所を確認してみると、

いづみのあまぎみのをりのうすゞみを（27番詞書）

は「を」だし、

さとよりふみおこせたるついでに、みをなげきたるけしきにて、ふみをかきておこせたるまめごとのついでに、かきてやりし（78番詞書）

はいずれも「お」である。特に78番の詞書では、冷泉家本では、二例とも、

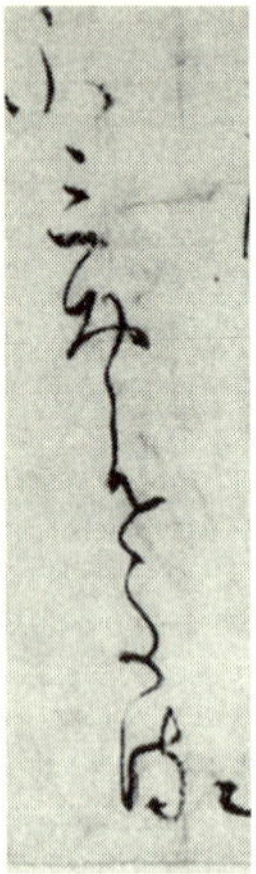

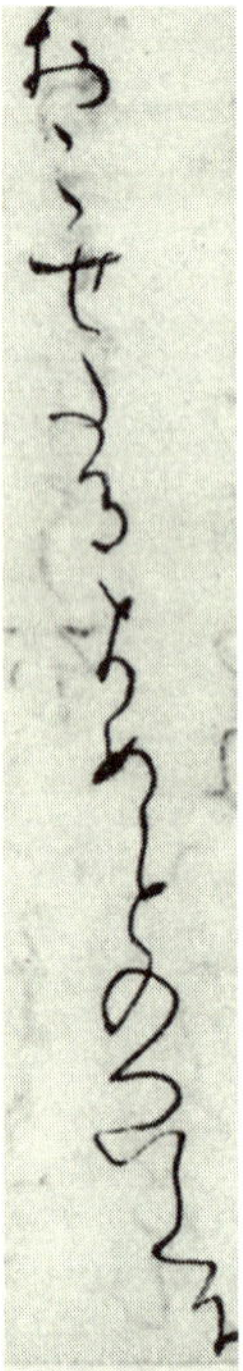

とあって、前者の場合、文字そのものは「おらせ」とも読めそうだが、書陵部本などではっきりと「おこせ」と写している。ここは29番の「さくら」や93番の「はぎ」と違って対象が「ふみ」なので、そもそも「おらせ」と誤る余地がなかったということでもあろう。

29番と93番の場合もいずれも「おこせ」と読むべきであろうと思われる。

四

以上述べてきたのは誤写の過程がきわめて明瞭に跡づけられる例ばかりである。こうした例は根拠がはっきりしているだけに有無を言わせぬところがあり、『堤中納言物語』の場合とはその点で明らかに異なっている。本文を整定する場合にはこうした箇所だけを厳密に見極め、断定可能なところだけを抜き出して誤写として扱う、どの段階でも常にそうした態度で貫くことが出来れば問題ないのであろうが、なかなかそうはいかないところに

問題があるのである。たとえば45番の詞書で、書陵部本の「いまはちりぬらんと人のおし許たまへるに、かくさかりすぎぬといとかなしくて」とあるところは、冷泉家本では「いとうれしくて」とも読め、それが本来の姿であり、おそらく正しい形であろうと述べたが、その正しい形を認めるためには直前の「かくさかりすぎぬと」を何らかの形で処理しなければならないという、別の、新しい問題が起こってくる。「かくさかりすぎぬと」は、現存伝本の本文どれもがすべて「かくさかりすきぬと」である。「盛りが過ぎてしまった」のでは「いとうれしくて」にはならないだろう。「盛りが過ぎていない」からうれしいのであって、「ぬ」はどうしても打消の助動詞と考えなければならない。もっとも「ぬ」を打消の助動詞の連体形と見ることも出来そうに思われるが、一般的には「と」は文が終止した形を受けるのがふつうだから、「かくなむさかりすきぬと」とでもあれば別だが、やはりむずかしのではないかと思われる。どこかの段階で「誤写」があったと認めなければならないだろう。

また次のような例もある。

おほむかたゝがへに、おほ宮どのにわたらせたまふこと、六月十よ日、いづみのすゞしげさ、こだかきまつのとしふりにけるこずゑなど、たゞにてすぐさせたまふ所のさまならず、七月七日などかならずおほむあそびありぬべきほどなるを、こと〴〵しかべきほどにあらねど、その日思ふさまならずあたり〳〵けるを、たゞけしき許とてよき日なりけるを、権だいぶ正のすけなどさるべき人〴〵すこしまゐりたまて、にはのまついくらのとしをかゝぎれるといふだいを、たぢまのかみさねつないだしたるを、との人〴〵いとようよみあつめたまへめるに、女方もことさらにひとつにいだせと、にわかにはべしかば、せじどの

51　にはのまつみどりのいろのふかければみづのそこまでちぎるなりけり

大納言のきみ

52 めづらしきゝみきまさずはちよまつのちぎれるかずもたれかしらまし
　　さいさうのきみ
53 にはもせにちぎれる松のちとせをもきみがよにこそかぞへつくさめ
　　などさま〴〵いひとられて、すべきこともなかりしかば
54 きみがよにちぎりはじむるにはの松ちよはよのつねかずもしられじ

中宮が方違えのために大宮殿にお移りになった折のことである。大宮殿とはもと源兼明の邸宅で、御子左殿とも呼ばれ、庭園のすばらしい所である。せっかくこんなにすばらしい所に来ているのだから、何事もなく過ごしてしまうのはもったいない、七月七日の七夕には管弦の遊びを、などと計画し、とりあえずお移りになったその日に、権大夫や「正のすけ」などが参上なさって、「庭の松いくらの年をか限れる」という題のもと、皆が歌を詠み合った。

ここは特に諸本異同のない箇所であるが、傍線部の「正のすけ」は不審で、おそらく他の箇所にも二度ほど出て来る「宮のすけ」の誤りであろうし、題の「庭の松いくらの年をか限れる」も、詠まれた歌から判断すると、どう考えても「庭の松いくらの年をか契れる」でなければならないだろう。このあたりは親本段階でもそうなのだから、誤写であろうとする認定は、あくまでも状況判断によるより仕方がない。「宮」のくずし字と「正」のくずし字は非常によく似ているし、仮名の「ち」と「か」も誤りやすい。

「誤写」説は、まったく根拠のないものでは困るだろう。写本レベルではしばしば起こりがちで、なるほど、確かにそういうこともあり得るだろうと考えられるものでないといけない。山岸氏の言われる「復元的批判」は、結局基本的には認めざるを得ないし、行き過ぎ、として完全に否定しきれるものでもないように思う。ただしそれが荒唐無稽と思われないためには、右のような事実の積み重ねが絶対に必要であり、重要である。

『出羽弁集』の場合は、たまたま根拠となるべき貴重な親本が出現した。『出羽弁集』自体の解釈という面でももちろん重要な意味を持つが、それを超えたところにも従って大きな意味がある、と考えられる。

（1）『堤中納言物語評解』有精堂　昭和29（のち、改訂して『堤中納言物語全註解』）。

三　自筆資料と筆跡の認定

一

昭和十八年に刊行された国民精神文化研究所編（次田香澄執筆）『伏見天皇御製集』[1]は、いわゆる京極派歌人の中心人物、伏見院にかかわる和歌の根幹資料として現在でもなお輝きを失っていない。宸筆御集としての広沢切一九六一首のほか、百首歌や詠草類はもちろんのこと、勅撰集や歌合などに収められている歌を含めて、都合二六五〇首ほど、そこには後に失われ、現在ではわれわれの目に触れられなくなった資料もかなり集められていて、非常に重要な文献となっている。

ただ周知のように、その後の古筆研究はめざましく、次田氏ご自身や小松茂美氏などのご努力により[2]、広沢切だけでも優に三〇〇〇首を超える歌が知られるようになってきているばかりでなく、つい最近では、やはり自筆かとされる別種の詠草二八八首も発見、報告された[3]。広沢切は料紙こそまちまちだが、一首二行書き、形式的にはほぼ統一されているのに対し、新出詠草は一首一行書きである。なぜ別形式による詠草が存在するのか、そこにはまた新たな疑問が生じてきてはいるものの、自筆資料の増加は、これからの伏見院研究、ないしは京極派和歌の研究に大きな影響を及ぼすことは間違いないであろうと思われる。

ところで広沢切の認定も、その後、より厳密さが要求されるようになってきている。従来広沢切とされていたものが、実は後伏見院の詠草切であったり、西園寺実兼の詠草切であったりしたことをかつて私自身も論証したことがあるが、(4)伏見院と後伏見院との筆跡の類似は従来からも指摘され、事実、広沢切の多くは後伏見院の手に成るものと古筆家によって極められてきたことは周知のとおりである。それが間違いで、伏見院自身の自筆による家集であろうと考えられるようになったのは、やはりその内容研究からである。広沢切所載の歌で、他の文献、たとえば『玉葉集』や『風雅集』など、勅撰集にも採歌されている歌のほとんどが伏見院詠であり、しかも広沢切は部分的に草稿的な性格を持ち、推敲ないしは添削の跡がしばしば見出だされることから、もしこれが後伏見院の筆跡だとすると、父伏見院の詠作に子の後伏見院が手を加えていることとなる、常識的にもそれは考えにくいだろうというわけである。以後はむしろ同種の切はすべて伏見院の手に成るものと考えられ、一部に他人詠が見出だされても、後に述べるようにそれは思いこみなどによる誤りであろうと、筆跡の違いとは見ずに、内容の方をこそ疑問視するという逆の混乱さえ生じてきている。

これから述べようとすることは、いわば筆跡認定の正しい方法についてではない。筆跡認定というものがいかにむずかしいかということである。これまでの認定には随分誤りがあり、それを正すという意味ももちろんあるが、認定の方法そのものにも改めて考え直してみる必要があるのではないかという、いわば問題提起に主眼がある。そのことをまずはじめにお断りしておきたい。

二

かつて古筆見という職業が存在し、筆跡に対しては鑑定という行為があった。現代では書道関係者や古美術の専門家がそれを兼ねていることが多いが、長年の修練と直感とによって、この筆跡はいつ頃のもので、誰の手になるものであるかなどと判断する。もしある筆跡が作者自身のものであれば、われわれはそれを自筆資料として限りなく尊重する。繰り返し写された転写本と違って、自筆資料は本文としての価値が格別に高いから、自筆というだけで内容的には全幅の信頼をおいてしまう傾向さえある。それだけに認定には一層の慎重さが求められるわけだが、時に、その認定には首をかしげざるを得ない面が出てきたりする。内容的にどう考えても自筆とは認められないケースが出てくるからである。これから述べようとすることは、そうした問題を含む一つの具体例に過ぎないが、筆跡認定のあり方という面では大いに考えさせられるものがあるはずである。

本論に入る前に、まず「自筆」の定義をしておきたい。一般に「自筆」には二様の使い方があるように思われる。一つは「作者自身の筆跡」という意味である。あまりにも当然すぎるが、しかし当然すぎるこの使い方は必ずしも一般的ではなく、むしろ、単に「本人の筆跡」「紛れもなく本人が書いた筆跡に間違いない」という意味でも「自筆」は用いられている。たとえば「定家自筆の更級日記」といったような使い方である。紫式部が書いた『源氏物語』や清少納言が直接筆を染めた『枕草子』などがもし残っていれば、それは確かに自筆本と言えるだろう。現存しているものなら藤原基俊筆の『新撰朗詠集』や藤原俊成筆の『千載和歌集』などもある。もっともこれらは「山名切」とか「日野切」とか呼ばれていて現在では断簡の形でしか残されていないが、原本は正真正銘の撰者自筆本だったはずである。また文学作品ではないが、具注暦に書かれている藤原道長の『御堂関白記』なども間違いなく自筆本と言えるだろう。しかし『更級日記』の場合は作者が菅原孝標女であって、定家ではない。いわゆる定家様で書かれている写本のなかには定家の真筆でないものがたくさんあるので、これは紛れもなく定家の真筆であるという意味において、そのことを強調し、「自筆」という言葉を使っているのであろう。「自筆」と「真筆」とは区別した方がいいと私は考えているが、本稿でいう「自筆」とはもちろん「作者自身の筆跡」の意である。

三

まず、本稿末尾に掲げてある参考資料をご覧願いたい。ＡからＪまで、全部で一〇点、そのほとんどが既刊の書物や図録などからの転載なので鮮明さが足りず、非常に見にくくて恐縮だが、ここに掲げてある筆跡は幾人の手に成ると考えられるか。一人か、二人か、三人か、あるいはそれ以上か。もし複数の手に成るものと考えられる場合には、どれとどれとが同じ手で、どれとどれとが違うと考えられるか。筆跡の認定は非常にむずかしいということを申し上げたいので、その点をご理解の上、まずご自分の目で確かめていただきたいと思うのである。

順番でいうと、【図版Ａ】から【図版Ｃ】までは、前述した『伏見天皇御製集』所載のもので、該書の記述をそのまま用いると次のようになる。

Ａ　高松宮御所蔵「宸筆御集」

Ｂ　神田喜一郎氏所蔵「宸翰御百首」

Ｃ　侯爵久我通顕氏所蔵「宸翰御詠草」

要するにいずれもが伏見天皇宸筆ということである。Ａは巻子本の一部であるが、いわゆる広沢切と呼ばれているものである。

【図版Ｄ・Ｅ・Ｆ】もまた広沢切である。これらはいずれも断簡である。【図版Ｄ】は『皇室の至宝　東山御文庫御物　四』(5)より転載したが、手鑑「毫海」所収のものである。

【図版Ｅ】は竹田文江氏旧蔵。「思文閣墨跡資料目録　三二六号」より転載。「伏見院宸翰廣澤切」という植村和堂氏による箱書がある。

【図版F】はこれまでに学界未紹介の断簡。東京神田の古美術商において調査の機を得た。「伏見天皇御筆　広沢切」とする福田行雄氏の箱書がある。

【図版G】は西本願寺蔵手鑑「鳥跡鑑」所収の断簡で、「西園寺殿実兼卿」とする極札を持つ。伝称筆者ということにはなるが、藤原実兼筆断簡ということになる。

【図版H】は署名からもわかるように、やはり藤原実兼による自筆詠草である。宮内庁書陵部に蔵せられる「看聞日記」の紙背文書として残されているもので、冒頭「春十首」のうちの一部しか存しないが、通常「西園寺実兼当座詠五十首和歌」と呼ばれているものである。

【図版I】は尊経閣文庫蔵の「詠百首応製和歌」とある詠草の一部で、冒頭に「正二位行権大納言兼春宮大夫臣藤原朝臣実兼上」とあり、これも明らかに西園寺実兼の自筆詠草と見られるものである。墨消歌を含め全一〇七首。収載歌の中にはたとえば「弘安百首たてまつりける時」という詞書のもとに、『続千載集』などに採られている歌が何首もあり、「弘安百首」の草稿かとされているものである。

【図版J】は直接和歌にはかかわりないが、宸筆文書としては非常に確実な文献とされているものである。『宸翰英華』(6)より転載。一般に「後伏見院願文案」と呼ばれているもので、後伏見院が、皇子量仁親王の立太子を願い、石清水八幡宮に納めた願文案という。京都廬山寺蔵。

以上を改めて整理しなおしてみると、【図版A】から【図版F】までの六点が伏見院の筆跡、【図版G】から【図版I】までの三点が西園寺実兼の筆跡で、【図版J】が後伏見院の筆跡、計三人の手に成るものということになる。

四

ただし以上はあくまでも従来の認定によれば、ということである。右のうち内容面からも確実視されるのは、【図版A】および【図版H・I】、ならびに【図版J】である。

【図版A】は、現在では国立歴史民俗博物館蔵となっているが、重要文化財で、全一〇一首。他の広沢切との重出歌が一七首あり、『風雅集』などによっても伏見院詠と確認できる歌を含んでいて、まず間違いなく伏見院宸筆と認められるものである。【図版H・I】はそれぞれ実兼の署名があり、【図版J】は内容的にも後伏見院筆と認めてまったく問題のないものである。従ってこれらが認定の基準となるが、この三者を較べただけでもその筆跡の違いは甚だ見分けがたく、混乱もまたやむを得ないと素人目には思われる。

ところがその後いろいろと問題が出てきた。すでに述べたことではあるが、たとえば【図版D】の東山御文庫蔵手鑑中の断簡は、その所収歌が伏見院詠ではなく、後伏見院詠であることが勅撰集によって確認され、【図版E】の竹田氏旧蔵断簡は、順序こそ違え、やはりその所収歌が【図版H】の実兼自筆詠草中に出てくる歌とまったく同じであることがわかったからである。具体的に言えば、【図版D】の一首目、

いつしかとけさはしくれのをとはやま
秋をのこさすちるこの葉かな

は、『続千載集』冬（五九五）に見える、

山時雨　　　院御製

いつしかとけさはしぐれの音羽山秋をのこさずちる紅葉かな

と第五句に少異はあるものの、ほぼ一致し、三首目の、

つゆかけし昨日の秋のふちころも
ほしあへぬそても又しくれけり

も、『続後拾遺集』哀傷（一二五一）に見える、

伏見院かくれさせ給うての比、時雨のしければよませ給うける　　院御製
露かけし昨日の秋の藤衣ほしあへぬ袖も又時雨れけり

と完全に一致している。『続千載集』でも『続後拾遺集』でも、作者名表記の「院御製」の「院」は、常に後伏見院を指し、伏見院詠の場合はすべて「伏見院御製」と表記される。

また【図版E】の、

梅
こゝにちるをゆきかとおもへはかたをかの
そわなるむめを風のふきける

霞
山に入はるひのかけのにほへるは霞の
ころにはなやさくらん

は、【図版H】の実兼詠草中の二、三首目に見える、

霞
山に入春ひのかけのにほへるは
かすみの〔　　〕花やさくらん

梅

こゝにちるを雪かとおもへはかたおかの
そはなるむめを風のふきける

と歌順や表記に違いはあるものの、内容的には完全に一致する。その目で見れば、この【図版E】は【図版H】だけではなく、「西園寺殿実兼卿」と極めにある【図版G】の筆跡とも非常によく似ているように思われる。

前述したように、従来はこうしたものも、あくまでも広沢切は伏見院の自筆家集という立場から、それに添った考え方で処理されてきた。たとえば「露かけし」の歌は、本来伏見院の詠だったのだが、後伏見院がうっかり父の作品を「自分の作と思い込んだ」り、あるいは「結果としていただいてしまった」こともあったのではないかとし、「こゝにちるを」などの歌も、伏見院が「若くして共に歌を修行したころの実兼の歌を気に入って、手控えにでもしておき、いつか自らのものと誤認して、後年、御集稿本作成の際に書き入れてしまったものと思わざるを得ない」としているが如くである。(7)「自他の区別」があいまいだったために起こった結果だとするのである。しかしこのような例が一首か二首ならあるいはそうした理解も可能性があろう。ところが何首もの後伏見院詠や実兼詠がほかにも出てくるとなると、そのすべてを広沢切と認定し、同じような解釈を施すには無理が生ずる。従来広沢切と認定されているものの中には明らかに後伏見院詠や実兼詠と認定せざるを得ない歌がまだまだ存するのである。図版には載せていないが、藤井隆氏蔵断簡(『古筆学大成　20』一四七参照)に見える、

したふかたのすゝむにつけていとひまさる
人と我との中そはるけき

や、昭和美術館蔵断簡(『古筆学大成　20』一五五参照)に見える、

山かせはふけときこえすいはかねや
たきりておつるたきのひゝきに

などは、『風雅集』恋四（一二四七）や『玉葉集』雑三（二二三三）などによって後伏見院詠と認定せざるを得ないものだし、新出断簡である【図版F】も、

くれなゐの霞のいろのきえしより《もうすくなりしより》

はなのこすゑそいろかはりゆく

おとろきて猶おとろかぬ心かなさむるも

おなしゆめとみるよに

と記されているが、そのうちの二首目が尊経閣文庫蔵の「詠百首応製和歌」の91番歌、

おどろきて猶おどろかぬこころかな

さむるもおなじゆめとみる世に

とやはり同じである。前述したように【図版I】の尊経閣文庫蔵「詠百首応製和歌」は、他の文献との照合によって「実兼百首」であることが明らかであり、間違いなく自筆詠草と認められるものである。【図版F】もまた言われるような広沢切ではなかったことになる。

五

さらに大きな問題は【図版B】の神田喜一郎氏蔵「宸翰御百首」である。「御百首」と呼ばれてはいるが、巻首と、中間二か所、巻尾を失っていて、春、夏、秋、恋、雑など、計五五首の残巻である。現在は神田氏の手を離れ、京都国立博物館蔵。広沢切とは別種のものであるが、伏見院の宸筆に間違いないものとして国の重要文化財にも指定されているものである。ところがやはり【図版I】の尊経閣文庫蔵「詠百首応製和歌」中の歌とかなりの部分で一致する。たとえば【図版B】で言えば、冒頭部分に、

秋廿首

立秋朝

~~よのほとにあきやたつらんから衣~~

よのほと（ママ）ほとにいかてたつらんから衣

そてにすゝしきあきのはつかせ

とある歌が、【図版Ⅰ】の七首目に見える、

秋廿首

よのほとに秋やたつらんをくらやま

あさけすゝしきまつのしたかせ

と非常によく似ている。特に初二句は前者の抹消部分とまったく同じである。そのほか掲出部分にはないが、

山五月雨

はれまなき《やらぬ》日かすをそへて山のはに

雲もかさなる小（ママ）五月のころ（夏　五首目）

水上蛍

夏草のしけみかしたのさはみつに

かけもみたれてとふほたるかな（夏　七首目）

夕立雲

山のはにうきたつ雲をさきたてゝ

いくさとすきぬゆふたちのあめ（夏　八首目）

は、それぞれ**【図版I】**の一、三、四首目、

はれやらぬ日数をそへて山のはに
くもゝかさなる五月雨の空
夏草のしけみかしたのさは水に
かけもみたれてとふほたるかな
山のはにうきたつくもをさきたてゝ
いくさとすきぬゆふたちのあめ

に一致する。特に「はれやらぬ」の歌は『続拾遺集』（夏、一八一）にも、

百首歌たてまつりし時　　春宮大夫実兼
晴れやらぬ日かずをそへて山のはに雲もかさなる五月雨の空

とあって、実兼詠であることが確認できる。やはり掲出部分にはないが、

秋田風
あれゆけは露もしくれもゝるいほに
いな葉をむすふを田の秋風（宸翰御百首　秋　一六首目）

は、「詠百首応製和歌」に、

あれゆけはつゆもしくれもゝりそへて
かせふきむすふを田のかりいほ（九〇）

と見えるし、推敲の跡が著しい、

瀧月

かめのをのたきつ
かめのをおや《の》まつのあらしに雲はれて
月にそみかくたきのしらたま（宸翰御百首　秋　一三首目）

は、「詠百首応製和歌」では、

かめのおの山のあらしに雲きえて
つきにそみかくたきのしらたま（四五の次）

と完全な抹消歌になっているが、一致する。どちらが早い段階のものであるかは俄に断定できないものの、一方では訂正されながら活かされている歌が、一方では完全に抹消されている。同じ歌がいろいろな形で各詠草類に採り入れられている点と、推敲の跡のなまなましい点とに興味があるが、実はそれは伏見院の広沢切でも同じなのである。推敲の跡や内部での重出歌の多さが広沢切でも一つの特徴となっていて、筆跡面だけではなく、そうした類似点も混乱を一層助長させていることになる。ただ両者の間では、非常に些細なことだが、形式面で違いが認められる。広沢切では上句と下句とが常にはっきりと区別して書かれているのに対し、実兼詠草では必ずしもそうではない。たとえば【図版E】の、

山に入はるひのかけのにほへるは霞の
ころにはなやさくらん

や、【図版F】の、

おとろきて猶おとろかぬ心かなさむるも
おなしゆめとみるよに

のように、しばしば乱れている。そういう意味では【図版C】にも問題がある。現在は國學院大學に他の文献と

ともに「久我家文書」として一括して蔵されているが（九首の断簡。同種のものが他に一四首の一葉、異種のものが六首と九首の二葉あり、同じように「伏見天皇宸筆御和歌集断簡」として所蔵されている）、その中の二首目に、

そめしよりちりしおもかけ庭の
おも冬のこゝろはこの葉なりけり

と書かれている。内容的には確認できないが、書写形態からしてこれも実兼詠草である可能性が非常に大きいと思われる。

以上をまとめてみると、従来伏見院の宸筆とされていた【図版A】から【図版F】までの六点のうち、間違いなく伏見院筆と認められるのは【図版A】の高松宮旧蔵の一点だけで、【図版B・E・F】は明らかに実兼筆、【図版C】もまた実兼筆である可能性が大きく、【図版D】は後伏見院の筆と考えられる。これまでの認定は誤っていたと考えざるを得ないであろう。斯界の権威とされる方々にしてかくの如くである。いかに筆跡の認定がむずかしいか。たまたま内容や形式面からその筆跡が確認できる場合はまだいい。同じような筆跡の多くの断簡は、この場合無条件に広沢切と認定され、そこからまた無条件に伏見院の作品だと考えられている。これは学問的にも甚だ大きな問題となるのではないか。確認はされていないけれども、実兼筆断簡や後伏見院筆断簡がまだほかに混じっているかもしれないのである。

昔も今も、筆跡の認定というものは相変わらず目と直感だけが頼りの世界のように思われる。確かに認定という作業は、基本的にはしっかりと目で見て、目で見たその印象をベースにするより仕方がないのだろうが、単なる印象だけによるのではない、客観的で、かつ説得力のある、間違いのない方法はないものだろうか、というのが今抱いている私の強い思いである。言葉のありようを説明するのに、主語とか述語とか、あるいは未然形とか連体形とか、いわゆる文法用語の果たしている役割りは非常に大きいと思われるけれども、書の説明をするにあ

たっては、流麗とか繊細、優美とか武骨、あるいは軽やかなタッチ、粘り着くような筆圧など、きわめて主観的な語しか見当たらない。これではなかなか説得力のある説明にはなり得ないし、誤認もなくならないだろう。もっと多くの人が納得できる、確実な、いい方法がないものだろうか。もちろんわれわれも考えなくてはいけないけれど、書を専門とされている方々にそうした方法を考え出していただくわけにはいかないだろうか。内容確認の問題は別にして、小論において最も言いたいところはそこにある。古筆資料を利用させていただいている、一国文学研究者の、これは勝手な願望であり、つぶやきである。

(1) 目黒書店刊。
(2) 『伏見天皇御製集』以後の広沢切集成にかかわる文献には次のようなものがある。
次田香澄「京極派和歌の新資料とその意義」二松學舍大論集　昭和38・3
同右「近時出現の広沢切巻子本及び断簡について」日本文学研究　昭和57・1
同右「広沢切攷」二松學舍大学論集　昭和59・3
同右「広沢切の歌題、およびその考察」大東文化大紀要　昭和60・2
同右「伏見院の書跡と書風」日本文学研究　昭和62・1
同右「広沢切における初句および末句の考察」大東文化大紀要　昭和62・3
『私家集大成　中世Ⅲ』伏見院　昭和49
『新編国歌大観　第七巻』伏見院御集　平成元
『　同右　第十巻』伏見院御集　冬部　平成4
伊井春樹『古筆切資料集成　巻三』伏見天皇　平成元
小松茂美『古筆学大成　20』平成4

なお平成23年に、その後見出だされた資料を最大限盛り込み、『伏見院御集［広沢切］伝本・断簡集成』（久保木哲夫・別府節子・石澤一志・久保木秀夫編）が刊行。

（3）小林大輔「東京国立博物館蔵『伏見院詠草』翻刻」早稲田大学本庄高等学院研究紀要　平成17・3

（4）「広沢切に関する二・三の問題」都留文科大学研究紀要　第60集　平成16・10ならびに本書第Ⅰ章の四参照。

（5）毎日新聞社刊　昭和56

（6）帝国学士院刊　昭和19

（7）次田香澄「広沢切攷」二松學舍大学論集　昭和59・3

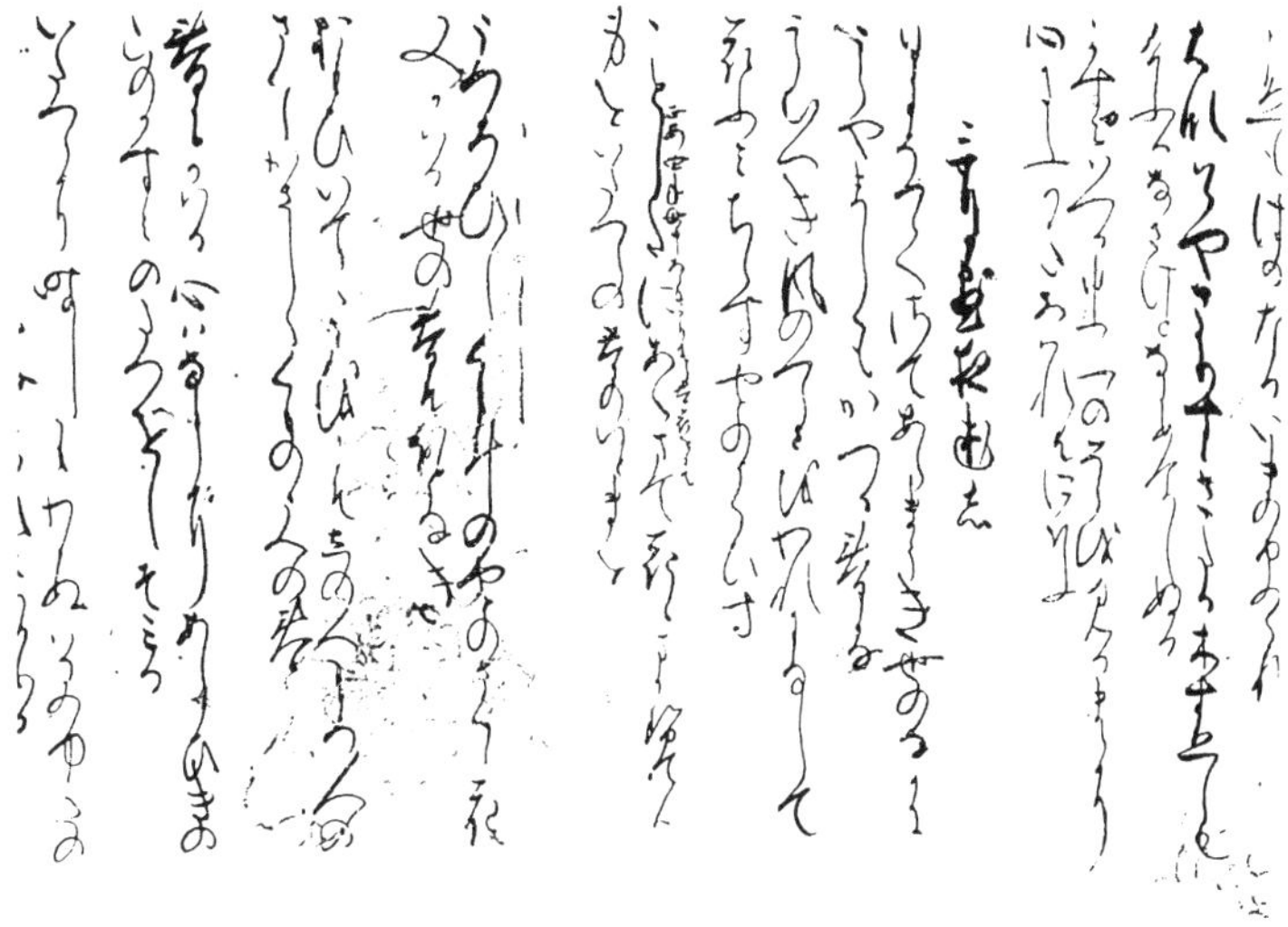

【図版A】

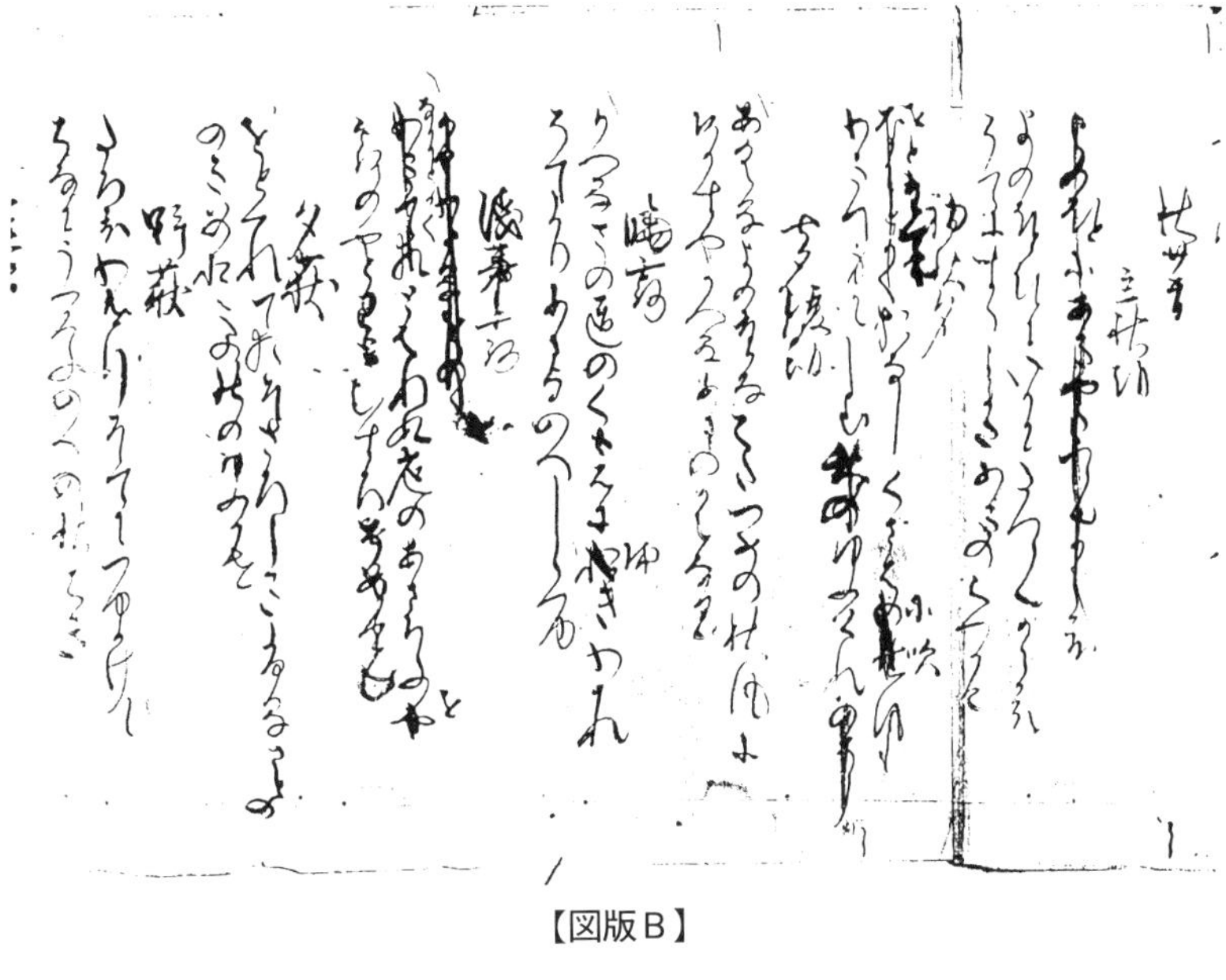

【図版B】

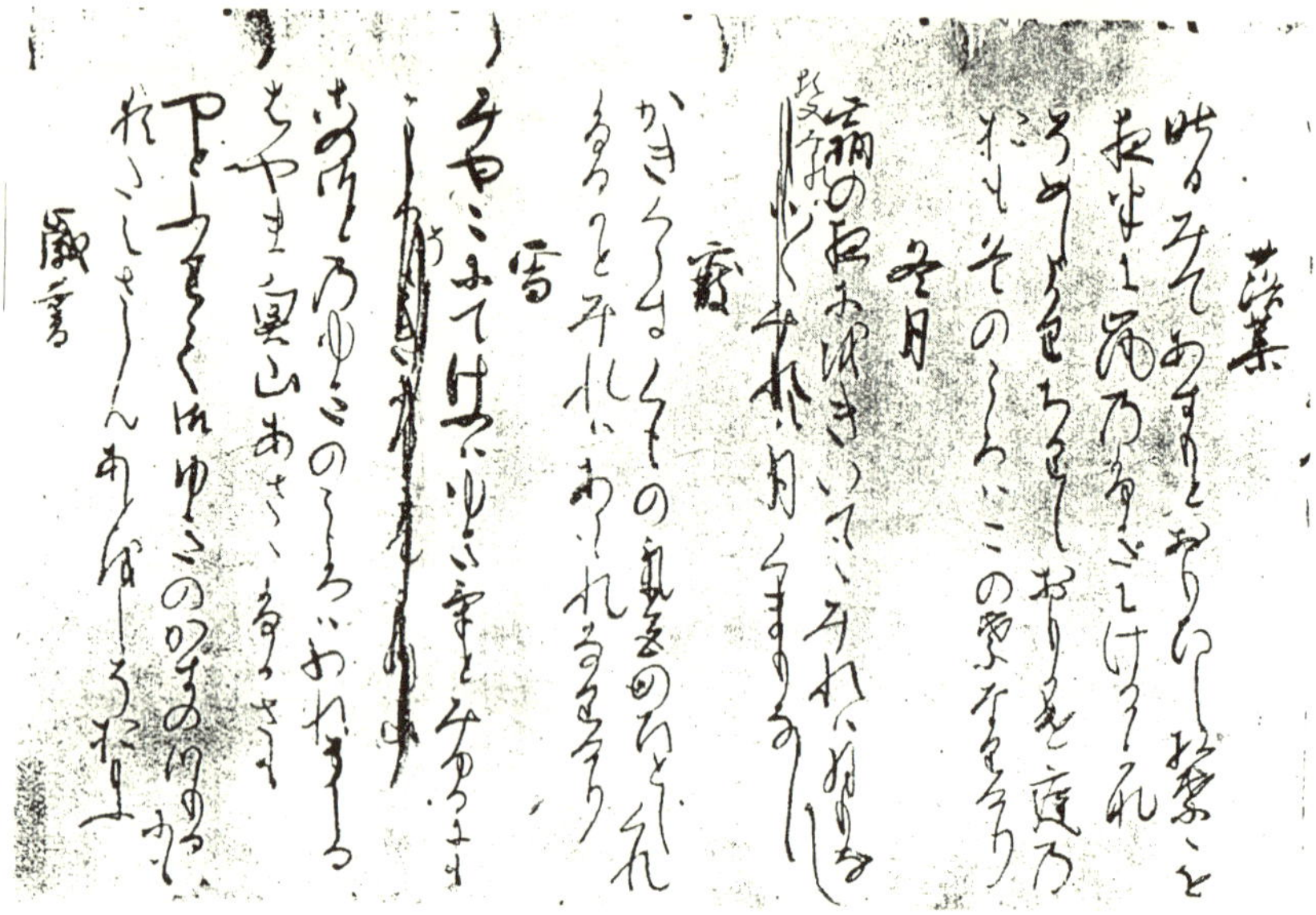

【図版C】

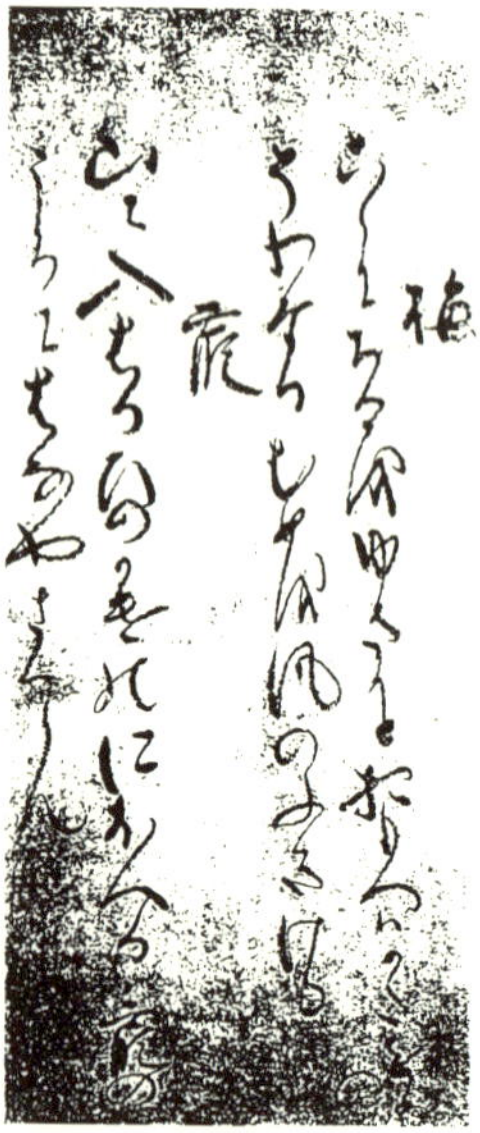

【図版E】

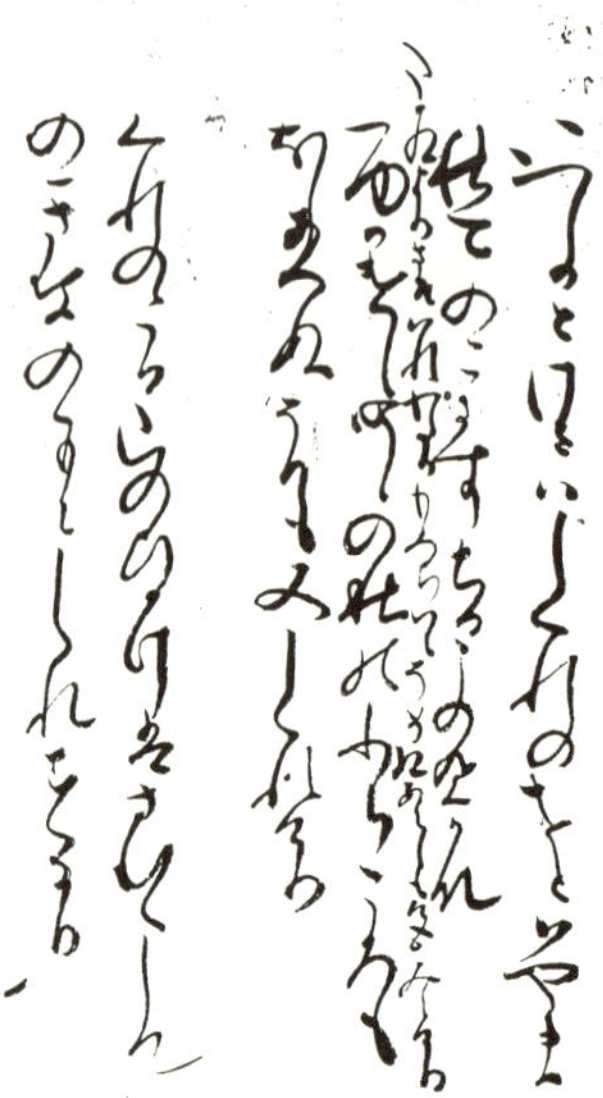

【図版D】

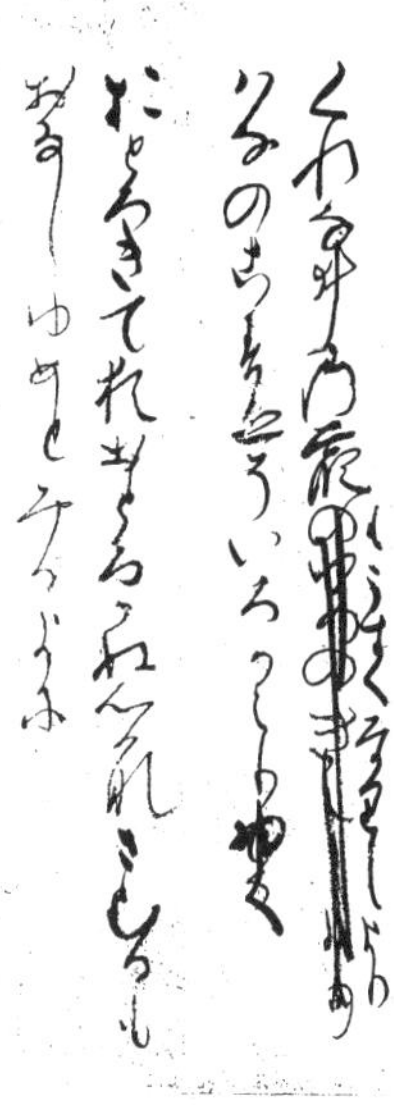

【図版F】

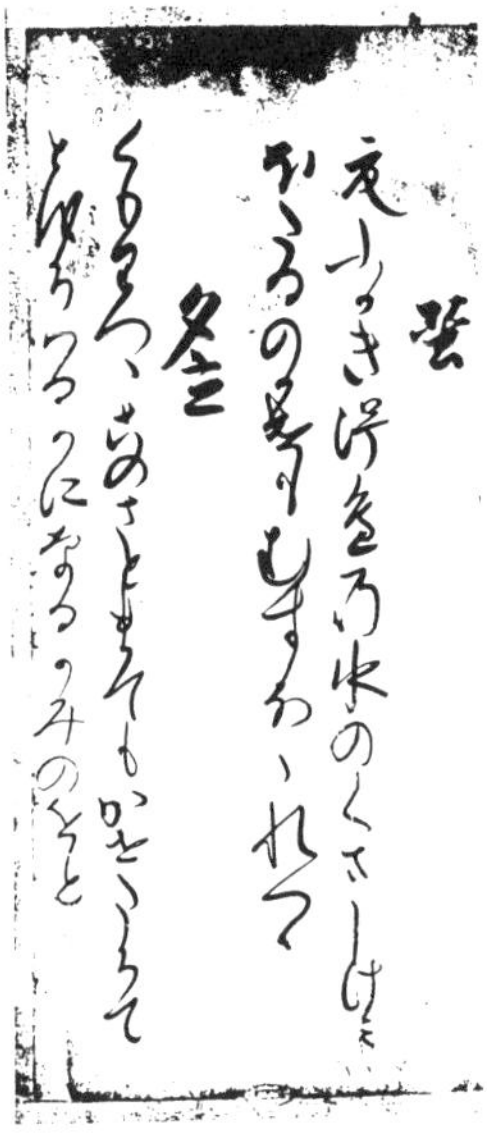

【図版G】

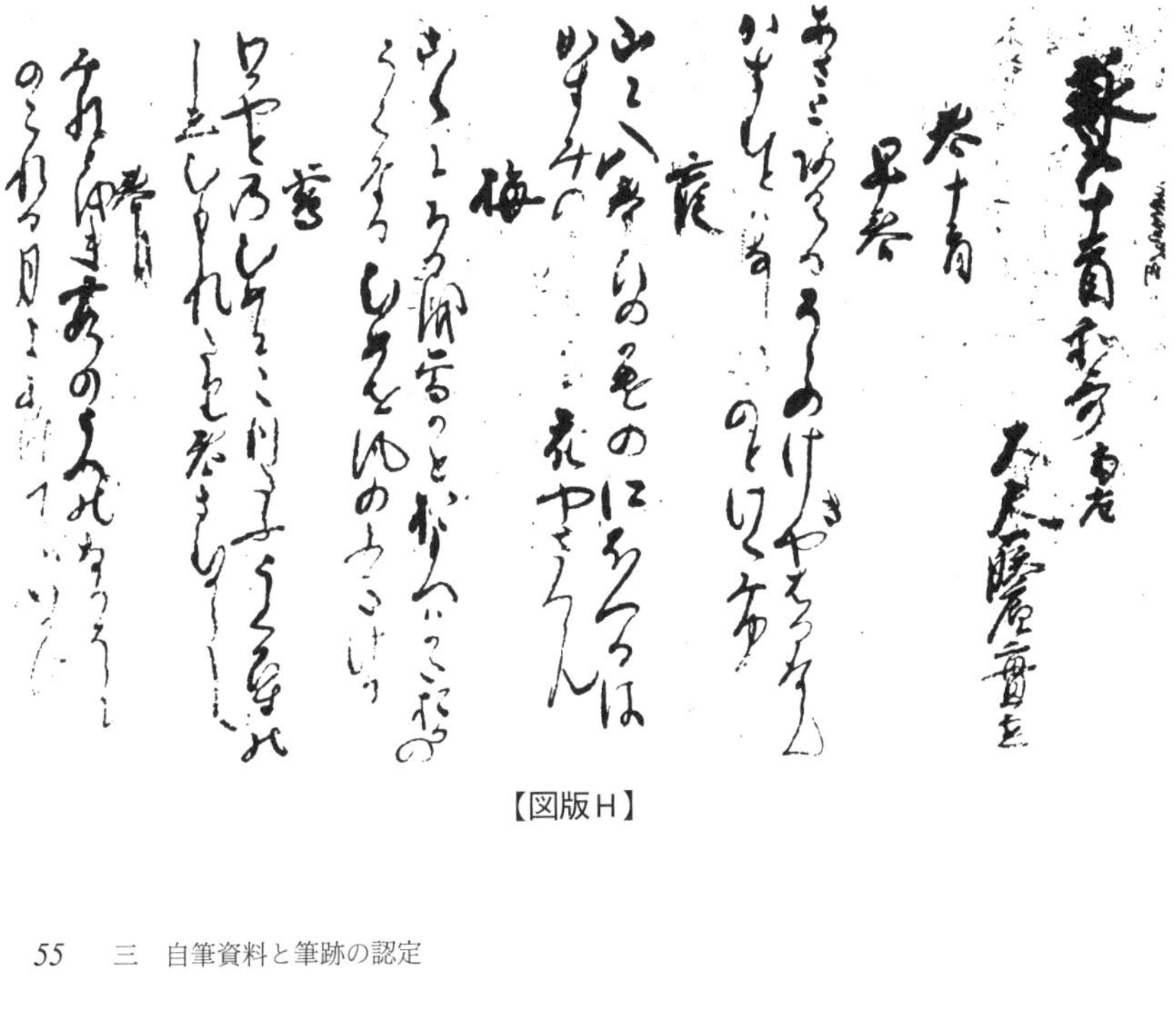

【図版H】

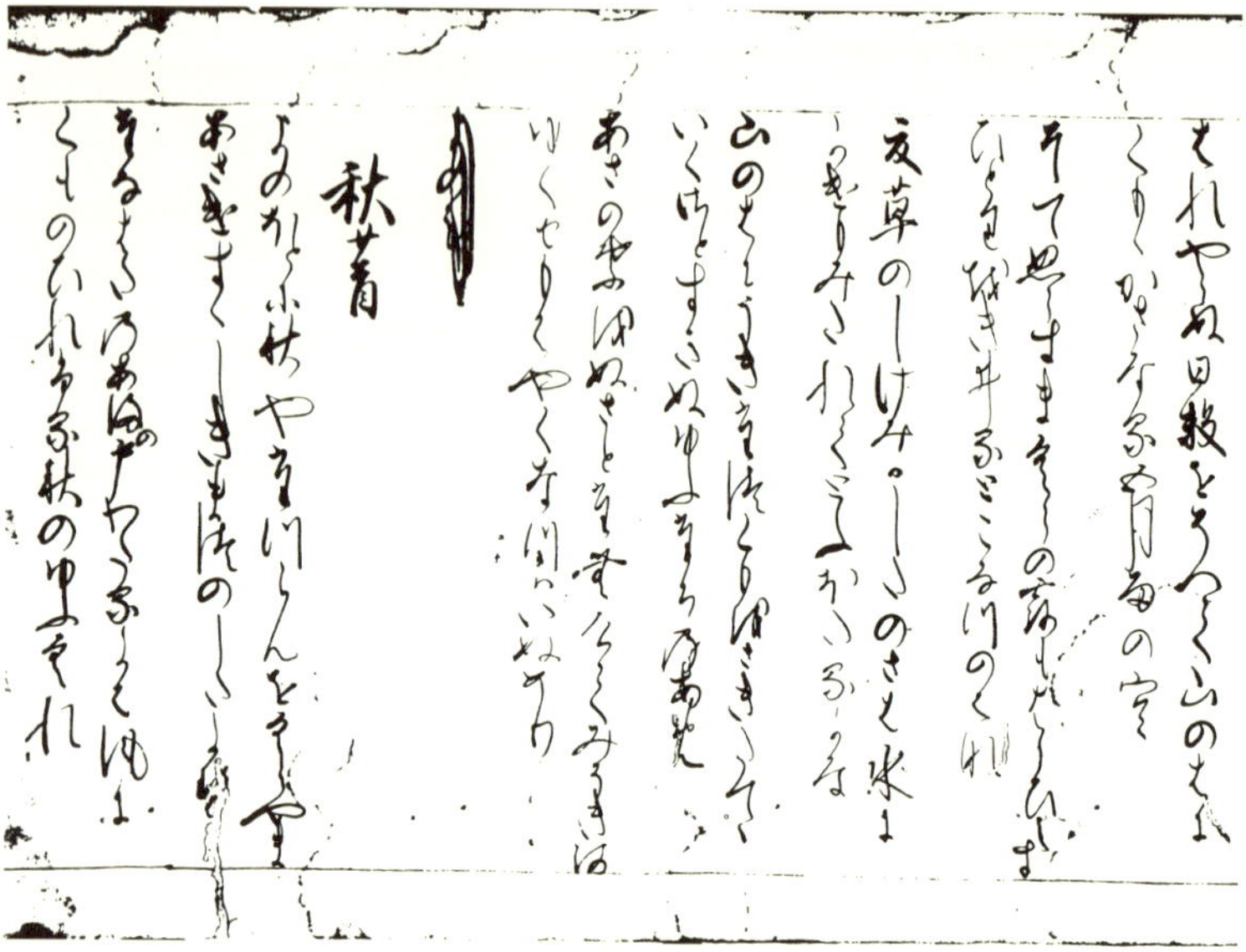

【図版Ｉ】

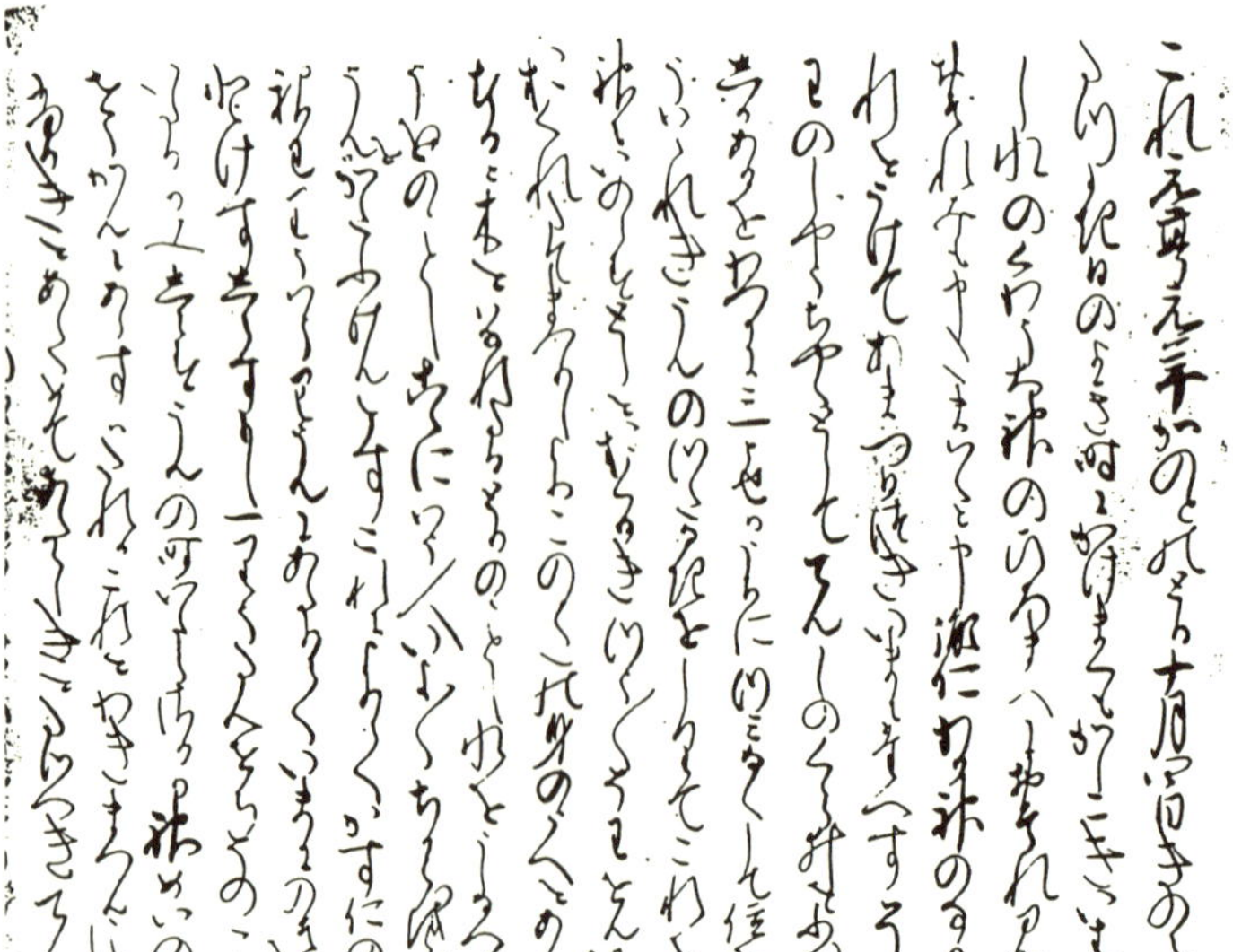

【図版Ｊ】

四　伝後伏見院筆広沢切

一

広沢切がかかえる問題については、かつて「広沢切に関する二・三の問題」(1)という小論で扱ったことがある。伏見院の宸筆御製集である広沢切は、切といっても、すべてが断簡ではなく、かなりの数になる巻子本形態のものが残っており、現段階において知られる限りの断簡、巻子本を併せると、優に三〇〇首を超える大部なものとなることがすでにわかっていて、その詠草群をひとことで言うと、全体としていかにまとまりがなく、複雑な性格を持っているか、ということに尽きる。たとえば、部立意識の比較的明確な、整然とした箇所と、そうでない、ほとんど下書き同然の箇所とが混在している。あるいは、三〇〇首近い、合理的な説明がまったくつけられない重出歌の問題がある。形式、内容ともにきちんと整った巻子本がある一方で、乱暴きわまりない、切り継ぎだらけの巻子本もある。さまざまな問題を総合的に考えると、現在は巻子本の形で残存しているものも、非常に整ったものから未整備のものまで、あるいは院ご自身の配列意識が色濃く残されているものから明らかに後世の手が加わったとしか考えられないものまで、実はいろいろなレベルのものがあり、厄介なことになっていると言える。断簡の形で存在しているものも、通常の古筆切のように、あるまとまった一つの作品から切り出されたものばかりではなく、もともとメモ的に書かれた、純粋に下書き段階のもの、反古同然のものもかなりまじっているのではないか、と思わざるを得ないのである。

さらに、より基本的な問題としては、筆跡の類似からくる筆者の認定、あるいはそれに伴って起こる歌の作者の認定についての混乱がある。一首一首を丹念に調べてみると、すべてが伏見院の詠とは言い切れないのである。中には明らかに西園寺実兼の詠と思われるものがあり、子息の後伏見院の作と思われるものもある。これらはこれまで何らかのミス、あるいは思い違いのようなことで無理矢理説明されてきた。たとえば実兼詠の場合は、「(伏見院が)春宮時代、若くして共に歌を修行したころの実兼の歌を気に入って、手控えにでもしておき、いつか自らのものと誤認して、後年、御集稿本作成の際に書き入れてしまったものと思わざるを得ない[2]」し、逆に後伏見院の場合は、父伏見院の歌を、やはり「自分の作と思い込んだ」り、「結果としていただいた」りしたこともあったのではないか[3]、とされたりしてきたのである。もちろんすべてが伏見院の詠という大前提があったし、問題となる歌の数が少なかったせいもある。しかし断簡の発掘が進み、新しい資料が増えるに従って、そうしたその場凌ぎの説明ではカバーしきれなくなってきたように思われる。実際に実兼の詠や後伏見院の作品が混在しているると考えた方がいいのではないか、とさきの拙稿でも述べたのだが、本稿では改めてその問題について、特に伏見院と後伏見院との関係について考えてみたいと思っている。

二

そもそも広沢切は、古来後伏見院の筆と伝称されてきた。『増補新撰古筆名葉集』の後伏見院の項に、「広沢切　杉原紙、巻物、父王の御哥、二行書」とあり、手鑑に押されている極めのほとんども「後伏見院」とする。巻子本の形式で残存しているものの中でも、やはり「後伏見院宸筆」とか「後伏見院宸翰」としているものが少なくないし、中には内容まで「後伏見院御詠草」とするものがある。

それらが間違いで、広沢切はまぎれもなく伏見院の御集であり、筆者も伏見院自身であると主張され出したのは、和田英松『皇室御撰之研究』[4]あたりが最初で、国民精神文化研究所編（次田香澄執筆）『伏見天皇御製集』[5]によってほぼ確定された、といってよいであろう。以前まとめた私の要約をもう一度繰り返すと、その理由は次のようになる。

一、勅撰集と一致する歌から見て、内容は伏見院の御集であることに間違いはない。

二、伏見院と後伏見院の書風は甚だ類似しているが、本集には墨消しや書き直しの箇所があり、草稿本と認められる。草稿本は常識的には作者自身の筆と考えられよう。

三、書き直しの箇所はいわゆる書き損じではなく、ほとんどが推敲の結果の修正で、本人の所為と考えられる。父帝の作品を、子の後伏見院が添削することはあり得ない。

確かに勅撰集その他の資料によって確認できる作者はほとんどが伏見院で、広沢切と呼ばれる詠草群が伏見院の御集であることは間違いないものである。しかしそれではすべてが完全に伏見院の詠と認められるかというと、必ずしもそうではない。これまで問題としてきたものには、たとえば次のようなものがある。

1　東山御文庫蔵（『新編国歌大観』一〇八七）

水

しづみぬる身は木がくれのいはし水
さてもながれの世にしたえずは

2　東山御文庫蔵手鑑「毫海」所収断簡

いつしかとけさはしぐれのをとはやま
秋をのこさずちるこの葉かな

たかねよりさそはれわたるもみぢばにそめぬあらしも色みえ《(ママ)》ける

つゆかけし昨日の秋のふぢごろも
ほしあへぬそでも又しぐれけり

くれのこる山のひかげはさむくして
のきばのくもにしぐれするなり

3　藤井隆氏蔵断簡（『古筆学大成　20』一四七参照）

したふかたのすゝむにつけていとひまさる
人と我との中ぞはるけき

4　昭和美術館蔵断簡（『古筆学大成　20』一五五参照）

夜嵐

さえひゞくあらしのかねのこゑおちて
あか月さむしねやのたまくら

さえまさるあらしの夜はのとこのうへに

ころもをうすみあかしかねぬる
みねのまつふもとのすぎのひとつあらし
ひゞきぞかはるゆふぐれの山
山かぜはふけどきこえずいはがねや
たぎりておつるたきのひゞきに
　　澗草
日かげなきたにの下くさ冬きては
あさゆふしものきゆる世もなし
　　後深草院□れさせ給にし冬
日をふれどわが物おもひはかれせぬに
するさびにける庭のはぎはら
ひかずへしふしみの秋のたびまくら
かりたの冬を又やながめん

これらはいずれも、他の資料によって、後伏見院の詠と認められる歌、ないしはそれを含む断簡、と言える。具体的に示すと、1の「しづみぬる」の歌は、

『風雅集』神祇（二一三三）

　　建武のころ、雑の御歌の中に　　　　後伏見院御歌
しづみぬる身は木がくれのいはし水さてもながれの世にしたえずは

によって、2における「いつしかと」と「つゆかけし」の歌は、

『続千載集』冬（五九五）

山時雨　　院御製

いつしかとけさはしぐれの音羽山秋をのこさずちる紅葉かな

『続後拾遺集』哀傷（一二五一）

伏見院かくれさせ給うての比、時雨のしければよませ給うける　　院御製

露かけし昨日の秋の藤衣ほしあへぬ袖も又時雨れけり

などによって、また3の「したふかたの」は、

『風雅集』恋四（一二四七）

題しらず　　後伏見院御歌

したふかたのすすむにつけていとひまさる人とわれとの中ぞはるけき

により、4における「山かぜは」の歌は、

『玉葉集』雑三（二二三三）

題しらず　　新院御製

山風はふけどきこえずいはがねやたぎりておつる滝のひびきに

によって、それぞれ後伏見院の詠であることが確認できる。『続千載集』や『続後拾遺集』における「院御製」、『玉葉集』における「新院御製」は、常に後伏見院の御製を意味しているからである。もっとも右五首のうち、1の「しづみぬる」の歌だけは巻子本中に見え、しかも同じ巻子本中には伏見院詠と確認できる歌も多く、後伏

見院詠と断定するにはためらいがある。『風雅集』の中にも作者表記が「伏見院御歌」とする写本があったりして、問題が残るのである。他は断簡であり、あるいは紙継ぎによって他の歌と区別ができ、該当する歌をすべて後伏見院詠と認めて特に問題はない。くわしくはさきに挙げた拙稿を参照願いたい。

三

広沢切には、通常の古筆切とは違って、巻子本のような書籍の形のものから切り出されたものばかりではなく、下書き段階の、いわば反古のようなものも混じっているのではないか、とさきに述べたが、その典型を示すと思われる断簡がある。【図版1】に示したように（『春敬コレクション名品図録』[6]より。『古筆学大成 20』[7]一八九にも）、次のような形をとるものである。

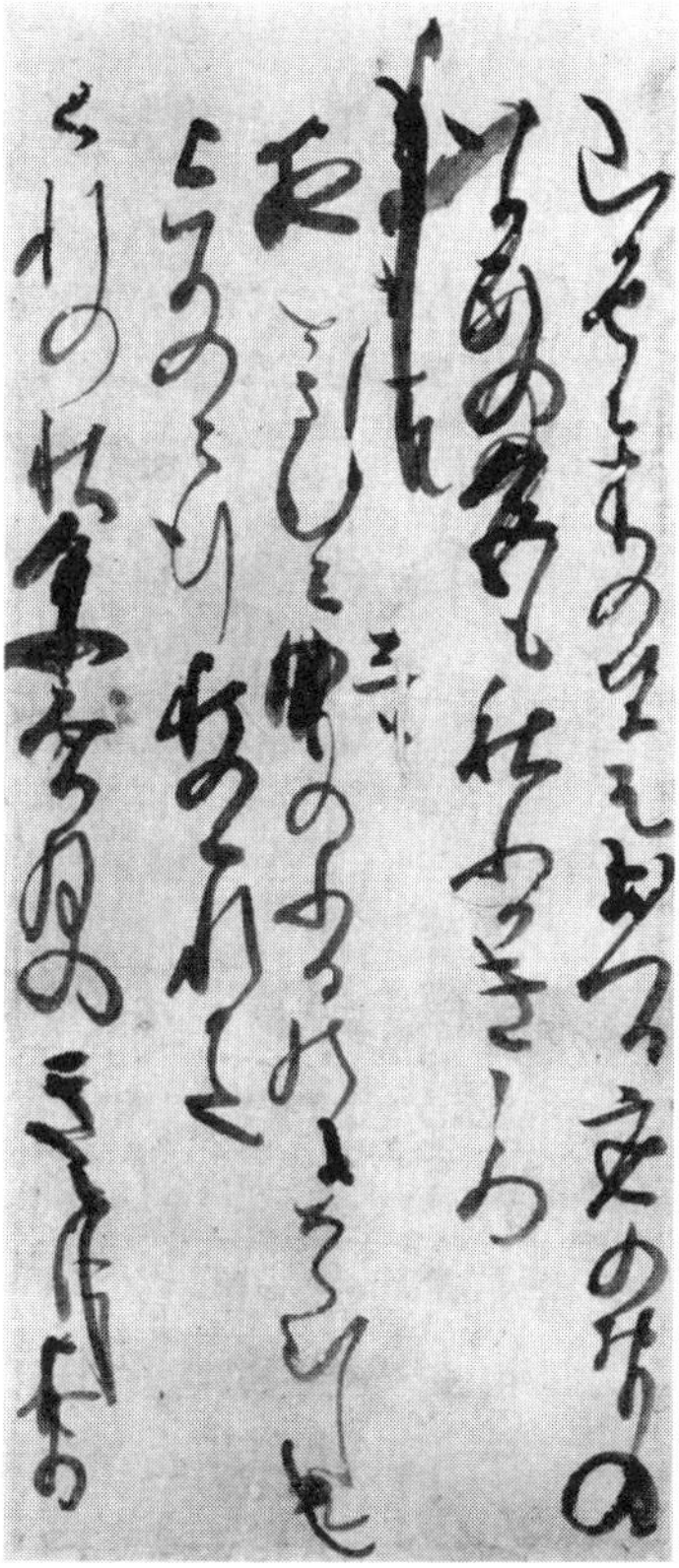

【図版1】

山かせに木の葉そおつる庭のおもの
いり（□□□《ひの色》）も秋ふかきころ

□□□□
夜をさむみのも《しも》のふるのになくむし（に《も》）
よはりのみ行秋のくれかた
くれの秋（□□□《けふみ》）か月のきえ（にし《し》□《よ》）り

古筆研究の泰斗である飯島春敬氏によっても、また『古筆学大成』の編者で斯界の権威である小松茂美氏によっても、いずれも当該断簡は伏見天皇の宸筆に間違いなく、広沢切そのものと認定されているものである。重ね書きがあり、抹消があり、傍書があり、推敲の跡のまことに甚だしい断簡というべきであろう。こうした断簡の存在が広沢切草稿説のきわめて有力な根拠になっているのであるが、実はこの断簡もまた、本当に伏見院のものであるかどうか、きわめて疑わしいのである。一首目の「山かせに」の歌が、『臨永和歌集』巻三・秋（二二六）に見える次の歌と、二句に小異があるほかは、ほとんど同じ歌といってもよいからである。

暮秋の心をよませ給うける　院御製
山風にこの葉うつろふ庭のおもの入日の色も秋ふかきころ

『臨永和歌集』は、撰者未詳。全一〇巻。歌数は伝本によって異なるが、約七七〇首。作者はおよそ一八〇名。そのうち、たとえば、

初紅葉をよませ給うける　今上御製
ひとしほの峰の紅葉葉立田姫まだおりはてぬにしきなるらし（二二〇）

という歌は、『藤葉和歌集』秋（二七七）に見える、

（秋歌中に）　後醍醐院御製

一入のみねのもみぢは立田姫まだおりはてぬ錦なるらし

によって「後醍醐院御製」であることがわかるし、

おなじ心を（嘉元百首歌たてまつりける時、不逢恋）　院御製

あふ事も身にはなぎさによる浪のよそのみるめにねこそなかるれ（三八八）

という歌は、『新拾遺和歌集』恋二（一〇二九）に見える、

恋の歌とてよませたまうける　後伏見院御製

逢ふことも身にはなぎさによる波のよそのみるめに音こそなかるれ

によって「後伏見院」の詠であることが確認できる。要するに、集中の「今上」は後醍醐天皇、「院」は後伏見院、「新院」は花園院で、「春宮」は光厳院ということになるのだが、作者表記その他から、『臨永和歌集』の成立は元徳三年（一三三一）夏ごろと推定され(8)、成立当時に生存していた歌人の詠を中心に編纂したものの如くなのである。これまで広沢切の一部とされ、伏見院の詠に間違いないものとされてきたものが、実は後伏見院の詠だったことになる。しかも後伏見院の生存中に成立した歌集によってそれが証明される。これ以上確かなものはないのではなかろうか。

また【図版2】に示した新出の断簡（大垣博氏蔵）も同じような性格を持つ。通常の広沢切と同じく、筆者は「後伏見院」と極められているものであるが、内容は次のようなものである。

すまのうらわの秋の夜の月

ふりすてゝえそすきぬ《こそはすきね》　すゝむしの

声するのへの秋はきのもと
月のこるしほひのかたに。うか《たつなきて》
秋もふけゐのうらちかなしも

【図版2】

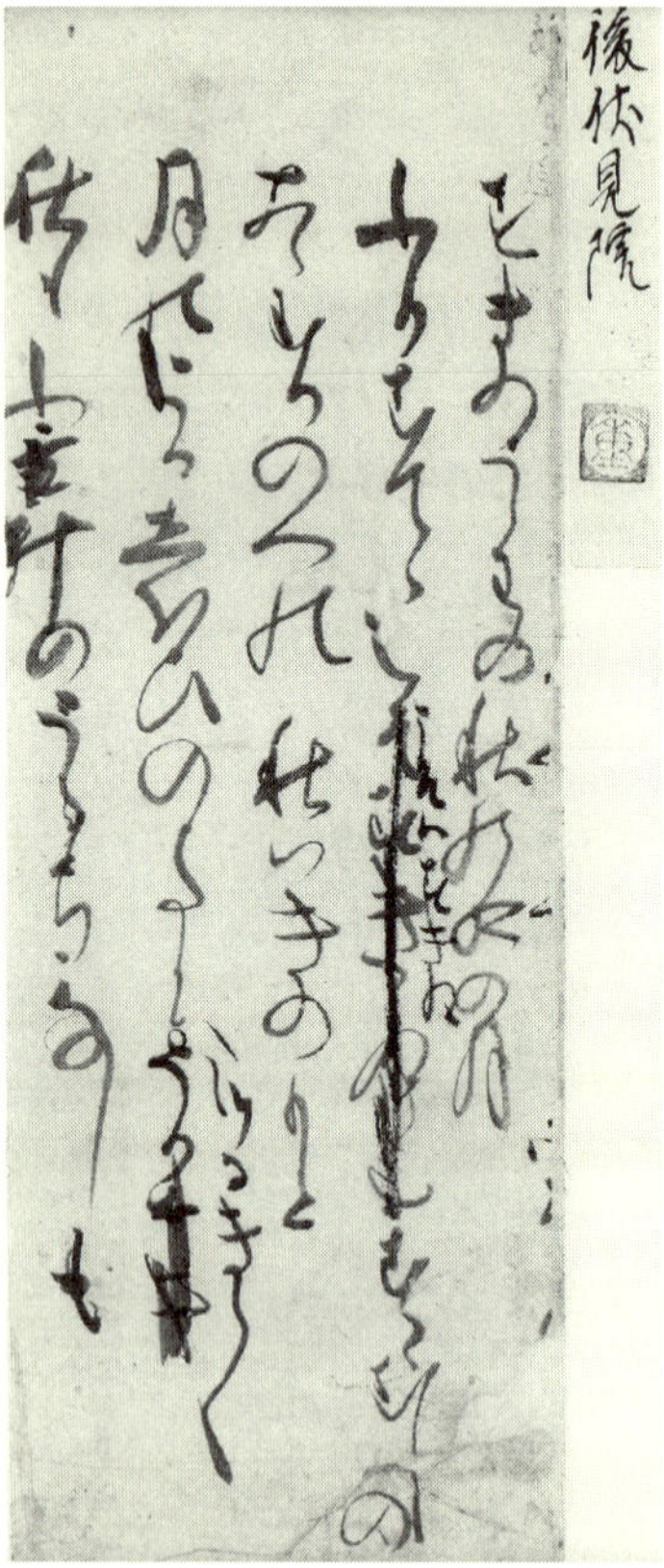

この断簡の場合も、末尾の「月のこる」の歌が、『臨永和歌集』巻三・秋（二〇四）に見える次の歌と完全に合致する。

月をよませたまうける　　院御製
月残るしほひのかたにたづなきて秋は吹ひの浦ぢかなしも

ここでも作者は「院御製」であり、すなわち後伏見院の詠ということになろう。料紙の大きさ、文字の大きさ、あるいは推敲のありようなどからすると、もしかしたら『春敬コレクション』における断簡と同じ反古から分割されたのではないかと推定されるほどのものだが、何はともあれこの二葉の断簡は、『臨永和歌集』と一致する歌はもちろんのこと、他の収載歌も含めて、すべて後伏見院の詠と考えるべきものであろうと思われる。

四

右の断簡二葉を含めると、後伏見院自身が、後伏見院自身の詠を書写したと思われる断簡は、確実なものだけでも計五葉ほどが数えられる。かつて広沢切について述べた事項の中に、

> 伏見院と後伏見院の書風は甚だ類似しているが、本集には墨消しや書き直しの箇所があり、草稿本と認められる。草稿本は常識的には作者自身の筆と考えられよう。

という点があったが、この場合にも、その論理がそっくりそのまま当てはめられるように思われる。どんなに筆跡が似ているからといって、これほど推敲の跡の甚だしい乱雑極まりない断簡を、本人ではなく、伏見院が書いたとは到底考えられないからである。父帝が息子のために下書きをするなどということ自体、そもそも考えにくかろう。それにしても両者の筆跡はよく似ている。後伏見院詠を書写した断簡と、いわゆる広沢切とでは、後世の目利きをも狂わせるほどの似通い方なのである。改めてその目で見直してみると、なるほど多少の違いはあるかと思われるが、通常はほとんど区別がつけられない。従来われわれは広沢切といえば無条件に伏見院詠として扱ってきたし、疑いもしなかった。ところが実際はそうではなかったことになる。他の文献により伏見院の詠ではないと確認できる場合はいいとして、確認できないものをすべてこれまでのように伏見院詠と考えてしまっていいものかどうか。あるいは後伏見院の詠だって中にはあるかもしれないのである。問題は、単に筆跡の認定にとどまらず、歌の作者の認定にまでかかわってくる。

古来、古筆家の極めによって伝えられてきた広沢切の筆者はもっぱら「後伏見院」であった。もっとも常にそうであったかというと、必ずしもそうではなかったらしいふしもあり、たとえば本願寺十世証如の日記である「天文日記」[9]天文八年（一五三九）六月九日の条に、

従禁裏、伏見院宸筆哥一巻、御盃一枚拝領候

とあって、そこに記される「伏見院宸筆哥一巻」というのが現在の西本願寺本に該当する可能性が非常に高いからである。当時の「禁裏」とは後奈良天皇のことで、少なくとも後奈良天皇なり証如なりはこれを伏見院の宸筆と考えていたらしいことになろう。ところが現存の西本願寺本には、後水尾天皇の筆跡で、

此一巻正安宸筆殊
御詠草也尤二難弁
者歟

との奥書が記されており、近世に入って、後水尾天皇の時代になると、「此一巻」が「正安」の「宸筆」で、その「御詠草也」と考えられていたらしいことになる。「正安」とは後伏見天皇時代の年号である。

極めというものはしばしば信頼のおけないものであるが、おそらく両者の筆跡の甚だしい類似がこうした過誤を生んだ最大の原因ではあるだろう。しかしまったく根拠のない、荒唐無稽な絵空事だったかというと、そうではなく、部分的には確かに後伏見院の筆跡もあったのだから、そういうところから広沢切全体についての後伏見院筆という伝称が生まれてしまった可能性もあったのではないか。

古筆の鑑定が行われるようになった初代了佐（一五七二～一六六二）は後水尾天皇とはほぼ同時代の人である。古筆家の認定の誤りがさきの奥書に影響してしまったとも考えられよう。もっとも他の文献から確認できる歌の作者がほとんど父親の伏見院のものだったから、『増補新撰古筆名葉集』の後伏見院の項に見える記述のように、

「広沢切　杉原紙、巻物、父王の御哥、二行書」というような説明が生じてきてしまったのであろう。昭和になってそれらの記述が間違いだったとわかった段階で、今度は逆に、すべてが伏見院の筆跡で、すべてが伏見院の詠作、ということになってしまい、他の存在は認められなくなってくる。後伏見院の詠も、実兼の詠も、筆跡が似ているために伏見院筆と考えられ、伏見院詠の中に埋没していく。これはこれでまた非常に大きな問題となろう。

すでに述べたことだが、いわゆる断簡のありようの問題もある。広沢切についての一般的な理解は、当然ながら、伏見院の宸筆御集である「巻物」から切り出されたもの、というものであろう。これまでの解説類ではほとんどがそのように説明されてきたし、今でもそのように信じられている。実際に巻子本形式で現存するものが何点もあって、そこから切り出された可能性のある断簡も十分に存在が考えられよう。しかし、はじめから書籍の形態をとっていない、反古同然のものも、またその反古が幾つかに分割されたものも、かなり混じっていたのではないかと思われる。そう考えないと、厖大にして混沌とした広沢切という断簡群の説明はなかなかつけられないのである。すべてがきちんと整った巻子本だけが本来の姿だったら、他の詠草群の混入する余地はほとんどなかったと言えるであろう。

（1）　都留文科大学研究紀要　第60集　平成16・10
（2）　次田香澄「広沢切攷」二松學舍大學論集　昭和59・3
（3）　同　右
（4）　和田英松『皇室御撰之研究』明治書院　昭和3

（5）国民精神文化研究所編（次田香澄執筆）『伏見天皇御製集』目黒書店　昭和18

（6）飯島春敬『春敬コレクション名品図録』書藝文化新社　平成4

（7）小松茂美『古筆学大成』講談社　平成4

（8）井上宗雄『中世歌壇史の研究　南北朝期』明治書院　昭和40

（9）真宗典籍刊行会編『続真宗大系　第十五巻』国書刊行会　昭和51

五　歌会と歌稿

――新資料　後奈良院宸筆詠草を中心に――

一

文化庁が新しく収蔵した手鑑は、全二帖。保存状態はあまりよくないが、総数二九二葉（大判の懐紙、書状などで二葉に分割されているものが一四葉、極めだけで断簡の失われているのが一葉あるので、実数は二七七葉）の断簡が押されており、その中には、伝佐理筆筋切、伝俊頼筆巻子本古今集切、基俊筆多賀切、伝俊成筆御家切、伝寂然筆村雲切、伝定家筆五首切（二葉）、民部卿局筆秋篠切、伝顕昭筆建仁寺切、伝雅有筆八幡切、伝行俊筆長門切、伏見院筆広沢切、伝後伏見院筆桂切などの名物切があり、そのほか、伝公任筆猿丸集切、伝寂蓮筆田歌切、伝為氏筆俊頼髄脳切、伝為道筆和漢兼作集切など、非常に珍しいものが含まれている。文書や書状など、歴史関係の史料も多く、そうした方面でも価値がありそうである。いずれも学界未紹介。大阪の林家旧蔵ということ以外にくわしい伝来はわかっていないが、ともかく内容的には極めて興味のある手鑑である。

そうした断簡類の中に、「後奈良院」との極めを持つ二葉の詠草がある。【口絵2・3】に示したように、手鑑に貼るために現在では分断されてしまっているが、本来一葉のものであったことは明白である。一応読みを示す

と、

【口絵2】三二・三×三八・〇センチメートル

照于東方

＼いつる日の空にそしるきなへて世を
てらしはしむるかたをそなたと
法の花のひかりも世をやてらすらむ
春くるかたをさしてわかねと

汝等所行是菩薩道

＼今そしる《この》もとの身にしてさとり《思しる》にき
きゝしはひとつ・《御》法の《なりとも歟》むしろに
すむやいかにむかしのまゝのわしの山
かはらぬ月の影をとゝめて

【口絵3】三二・三×四五・八センチメートル

寿命無数劫

しらすそのうけし命のかきりには
いはほもなにの天のはころも
＼なにかその仏の道にかきりあらん

人《かり》のためとて《身なから歟》うけし命も
生れこしすかたはあれと仏こそ
おひすしなすのいのち成けれ

ということになろうか。そして、【口絵2】の冒頭下方に、

さしてわかねとは万八千世界の心にて候へき歟

とあり、末尾には、

汝等は舎利弗縁覚の二乗にてたゝ我のみの故に菩薩は
きらはれ候を法花の時に又言を替て菩薩の行なりと
述られ候意なとにて候

とある。また【口絵3】の末尾には、

大永四九月廿五日要文哥青蓮院勧進也有子細者慈鎮和尚三百年忌也　合点逍遥院

とある。

後奈良院筆とされる詠草にはすでに知られているものが実は他に何点もあって、たとえば国立歴史民俗博物館（旧高松宮）蔵の「後奈良院御製六首和歌」（1）なるものは、右の詠草と非常によく似た内容を持つ。【図版1】に掲げたように、まず「低」「少」「閑」という極めて珍しい題が示され、その題ごとに歌がそれぞれ二首ずつ配されており、うち一首ずつに合点が施されている。冒頭の歌には、

かしけたる《ひとむらの》色も寒けし木枯のふもとの野への霜のさゝ原

と、やはり添削らしいあとが見え、右下にはその添削に関する注記かと思われるものが記されている。

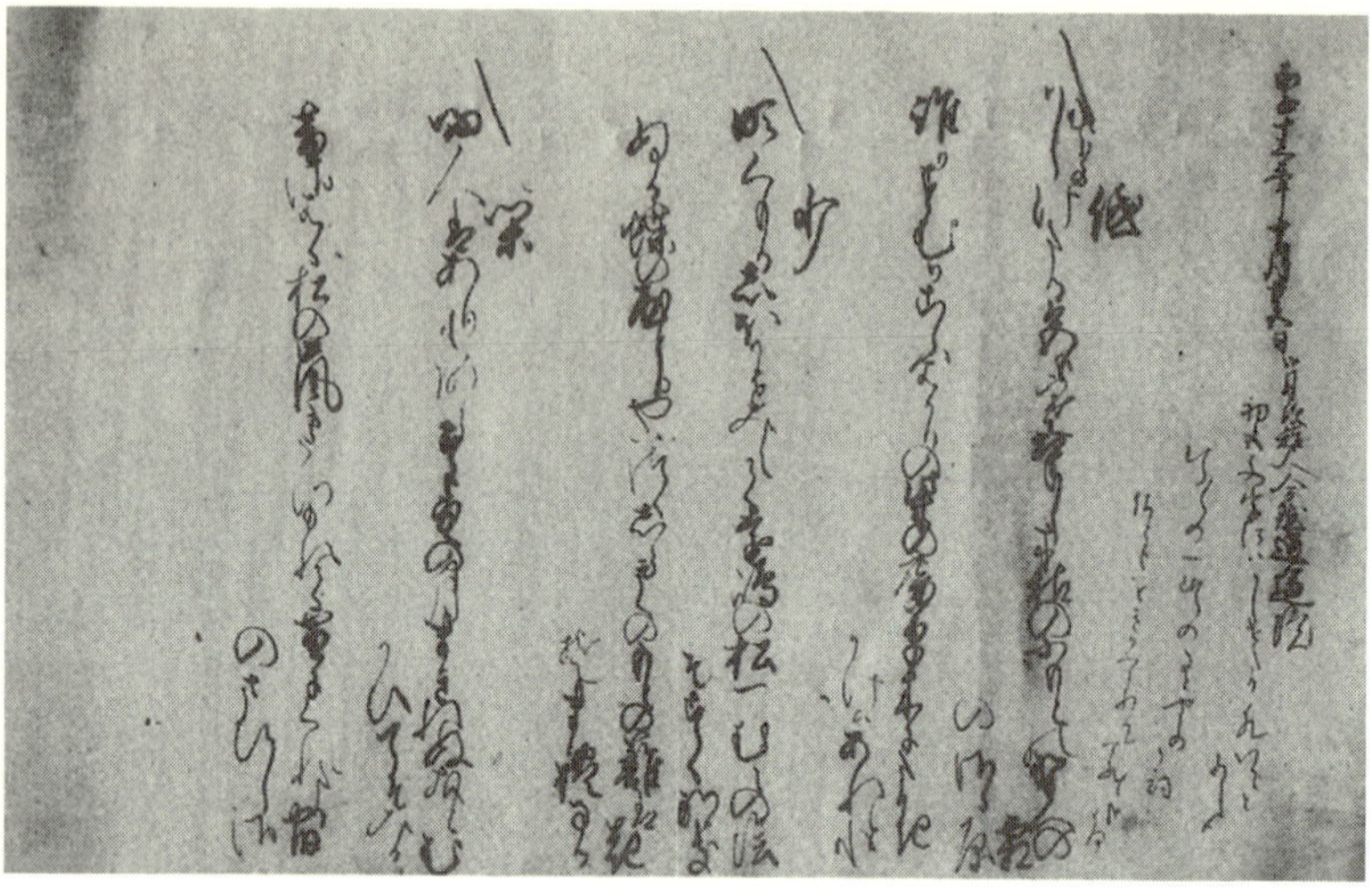

【図版１】　国立歴史民俗博物館『貴重典籍叢書』より

初五文字にはかしけたる歟いかゝと存し候
むら〱の一むらのなとやうの御詞
候ともをきかへられて可然候哉如何

「かしけたる」という語は、生気がなくなる、しおれる、などの意であるが、いわゆる歌語としては耳慣れず、落ち着かない、というわけであろうか、「むらむらの」とか「ひとむらの」とかに置き換えたらどうか、というのであろう。料紙の端には、やはり、

永正十三年十月廿五日御月次短尺合点逍遥院

とあり、これが永正十三年十月廿五日に行われた御月次歌会の短冊に書かれたもので、合点は逍遥院、すなわち三条西実隆であることがわかる。添削ももちろん実隆であろう。国立歴史民俗博物館『貴重典籍叢書』において、小川剛生氏が、

実隆に「低」「少」「閑」の三題につき、自詠二首ずつを示して選択させ、さらに評語をも付させたものであろう。

と解題で述べておられるとおりである。また氏は、

この会については徴すべき記録に乏しいが、端にある通り、父天皇の内裏月次歌会に提出された短冊の歌稿であろう。ユニークな題であるが、『大日本史料』永正十三

年（一五一六）正月十九日の条に『永正御月次和歌』を出典として、「同十三年十月御百首」より「高」「少」「聴」「清」の四題が挙げられており、他に実隆、政為、済継らが出詠したと知られる。各人より提出された短冊を書き継いで清書した、継歌百首会であったのであろう。

とも述べておられる。井上宗雄『中世歌壇史の研究　室町後期』[2]によれば、この『大日本史料』に見える「永正御月次和歌」なるものは、「一人三臣和歌」からの引用で、「一人三臣和歌」とは、後柏原、実隆、為広、政為らの歌を月次歌会等から抄出編集したもの、とのことであり、「永正御月次和歌」のすべてが残っているわけではなく、後奈良院（当時はまだ二十一歳で、知仁親王と呼ばれていた時代である）の詠が具体的にどのような形のもので、右の詠草とどのような関係にあったかは残念ながら確認できない。

なおこの詠草は、実は『宸翰英華』にも載っていて、そこでは後奈良院の筆跡ではなく、父帝である後柏原院の宸筆詠草とする。筆跡の鑑定は私にはむずかしいが、もし後柏原院の詠草なら「一人三臣和歌」に歌が間違いなく抄出されているはずだし（まったく別な歌が四首抄出されている）、おそらく『宸翰英華』における誤りと認めてよいのであろう。歴代の天皇の筆跡を鑑定する際にまずわれわれが拠り所とするのは、とりあえずはこの『宸翰英華』だが、実は誤りが多いことを、太田晶二郎氏がきわめて率直に、具体的な例を挙げながら「鑑定難」[3]という文章で述べておられる。たとえば「後柏原天皇宸筆般若心経御奥書案」とされているものは、三条西実隆のものであり、同じく「後柏原天皇宸筆御懐紙」とされているものは、後奈良院のものであるとする。各種資料を駆使しながら、氏はそのことを詳しく論証し、高名な編者達を痛烈に批判しているのだが、しかしその太田氏もまた、この詠草に関してはひとことも触れてはいらっしゃらない。鑑定というものはまことにむずかしいものである。

二

ところで後奈良院の詠草とされるものには、たとえばそのほかに、【図版2・3・4】などもある。

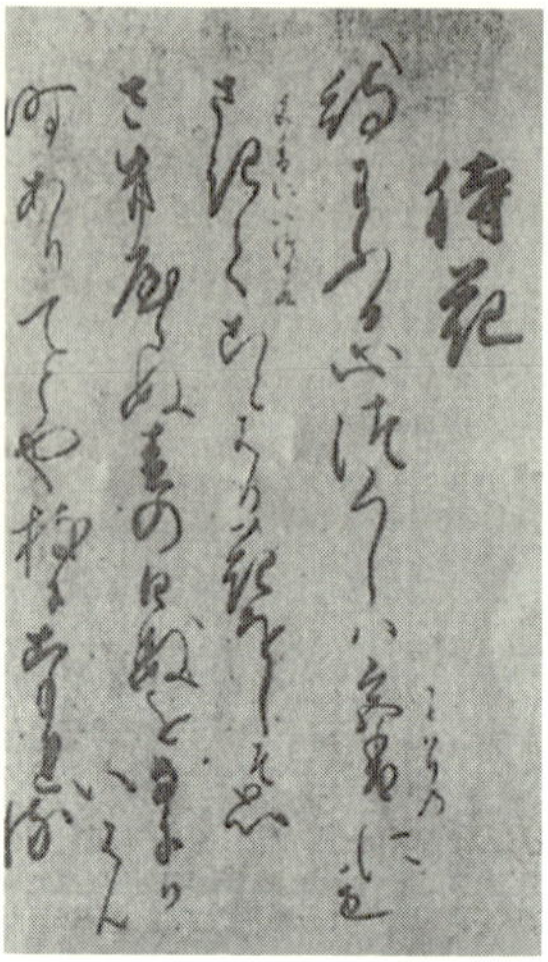

【図版2】『古筆手鑑大成　あけぼの　上』より

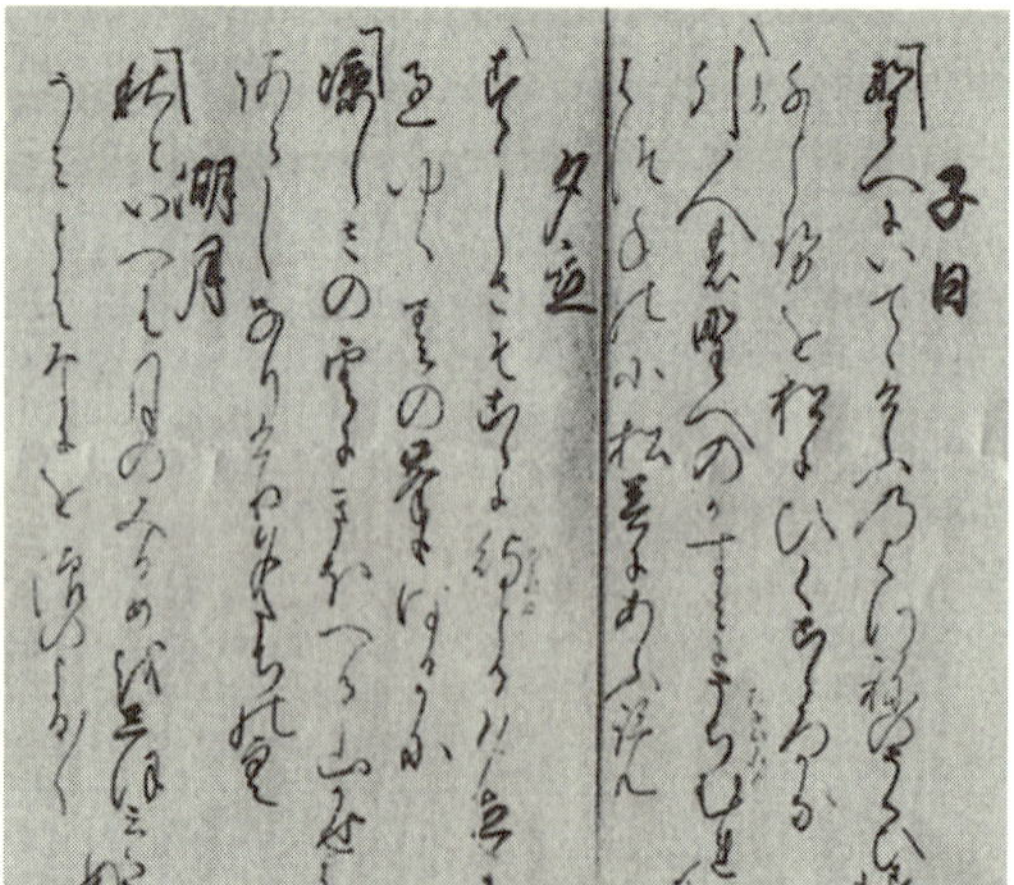

【図版3】『日本書蹟大鑑　第10巻』より

【図版2】は『古筆手鑑大成　あけぼの　上』所収のものだが、合点の施されている、

待わふる心つくしは色香《ことはりの》にもさきて《色香にいつる賦》ことはる花をしそ思

の歌が、『新編私家集大成　中世Ⅴ』所収の「後奈良院Ⅰ」（「後奈良院御製」書陵部蔵　五〇一・六五三）に、

待花　同（享禄三）年八廿五

378　待わふる心つくしはことはりの色香にいつる花をしそおもふ

と見え、『公宴続歌』享禄三年八月廿五日の条（二〇六八七番）にも同じように見える。

また『日本書蹟大鑑　第10巻』に載る【図版3】では、カギのついている合点とカギのついていない合点とがあるが、カギのついていない方の合点歌、

引人《もろ》の野へのかすみにうちむれて《たなひかれ賦》はつねの小松春にあふ覧

と、

すゝしさそこゝに待とる《のこれ賦》夕立は過ゆく春の峯もはるかに

の歌とが、同じく「後奈良院Ⅰ」に、

子日　同（享禄三）年四廿五

364　もろ人の野への霞にたなひかれはつねの小松春にあふらん

夕立　同

365　すゝしさそこゝにのこれる夕立は過行雲のみねもはるかに

湖月　同

366　心ありて漕かへるらし夕波に月もにほてる沖の釣舟

と見えている。もっとも三首目の「心ありて」の歌は図版に掲げた詠草には見えないが、「湖月」という題と、カギつき合点の施されている歌一首は残されており、同じようにカギのない合点歌を含む部分が詠草のつづきと

して存していたであろうことは十分に考えられよう。『公宴続歌』享禄三年四月廿五日の条によれば、さらに「遇恋」「懐旧」題の歌が後奈良院詠として見える。

ここで興味深いのは詠草のあり方とその結果とである。詠草で傍書のある歌は合点（あるいはカギのない合点）の施されているものばかりで、それが家集や『公宴続歌』に転載された時にはすべて傍書のとおりになっている。たとえば「待わふる」の歌は第三句と四句に「色香に《ことはりの》もさきてこと《色香にいつる歟》はる」とあるのが、家集でははっきりと「ことはりの色香にいつる」となっているし、「引《もろ》人の」の歌は初句以外に第三句も「うちむれて《たなひかれ歟》」となっているが、やはり家集では「もろ人の」「たなひかれ」に改められている。「すゝしさそ」の歌も同じである。第二句の「こゝに待とる《のこれ歟》」が傍書どおりに「こゝにのこれる」となっている。『古筆手鑑大成』の解題（担当　橋本不美男）ではこれを「兼題歌会の前に、歌稿を認めて和歌宗匠に添削を求めた詠草の断簡」とし、「添削者は晩年の三条西実隆かと思われる」とされ、『日本書蹟大鑑』の解題（執筆担当者不明）では「自作の歌を書写したもので、その草稿本と思われる」とし、「行間の引点（批点）が加えられているが、これは天皇自身の書き入れではなく、父帝後柏原天皇による添削の跡と考えられる」とされている。実隆か後柏原天皇かという点に違いはあるものの、いずれにしてもこの傍書を添削と考える点では共通しており、そうとすると添削に対する後奈良院の態度は非常に忠実なものであったと見ることが出来るであろう。

【図版4】の詠草は『宸翰英華』に載るもので、合点のあり方こそカギのあるものとないものとの二種あるが、【口絵3】ないし【図版1】と非常によく似た内容を持つ。端に、

永正十五年五月廿五日御月次合点逍遥院

とあり、永正十五年五月廿五日の「御月次」歌会の折のもので、合点はやはり「逍遥院」三条西実隆である。一首目と三首目とにカギのない合点があり、一首目には、

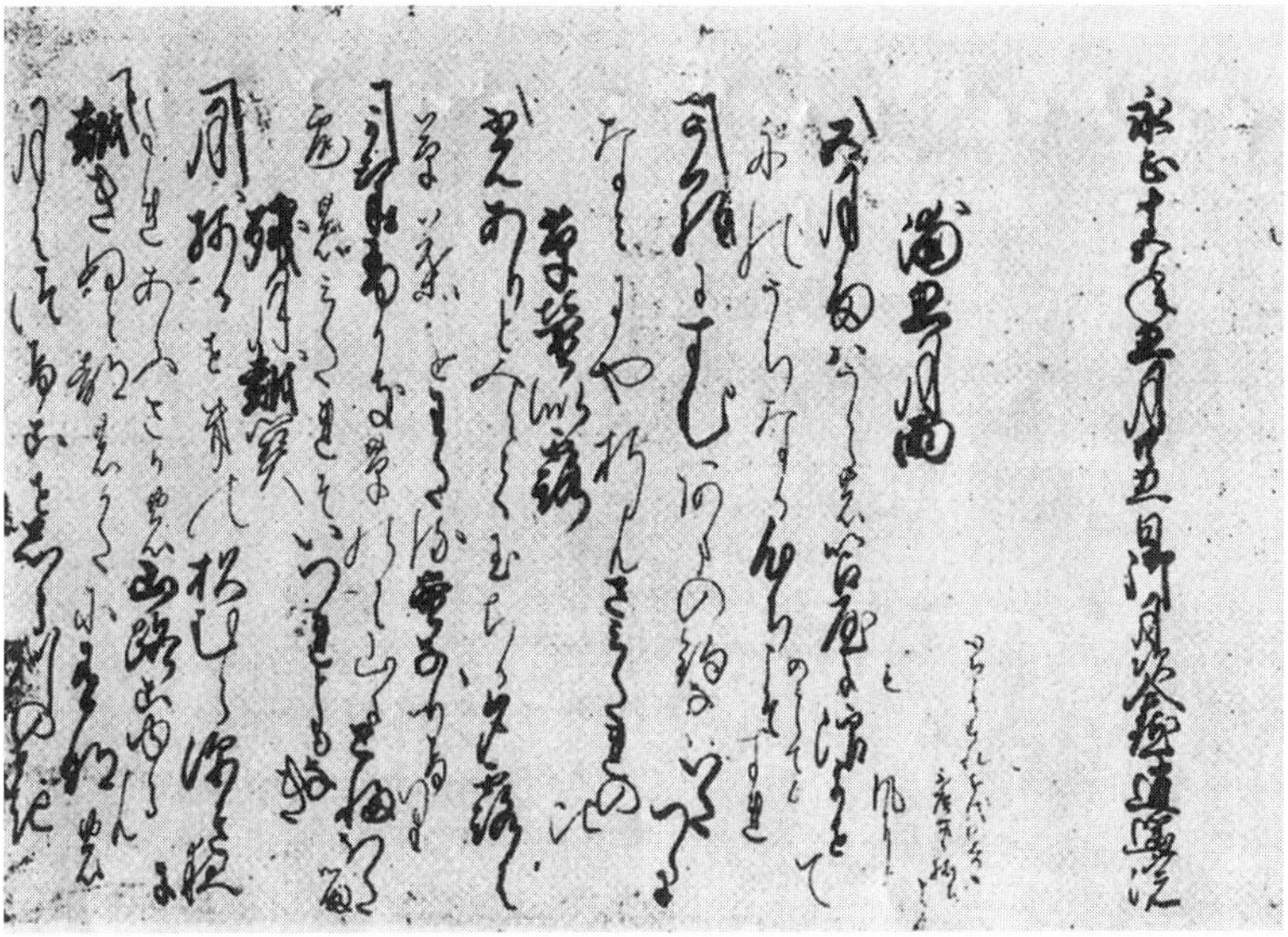

【図版4】『宸翰英華』より

浦五月雨

五月雨はうらの苫屋に《も》浪《風》よせて《に》舟のうちなる心ち
こそすれ《のこして歟》

と添削が施されていて、その右下におそらく第五句に対する評であろう、

心ちこそすれ近代の哥に不庶幾之様に申候歟

と細字で記されている。永正十五年五月廿五日の月次歌会がどういうものであったのか、右の歌は他の文献のどこにも見出だせず、最終的にどのような形に落ち着いたのかは確認できないが、これまでの例から推察すると、おそらく添削どおりに、

五月雨はうらの苫屋も浪風に舟のうちなる心ちの
こして

と改められたのではないかと思われる。

後奈良院の歌に対する添削者が常に実隆であったとは断言できないが、多くの場合その歌稿はまず実隆に見てもらったと考えてよいであろう。【図版3】の添削も「父帝後柏原天皇による」ものではなく、やはり実隆と見てよいのではないか。傍書のありようを見る

と、たとえば「色香にいつる歟」「たなひかれ歟」「のこれる歟」「のこして歟」と「歟」の用いられ方が目立つ。後奈良院と実隆とでは四十一歳もの年齢差があり、右の例はいずれも後奈良院が二・三十歳代、実隆が六・七十歳代の折のものであるが、やはり断定的に手を入れるのではなく、なにがしかの遠慮、というか、最終的な判断はご自身でどうぞ、という配慮のようなものがあったと見てよいのではないだろうか。

三

ところで新出の詠草に見える「大永四九月廿五日要文哥」とはいかなるものか。そこには「青蓮院勧進也」とあり、「慈鎮和尚三百年忌也」ともある。やはり井上氏の『中世歌壇史の研究　室町後期』(4)に、

大永四年九月、慈鎮の三百年忌を来年に控えて人々に法華経和歌（各品の中から語句を選んで百題としたもの）を勧進した（高松宮・書陵部「類聚和歌」所収。釈教歌詠全集4・国文東方仏教叢書歌頌に翻刻がある）。作者は御製四首、邦高・貞敦・尊鎮・覚胤・彦胤・慈運・為広・公条・雅綱ら三首、為和ら二首、為豊・済継・泰昭・経厚ら一首、作者は五十八名に上った。為和集にその二首が掲げられ、後に「右慈鎮和尚之来年之九月廿五日三百年忌也、然間青門御勧也」とあり、門跡としての尊鎮が主催者であった事を確かめうる（当年の大永五年には記事がない）。而してその顔触は天皇・皇族、大納言以下の公家歌人、諸宗の門跡、天台関係の僧、青蓮院の坊官、その稚児と思しき人々で、摂家・大臣がいない。実隆記大永四年九月十四日の条に「青門勧進哥各座次違乱、予献状於右府（近衛稙家）申事之子細、只無別儀被返申之由陳答、比興事也、入道相国（実淳）・前関白（尚通）等座次事彼是紛紜、所詮如此之人数可被略之、仍題共被召返云々」とあるのは、恐らく上述の三百年忌尊鎮勧進歌に関してであろう。多分、親王と准后（尚通）の位次の問題、また近衛・徳大寺の諍い（実隆記三年五月廿日参照）などによる混乱を避けて摂家・大臣が辞退し、それらの題を配り直したという事なのであろうか。

とくわしく述べられているものにそれは該当するのであろう。主催者である青蓮院尊鎮は、後柏原院の子、後奈良院の弟である。慈鎮和尚の三百年忌にあたり、要文（経文中の大切な句）を題とした歌会を催した。その題がたとえば「照于東方」「汝等所行是菩薩道」「寿命無数劫」なのであって、これらはすべて法華経の中に出てくる語句である。慈鎮の『拾玉集』にもやはり「詠百首和歌」というのがあり、前書きに、

……故妙経八軸之中二十八品之内取百句為百題、其詞云

とあって、同じく如是我聞（二首）、我見燈明仏（一首）、其智恵門（三首）、照于東方（一首）、入於深山（一首）、悉捨王位（一首）、其後当作仏号名曰弥勒（二首）、諸法実相（一首）、止々不須説（一首）、五千人等即従座起礼仏而退（二首）出現於世（一首）……とつづいて、最後の作礼而去（三首）に至るまで、計一〇二題、一四五首の歌が載っている。「二十八品之内取百句為百題」とあるにもかかわらず一〇二題、一四五首あるわけだが、そのうち傍線を施した「其後当作仏号名曰弥勒」と「五千人等即従座起礼仏而退」の二題を除いてそっくり利用したのが大永四年九月廿五日の慈鎮和尚三百年忌「要文哥」ということになる。

なお、たまたま文明七年八月十二日の『実隆公記』に、

慈鎮和尚経文之和歌依勅定書写之、於御前有盃酌

と見え、実隆が後土御門天皇の命によって「慈鎮和尚経文之和歌」を書写している事実が知られるが、おそらく右の「詠百首和歌」をさすのであろう。現在では『拾玉集』の中にのみ存するものだが、当時はそれだけで独立、流布していた可能性もあり、歌人達にも尊重されていたらしいことがうかがえる。そうした経緯が三百年忌とも結びついているのであろう。

大永四年の慈鎮和尚三百年忌「要文哥」には、本文として、井上氏が述べておられるとおり、

高松宮（現国立歴史民俗博物館）蔵「経文百首」

宮内庁書陵部蔵「類従和歌」（一五四・一）所収「要文百首」

などの写本と、

『釈教歌詠全集　四』慈鎮和尚三百年遠忌詠法華経和歌

『国文東方仏教叢書　第一輯　第八巻』法華経和歌百首

などの活字本とがある。後者の底本は明らかでないが、活字本にはもう一種、

『大日本佛教全書　第六十六（旧版一二八）巻　華頂要略門主傳』所収本

もあり、これら五者を比較すると歌の配列に異同があって、「無有魔事」題では、

月に雲花に嵐の世の中をおもひとるには散らすくもらす

とする本文と、

ことをさふる物こそなけれさてもゝしあるはさなから法の里人

とする本文とがある。たった一〇〇首なのに一様ではないのである。ただし後奈良院詠は三首、やはりいずれも傍書どおりに本文が改められ、収められている。

ところがこのように成書化された本文とは別に、慈鎮和尚三百年忌当日の短冊そのものが実は伝存していた。別府節子氏により紹介された「慈鎮和尚三百年忌、五百年忌、五百五十年忌、六百年忌和歌短冊帖」(5)がそれで、冒頭部分三葉を再録すると【図版5】のようになる。冒頭の「如是我聞」詠は無署名だが、もちろん後柏原院のもので、二首目の「照于東方」題が知仁親王、すなわち後奈良院のものということになる。

【図版6・7】には残りの知仁親王詠を掲げたが、いずれも次に示したように傍書どおりの本文になっている。

【図版6】　汝等所行　いまそこのもとの身にして思しる

是菩薩道　きゝしはひとつ御法なりとも　知仁

【図版7】　寿命無数劫
なにかその仏の道にかきりあらむ
かりの身なからうけし命も　知仁

【図版5】『慈鎮和尚三百年忌和歌短冊帖』冒頭

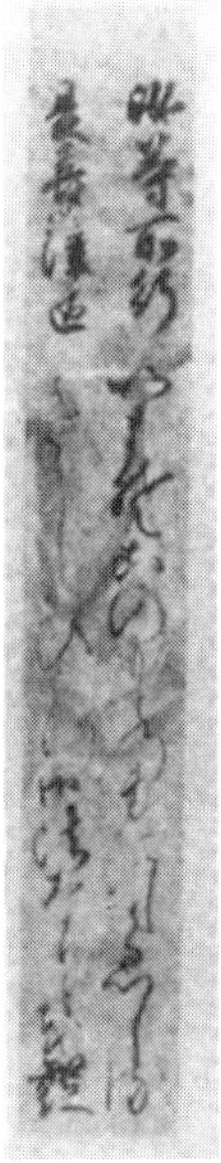

【図版6】『慈鎮和尚三百年忌和歌短冊帖』知仁親王

【図版7】『慈鎮和尚三百年忌和歌短冊帖』知仁親王

（以上三点、注5より転載）

なお問題の「無有魔事」題の歌は、短冊ではやはり「ことをさふる……」であり、通常の本文と異なっている。それについて別府氏は、華頂要略本に施されている注記、

此御製短冊紛失歟。後水尾院宸翰御歌者。吉水和尚拾玉集之内後日被補之歟。ことをさふる物こそなけれさてもゝしあるはさなから法の里人

を引用しながら、後柏原院の御製である「無有魔事」題の和歌短冊が紛失したため、江戸時代になって後水尾院が吉水和尚（慈鎮）の『拾玉集』から同じ題の「ことをさふる」という歌を選んで染筆したものであろう、と推

定されている。また別府氏は、この短冊帖の順番は必ずしも法華経の本文どおりではなく、その短冊帖の順番に従っている華頂要略本は直接この短冊から書き抜かれたもので、高松宮本や書陵部蔵「類従和歌」本は百首催行時に控えとして取られたいわば証本から伝えられた可能性が高いともされている。おそらくそのとおりで、基本的には私もそのように考えるが、ただ高松宮本は短冊帖と実は配列がまったく同じであり、「無有魔事」題の歌もやはり「ことをさふる……」なのである。従って高松宮本もまた短冊帖から書写された本文の系列と考えるべきものであって、その点は訂正を要するだろう。

四

当該百首の詠まれた「慈鎮和尚三百年忌」については、井上氏が前記ご論の中で、「大永四年九月、慈鎮の三百年忌を来年に控えて」と言い、「当年の大永五年には記事がない」と述べておられるが、すでに別府氏が指摘されているとおり、大永五年とするのは誤りである。同じ折に詠まれた冷泉為和の詠が『為和集』（一〇八二〜一〇八三）に見え、そこには、

同（大永四年九月）廿五日、青蓮院門跡より父母所生眼
みるからうちに心のやみも雲はれてさはるかたなき月の行末
常自寂滅相
夢のよのあるかなきかの迷ひをはさめての後の心にそしる
右慈鎮和尚之来年之九月廿五日三百年忌也、然間青門御勧也

とあって、「来年之九月廿五日三百年忌也」と記すのをどのように考えるかは問題として残るが、「三〇〇年忌は、三〇〇年目ではないので大永四年としてよく、他の年忌続歌もすべてそのように催されている」と別府氏が指摘

されている。新出の後奈良院詠草末尾にも「大永四九月廿五日要文哥青蓮院勧進也有子細者慈鎮和尚三百年忌也 合点逍遥院」とあり、大永四年九月廿五日が慈鎮の三百年忌であったことは間違いないであろう。

一般に、短冊や懐紙に記された詠草類は、それがどういう折に詠まれたのか、どういう形で披講されたのか、はっきりしないことが多い。歌そのものが他の文献によって確認されないことが多いし、たとえ確認できたとしても家集本文に見えるだけだったりして、歌会そのものの本文とはなかなか結びつかない。ところがこの詠草の場合は、慈鎮和尚三百年忌の折のものであることが明らかな上、「経文百首」とか「要文百首」とかの名称で本文そのものが残っているばかりでなく、歌会当日の短冊までが現存しているという、まことに稀有な例であり、僥倖にも恵まれたものである。

すでに応仁の乱が終息しているとはいえ、この時代は、いわゆる戦国時代の入口に当たっていた。世の乱れはつづき、皇室の力は衰え、経済も疲弊しきっていた。父の後柏原院は二十一年、後奈良院は十年、践祚から実際に即位式を挙げるまで、長い時間を要し、待たなければならなかった。しかしそうした間も、月次歌会をはじめ、各種歌会は間断なくつづけられていた。国語学の資料として有名な「母には二度あひたれども、父には一度もあはず　くちびる」というなぞを含む「後奈良院御撰何曾」の撰者であり、仮名古筆の分野で名高い高野切の筆者を紀貫之とはじめて伝えたのも後奈良院である（巻二十の巻末奥書に「此集撰者之筆跡之由古来所称云々尤為奇珎者乎一覧之次聊記之」とあり、後奈良院の花押がある）。いろいろと幅広く、かなり多方面に関心をお持ちの方だったらしいが、中でも和歌はその中心にあったのであろう。むしろ時代が時代だったからこそ、逆にそうした文化活動に身を入れ、熱心だった面もあったかもしれないとさえ思われる。

ともかく混乱の中で生まれ、さまざまな荒波をくぐり抜けて生きながらえ得た資料である。しかも歌会のあり方そのものを伝える、直接的で、第一級の資料である。最近山本啓介氏が詳細に論じられた続歌論[6]によると、室町期の続歌については次のように定義できるとのことであり、この歌会の場合、そのすべてに合致する。

① 短冊を用いた題詠である。
② 一定数の歌題（二十首・三十首・百首など）が設定され、短冊一枚ごとに一題が記され、それを参加者に割り当てて詠作する。
③ 詠歌の記された短冊は、予め設定された題の配列に従って並べ（繋げ）られる。披講や寄書も題の順に拠った。
④ 当座探題の続歌と兼題の続歌の二種類があった。当座探題続歌が一般に多く行われたが、法楽などの際には兼題続歌で行われることがあった。
⑤ 位階の高い者が巻頭（及び巻軸）の題を詠むとする作法があった。兼題の場合には、位階の順に題を配るという作法もあった。

ただし④については、初期のものはともかく、一般にはむしろ兼題続歌の方が多かったのではないか。本詠草の場合ももちろん兼題で、与えられた「照于東方」「汝等所行是菩薩道」「寿命無数劫」の三題に対し、後奈良院はそれぞれ二首、ないし三首の歌を試作し、師事していた実隆に見てもらった。短冊に書いて提出する前の草稿段階のもので、いわば歌稿というべきものであろうが、歌稿、短冊、成書と、歌会におけるさまざまな段階のものがこうしてすべて残されているのである。しかも添削の施された歌稿である。天皇や皇族の歌が公にされる前にどのようにして添削が施されたのか、また、具体的にどのような過程を辿ったのか、一般にはなかなかうかがい知ることができない。谷知子氏による『天皇たちの和歌』(7)は、「古事記」の時代から平成の現代に至るまで、国家、制度、自然、民衆、恋などに関してどのように歴代の天皇たちが歌を詠んできたかを探る、非常に興味深い著作だが、当然ながらすべては公にされた歌だけをもとに扱っている。実際にはさまざまな形で手が加えられているであろうことは想像に難くないだろう。そうした問題を考える際にも、本詠草はまたとない、極めて貴重な資料になると思われる。

（1）『国立歴史民俗博物館蔵　貴重典籍叢書　文学篇　第十一巻』所載　臨川書店　平成12
（2）井上宗雄『中世歌壇史の研究　室町後期』明治書院　昭和47（第二章　1の項）
（3）太田晶二郎「鑑定難」日本歴史　第九十三号　昭和31・3（のち『太田晶二郎著作集　第三冊』所収）
（4）注2に同じ（第三章　7の項）
（5）別府節子「『慈鎮和尚三百年忌、五百年忌、五百五十年忌、六百年忌和歌短冊帖』について」出光美術館研究紀要八号　平成14・12
（6）山本啓介「『続歌』とは何か」和歌文学研究　第九十六号　平成20・6
（7）谷知子『天皇たちの和歌』角川選書　平成20

第II章

歌合と私撰集

一　平安朝歌合の新資料

一

萩谷朴『平安朝歌合大成』（以下『歌合大成』と略称）が、平安時代の歌合を考える際に最も重要で、かつ基本的な文献であることは誰しもが認めるところであろう。陽明文庫や尊経閣文庫等に蔵せられている類聚歌合の十巻本、二十巻本の完本はもちろん、柏木切、二条切などと称されて、古筆切としても珍重され、諸家に秘蔵されてきた断簡をも限なく集成し、考察された功績は、どれほど高く評価してもしきれるものではないと思われる。

ただし本文集成にあたって、『歌合大成』ではかなり手を加えている。傍書などを取捨選択し、仮名を漢字に改め、句読点や濁点を施している。要するにある種の解釈が施されているのである。それがプラスに働くこともちろんあろうが、マイナス面がまったくないわけでもない。かつて『私家集大成』が一切の私意を排し、原資料をそのまま忠実に翻刻した方法に倣って、歌合も新しく集成しなおしたらどうだろうかという意見があり、鎌倉・室町時代の歌合をも含めて、現在、新企画が進行中である。

『歌合大成』の増補新訂版が世に出てからでも十数年を経ている。その後見出だされた資料も少なからずある。

この際、現段階において管見に入った限りをまとめておくのも意味がないことではないと思うので、以下、可能な限り図版を掲げながら、その資料的意味について考えていきたい。

二

【図版1】は、藤堂家旧蔵手鑑(1)「古今翰聚」中の一点である。「俊忠卿」とする極めを持つもので、次のような内容を有する。

左　　わたのはらの恋ち
あさりせしうらを見しかはわたつうみのい
そのはまくり色こかりしを
右　　としのうちにときをうしなふ物
ひとゝせに夏《な》しとたにおもひせ《て》は
左　みそのにかほるかせのたち花　のいふやうとしのうちにときをうしなふ
ものとあるはあつくるしきほとなれはくた物
はなつなしと思にやあ覧みきのいふやうわ
たのはらの恋ちはあま人のもすそしほる
はまくりなといひてこれもかれも心ゆきいとをかしち

『歌合大成』によれば、これは七九「天元四年四月廿六日　故右衛門督斉敏君達歌合」（通称「小野宮右衛門督家歌合」）の13、14番にあたる。従来知られていた当該歌合の本文には二系統あり、全一二首（うち一首は下句脱、また、左歌、右歌のそれぞれが欠けたもの二番あり）のかなり不完全な群書類従本と、それらの脱を補い得るかとされる

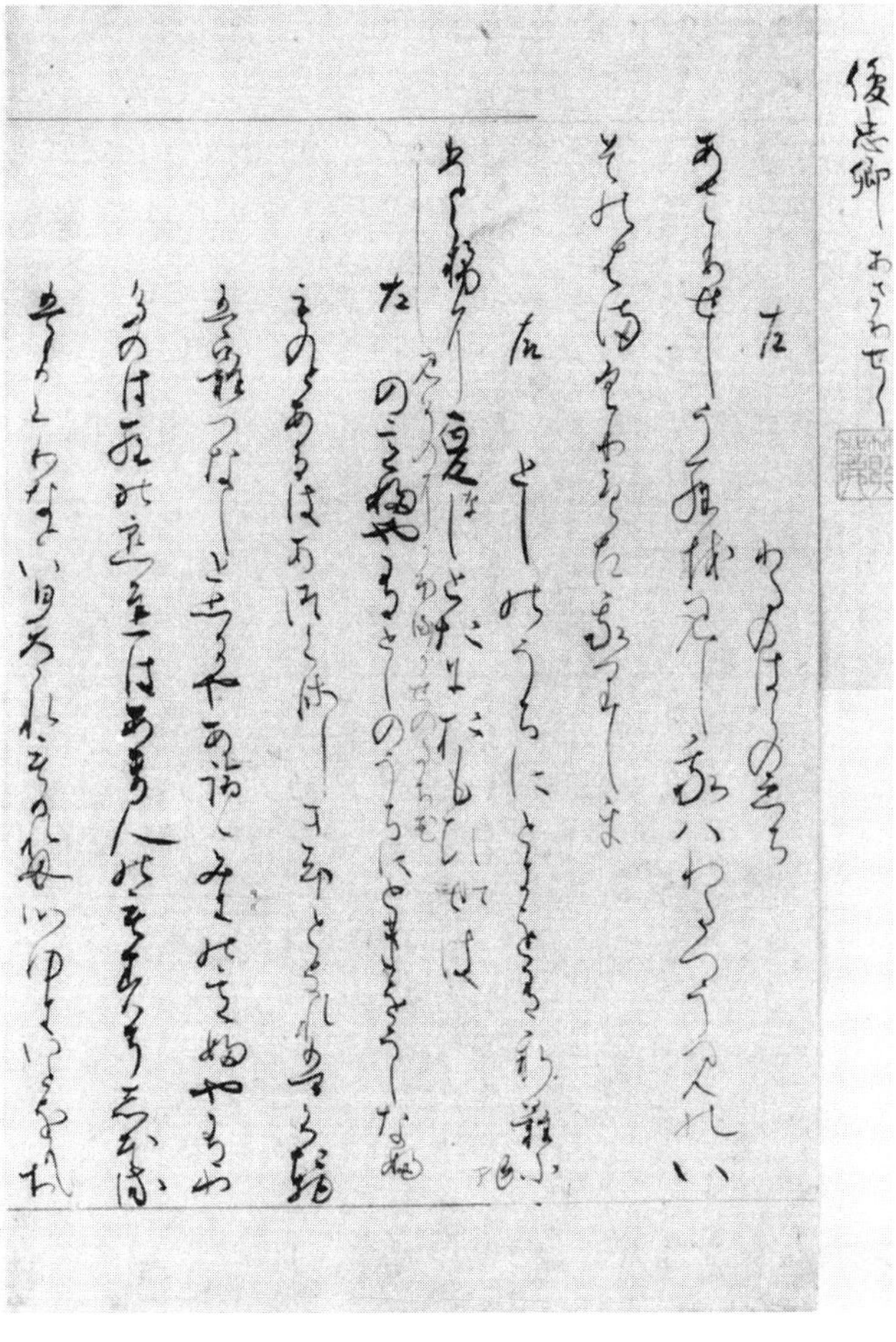

【図版1】藤堂家旧蔵手鑑「古今翰聚」

全一八首の続群書類従本とである。二十巻本本文は断簡としてしか伝えられていず、知られる範囲の内容から判断して、あるいは不完全な群書類従本系かとされてきた。

その後、冷泉家時雨亭叢書が刊行され、別な伝本の存在が知られることとなった。第四十九巻『歌合集 百首歌集』に掲載されている、「納言家歌合七種」のうちの「をのゝ宮右衛門のかみのうたあはせ」と題する一点がそれで、やはり一二首本であり、内容もまったく群書類従本と同じものであることが判明した。連続する「同家歌合 なをのうたあはせ」も、小異はあるが、やはり連続する群書類従本「同家歌合」に一致し、陽明文庫蔵「古今歌合巻第十三」の目録に見える、

小野宮右衛門督家歌合天元四年

題奈曽ゝゝ語

同家歌合

の、連続する二点に該当することも確認できた。要するに、二十巻本そのものが本来不完全な内容を有する本文だったことになる。

ところで右の断簡は、実はすでに『歌合大成』には紹介済みのものであった。ただし原資料からではなく、田中親美氏が収集された「青写真」なるものによっていて、それは「褪色していて判読せざる所多し」と注されているものである。細字補入の部分も「判読不能」とする。

そもそも群書類従本や時雨亭文庫本では「ひとゝせに」の歌の下句を欠いているのである。それが続群書類従本では、

ひとゝせになつなしとたに思ひせはたこか袂はくみてまし

とあり、字足らずで、中途半端な形ではあるが、一応下句を有している。ところが右の断簡では、

みそのにかほるかせのたち花

と細字補入の形ではあるものの、続群書類従本とは異なる下句を記している。もともと歌合自体が「なぞなぞ語り」を題としているので意味はとりにくいのだが、これはどのように解したらいいのだろうか。いずれにしても、当該歌合の資料としては、極めて重要な意味を持つことになると思われる。

【図版2】は、同じ藤堂家旧蔵手鑑「古今翰聚」に見える一点で、やはり「御子左俊忠卿」の極めを持つ断簡だが、現段階ではどの歌合資料にも一致する歌が見あたらない。転写本として伝わった後世の末流伝本にも該当する歌は見あたらないのである。

本文は次の通り。

六番　祝

左勝

きみかよはかきりもあらしひさかたのあ
まてる月のかけにしるしも

右

たかさこのちよふま（ママ）つの千たひまてかゝるとつ
きしきみかよはひは

手がかりは、料紙と筆跡、ならびに「六番　祝」とであろうか。料紙は、天三、地一の界を持つもの（『歌合大成』の分類でいうとE罫）で、その特徴を示す断簡をまず『古筆学大成』で探すと、二三六「永長元年五月廿五日権中納言匡房歌合」（通称「江中納言家歌合」）が見出だされる。筆跡も同筆と認めてよさそうである。当該断簡は、すでに知られている三葉のうち、サンリツ服部美術館蔵手鑑「草根集」所載のもの（『歌合大成』A）に、

まちかねてたつねきたれはほとゝきす
このくれやまにひとこゑそなく

の歌が見え、同じ歌が、『夫木抄』八〇九二に、

このくれ山　嘉保三年五月匡房家歌合　読人不知
待ちかねて尋ねきたればほととぎすこのくれ山に一声ぞなく

とあることから、匡房の家の歌合と推定されているものである。「嘉保三年」は十二月に改元して「永長元年」となるので、『歌合大成』ではそちらを用いている。

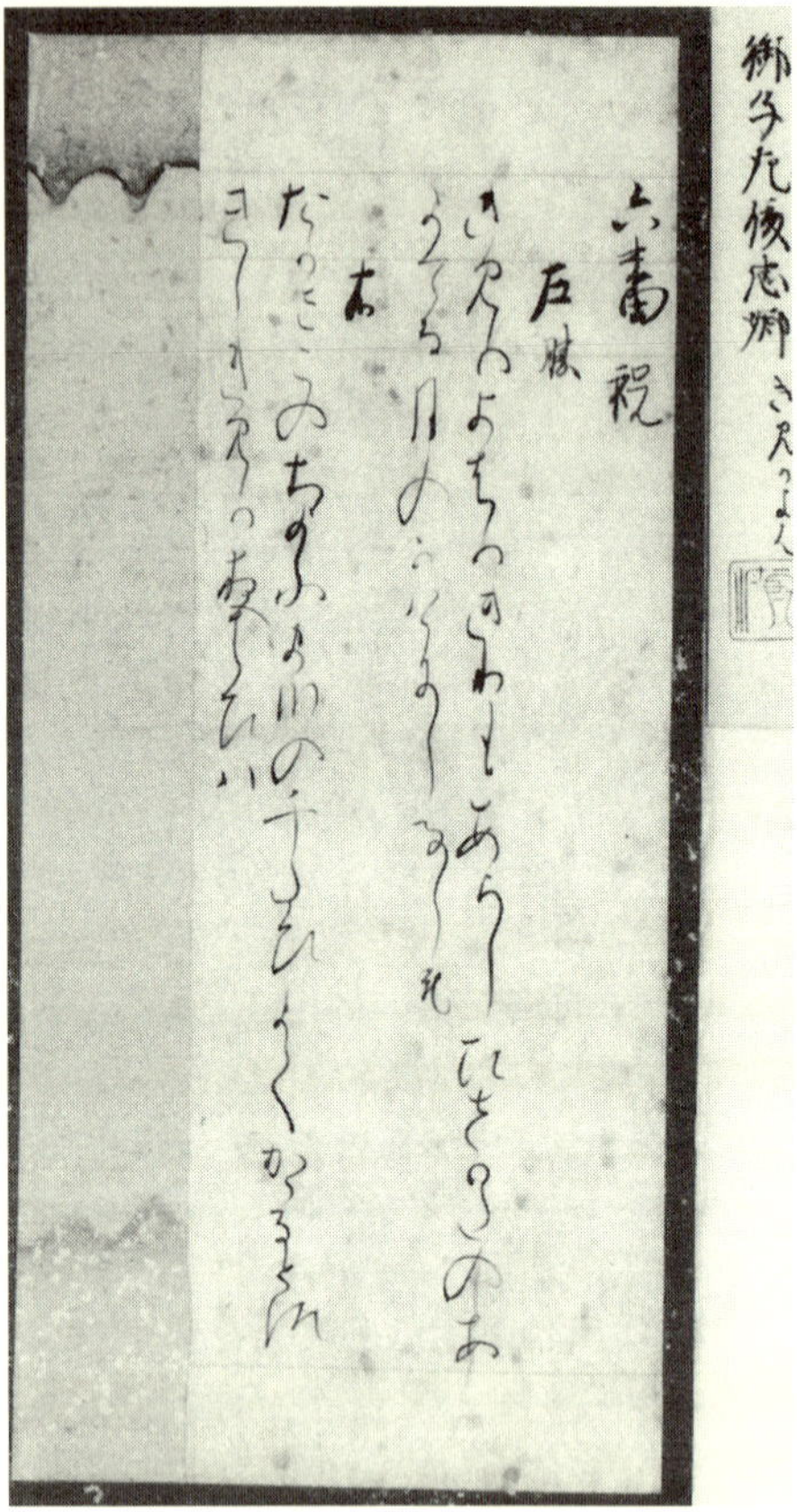

【図版2】藤堂家旧蔵手鑑「古今翰聚」

陽明文庫蔵「古今歌合巻第十三」目録には、

　大江匡房江中納言家歌合嘉保三年五月廿五日

　　題　郭公　五月雨　蘆橘　螢火　水鶏　祝　恋

とあって、七題の歌合であったこともわかるが、既存の断簡は、それぞれ「ほととぎす」、「四番　螢」、「五番水鶏」、「七番　恋」と目録に合致し、当該断簡も「六番　祝」とあるから、まず間違いなく二十巻本「江中納言家歌合」の一部と見てよいだろう。

三

東京、原美術館蔵手鑑(2)「麗藻台」には、三葉の平安時代歌合関係資料が押されている。うち一葉【図版3】は、「忠家卿」の極めを持ち、本文には、

　三番　左
いくたひかゆきかへるらむかりかねのこゝろ
とゝむる春もあれかし
　　右
かへるかりこゑこそとほくすきぬなれ
つけてとふへき人はなけれと

とある。料紙は、『歌合大成』の分類でいうB罫で、内容は、一七二「〈康平三年以前〉春　伊勢大輔女達山家三番歌合」（通称「山家三番歌合」）17、18番に合致する。

当該歌合は、陽明文庫蔵「古今歌合巻第廿」目録に、

山家三番

題　梅　池柳　帰鴈

とあるとおり、三題、各三番の歌合で、計一八首。幸いなことに、二十巻本の忠実な写しと思われるものが宮内庁書陵部に「山家歌合」（五〇一・五七二）として蔵されており、本文自体はすでに知られているものである。これまでに見出だされていた二十巻本の断簡は、五葉八首。

なお**『古筆学大成　30』の補遺欄124**に掲載されている、

一番　帰雁

左

たまつさはちりもやするとかりかねのこゑ
にこゝろをかけてやるかな

右

ふるさとをかすみへたてはかりかねの
こなたのそらにゆきやかへらむ

も新資料で、当該歌合の13、14番にあたり、『歌合大成』未収のものである。併せて七葉、一二首となる。

【図版4】は、同じ手鑑「麗藻台」に押されている断簡で、「俊忠卿」の極めを持つものである。

左　　五節

あたなりし花をもこひしくれ竹の
かはらぬ色をわかともとせん

一二九「長久二年四月七日　権大納言師房歌合」（通称「源大納言家歌合」）17番歌にあたる。陽明文庫蔵「古今

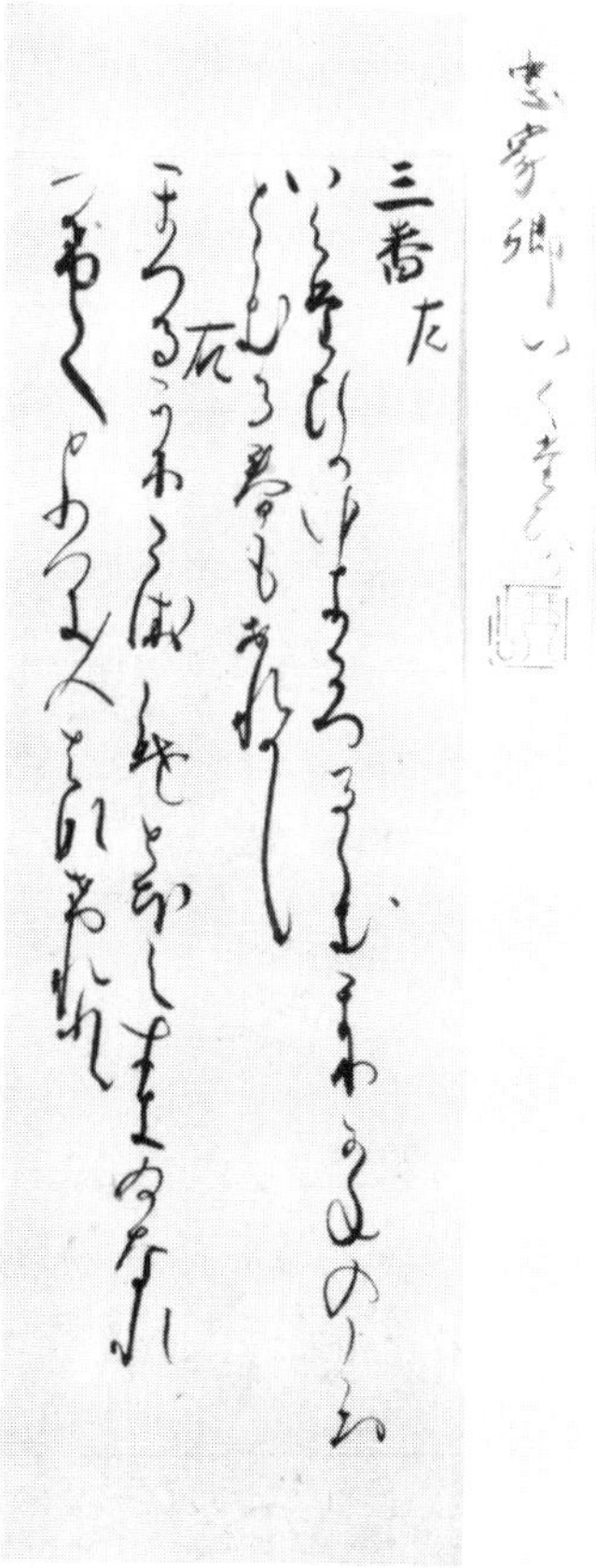

【図版3】原美術館蔵手鑑「麗藻台」

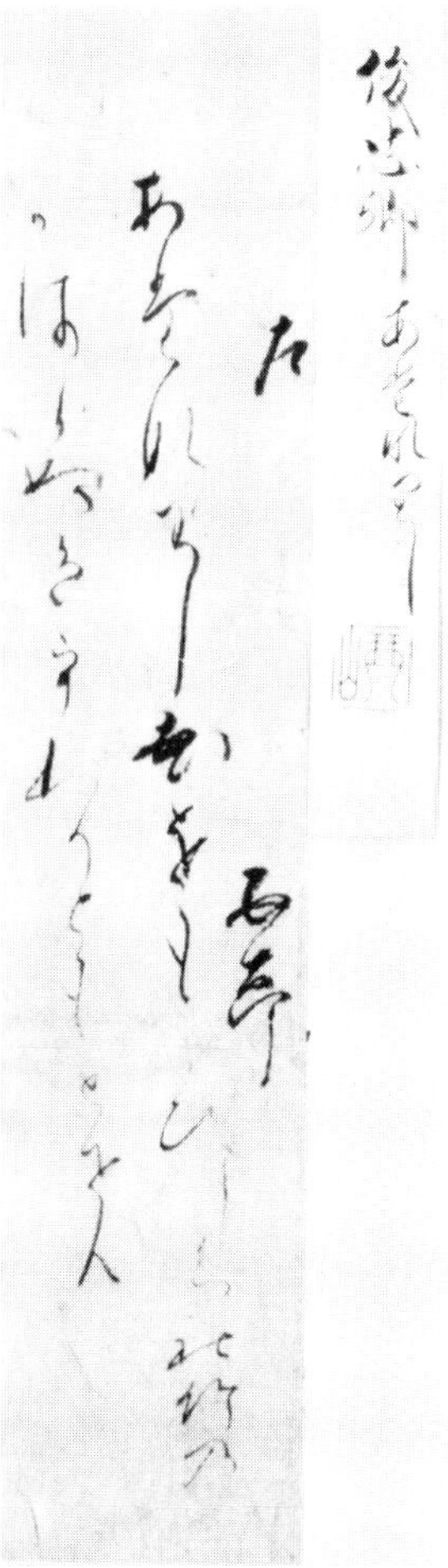

【図版4】原美術館蔵手鑑「麗藻台」

歌合巻第十三」目録に、

同大納言家歌合長久二年

題　夏衣　欵冬　藤　卯花　葵
　　早苗　郭公　鴬　呉竹　遣水

とあるもので、一〇題、一〇番、計二〇首の歌合。末流本文として群書類従本が知られており、それによって当該歌合の断簡であることが確認される。二十巻本断簡は右を含めて七葉（模写も含む）、一二首となる。

【図版5】も、同じ手鑑「麗藻台」に押されているものだが、二十巻本以外の断簡で、鎌倉初期の写かとされるものである。「源二位頼朝卿」の極めを持ち、通常「大慈切」と呼ばれている。

三番　左　　　雅兼

かへるさのみちのしるへにみやきのゝ花まつはきを
しをりてそゆく

右　　　定通

やきすてしふるのゝをのゝまくすはらたまゝくは
かりなりにけるかな

二六一「天永元年四月廿九日　右近衛中将師時山家五番歌合」（通称「山家五番歌合」）の一部である。完本としては、宮内庁書陵部蔵「山家歌合」（五〇一・五七二　さきの「山家三番歌合」と合綴）や群書類従本などがあり、別に二十巻本の断簡もある。これまで知られていたものには、二十巻本断簡が、模写を含めて、六葉、一一首。大慈切が、三葉、六首。それに、右の一葉、二首が加わることになる。二十巻本断簡と大慈切とは内容的に重なる箇所があり、それによると、字配りなどは必ずしも一致しないが、字母などの使用状況から判断して、大慈切は、二十巻本の比較的忠実な写しである可能性が高い。

【図版5】原美術館蔵手鑑「麗藻台」

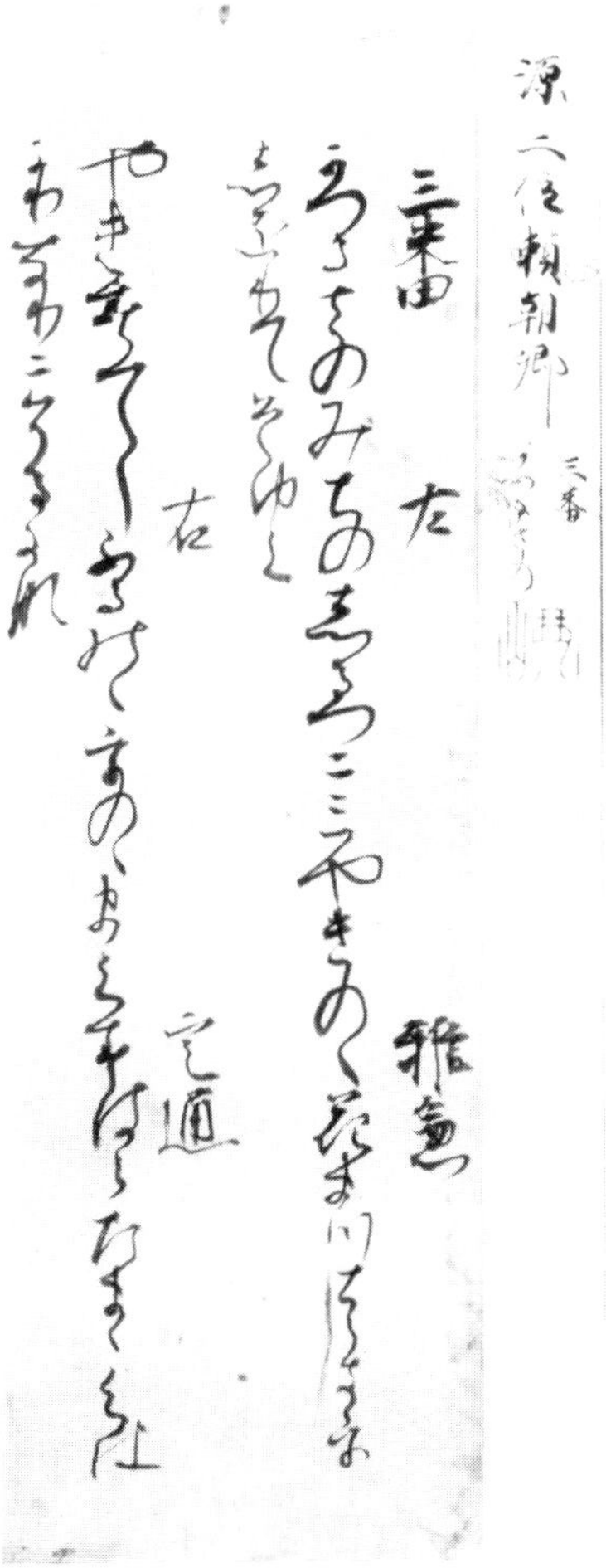

四

【図版6】は、林家旧蔵手鑑[3]に押されているものである。「西行」の極めがあり、通常「月輪切」と呼ばれている。

卅一番

左

なき人をかそふるあきのよもすから
しほるゝそてやとりへのゝつゆ

右

はかなしやあたにいのちのつゆきえて
のへにやたれもをくりをかれむ
おくりをかれんのへのあはれもあさく
みなさるゝにはゝへらねと左のしものく
猶なかきよのそてのつゆもふかくおき
まさる心ちし侍にや仍為勝

四六六「〔文治五年十一月以前〕西行続三十六番宮河歌合」（通称「宮河歌合」）61、62番に合致する。完本としては、『歌合大成』によると、桂宮旧蔵本なるものが存するよしであり、それを親本とする宮内庁書陵部蔵「続三十六番歌合」（五一〇・五二）、群書類従本等があって、月輪切なる断簡は、これまでに九葉、一四首が知られるのみであった。ここに「卅一番」の二首が、判詞も含め、そっくり現れたことになる。

【図版7】は、兵庫個人蔵の手鑑に押されている断簡で、「俊忠卿」の極めを持つ。一二二「長元五年十月十八日　上東門院彰子菊合」（通称「上東門院菊合」）の歌合日記にあたる部分である。

わかれたまふ左民部卿中宮権大夫衛門督
右東宮大夫権大納言四条中納言宰相中将
殿はいつかたにかとみたてまつるにたゝなかに
さふらはむとのたまはすれとこなたかな
たには御心よせありけなる御あそひ

当該歌合は、上東門院彰子のもとで行われた、菊題、一〇番、二〇首の歌合。陽明文庫蔵、十巻本「歌合第五」の目録に

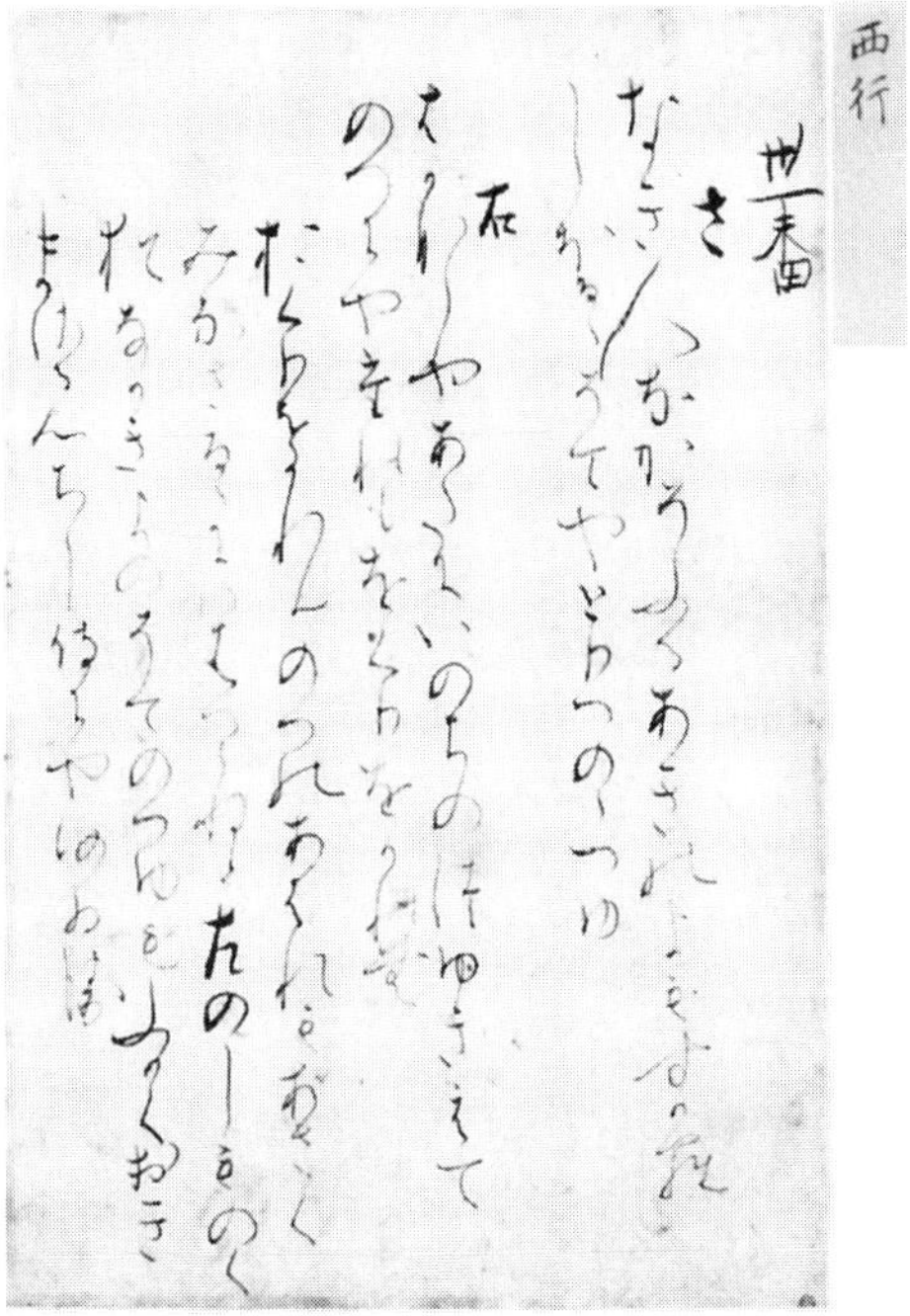

【図版6】文化庁蔵（林家旧蔵）手鑑

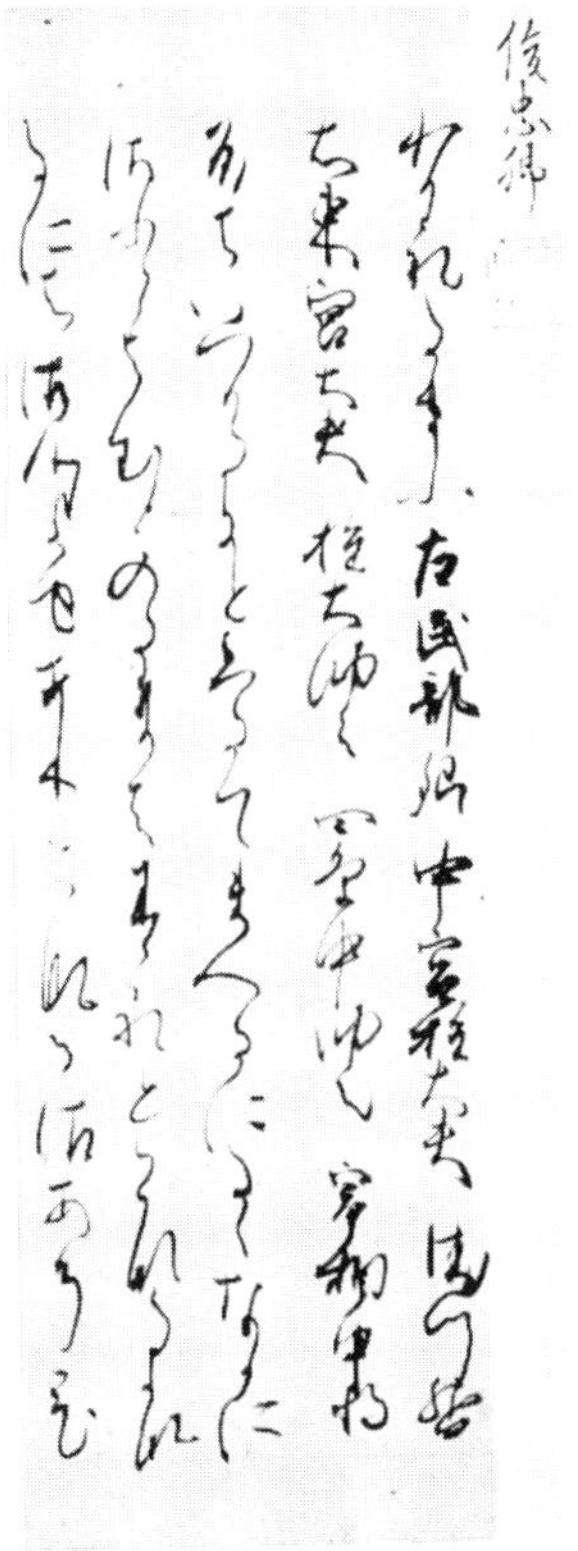

【図版7】兵庫個人蔵手鑑

女院歌合菊合 長元五年十月十八日

とあるものである。伝本としては、十巻本、二十巻本両系があるものの、いずれも断簡で、完全ではない。ただし昭和六十一（1986）年に十巻本の冒頭部分が出現し、十巻本と二十巻本両方の断簡を併せると、詳細な歌合日記を含め、ほぼ全文が姿を整えることになった。当断簡は二十巻本系であるが、両者の本文が基本的に同系統であることも幸いした。『新編国歌大観』に底本として用いられている宮内庁書陵部蔵（五〇一・五五四）本をはじめ、尊経閣文庫蔵本、彰考館文庫蔵本、三手文庫蔵本、群書類従本などの写本類はすべて二十巻本系の和歌本文のみを伝えたもので、歌合日記の部分を欠いているから、本文としては十分なものとは言えない。当断簡の出現により、その日記本文の部分が一層整うことになった。

なおこの箇所に直接つづく部分が、久松家旧蔵手鑑(4)「筆林」に押されているが、『歌合大成』の翻刻（乙本D）は不正確なので、改めて本文を掲げると、次のようになる（【図版8】参照）。

もの〻□ねなともをりからにやとすくれて

きこゆあそひの人〴〵のそてに御そをたま

はす

上東門院歌合

題　菊

歌人　伊勢大輔　伊与中納言　弁乳母　中納言内侍

小弁　五節　少納言内侍　美濃弁

兼忠朝臣

ついでに、同じ「筆林」に押されている「御子左大納言忠家卿」の極めを持つ、一九〇「某年夏　禖子内親王歌合」の断簡（【図版9】参照）も、やはり『歌合大成』既出ではあるが、正確を期し、併せて掲出しておく。

院歌合

題

歌人

一番　郭公声暁

左　　　　　　中務

【図版8】　立正佼成会蔵（久松家旧蔵）手鑑「筆林」

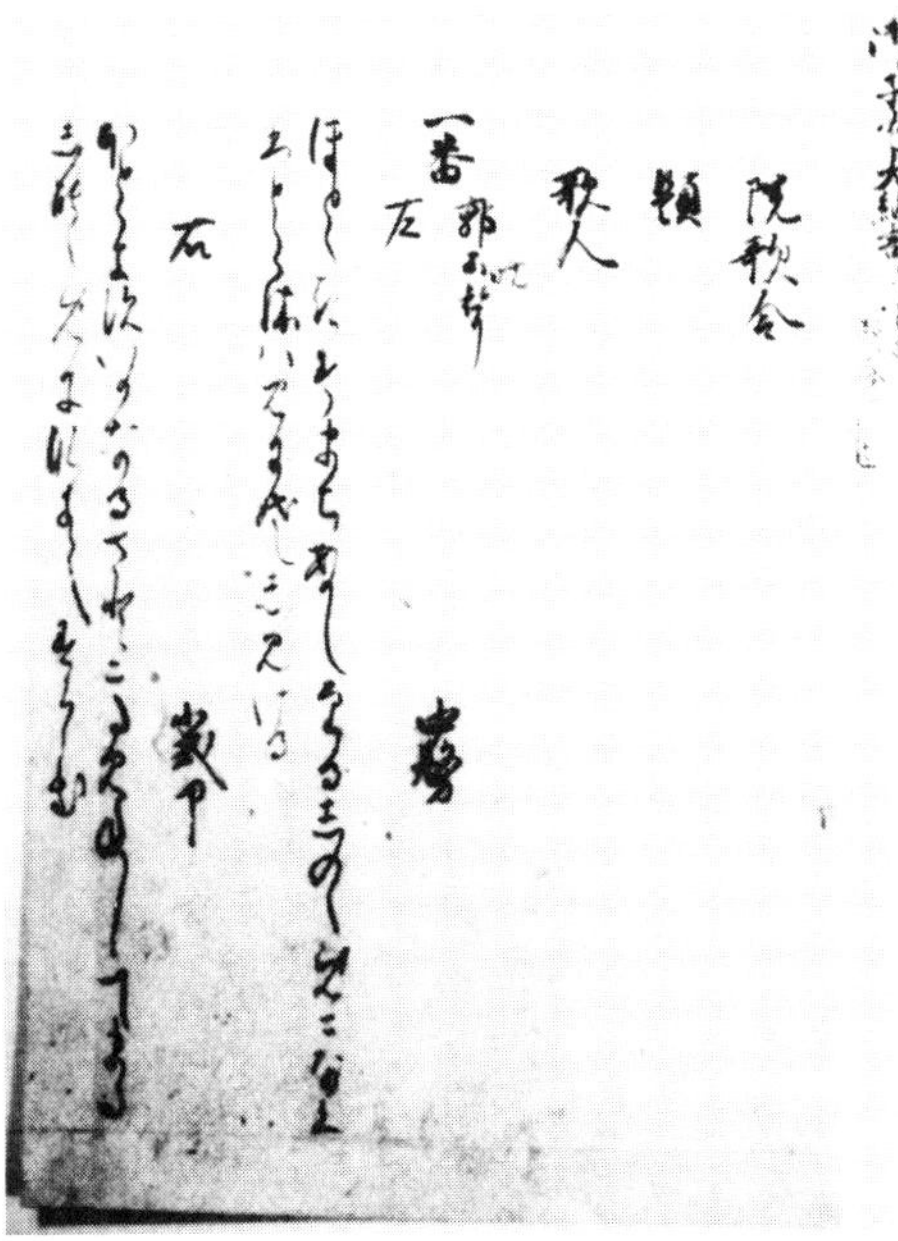

【図版9】　立正佼成会蔵（久松家旧蔵）手鑑「筆林」

ほとゝきすまちあかしたるしのゝめになく
ひところゑはみにそしみける

右　小式部

ほとゝきすいかなるさとにたみ（ママ）ねしてまた
しのゝめになきてすくらむ

五

【図版10】は、西本願寺蔵手鑑「鳥跡鑑」所収のものである。「俊忠卿」の極めを持ち、二十巻本系。十巻本を底本とした『歌合大成』四五「天暦十年（二月廿九日）麗景殿女御荘子女王歌合」（通称「麗景殿女御歌合」）の11、12番歌に合致する。ただし11と12番の、左右が入れ替わっている。

不会恋

左

人をよにこひにけ《こ》かるゝ我みには《より》
いつく《くら》のなみたこゝらいつらむ

右

かきり《ゐも》なく《き》こひをのみして世中に
あはぬためしにわれやのこさん

当該歌合は、十巻本の完本が陽明文庫に蔵されており、二十巻本が断簡となって、これまでのところ七葉、一四首が知られていた。十巻本と二十巻本とでは、作者名が違っていたり、「鶯」題の右の歌がまったく別の歌になっていたり、従来知られていた限りにおいても両者は本文の上でかなりの相違が認められたが、右の断簡においても左右が違っている。さらなる出現が期待されるところである。

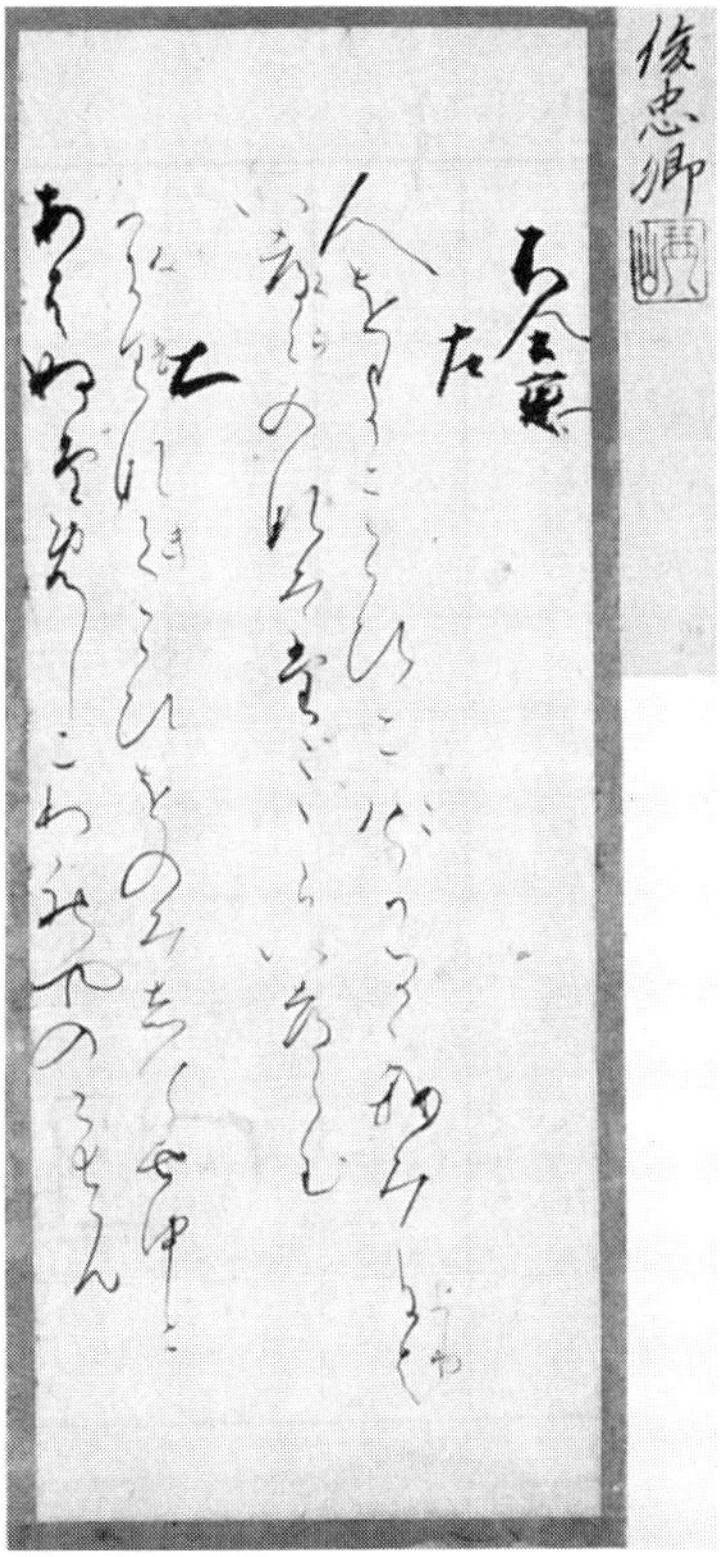

【図版10】　西本願寺蔵手鑑「鳥跡鑑」

【図版11】は、白帝文庫蔵手鑑[5]所収のものである。「御子左黄門俊忠卿」の極めを持ち、八七「寛和元年八月十日　内裏歌合」の7番歌にあたる。

四番　露

左持　　　　御製

をきのはにおけるしらつゆたまかと
てそてにつゝめとたまらさりけり

当該歌合は、十巻本本文が完全な形で尊経閣文庫に蔵せられており、六題、六番、一二首の全体像は知られるのだが、二十巻本はこれまでのところ、三葉、六首分しか知られていなかった。十巻本と較べると本文に小異がある。当該断簡はその七首目ということになる。

【図版11】白帝文庫蔵手鑑

【図版12・13】は、香川大学神原文庫蔵の模写手鑑「濯錦帖・満月帖」[6]収載のものである。【図版12】は、すでに知られている断簡の模写で、六〇「応和二年五月四日庚申　内裏歌合」の負態に関する箇所である。原断簡の図版が『古筆学大成　21』102に収められている。この模写がいかに忠実なものであるかを示すためにわざわざ掲げてみたのだが、ぜひ比較参照してみて欲しい。

　御記応和二年八月廿日今夜殿上侍臣設和歌負態去

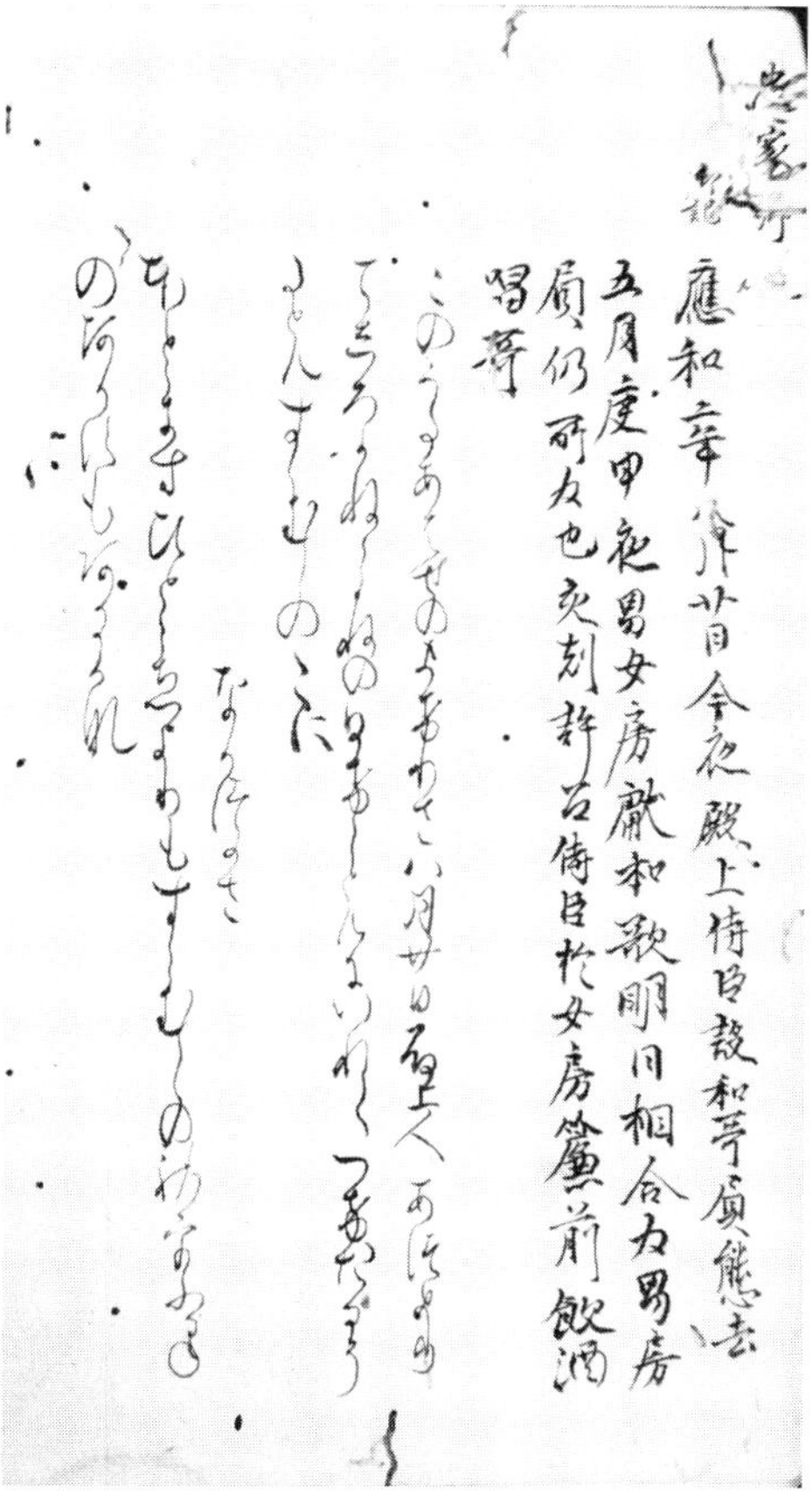

【図版12】 香川大学・神原文庫蔵　模写手鑑「濯錦帖・満月帖」

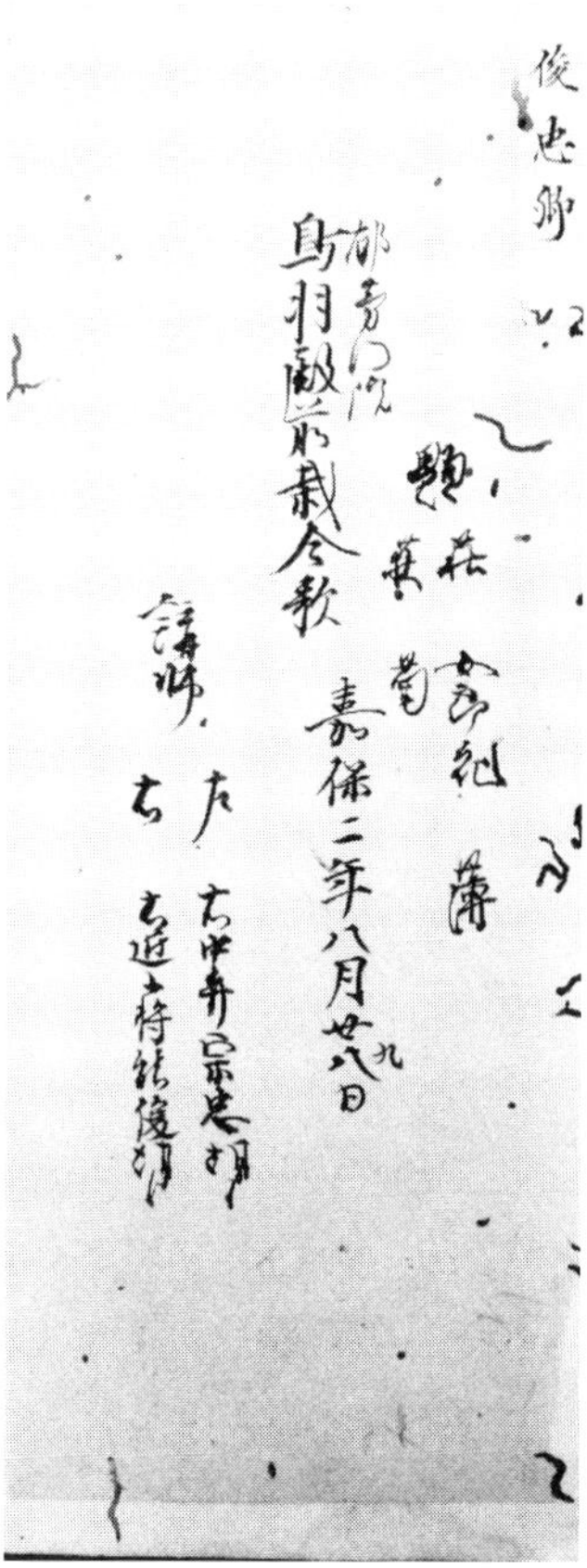

【図版13】 香川大学・神原文庫蔵　模写手鑑「濯錦帖・満月帖」

五月庚申夜男女房献和歌明日相合為男房
負仍所為也亥刻許召侍臣於女房簾前飲酒
唱歌
このうたあはせのまけわさ八月廿日殿上人あつまり
てしろかねこかねのひけこともにいれてつけたるう
たともすゝむしのこに
　　　　なかつかさ
ほとゝきすひところゐよりもすゝむしの秋をふるね
のあかすもあるかな

【図版13】も、模写ではあるものの、右の例から見るならば、やはり極めて忠実な写しと見てよいだろう。「俊忠卿」の極めを持ち、その内容から、二三〇「嘉保二年八月廿八日　郁芳門院媞子内親王前栽合」（通称「鳥羽殿前栽合」）の冒頭部分であることがわかる。

　　題　萩　女郎花　薄　荻　菊
郁芳門院
鳥羽殿前栽合歌　嘉保二年八月廿八日（九）
　　講師　左　右中弁宗忠朝臣
　　　　　右　右近少将能俊朝臣

当該歌合は、『袋草紙』『中右記』『古今著聞集』などによって、その形式面についてはかなり精しく知ることが出来るが、歌合本文そのものはこれまでのところ二十巻本の断簡が六葉ほど伝存するのみで、有名な歌合のわりには内容面で知るところが少なかった。冒頭部分の出現は非常に貴重である。

以下は、本稿では図版を省略する。

まず『**古筆学大成**　21』の195に「開催未詳歌合」として掲載されている断簡がある。本文は次の通り。

このうたのおとりまさりはうちのうへなむさ
ためさせたまひける右はかちにけりそのよ
御あそひ有て左かたにうへよりたまは

歌合末尾の判詞と、それにつづく日記的な文章、といった趣きであるが、これだけではどの歌合に属するものであるか、はっきりしない。天皇が臨席されていた歌合なのであろう、「うちのうへなむさだめさせたまひける」とある。料紙は、天地に界があり、罫は比較的幅が広く、いわゆる「A罫」と呼ばれるものである。各罫には二行ずつ文字が書かれており、料紙、筆跡、また書きようなど、すべてにつけて、これまで、二二「延喜十三年八月（十三日）亭子院・女七宮歌合」（通称「亭子院藤壺女七宮歌合」）かとされてきた断簡（『古筆学大成　21』85参照）に酷似する。ただしこれまで知られてきた断簡もごく一部で、本当にそれらが当該歌合の断簡であるかどうかは確認がとれていない。内容面からも分量が不足していて判断がむずかしい。従来知られていて、「亭子院藤壺女七宮歌合」かとされてきた断簡と、右の「開催未詳」とされる断簡とが、形式的にも筆跡の面からも酷似しているという事実だけは、まず間違いなかろうと思われる。

つづく『**古筆学大成**　21』の196も「開催未詳歌合」とされるもので、内容は次のようなものである。

かすかなるたかひやまよりさほのうちへなきゆくなるはたれ
よふことり

ただしこれは『万葉集』巻十、一八二七番の歌である。天治本『万葉集』の断簡である仁和寺切は伝称筆者も同じ「藤原忠家」とされているように、筆跡が類聚歌合切に非常によく似ている。特に仮名書きされている訓の部分は判別がつかないほどで、いわゆる万葉仮名で書かれている和歌本体がなく、訓の部分だけだと非常に誤りやすい。たまたま『**古筆学大成** 12』の190に天治本の直前の箇所が掲載されており、それにつづく箇所である。おそらく極札にも「忠家」とあったので、小松茂美氏ほどの目利きでも誤ったのであろう。

『**古筆学大成** 30』の**補遺欄**126に掲載された歌合断簡も、『歌合大成』未収録のものである。「東京古典会100周年記念」と銘打たれた平成二十三年の「古典籍展観大入札会」にも出品され、同「目録」にも図版が収録されている。

三番　ゆふくれのこゑ　　　美作

左

かたらふもなかく〳〵なりやほとゝきすたそかれと

きのあかぬひとこゑ

右　　　　　　　　　　式部

ふたこゑとなきてをすきよほとゝきすた

そかれときはおほめかれけり

一九〇「某年夏　禖子内親王歌合」5、6番にあたる。当該歌合は【**図版9**】の項でもすでに扱ったが、二十巻本の比較的忠実な写しが「類聚歌合九ケ度本」（五〇一・五五四）として宮内庁書陵部に蔵せられ、本文自体は知られていたものである。原資料がはじめて現れたことになる。

また、同じ『**古筆学大成** 30』**補遺欄**の127に、次のような歌合断簡が掲載されている。

いかはかりふりつむゆきそひにそへてひら
のたかねのしろくなりゆく
ふゆきぬとおもひもかけぬあさまたき
つもりにけりなこしのみゆきは
きみかよにくらふの山のひめこまつゐくちた
ひかはおひかはるへき

収載歌はどの歌合にも見られないものである。『古筆学大成』では何の根拠も示さずに、「伝西行筆　二十巻本歌合切　二一九　従二位親子草子合（推定）」とする。おそらく伝称筆者が西行であること、料紙が天地に界のみあるものであること、それに、独特の筆致などからの判断であろうが、以上の条件に基づく限り、その「推定」は十分納得できるものである。ただし「従二位親子草子合」（通称「従二位親子歌合」）は、同じ二十巻本系の完本（二五題、一五番、三〇首）が別に伝存しており（『歌合大成』ならびに『古筆学大成　21』参照）、それとは内容的に一致しない。可能性としては、『歌合大成』が当該歌合の乙本とし、後宴歌かとされる断簡（徳川美術館蔵手鑑「鳳凰台」所収）のつれということになろうか。

なお、図版は現段階ではまだ掲載がむずかしいのだが、最近奈良国立博物館が収蔵したばかりの手鑑に、「俊忠卿」の極めを持つ、次のような断簡が押されている。

一番　瞿麦
左勝　　　　頼資
山かつのかきねなれともなてしこのはな
みむ人はたちやとまらん

右　　　　　　　　資成

あさゆふにおきふしみつるとこなつのはなの
　にほひのあかすもあるかな

二首の歌は、これまでに知られている歌合のどこにも見られないものであるが、作者が「頼成」、「成資」で、「一番　瞿麦」とある歌合は、陽明文庫蔵「類聚歌合巻第十七」の目録に、

頼資〻成家歌合
題　瞿麦　夏草　蟬　鵜河　納涼　螢火
　　蚊遣火　月　祝　祓

とある歌合以外のものは考えられない。『歌合大成』でいうと、一七四「〔永承元年―康平三年〕夏　頼資資成歌合」にあたる。これまでに三葉、六首が知られていたが、一葉が『古筆学大成　21』133に掲載されており、両者を比較すると、料紙はいわゆるB罫で、筆跡も同筆と認めてまず差し支えないものである。

七

断簡類ではなく、近世の写本であるが、これまで散佚作品として扱われてきた歌合が存在していた。**浅田徹氏**の教示によるもので、**彰考館文庫蔵「前太政大臣家和歌合」**(7)（巳13）がそれである。冒頭に、

前太政大臣家和歌合
　　　　寛治八年八月　日
題　紅葉　鴈　恋
　　鹿　萩

とあり、五題、五番、計一〇首。歌人には、有家、忠教、仲実、有賢、基兼、惟信、盛実（歌人欄には二度記されているが、誤りであろう）、説長、永実、盛家の一〇名が名をつらねる。判、ならびに判詞はない。陽明文庫蔵「古

今歌合巻第十一」の目録に、

前太政大臣号大殿入道家歌合寛治八年八月十九日於高陽院講之 有仮名日記 加左右論歌 判者経信卿

題 桜 郭公 月 雪 祝

同家　歌合寛治八年八月　日

題 紅葉 鴈 恋 鹿 萩

と、二度の「前太政大臣家歌合」（後者は「同家歌合」と記す）が並記されているが、前者は著名な「高陽院七番歌合」で、後者は題のあり方から考え、あきらかに当該歌合ということになろう。『歌合大成』ではもちろん歌合本文を載せず、主催が同じ前太政大臣（師実）であり、しかも同じ寛治八年八月の催しだから、「高陽院七番歌合」の負方による「後番の意識によって企図されたものであると推定される」とし、二二八「前関白師実後番歌合」と名づけられた。しかし歌人達はすべてが必ずしも「高陽院七番歌合」とは一致しない。おそらく前者とは直接関係のない、別個のものであろう。

　そのほか、『歌合大成』刊行以後に新しい資料が発見され、論文として発表されたものには、管見に入ったものとして次のようなものがある。

池田和臣「二十巻本類聚歌合の新出資料」（汲古46　平成16・12）　一一「延喜元年八月十五夜　或所歌合」、三九「天慶二年二月廿八日　貫之歌合」関係

久保木哲夫「泉屋博古館蔵手鑑　付、堀河院中宮歌合考」（泉屋博古館紀要22　平成18・3）　二〇九「承暦四年十月二日庚申　篤子内親王家侍所歌合」関係

四辻秀紀「〈翻・複〉大治元年八月　摂政左大臣家歌合―新出の廿巻本類聚歌合の紹介をかねて」（金鯱叢書33　平成18・10）　三一五「大治元年八月　摂政左大臣忠通歌合」関係

併せて参照願いたい。

八

以上、順不同で縷々述べてきたが、全体を見やすいように、今回扱った歌合を『歌合大成』の順に従って整理しなおすと次のようになる。

一二「延喜元年八月十五夜　或所歌合」**池田和臣論文**

二二「延喜十三年八月（十三日）亭子院・女七宮歌合」（亭子院藤壺女七宮歌合）**『古筆学大成　21』195**（推定）

三九「天慶二年二月廿八日　貫之歌合」**池田和臣論文**

四五「天暦十年（二月廿九日）麗景殿女御荘子女王歌合」（麗景殿女御歌合）**【図版10】**

七九「天元四年四月廿六日　故右衛門督斉敏君達歌合」（小野宮右衛門督家歌合）**【図版1】**

八七「寛和元年八月十日　内裏歌合」**【図版11】**

一二二「長元五年十月十八日　上東門院彰子菊合」（上東門院菊合）**【図版7】**ならびに**【図版8】**

一二九「長久二年四月七日　権大納言師房歌合」（源大納言家歌合）**【図版4】**

一七二「（康平三年以前）春　伊勢大輔女達山家三番歌合」（山家三番歌合）**【図版3】**ならびに**『古筆学大成　30』補遺欄124**

一七四「（永承元年―康平三年）夏　頼資資成歌合」**奈良国立博物館蔵手鑑**

一九〇「某年夏　禖子内親王歌合」**【図版9】**ならびに**『古筆学大成　30』補遺欄126**

二〇九「承暦四年十月二日庚申　篤子内親王家侍所歌合」**久保木哲夫論文**

二一九「従二位親子草子合」『古筆学大成　30』補遺欄127（推定）
二二八「前関白師実後番歌合」**彰考館文庫蔵　浅田徹教示**
二三〇「嘉保二年八月廿八日　郁芳門院媞子内親王前栽合」（鳥羽殿前栽合）【図版13】
二三六「永長元年五月廿五日　権中納言匡房歌合」（江中納言家歌合）【図版2】
二六一「天永元年四月廿九日　右近衛中将師時山家五番歌合」（山家五番歌合）【図版5】
三一五「大治元年八月　摂政左大臣忠通歌合」**四辻秀紀論文**
四六六「〔文治五年十一月以前〕西行続三十六番宮河歌合」（宮河歌合）【図版6】

（1）現在は個人蔵。
（2）正式には、公益財団法人アルカンシエール美術財団蔵。
（3）現在は文化庁蔵。
（4）現在は立正佼成会蔵。
（5）正式には、財団法人犬山城白帝文庫蔵。
（6）香川大学図書館の目録によれば、当該手鑑は「雲錦文庫旧蔵　折本　賀茂季鷹編か」とのことである。ただし「賀茂季鷹編か」とされている根拠は不明である。
（7）平安時代の歌合を調べようとする場合、一般には古筆資料などが中心で、近世の写本類にはあまり関心が払われない。さすがは浅田氏というべきであろう。ただし彰考館文庫では現在のところ全文の翻刻は認めておらず、かなり熱心に交渉したが許可は得られなかった。やむを得ず要点だけの説明になったが、国文学研究資料館に紙焼き（C 7367）があり、全文を閲覧することは可能である。ぜひご参照願いたい。

〈追記〉

平成二十四年十二月から翌二十五年一月にかけて、国文学研究資料館において「古筆のたのしみ」なる展示が行われたが、そこに、新出の資料一点を含む次の三点の類聚歌合切が出品されていた。『歌合大成』の番号順に従って示すと以下のようになる。

一一「某年秋　朱雀院女郎花合」（通称「朱雀院歌合」）
七九「天元四年四月廿六日　故右衛門督斉敏君達歌合」（通称「小野宮右衛門督家歌合」）
二九六「元永元年十月二日　内大臣忠通歌合」（通称「内大臣家歌合」）

右のうち、一一「某年秋　朱雀院女郎花合」の断簡は、『歌合大成』では里見家蔵とされているが、現在は坂田穏好氏蔵の由で、国文学研究資料館に寄託されている資料中の一点。『古筆学大成　21』にも図版が掲載されているので、ここでは省略する。

七九「天元四年四月廿六日　故右衛門督斉敏君達歌合」（【図版14】）は新資料である。当該歌合についてはすでに【図版1】でも扱っているが、本断簡はその直前の箇所にあたり、11、12番歌の判詞である。

右のいふやうおやをわすれぬはこたかき
松のははそなりといふ左はさま〳〵思え
たれといつれならんとおもふほとにひさしくな
りぬとてまけぬとさためつれは左のいふやう
よしさらはなにそとゝへはちきりし人を松の

こするゐといふにやあ覧とて

本文そのものは群書類従ならびに冷泉家時雨亭文庫蔵本によってすでに知られているものであるが、二行目の冒頭と五行目の末尾近くの「松」は、群書類従本ではいずれも「杉」としており、確かに「杉」と誤りやすい文字ではある。12番歌に、

いまこむといひし許をいのちにて松のこするゐといふそはかなき

とあるので、やはり「松」と読むべきであろう。

【図版15】は二九六「元永元年十月二日　内大臣忠通歌合」の冒頭部分である。『歌合大成』にはすでに「某家蔵」として翻刻されている。これまで一般には閲覧不可能だったものなので、念のため併せて掲載しておく。

【図版14】

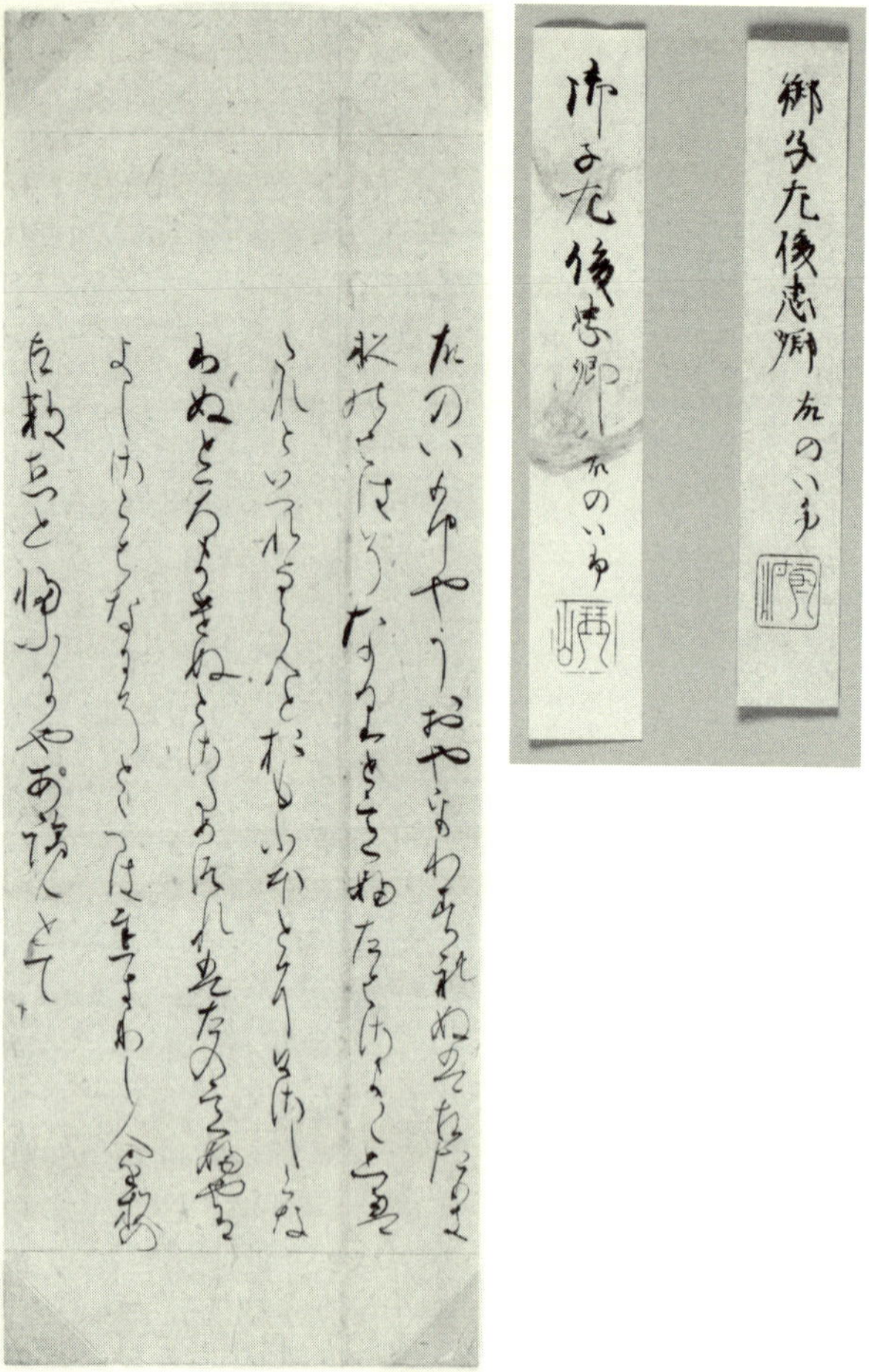

【図版15】

內大臣家歌合 元永元年十月二日
當座探題次いで左右に作り每番左右
作者各時題難之毎番共後方
上首従隱作者任意致難也

題三首 殘菊 時雨 戀

歌人
　上臈　　楊簾　　小將　　如房　　位乃
　後拾遺　頭圓二　雅喜　　頭侍　　師俊
　盛家　　其後　　定信　　道隆　　仁忠
　重喜　　俊隆　　忠隆　　忠信　　雅定
　家国　　無昌　　光貴　　時昌

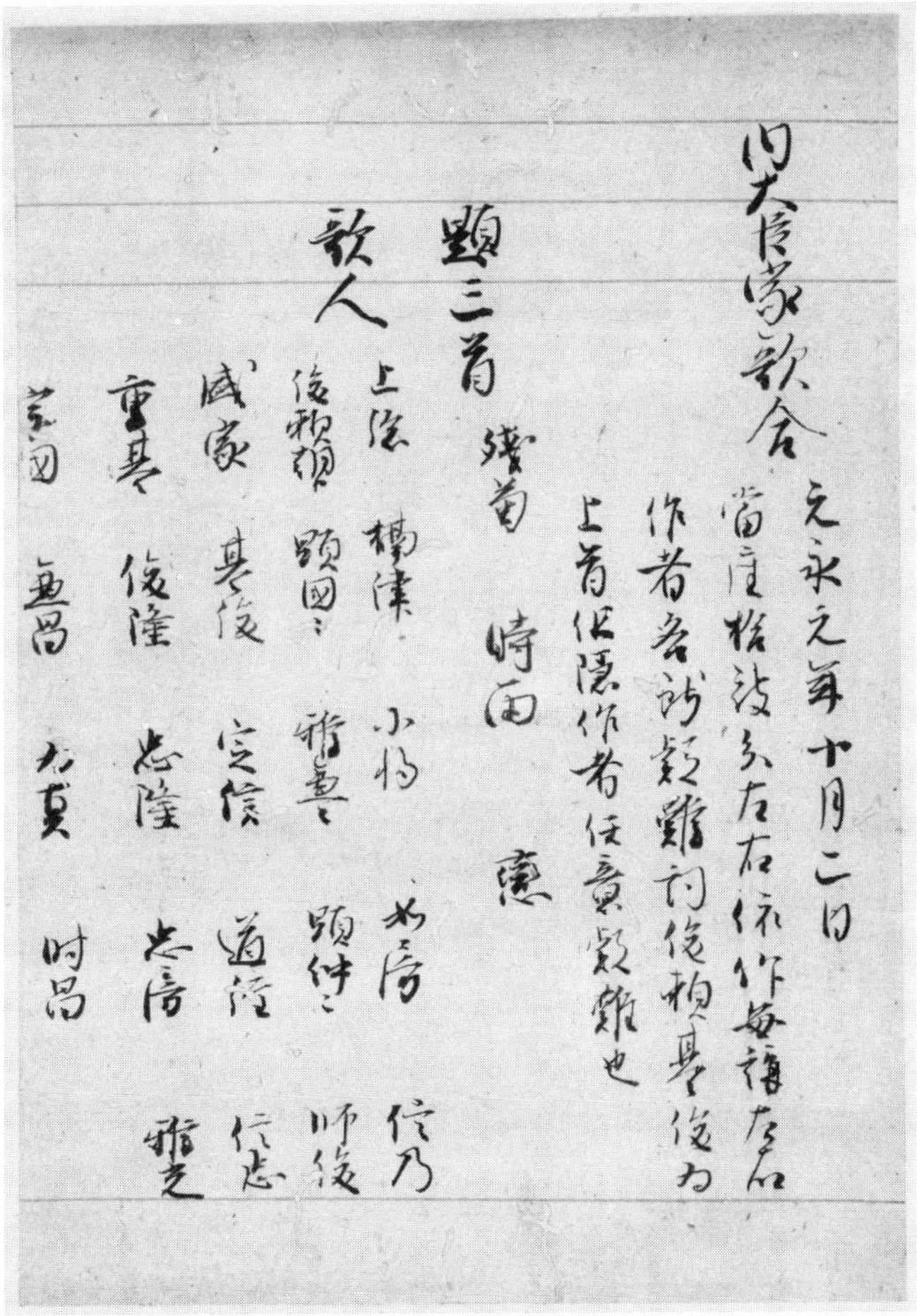

二　「若狭守通宗朝臣女子達歌合」の主催者ならびに名称

一

二十巻本類聚歌合に「若狭守通宗朝臣女子達歌合」なる歌合がある。巻十六所収かと推定されているが、萩谷朴『平安朝歌合大成　二一五』(1)（以下『大成』と略称）によれば、類聚歌合の原本そのものが一誠堂書店酒井宇吉氏によって発見され、それまではたとえば彰考館文庫本などの後世の写本に頼らざるを得なかった本文の問題に一応の決着がついた、とのこと。ただしそれはあくまでも「一応の」であって、当該歌合ははじめから実にややこしい問題を基本的に持っているのである。なぜなら、まったく同じ内容の歌合が、全然異なる「経平大弐家歌合」という名称で、ほかならぬ同じ二十巻本類聚歌合に別に存するからである。こちらは巻十四に収められていたかと推定されているが、原本が東京国立博物館に現蔵されている。(2)

両者を比較してみると、「若狭守通宗朝臣女子達歌合」の冒頭には、

若狭守通宗朝臣女子達歌合　応徳三年三月於七条泉亭有此事

題　春駒　桜　郭公　鼃鳥　萩　月　鴛　雪　恋　祝

歌人
判者　右大弁通俊卿

と記され、「経平大弐家歌合」には、

経平大弐家歌合　応徳三年三月十九日　十番
題　春駒　桜　郭公　水鶏　萩　月　鴛鴦　雪　恋　祝
歌人
判者　通俊朝臣

とある。もちろん「応徳三年三月（十九日）」という催行の日付も、「春駒　桜　郭公　鼃鳥（水鶏）　萩　月　鴛（鴛鴦）　雪　恋　祝」という十個の題も、「通俊」という判者も、すべて同じである。歌合本文も特に両者の間で変わりはない。各題一番で、計一〇番。形式的には非常に特異な歌合で、詳細な判詞のほかに判歌が一首ずつ施されている。両者に異なっているのはその判詞と判歌の位置である。前者はまず判詞があって、そのあとに判歌、後者は判歌を示してそのあとに判詞を記す。また勝負付は前者にはごく一部しか記されていないが、後者はすべてに付されている。作者名はいずれにもない。もっとも後世の写本である宮内庁書陵部本（五一〇・四〇）や群書類従本などには、阿闍梨、蔵人大夫、中務命婦、備前助一品宮御乳母、出雲君、五節大舎人など六人の名が見えるが、通宗朝臣の「女子達」との関連は明らかではない。

通宗は大宰大弐藤原経平の長男である。二つの名称にはそれぞれ親子の名が冠せられていることになる。次に掲げる『尊卑分脈』の系図によっても知られるように、判者通俊は通宗の弟。むろん通俊は『後拾遺集』の撰者として名高い人物である。通宗の子の隆源は『後拾遺集』撰進に際して叔父通俊に協力し、奏覧本の清書もした。また『隆源口伝』の著者でもある。歌人だったし、若狭阿闍梨とも呼ばれた人物だから、群書類従本などに見える作者表記が信用できるものならば、「阿闍梨」は隆源である可能性が大きい。

『尊卑分脈』（摂政実頼公孫）

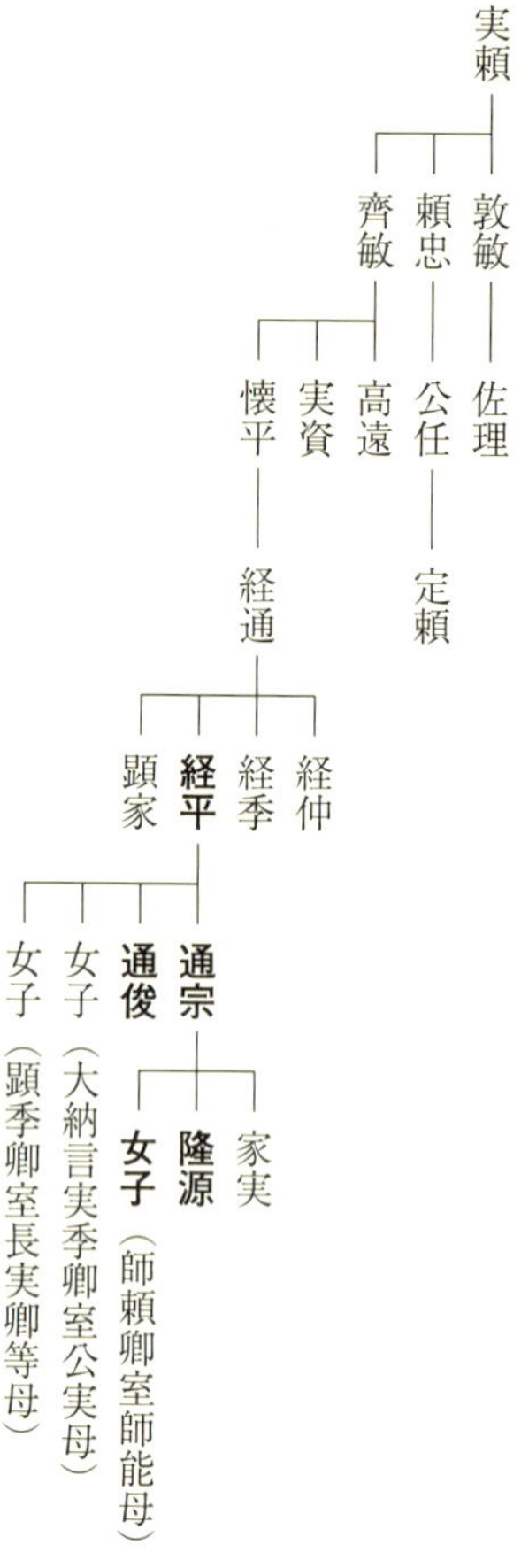

なお、通俊による『後拾遺集』の奏覧は、仮名序の日付によれば応徳三年（一〇八六）九月十六日である。当該歌合の半年後であり、通俊は当時四十歳。人間としても歌人としてもいわば脂の乗りきった時期のものである。小さな歌合であるが、文芸本位のものとして、また、通俊の歌論がうかがえるものとして、歌論史的にもこれまで大いに注目されてきたのはそれなりに納得できるのである。

二

ところで当該歌合の基本的な問題として、次の二点が挙げられる。なぜ同じ歌合が重複して採録されたのか。
また、主催者は誰で、どちらの名称がより適切か。

『大成』はそれらの問題について、まず、

この歌合は、廿巻本類聚歌合巻の編纂期以前において、恐らくはこの歌合の成立と殆ど同じ時代においてさえ、既に二つの名称を有していたことと思われる。

とする。おそらくそうであろうと私も思う。同じ内容の歌合が二度にわたって収録されているということは、収集の時点においてすでに名称が違っていたからこそ起こった混乱であって、同じ一つの歌合がはじめから同じ名称であったら、そうした混乱は起こらなかったに違いない。

名称は、右のほか、たとえば『夫木和歌抄』などには「通宗朝臣家歌合」とも見える。

しかし、それらの伝承の呼称は、いずれも厳密な意味においては正しくはない。

とも『大成』はいう。

何故なら、応徳三年三月十九日という本歌合成立の時には、通宗は既にその前前年、応徳元年四月十三日に卒去しているし（尊卑分脈）、経平は、応徳二年大宰大弐として赴任している（公卿補任）からである。通宗は経平の長男、判者通俊は同胞二男であるので、応徳三年通宗逝去後の歌合に通宗の名を冠することを不当とした何ものかが、経平をもって主催者としたためにこの別名が生じたのであろう。

として、極めて断定的に、

「応徳三年三月十九日故若狭守通宗女子達歌合」をもって正式の呼称とすべきである。

と結論づけられる。以後、萩谷氏自身が担当された日本古典文学大系『歌合集』ではもちろんその名称が用いられ、他の執筆である各種辞典類や関係論文などでも「故若狭守」の「故」こそ付されてはいないが、いずれも「若狭守通宗女子達歌合」の名称が採用されて、学界公認の名称となる。

『尊卑分脈』や『二十一代集才子伝』等によれば、確かに通宗は応徳元年四月に亡くなっている。従って通宗自身が関与したであろうことは当然考えられない。享年は不明。弟通俊の年齢から判断すれば四十歳代前半だったかと思われるが、系図には「女子達」は一人しか記されていない。『大成』は他の史書類からさらに数名を挙げており、森本元子「『大弐集』とその作者」(3)も『二条太皇太后宮大弐集』の作者を通宗女であろうとされているが、書陵部本等に記載されている人物に該当しそうな者はいない。通宗の女子達がこの歌合にどうかかわっていたのか、実は肝心のその点がはっきりしないのである。

一方、父親の経平はどうか。『公卿補任』堀河天皇の寛治五年（一〇九一）の項に、

非参議　従三位　同経平七十八　前太宰大弐。七月(三　為房卿記)日薨。

とあり、「石清水文書之五」(4)なるものにも、

超越父現存　通俊卿例云々

（略）

重通俊卿超父

父前大宰大弐経平

応徳三年二月三日叙従三位寛治五年七月二日薨

子通俊卿

応徳三年十一月廿日叙従三位

寛治二年正月十九日叙正三位

此時超父

とあって、ここでは、子が父の位を超える現存の例として経平・通俊親子の場合が挙げられているのであるが、それはともかく、経平の没年は寛治五年七月であることに間違いないものと思われる。『公卿補任』によれば、享年七十八歳とのことである。

『大成』では、経平が歌合の前年の応徳二年に大宰大弐として赴任しているから、京には不在のはずであり、経平主催はあり得ないとされているが、その根拠は、『公卿補任』応徳三年の項に、

非参議　従三位　同経平　三月二日叙（去年大弐赴任賞）

とあることによる。去年、大宰大弐に赴任し、その賞として従三位に叙せられた、従って大弐赴任は応徳二年になるという理屈であろう。『史料綜覧』にもこの記述をもととし、応徳二年の項で、

是歳、大宰大弐藤原経平赴任ス、

と記している。同じ理屈によるものと考えられるが、あるいは『史料綜覧』にあった記述に『大成』が従ったのかもしれない。

しかしながらこの解には大いに問題がある。なぜなら、経平の大弐赴任はそれよりずっと以前だった可能性が非常に大きいからである。『国司補任』などを参考に諸資料を調べてみると、たとえば『弁官補任』承保二年（一〇七五）の項に、

左少弁　正五位下藤通俊二十九六月十三日任、元少納言、大宰大弐経平朝臣二男、

とあり、『水左記』承暦四年（一〇八〇）閏八月廿日の条には、

晴、未剋許前大弐経平朝臣来、……

とあって、同年の九月廿日の条にも、

……今日陣定也、……前大弐経平朝臣陳状事、……

とあるからである。承保二年にはすでに「大宰大弐」で、承暦四年には「前大弐経平朝臣」であったことになる。なおこの歌合の問題には関係なく、井上宗雄「藤原通俊略年譜」(5)にもすでに同様のことは述べてあって、後に通俊に関する箇所でも改めて触れるが、ともかく経平の大弐赴任は応徳二年より十年も前のことだったらしいので

ある。

三

ここで、経平の生涯を簡単に追ってみたい。資料が少なくて大雑把なものにしかならないが、ざっと次のようなことになる。

生年は、『公卿補任』記述から逆算すると、長和三年（一〇一四）となる。

最初に見出だされる記録は、長元八年（一〇三四）五月十六日の「賀陽院水閣歌合」（『大成』一二三　関白左大臣頼通歌合）で、左方人として名をつらねている。そこでは「刑部少輔経平」とある。二十一歳の折で、直後の五月二十二日に催された「住吉社述懐和歌」には、

住吉にかひあるたびの祈りぞと岸の松風吹きも伝へよ

の一首が収められている。勅撰集には一首も採られていないが、右を含めて経平の歌は三首ほどが伝存している。

次いで、『春記』長久元年（一〇四〇）六月十日の記事に、

天晴、早旦資頼、経季君等来向、相乗到蕨岡、終日湯治、越前守経平所儲也、入夜景退洛、心神頗宜、……

と見える。『春記』の筆者である資房が資頼や経季らと連れ立って蕨岡なるところに行き、終日湯治をする。その時の幹事役が経平だったのであろう。当時越前守だった。二十七歳の折である。

その後、関連する記録はしばらく見えず、三十年ほど経って、やっと、『栄花物語』松の下枝巻に次のような記述が見える。後三条天皇皇女聡子内親王の女房であった源基子が天皇の寵愛を受け、懐妊した折のことである。

七月に尾張前司経平といふ人の家に出でさせたまふ。「このたび帰りまゐらせたまはんには、更衣などにてなんおはすべき」と言ひののしる。

基子が後三条天皇の第二皇子実仁親王を生んだのは延久三年（一〇七一）二月のことだから、その前年、延久二年のことと推定されている。経平は五十七歳になっている。ただしどういう理由で経平邸が基子の受け入れ先になったのかは不明だし、基子が経平邸に移ったことも、また、経平がかつて尾張守だったことも、他の文献には見出だせず、確認はできない。

同じ松の下枝巻に、後三条院の石清水、住吉、天王寺等への御幸の記述がある。『扶桑略記』や『百錬抄』などにも見られ、先の基子懐妊の記述より三年後の延久五年（一〇七三）二月のことと知られるが、帰途における船中での和歌披講の状況が『栄花物語』では実にくわしく記録されており、後三条院、関白教通以下、四十五首もの歌が列挙されている。その中で最も有名な歌は、『後拾遺集』雑四（一〇六三）にも載り、『袋草紙』その他の歌書にも取り上げられた、左大弁経信の、

沖つ風吹きにけらしな住吉の松の下枝を洗ふ白波

であろうが、経平の歌も次のように見える。

内蔵頭経平朝臣

いにしへもかかる御幸はありやせし夢にも語れ住吉の神

当時、経平は六十歳。内蔵頭であったことがわかる。なお次男通俊の歌も見える。

兵部少輔通俊

今はとて今日帰るさを急げども心はとまる旅にもあるかな

通俊は二十七歳。親子で供奉していたことになろう。

そうした資料類のあと、前記『弁官補任』『水左記』の記事へとつづくのである。以上をわかりやすく年表風に示すと次のようになる。

長和三年（一〇一四）　一　誕生。〈公卿補任より〉
長元八年（一〇三四）　二一　「刑部少輔経平」〈賀陽院水閣歌合〉
〃　住吉社述懐和歌〈賀陽院水閣歌合〉
長久元年（一〇四〇）　二七　「越前守経平」〈春記〉
延久二年（一〇七〇）　五七　基子、経平邸へ。「尾張前司経平」〈栄花、松の下枝〉
　五年（一〇七三）　六〇　後三条院住吉御幸。詠歌。「内蔵頭経平朝臣」〈栄花、松の下枝〉
承保二年（一〇七五）　六二　「大宰大弐経平朝臣」〈弁官補任〉
承暦四年（一〇八〇）　六七　「前大弐経平朝臣」〈水左記〉
応徳元年（一〇八四）　長男通宗没。
　三年（一〇八六）　七三　三月二日、従三位〈公卿補任〉
〃　三月十九日、歌合。
〃　九月、次男通俊、『後拾遺集』奏覧。
寛治五年（一〇九一）　七八　七月、薨。

四

右に示したように、『弁官補任』や『水左記』の記述に基づく限り、経平の大宰大弐は延久六年（改元して承保元年）か承保二年には任ぜられて、承暦四年までには退任していたことになる。歌合の行われた応徳三年当時は当然ながら都にいたことになろう。

改めて『公卿補任』を丹念に調べてみると、延久三年（一〇七一）の従二位藤原良基の項に、春宮権大夫。周防権守。四月九日兼大弐。

とあり、その後毎年「良基　大宰大弐」なる記述があって、承保二年の項には、

大宰大弐。閏四月十九日薨（任所）。

と記される。五十二歳だったが、任地で薨じたのであった。前述の『弁官補任』によると、通俊が左少弁に任ぜられたのは承保二年の六月十三日で、その時経平はすでに大宰大弐だったのだから、同じ年の閏四月十九日に薨じた良基の直接の後任ということになろう。

経平のあとは、『公卿補任』承暦四年、権中納言正二位藤原資仲の項に、

正月廿八日罷職。任大宰権帥。

とあり、大弐ではなく、権帥として資仲が引き継ぎ、応徳元年までつづく。大弐と権帥は職務上の実質的な差はなく、官位の違いだけだったようで、大弐が在任中は権帥が不在、権帥在任中は大弐の不在が常であった。応徳元年の資仲に関する最終記録は次の如くである。

大宰権帥。四月日辞帥。同日出家（六十四歳）。

つづく大弐には正三位藤原実政が任ぜられている。問題の応徳三年を含む時期である。やはり『公卿補任』応徳元年の実政の項に、

左大弁。勘解由長官。式部大輔。讃岐権守。六月廿三日遷任大宰大弐。

とあり、以下、寛治二年（一〇八八）の項まで「大宰大弐」の記述がつづく。ところが実政は宇佐八幡宮の神輿を射たと訴えられ、職を辞するものの、推問の結果、伊豆に配流されてしまう。予想外の結末になるが、少なくとも応徳三年当時は実政が大宰大弐であったことは確実なのである。

以上をまた年表風に示すと、

延久三年（一〇七一）	良基　四月任。			
四年（一〇七二）	良基			
五年（一〇七三）	良基			
承保元年（一〇七四）	良基			
二年（一〇七五）	良基　閏四月薨	経平　六月在任		
三年（一〇七六）		経平		
承暦元年（一〇七七）		経平		
二年（一〇七八）		経平		
三年（一〇七九）		経平		
四年（一〇八〇）		経平（前大弐）	資仲　正月任（権帥）	
永保元年（一〇八一）			資仲	
二年（一〇八二）			資仲	
三年（一〇八三）			資仲	
応徳元年（一〇八四）			資仲　四月辞帥	実政　六月任
二年（一〇八五）				実政
三年（一〇八六）				実政
寛治元年（一〇八七）				実政
二年（一〇八八）				実政　伊豆配流

ということになる[6]。

五

ところで『金葉集』別（三四八）に非常に興味深い歌が見える。

経平卿筑紫へまかりけるに具してまかりける日、公実卿のもとへつかはしける

中納言通俊

さしのぼる朝日に君を思ひ出でんかたぶく月にわれを忘るな

通俊が父経平の大宰府赴任の際、筑紫に同行したというのである。公実は通俊の姉の子で、いわば甥にあたる。自分はこれから西に行くけれど、東に昇る朝日を見てはあなたを思い出そう。あなたも西に沈む月を見ては私を思い出してほしい。まことにわかりやすい歌だが、新日本古典文学大系の『金葉集』では経平の赴任を従来通り応徳二年（一〇八五）とする。これが誤りであろうことは以上縷々述べてきたとおりだが、別な面からも応徳二年では具合の悪いことになる。なぜなら翌応徳三年は先述したとおり『後拾遺集』奏覧の年だからである。

『後拾遺集』の仮名序や目録序などによると、通俊が撰集の勅命を受けたのが承保二年九月で、実際に編集にとりかかったのは応徳元年六月、その間、九年もの歳月を費やしていて、一応公務多端を理由にしているが、本当の理由は何だったのか、当時の政治状況や歌壇のありようなどからさまざまに論じられているものの、くわしいことはわからない。はっきりしていることは、多少準備はしていたにしても、応徳元年六月から実質二年間ちょっとで、選歌、編集、清書、奏覧まで成し遂げたという事実である。もし経平の大弐赴任が応徳二年だったら、通俊がその父とともに遠く九州まで出かけている余裕などまったくなかったに違いない。

もっとも、経平の赴任が前任者良基の薨じた承保二年閏四月直後だとすると、それはそれでまた別の問題がありそうである。その年の六月には通俊は左少弁に任じられているし、九月には撰集の勅命を受けている。十月に

は弁官としての仕事もしていて、しばらくはまだ京にいたらしいふしが見えるからである。

ところが『後拾遺集』羈旅（五三二）には、

筑紫よりのぼりける道に、佐屋形山といふところを過ぐとて詠み侍りける

右大弁通俊

あなし吹く瀬戸の潮あひに船出して早くぞ過ぐる佐屋形山を

という歌がある。「筑紫よりのぼりける道に」とあるから当然大宰府からの帰途の詠であろうが、「あなし」あるいは「あなじ」は冬の季節風をいう。

承保二年も九月、十月まで京にいたとすると、出京自体が冬になってしまう。前記、井上宗雄「藤原通俊略年譜」は、経平の大弐就任を承保二年とし、赴任は翌承保三年だったのではないかと考えている。『公卿補任』の「去年大弐赴任賞」の「去年」の箇所についても、氏は、極めて簡単に「去る年と訓むか」と注する。いわゆる「昨年」の意ではなく、単に「過去のある年」の意ということになろうか。

ともかく、歌合当日、経平は在京していたことに間違いないと思われる。「応徳三年三月於七条泉亭有此事」とあるので、「七条泉亭」なるところで行われたと知られるが、これは経平の邸宅などであろうか。『散木奇歌集』の書陵部本（一二九五・一二九六）に、

隆源阿闍梨七条房に申べきことありてたびたびまかりけるにいたはる事ありとてあはざりければかみさうじにかきつけ侍りける

こりはてぬにゐのはつかりあさにするやどにもあらで人かへしけり

かへし　阿闍梨

はつかりのにゐのひるげのつかなりとほかけぞすべきいかがかへさん

とあるのが参考になるかもしれない。「隆源阿闍梨七条房に申べきことありてたびたびまかりけるに」という記述はややわかりにくいが、同じ贈答歌が冷泉家時雨亭文庫本にもあり、その詞書では、

りうぐゑんあざりがばうに申べきことありてたびたびまかりけるにいたはることありてあはざりければさうじにかきつけはべりける

とあって、「隆源阿闍梨七条房」とは隆源阿闍梨の房であったことがわかる。前述したように隆源は経平の長男通宗の子だから、もともと七条に祖父邸があったのだと考えてもおかしくはないだろう。

現在、一般に「若狭守通宗朝臣女子達歌合」などと称されている歌合の主催者は、実は経平であり、七条の経平邸で行われた可能性が非常に高いと考えられる。「経平大弐家歌合」という名称の存在もそれを裏付けている。判者は『後拾遺集』撰進を目前に控えた次男の通俊で、歌人達には、はっきりしないが、おそらく長男通宗の子ども達が多く参加していたのであろう。だから「若狭守通宗朝臣女子達歌合」という名称も生じたのかと思われるが、当該歌合の名称としては「経平大弐家歌合」の方がより適切であることは疑いないところである。ただしすでに本歌合は「若狭守通宗朝臣女子達歌合」という形でほぼ学界に定着している。これまでの辞典類や関係論文との整合性を考えると、一般に通用している名称を変更することは容易ではないが、出来ることならば「経平大弐家歌合」で今後は統一した方がいいのではないかと私は考えている。少なくとも客観的にはそうすべきだと言えるであろう。

(1) 萩谷朴『平安朝歌合大成増補新訂』同朋舎出版　平成8
(2) 小松茂美『古筆学大成　21』に全文掲載。講談社　平成4

（3）森本元子『私家集の研究』所収　明治書院　昭和41
（4）「石清水文書之五」大日本古文書石清水文書　第五冊
（5）井上宗雄『平安後期歌人伝の研究』所収　笠間書院　昭和53
（6）経平が承保二年に任ぜられたとして、承暦四年まで在任していたとすると実質五年間になるが、大宰府関係の場合は他の国司と違って五年間もあり得たらしい。宮内庁書陵部、宮崎康充氏の教示によると、「太政官謹奏　諸国守介四年為歴事」（類聚三代格・巻五）なる文書に、「陸奥・出羽・大宰府等」は、「僻在千里去来多煩」という理由をもって必ずしも任期を四年としない旨が記され、さらに延喜交替式には、「凡国司歴四年為限、但陸奥・出羽両国。大宰府并管内諸国。五年為限。」とあって、はっきり「五年為限。」と記されている。

〈追記〉

当該歌合の問題についてはすでに浅田徹氏に論があった。氏の教示によって知ったのだが、左記の論の中でほぼ同様のことが扱われており、重なることが多い。ただし「七条泉亭」は亡くなった通宗の邸宅で、当時はその子女たちが住んでいたのだろうと推定されている。ぜひ参照願いたい。

「歌合判詞史における白河院政期（一）」文芸と批評　第8巻　第3号　平成8・5

三　「堀河院中宮歌合」

一

泉屋博古館蔵の手鑑は、学問的な意味で、まったくの新資料と言っていい。収められている断簡のすべてがこれまでに未紹介で、書道史的にはもちろん、国文学研究上も極めて貴重な、価値のある手鑑である。縦四〇・〇センチメートル、横二五・三センチメートル、手鑑としてはあまり大きなものではないが、総計一九一葉の断簡の中には、大聖武、蝶鳥下絵経切をはじめとして、針切、今城切、水無瀬切、藤波切、紹巴切、六条切、因幡切、仏光寺切、類聚歌合切、姫路切など、いわゆる名物切が多数含まれており、内容的に大変すぐれたものである。

もっとも剝がし跡や貼り直しの跡もかなりある。従って制作当初の姿は現在では失われてしまっているものと思われるが、それがどういう理由によるものか、いつ頃行われたのか、何回にもわたって行われたのか、などについては一切わからない。その結果かどうか、配列面において多少の混乱が認められる。たとえば天皇関係の断簡が一箇所にまとまっていなかったり、光明皇后や行成、あるいは定家筆とされるそれぞれ複数の断簡が丁を隔てて出てきたりする。

全一九二葉の中には短冊八五点も含まれているが、その短冊の配列も一部に混乱があり、近衛龍山や連歌師玄仲、連歌師昌通などは別の箇所に二度にわたって登場する。しかし制作にあたって何らかの基準は一応はあったようで、短冊の例で言えば、冒頭が天皇、次いで摂家の近衛家、九条家、二条家とつづき、それぞれの範囲内では時代順に並べられている。たとえば天皇は、「後柏原院」「後奈良院」「陽光院」「後陽成院」「後光明院」「当今女御様」の順、近衛家は、「近衛殿稙家公」「近衛殿龍山」「近衛殿信尹公」「近衛殿信尋公」「近衛殿尚嗣公」といった具合である。

極札は別筆のものが二種ずつあり、天皇末尾の「当今女御様」には「後西院女御様」の極札が添えられる。「当今」が「後西院」だとすると、その在位期間は承応三年（一六五四）から寛文三年（一六六三）までの足かけ十年、「女御様」はおそらく有栖川好仁親王の養女明子女王であろうと考えられるが、近衛家の末尾が尚嗣公（一六二二〜一六五三）であることを考え合わせると、この手鑑の成立は江戸時代初期、十七世紀後半に入ってすぐのものであると推定される。

「今程世間に手鑑はやる」と書かれた『きのふはけふの物語』の成立が十七世紀のはじめ、有名な『慶安手鑑』の刊行が慶安四年（一六五一）のことだから、これはいわば近世における手鑑制作上最も盛んな時期に作られた一点ということになろう。手鑑の成立については一般にその時期の問題も含め、具体的なことになるとわからないことが多いから、そうした意味においてもこの手鑑は重要な意味を持つことになる。

所収断簡のうち、特に私の関心の深いものを挙げると、たとえば伝行成筆針切がある。

【図版1】 行成卿（二二・三×三・八センチメートル）

ひともかなかたりくらさんはりまなるゆ

めさきかはをうつゝにそみし

【図版１】　行成卿

内容的には針切は『重之子僧集』と『相模集』とに分けられるが、たった一首で、しかも詞書のない断簡では、そのどちらに属するかは判断がなかなかむずかしい。前者『重之子僧集』の場合は、針切本が唯一の伝本で、他に参照すべき本文がなく、後者『相模集』の場合は、通行本文と一致する部分が多いが、独自歌もまた少なくなく、現存本にないからといって、必ずしも『相模集』ではないと言い切れない面があるからである。少なくとも現段階ではこの歌はどの文献にも見出だし得ない。ただ一般論として言えることは、『重之子僧集』の場合は詞書の記されることが多く、『相模集』の場合は少ないという事実がある。現存本『相模集』との関係で言えば、いわゆる「初事歌群」と呼ばれる百首歌形式の部分と針切本『相模集』とが内容的にほぼ一致し、たとえば「なつ」「あき」「なげき」のような分類題しかそこには見られないからである。従ってもし当該断簡がはじめから歌だけの断簡だったとすると、『相模集』の可能性が極めて大きいことになろう。歌枕である播磨の「ゆめさきがは」(夢前川)は、『古今和歌六帖』『忠見集』『高遠集』などにすでに見えるが、ここは「ゆめ」に「うつつ」を対比させた表現で、さらにもう一首加わることになる。

二

また、所収断簡の中で特に注目すべきは、【図版2】に示した、伝忠家筆と、伝俊忠筆の、二葉の類聚歌合切である。一般には柏木切、二条切などと呼ばれているものである。もちろん萩谷朴氏の『平安朝歌合大成』にも、小松茂美氏の『古筆学大成』にも、いずれにも収録されていないものである。

【図版2】を翻字すると、次のようになろうか。

《断簡A》御子左忠家卿（二六・五×八・六センチメートル）

右　　　　　　仲実

たまかはのせゝかひのほるかゝりひにさはく

たなはのかすをしりぬる

三番　小鷹狩

左　　　　　　経兼

てにすて《ゑ》いてしさしまもそりぬれはのへの

はなにやみたれあひなむ

《断簡B》御子左俊忠卿（二四・一×一一・二センチメートル）

仲実

かみかきやさかきにかゝるしらゆふのには

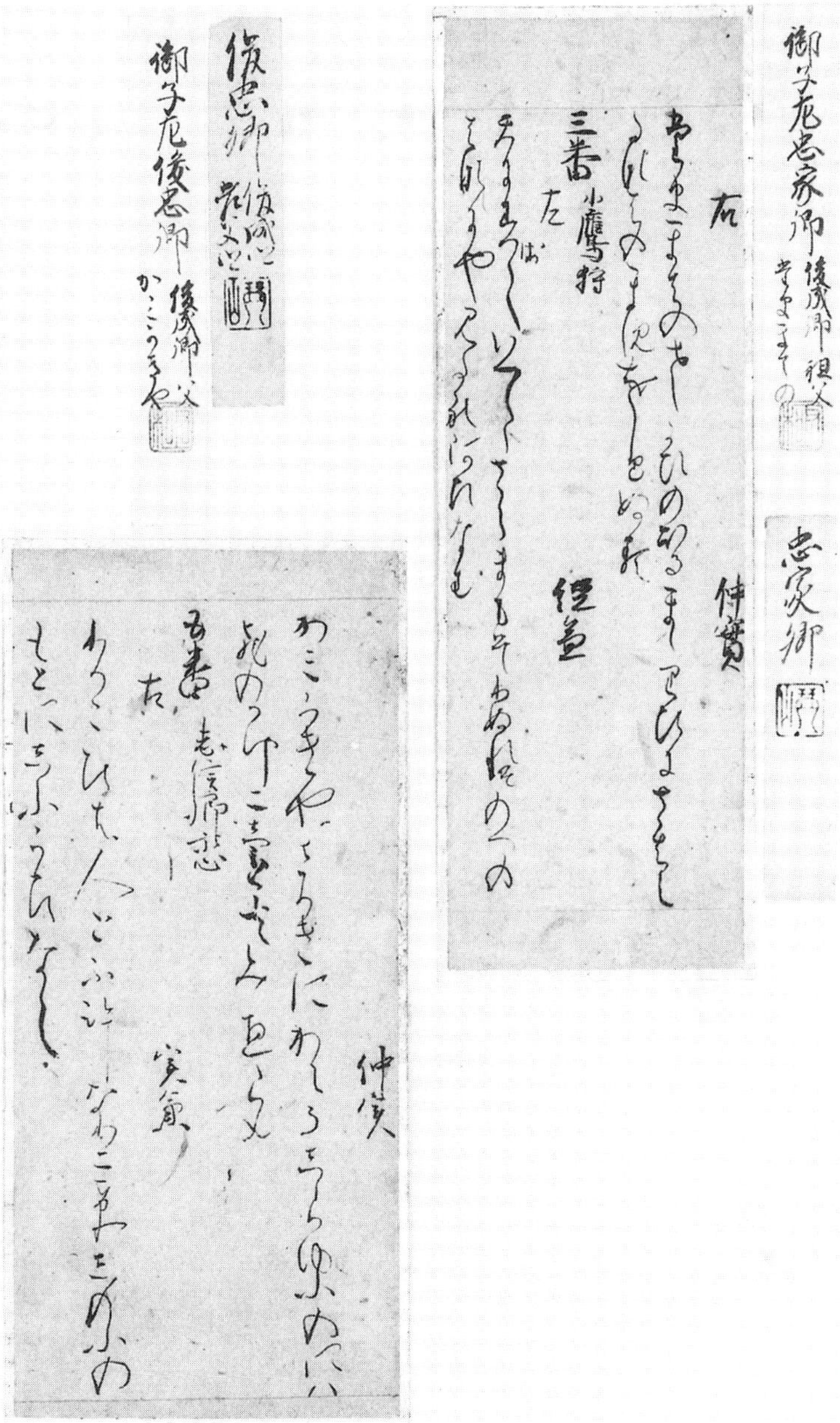

【図版2】《断簡A》御子左忠家卿　《断簡B》御子左俊忠卿

ひのかけにし〔　〕とみゆらん

五番　志信郷恋

左　　　　実兼

わかこひは人とふ許なりにけりしのふの

もとにしふかひなし

まず《断簡A》の内容を検すると、「たまかはの」の歌は、『夫木和歌抄』巻第八、鵜河の項に、

承暦四年十月　堀川院中宮歌合、鵜川　　仲実朝臣

三一七三　玉川の瀬瀬かひのぼるかがり火にさばくたなはのかずをしりぬる

とあり、また「てにするゐて」の歌も、同じ『夫木和歌抄』の巻第十四、小鷹狩の項に、

承暦四年十月　堀河院中宮歌合　　源経兼朝臣

五六四五　てにするゐていでしさしばもそれぬれば野べの花にやみだれあひなむ

とあって、この断簡本文が、承暦四年（一〇八〇）十月に行われた「堀河院中宮歌合」の折のものであることがわかる。萩谷氏の『平安朝歌合大成』によれば、「二〇九　承暦四年十月二日庚申　篤子内親王家侍所歌合」、一般には「後三条院女四宮侍所歌合」と呼ばれているものである。「類聚歌合巻第七」の目録に、

同宮侍所歌合　承暦四年十月二日　庚申当座合也

題　春日祭　鵜　小鷹狩
神楽　志信郷恋

と記される、おそらく五題五番の歌合で、「同宮」とは、前からのつづきにより後三条天皇皇女「女四宮」、すなわち後の堀河天皇中宮篤子のこととなる。《断簡A》は「二番　鵜（川）」の「右」歌と、「三番　小鷹狩」の

「左」歌の箇所ということになろう。

当歌合の本文は、現在のところ断簡しか伝わっていない。ところが奇妙なことに、すでに知られている断簡と、この新出断簡とが部分的に一致しているのである。

【図版3】伝藤原忠家・俊忠筆　柏木切（二条切）
〔松本市美術館蔵手鑑「兎玉集」所収〕

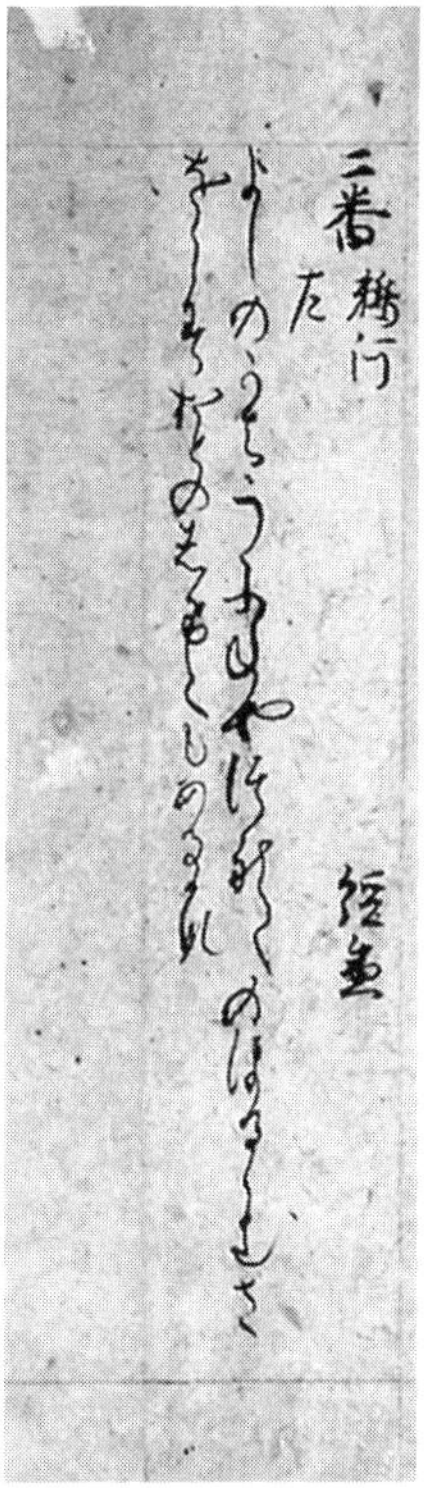

【図版4】伝藤原忠家・俊忠筆　柏木切（二条切）
〔『徳川（紀州）家入札目録』（昭和二年）所収〕

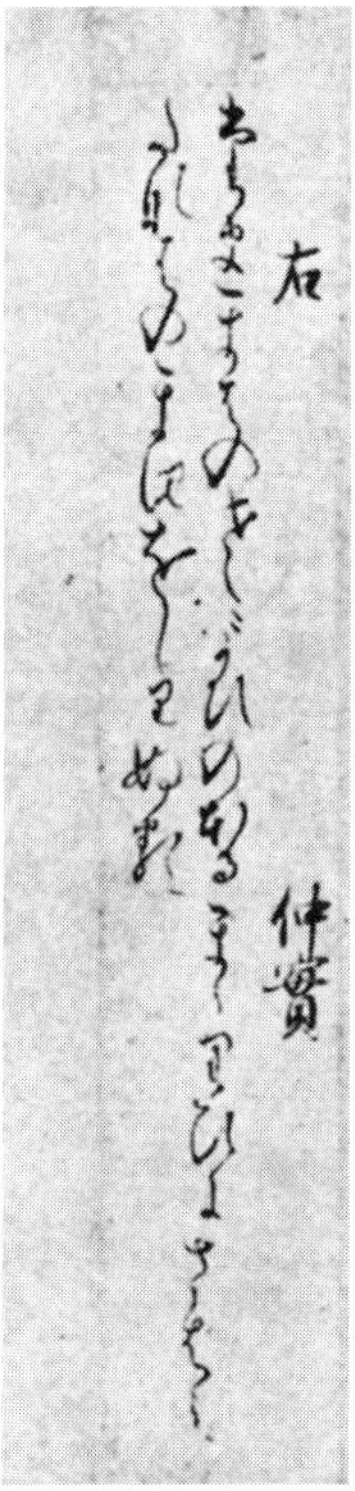

【図版3・4】は『古筆学大成　21』より転載したものであるが、その【図版4】がそうである。《断簡A》と違って一葉一首の断簡だが、字母から書体まですべてが同じである。ただよく見ると、「右」の字の第一画、「せゝ」の踊り字のあたり、「かゝりひ」「かすを」等の筆づかいなどに微妙な違いがある。類聚歌合切にはしばしば模写切があるから、この場合もどちらかが模写であろうとは考えられるが、一方が図版の上でしか見られない現状では、その判断は容易ではない。少なくとも資料的な意味においては「三番　小鷹狩　左」の歌を併せ持つ新出断簡の方がずっと価値が高いことは明らかであろう。『夫木和歌抄』に見える歌が新出断簡によって二首とも確認されたことになるのである。

なお『夫木和歌抄』にはさらに二首、「堀川院中宮歌合」の歌が収録されている。一首は巻第八、鵜河の頂に、

承暦四年　堀川院中宮歌合、鵜川　　源経兼朝臣

三七六　よしの川うぶねやつれてのぼるらんさをさすおとのしげくもなるかな

とあり、もう一首は巻十四の、前述した「てにするゑて」の歌に並んで。

同　　藤原実盛

五四四六　かりにとて露けき秋の野べにいでてはぎすり衣きてやかへらん

とある。詞書の「同」は当然ながら「てにするゑて」に付された「承暦四年十月　堀河院中宮歌合」を受け、「小鷹狩」の歌ということになる。現段階では「かりにとて」の歌はまだ『夫木和歌抄』でしか知ることは出来ないが、前者の「よしの川」の歌は【図版3】によっても確かめられる。【図版3】は「二番　鵜河　左」の歌の箇所に当たるから、当然《断簡A》の直前に相当する部分ということになろう。従って当歌合の本文は今のところ「一番」と「三番」の計四首が知られ、そのうち三首までが断簡によっても確認されるということになるわけである。

三

ところで《断簡B》の伝俊忠筆切はどの歌合から切り出されたものなのか。現在の段階では他の文献に一致する歌が見出だせず、確認のための決定的な証拠は得られない。しかし推量の手がかりとなるものはある。「五番志信郷恋」という歌題である。ただ、ここでまた問題がある。なぜならこの歌題を持つ歌合は、現在知られている限りでは《断簡A》と同じ「堀川院中宮歌合」しかないからである。先の目録によると、同歌合には、

春日祭　鵜（河）　小鷹狩　神楽　志信郷恋

の五題が掲げられている。《断簡A》ならびに【図版3】から判断すると各題はそれぞれ一番ずつ、計五番一〇首の歌合だったらしいことがわかるが、そうすると最後の「志信郷恋」は「五番」だった可能性が高く、内容的にも合致する。しかも《断簡B》の一首目、「四番　右」と想定される箇所におかれている「かみがきや」の歌は、第五句に判読不能な部分があるものの、「かみがき」「さかき」「しらゆふ」とあって、いかにも「神楽」題にふさわしいし、作者「仲実」は《断簡A》にも見られた人物である。総合的に考えて、当断簡もまた堀川院中宮歌合切の可能性が極めて高いと考えてよいであろう。

しかしながら《断簡A》と《断簡B》とでは筆跡が異なっているという問題がある。『類聚歌合』の筆跡についてはすでに堀部正二氏らによって考察がなされており、堀部氏は全部で二三類[1]、萩谷朴氏は一七種二二類[2]、小松茂美氏は一三種[3]に、それぞれ分類されていて、必ずしも一致した見解にはなっていないが、いずれにしても多数の筆になることは確かであって、この二葉の断簡も明らかに異なるものである。本手鑑に押されている極札でも当然ながら伝称筆者名は異なっている。それぞれ二種あるが、いずれも一方を「忠家」、他方を「俊忠」と極めている。類聚歌合切の極めとしてはごく一般的なものであるが、もし同じ一つの歌合だとしたら、なぜ複数の

筆者がいるのであろうか。『万葉集』とか『古今和歌集』、あるいは『和漢朗詠集』のようにある程度の長さを持った作品ならともかく、五番一〇首程度の小さな歌合に複数の筆者が想定できるだろうか。

考え方には幾通りかあると思われる、まず想定されるのは、同じ「堀川院中宮歌合」が二度書写された可能性がないだろうかということである。『類聚歌合』はいわば草稿本で、完全な清書本ではないから、現存本文にはさまざまな形で整理されていない面が残されている。すでに萩谷氏らによっても指摘されていることではあるが、時に、重複して書写されたのではないかと思われるものがその中には認められる。たとえば『歌合大成』一六九の「〔天喜五年〕九月十三日　六条斎院禖子内親王歌合」、一七〇の「〔某年立秋日〕六条斎院禖子内親王歌合」などは、いずれも巻八所収本が完本のまま陽明文庫に現存しているにもかかわらず（もっとも現在、前者は軸装され、後者は『大手鑑』に貼られていて、歌合本体からは切り離されているが）、それと同内容の断簡が諸家に分蔵されている。もちろん多少の異同を伴っており、筆跡も明らかに異なっている。何次にもわたって集成作業が行われたため、編集の際に混乱があったからであるうかとされているが、一方が断簡で完全な姿をとどめておらず、その間のくわしい事情はわからない。

また同じ重複でも、名称の違いが混乱の原因かと推量される例がある。巻十六所収本である「丹後守公基朝臣歌合」と、巻十七所収本である「範永宅歌合」は、作者名表記や和歌本文に多少の異同はあるものの、十題十番、計二〇首。歌題も含め、内容的にはまったく同じである。『歌合大成』では「一七一　天喜六年八月　右近少将公基歌合」としてまとめられているが、両者はいずれも完本であり、名称の違いによるらしいことは疑う余地がなさそうである、

同じような歌合に、巻十四所収本である「経平大弐家歌合」と、巻十六所収本である「若狭守通宗朝臣女子達歌合」とがある。十題十番、各番それぞれに判者通俊の判歌を伴っている特殊な形式のもので、都合三〇首。具

体的な表記の面ではかなりの違いがあるが、内容的にはやはりまったく同じものと見てよい。『歌合大成』では「二一五　応徳三年三月十九日　故若狭守通宗女子達歌合」としてまとめられている。(4)

そのほか、一つの作品内部で筆跡が異なっている場合がある。前記の巻十四所収本「経平大弐家歌合」は、冒頭から一番右歌までと、一番「判云」以降とでは明らかに筆跡が異なっている（『歌合大成』二一五、『古筆学大成』図版151参照）。同様のものには、延喜十三年の「亭子院歌合」（『歌合大成』二〇、『古筆学大成』図版82参照）、康保三年の「源順馬名合」（『歌合大成』六三、『古筆学大成』図版216参照）、嘉保三年の「中宮歌合」（『歌合大成』二三三、『古筆学大成』図版162・163・247参照）などがある。そのほか、題などの冒頭部分と本文部分とで異なっている例は非常に多い。先にも述べたように、筆跡の認定については研究者によって必ずしも一致しない面があり、堀部氏、萩谷氏、小松氏なども、細部においてはそれぞれ見解が異なっている。しかし以上の歌合に関しては誰もが筆者を複数と認め、私自身も納得できるものである、ではなぜそうしたことが行われたかについては、しかし必ずしも明確な解答が得られていない。紙継ぎがあって、そこで筆跡が変わっている場合には、すでに書写されていたものを利用し、改めて書き継いだ可能性も考えられるかもしれないし、書写作業を行う上での主筆と副筆といった関係も、あるいはあったのかもしれない。いずれにしても推定の域は出ないのだが、ともかく何らかの事情があって作業を引き継ぎ、その結果、一つの作品が別な手によって書き継がれたことになる。

五

当該断簡が、以上のどれに当たるかはなかなか決定的な結論が導き出せない。ただ一つだけ言えることは、もし前二者のように同一歌合が重複して書写されたものだとしたら、本来その歌合本文は別々に存在していたはずであり、別々なところで断簡にされたものが、まったく同じ手鑑に並べて貼られる可能性、というか、偶然性は非常に少ないのではないかと思われる点である。料紙はいずれも同じものと見てよいであろう。天地に界が施されたもので、萩谷氏の分類によるB罫に属する。ただし料紙全体の寸法はやや異なり、《断簡A》は縦二六・五センチメートル、《断簡B》は二四・一センチメートル。界の寸法もまた微妙に違っていて、《断簡A》は、右端が二二・四、左端が二二・三センチメートル強、《断簡B》は、右端が二二・二強、左端が二二・二センチメートルとなっている。それぞれほんの僅かだが左端が右端よりも狭くなっているのである。全体の寸法は裁断の仕方によってどうにでも変わってしまうが、界のこの微妙な差異は問題である。要するに《断簡A》も《断簡B》も同じ傾向を示しているわけで、しかも《断簡B》は《断簡A》よりもさらに全体的に狭くなっている。念のため【図版3】を確認してみると、やはりはっきりと同じ傾向を示している。実測したわけではないが、【図版3】と《断簡A》とは筆跡が同じであり、内容的には隣り合わせにもなっているのだから、理論的には《断簡A》の右端と【図版3】の左端とは同じ寸法になるはずである。料紙は右から左に行くにつれ、界の幅が徐々に狭くなっていることになる。

以上を総合してみると次のようなことが言えるのではないか。すなわち、次頁に図示したように三葉の断簡は本来一連のもので、同じ料紙から切断されたものである可能性が極めて高いということである。もちろんその結果は、先の模写問題に関連して言えば、《断簡A》が本来のものであり、【図版4】の方が模写ということになろう。われわれがまだ見出だしていない断簡は、イとロとハと少なくとも三葉あることになるが、イは、冒頭のタイトルから、一番「春日祭」の左・右二首、ロは、三番「小鷹狩」の右と、四番「神楽」の左、都合二首、ハは、末尾の五番「志信郷恋」の右一首、ということになろうか。筆跡は、一般的な方式に従うなら、イは【図版3】や《断簡A》と同じで、ハは《断簡B》と同じ。しかしロは、前半と同じかもしれないし、後半と同じかもしれない、途中で変わっている場合もあり得るだろう。なぜこうした複数の筆者がいるかについての本当の理由は、

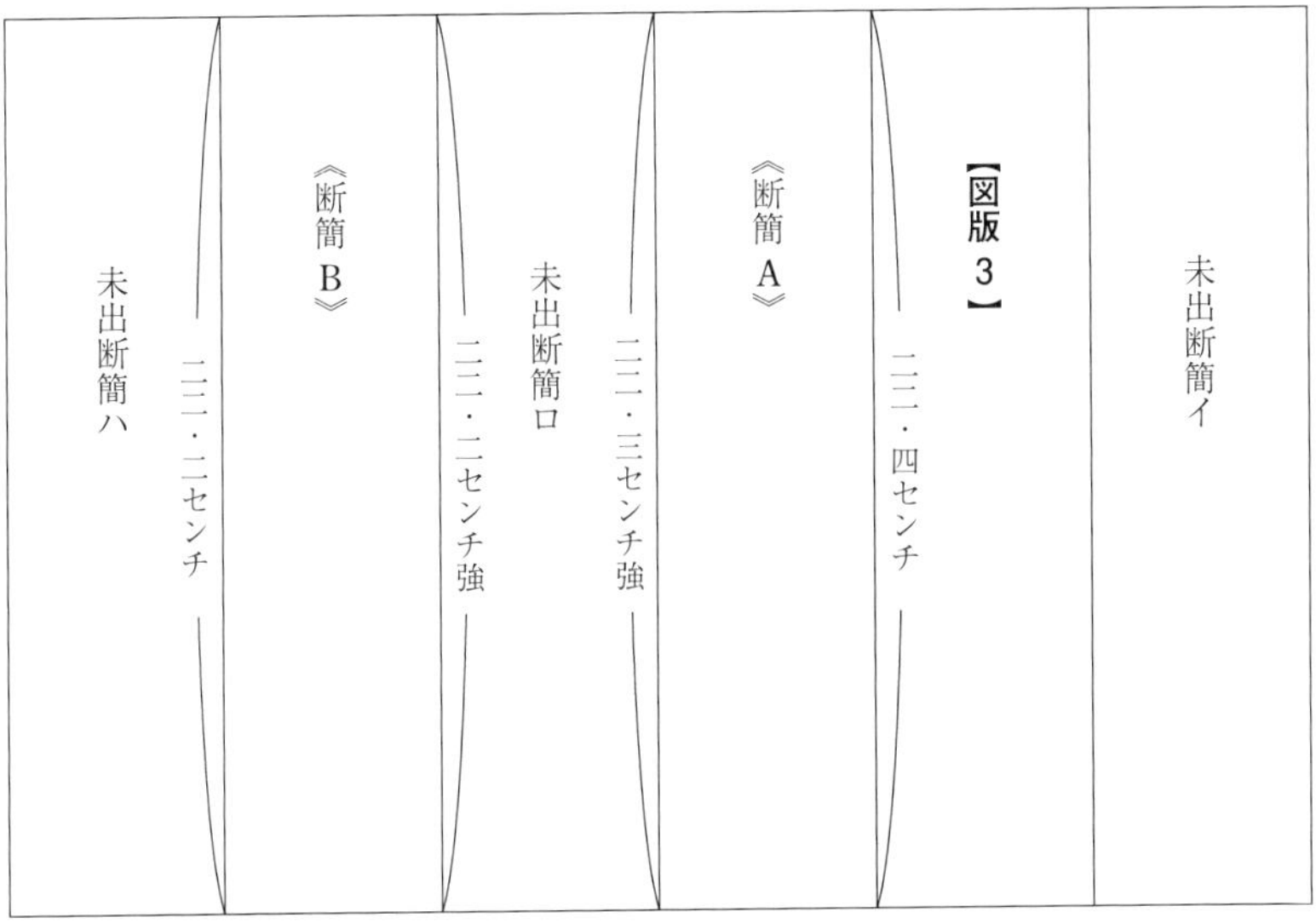
未出断簡イ
二二・四センチ
《断簡A》
二二・三センチ強
未出断簡ロ
二二・二センチ強
《断簡B》
二二・二センチ
未出断簡ハ

【図版3】

やはり不明というよりほかはない。

以上の条件を踏まえ、内容面における全体像を想定してみると、

〔中宮侍所歌合　承暦四年十月二日　庚申当座合也〕

〔一番　春日祭〕

〔左〕　〔　〕

〔　〕

〔右〕　〔　〕

〔　〕

二番　鵜河

左　経兼

よしのかはうふねやつれてのほるらむさをゝすおとのしけくもあるかな

右　仲実

たまかはのせゝかひのほるかゝりひにさはくたなはのかすをしりぬる

三番　小鷹狩

左　経兼

てにす《ゑ》ていてしさしまもそりぬれはのへのはなにやみたれあひなむ

〔右〕　〔実成〕

〔かりにとて露けき秋の野べにいでてはぎすり衣きてやかへらん〕

〔四番　神楽〕

〔左〕　〔　〕

〔右〕　仲実

かみかきやさかきにかゝるしらゆふのにはひのかけにし〔　〕とみゆらん

〔　　　　　　　　　〕

五番　志信郷恋

左　実兼

わかこひは人とふ許なりにけりしのふのもとにしふかひなし

〔右〕

〔　　　　　　　　　〕

ということになろうか。〔　〕の部分はまだ本文の知られていない箇所で、まったくわからないところもあるが、ある程度推量が可能なところもある。三番、〔右〕の箇所は『夫木和歌抄』からの補いである。ただし現存の資料には先の問題以外にもいくつかの疑問点が存する。たとえば《断簡B》の「かみがきや」の歌は、次の歌が「五番」の「左」だから、当然「四番」の「右」歌と考えられるのに、「右」の文字がない。作者は「仲実」で、そのこと自体は既出の人物でもあるので問題はないが、通常の表記の方法では作者名の上に「右」の文字が記されていて然るべきところのように思われる。また「わがこひは」の歌の下句は「しのふのもとにしふかひなし」とあるが、そのままでは意味が通じない。題の「志信郷恋」から考えると「しのぶのさとにしのぶかひなし」とでもありたいところであろう。

当該歌の作者「実兼」についてもよくわからない。篤子内親王の侍所において催された歌合は他に二度ほどあり、嘉保三年（一〇九六）の折の歌合には作者名の記載がなく、すべて不明だが、永保三年（一〇八三）の折には、経兼、仲実、実盛と、当該歌合に登場する他の三人はいずれも名を連ね、同二年の「出雲守経仲歌合」にも三人が揃って出場している。後者の主催者「出雲守経仲」は経兼の父でもある。仲実は『堀河百首』や『永久百首』の作者で、『綺語抄』『古今和歌集目録』などの著者として名高く、篤子内親王とのかかわりについては橋本不美男氏にくわしい考察がある。(5) もう一人の実盛については伝未詳だが、いずれにしても篤子内親王周辺の人物であったことは先の事実から明らかで、歌合にはじめて名の出た「実兼」も当然その中に入ってはいるのであろう。時代はやや下るが、『中右記』等、当時の記録類によれば、「実兼」なる人物は二人いて、一人は『本朝続文粋』の編者かとされる大学頭藤原季綱の子で、『今鏡』には『江談抄』の筆録者として伝えられている人物、もう一人は東宮大夫公実の子て、少納言から皇后宮亮になり、白河天皇皇女令子内親王に仕えた人物である。前者は若くして才を発揮し、天永三年（一一一二）二十八歳で急死した時には、「件人頗有才智、一見一聞之事不忘却、仍才芸超年歯」と『中右記』に記されていて、その才のほどが知られるのだが、天永三年に二十八歳だったということは、当該歌合の行われた承暦四年にはまだ生まれていないことになり、まったく埒外となる。また、後者は生没年未詳だが、父の公実は嘉承二年（一一〇七）に薨じていて、享年五十五歳。承暦四年当時は公実自身が二十八歳で、その子の実兼は生まれていたとしても当然ながら若すぎる。そのほか『尊卑分脈』等の系図類によれば、「道長―頼宗―能長―基長―実兼」とつづく実兼や、「登任―長宗―実兼」とつづく南家武智麿流の実兼など、時代的に合致しそうな人物がいることはいるのだが、どれが篤子内親王にかかわりのある人物かは特定できない。可能性の問題としてだけなら、あるいは「実兼」は「さだかぬ（定兼）」の誤写もあり得ようか。仮名の場合でも漢字の場合でも紛れやすいし、「さだかぬ」なら前述した永保三年の「篤子内親王家侍所歌合」に他の三人とともに名前が出ていて納得しやすいのである。

堀河院中宮篤子内親王は、すでに述べたように後三条天皇の第四皇女である。白河天皇の同腹の妹で、十四歳の折、賀茂の斎院に卜定されたが、父天皇の喪にあい、わずか二か月足らずで退下した。三十二歳になって、十九歳も年下の、まだ十三歳の甥、堀河天皇のもとに入内する。和歌や管弦に深い関心のあった若い天皇を導いて、当代の和歌を盛り上げた、彼女はいわば陰の功労者だったとする指摘もあるが、[6]これらの歌合はいずれもその入内前、二十歳代の「女四宮」時代のものである。彼女の和歌に対する好みと関心とが、後宮入りすることによって完全に花開き、影響力をも併せ持って、後の堀河院歌壇の形成に直接、間接に結びついたことは当然考えられる。そうした点からも、これらひとつひとつの歌合はより注目されるべきであり、その内容を具体的に知ることは、極めて重要な意味を持つと思われるのである。

(1) 堀部正二『纂輯　類聚歌合とその研究』美術書院　昭和20
(2) 萩谷　朴『平安朝歌合大成　増補新訂　五』同朋舎出版　平成8
(3) 小松茂美『古筆学大成　21』講談社　平成4
(4) 本書第II章の二参照。
(5) 橋本不美男『院政期の歌壇史研究』武蔵野書院　昭和41
(6) 岩佐美代子『内親王ものがたり』岩波書店　平成13

四　「百和香」小考

一

『枕草子』「心ときめきするもの」の段に、

よき薫物たきてひとりふしたる。

というのがある。すばらしい香を薫いてひとり横になっていると、何とも胸がときめく思いがする。また同じ段に、

かしら洗ひ化粧じて、香ばしうしみたる衣など着たる、ことに見る人なき所にても、心のうちはなほいとをかし。

というのもある。さっぱりとシャンプーをし、化粧をして、香のしみこんだ衣服を身につけたりすると、誰も見ている人がいなくても思わずひとりでうれしくなってしまう。

香を薫く習慣を日常持たない現代の女性にとってもこれらは大いに共感できるものだろう。当時の貴族達にとって、衣服や扇に香を染み込ませ、空薫物の香りで部屋の中をくゆらすことは、男女をとわず、重要なたしなみのひとつであった。人々はふと接した袖の香に昔をしのび、どこからともなく漂ってくるほのかな香りに人柄を

感じ、昨夜の移り香に思い悩んだ。『源氏物語』をはじめとする平安期の諸作品には、そうした場面をいくらでも見ることができる。

二

ところで「百和香」なるものがある。『古今集』物名歌（四六四）に題として登場するのが早い例らしいが、実態はよくわからない。諸注もさまざまに言っている。たとえば最もくわしい契沖の『余材抄』では、

和名集云、神仙伝云、淮南王、張二錦繡之帳一、燔二百和之香一。漢武内伝云、武帝好二長生之術一、求レ道、七月七日帚二宮掖之内一、設二座殿上一、紫羅席レ庭、燔二百和之香一、張二紫雲幃一、燃二九光之微灯一、設二玉門棗蔔萄酒一、帝乃盛服立二於階下一、内外謐寂以俟二仙宮一、宮中簫鼓之声人鳥之響、食頃王母至也云々。或抄に五月五日に百草を取て会する香なりと云へる、誤れり。

と言い、確かに『和名抄』香薬部にも右に引用したように見える。また『毘沙門堂蔵古今集注』には、

百和香ト云者、医道ノ秘薬也。五月五日ノ午時ニ一町が内ニテ百草ヲ取テ百日之間カゲホシテ、午日ノ午時、焼テアマヅラニテ合薬シテ丸ジタル者也。除死丸トモ云、不死薬トモ云。万病薬也。

とあって、「或抄に五月五日に百草を取て会する香なりと云へる」とあるのを裏づけている。もともと大陸から渡ってきたものらしいが、こうして説がいくつも存するとなると、それぞれどこまで信じていいかわからないし、その説自体、日本に入ってから随分変ってきているようにも見える。真淵の『打聴』に、

から国に昔有し香也。ここにも伝へ来しなるべし。後世此香の伝をいろいろいへど、さだかに伝へたりとも見えず。

と言っているあたりが、そうするときわめて当を得たものとなろう。しかしそれでは少しも問題の解決にはなら

ない。以下、具体的にいくつかの平安期の例に当たってみたい。

まず『後拾遺集』哀傷（三七九）に、

少納言なくなりて、「あはれなること」など嘆きつつ、おきたりける百和香を小さき籠に入れて、せうとの棟政朝臣の許につかはしける　選子内親王

法のため摘みける花をかずかずに今はこの世のかたみとぞ思ふ

とあり、同じ歌が『大斎院御集』（三〇・三一）に、

「少納言のなくなりし、あはれなること」など人々言ひて、百和香しおきたりけるを取り出でて、せうとのえさうにつかはす

法のため摘みたる花をかずかずに今はこの世のかたみにぞする

返し

百草のかたみの花を留めおきていかにはちすの露に濡るらむ

と見える。亡くなった少納言の形見である百和香を、その男兄弟のもとに送った折の贈答であるが、ここで注目すべきは「摘みたる花をかずかずに」や「百草のかたみの花を留めおきて」という表現である。「かたみ」は「形見」と「籠」の掛詞であろう。小さい籠に入れられた百和香はもっぱら花だけだったようである。生前に摘んであったたくさんの花々。石井文夫氏は『大斎院御集注釈稿』(1)で、この語に注して、

さまざまの花を混ぜあわせてあるだけで、練りあわせてあるものではないように思われる。

と述べておられる。薫物類はふつう種々の香料を粉にし、蜜や甘葛などによって練りあわせられたものである。それが百和香の場合違うのではないかというのだが、確かに歌の表現から見る限り、古注に言うような「アマヅラニテ合薬シテ丸ジタル者」ではなく、種々の花びらを混ぜあわせ、そこで合成された香りを楽しむものだった

ように見える。

『経信母集』（一〇）には、

百和香集めて、歌詠まする人の、「つちはりの花加へよ」と言ふに

いかでかは行きて折るべきいろいろにむらごににほふつちはりの花

とあり、『伊勢大輔集Ⅰ』（一三五）には、

院の、御堂にて百和香摘まれしに、名も知らぬ花を「見知りたるや」と問はせたまひしに

衣手におし開きてをみそなはせ塔廟《たふめう》に咲く宝鐸の花

また『顕綱朝臣集』（三三）には、

百和香にくららの花を加ふとて詠める

まどはすなくららの花の暗き世にわれもたなびけ燃えむ煙に

などとあって、そのほかの例もすべて花に関するものばかりである。しかもやはり百和香は「摘む」ものであり、その百和香にわざわざ「つちはりの花」や「くららの花」が加えられる。「つちはりの花」はシソ科で、「くららの花」はマメ科という。「名も知らぬ花」にしてもそうだが、比較的特殊な花が加えられているのはおそらくその香りのためであろう。

三

永承三年春の成立と推定されている『鷹司殿倫子百和香歌合』の場合は、本文が断簡しか伝わっていないのでその全体像はわからないが、はじめに、

侍所之人々百和香進トテ、左右方別、読集歌。

とあり、一番は「梅」の歌で、以下現存する本文を順に追っていくと、四番「石柳」、七番「桃」、八番「山吹」、九番「石つつじ」、十番「藤」といった具合である。ここでももっぱら花だけが題材となっている。萩谷朴氏の『平安朝歌合大成』ではなぜこの歌合が百和香に関係するのかについていろいろ考えておられるが、百和香とはそもそもたくさんの花々を集め、混ぜあわせたものであるとするならば当然のことであり、問題はあっさり解決されるはずである。

ところで昨今、若い女性の間で静かなブームを呼んでいるものに、ポプリ（pot-pourri）なるものがある。バラ、ラヴェンダー、ジャスミン、カーネーションなど、比較的香りの高い花々を主材料に、ハーブ、果皮、各種スパイス類を副材料に、それらを乾燥させて混ぜあわせ、密閉してからしばらく寝かせたあと、その香りを楽しむものなのだそうである。

百和香はあるいは和製ポプリかもしれないと私は思っている。エッセイストである熊井明子氏の書かれたいくつかのポプリに関する著作（たとえば『愛のポプリ』講談社など）を見ると、その歴史や作り方などの点で多くの知見を得ることが出来るが、村岡花子氏の訳で名高い『赤毛のアン』ではポプリは「雑香」と訳されているそうである。pot-pourri の語には別に雑集、雑録、音楽のメドレーなどの意味があるそうだが、香りの場合は「雑香」より「百和香」の方がはるかに美しい響きを持っているように私には思われる。カタカナ語のまま現在では通用してしまっているポプリも、それに近いものが古くわが国にも確かにあったと見てよいであろう。

（1）石井文夫『大斎院御集注釈稿』私家版　昭和50（のち、石井文夫、杉谷寿郎の共著で『大斎院御集全注釈』新典社平成18）

五　『古今和歌六帖』における重出の問題

一

『古今和歌六帖』は不可解な歌集である。後世のさまざまな作品に与えた影響、果たした役割りから考えると、もっとずっと整った歌集であってよいと思われるが、あまりにも問題が多い。少なくとも現存伝本を通して見る限り、わからないことが多すぎる。

まず『袋草紙』に、

六帖　和歌四千六百九十六首。この中長歌九首。旋頭歌十七首。ただし本々不同。

とあるが、「長歌九首。旋頭歌十七首」はその通りとして、現存伝本はいずれも四五〇〇首ほどである。「和歌四千六百九十六首」より二〇〇首近く少ない。『夫木和歌抄』の注に「六帖」ないし「六」と記されていて『古今和歌六帖』と共通しているとされる歌は三〇〇首以上あるが、そのうち現存本に見えない歌が三〇首ほどもあるから、確かに本来もっと多かった可能性は十分にあろう。もちろん『夫木和歌抄』そのものにも不確かな面はあるはずだし、問題はそう簡単ではないが、それにしても数が違いすぎる。『袋草紙』の時代でさえすでに「本々不同」であったらしいから、本文に対して正確さを求めるのははじめから無理な話なのかもしれない。

部立の問題もある。はじめにまず「目録」とあって、『古今和歌六帖』全体の部類分けが総合的に示され、各帖の冒頭にもまたそれぞれの目次が改めて繰り返されるが、両者は完全に合致しているわけではない。本稿の底本に用いた永青文庫本[(1)]でいうと、全体の「目録」では五〇三題であるのに対し、各帖の目次では五一一題もある。歌本文との間にもまた違いがあり、全体の「目録」や各帖目次にあって、実際に歌本文がない場合もあったりする。もちろん諸本によっても異同がある。後世いわゆる「六帖題」といって、『古今和歌六帖』の題をもとに歌を詠むことがしばしば行われたが、最も代表的な『新撰和歌六帖』の題と較べてみても、それらは必ずしも一〇〇パーセント一致しているわけではない。『古今和歌六帖』にあって『新撰和歌六帖』にない題もあるし、その逆もある。それぞれの書写過程で生じた誤りと見るには違いが大きすぎる。

収集分類されている和歌のうち、『万葉集』『古今集』『後撰集』その他の歌集に見える歌は全体の半数を超えるが、歌本文は必ずしもそれらと一致しない。特に『万葉集』の場合は訓読の問題がからみ、状況を複雑にしている。時代的には『古今和歌六帖』の成立は古点の時代と考えられるが、古点で万葉歌が統一されているかというとそうでもない。もちろん半数近くはどの文献にも見られない歌で、それらは現存しない歌集によったか、口伝えなど、伝誦されていた歌から収集したものなのか、はっきりしない。『万葉集』以下の諸歌集に見える歌でも、あるいはそうした文献からではなく、伝誦によったものがあったのかもしれない。

作者の問題はより不可解である。他の文献によって明らかな作者名が、『古今和歌六帖』でもその通りに記されていることがないわけではないが、まったく無記名の場合もあり、時には異なった作者名になっていたりすることもある。ほとんど滅茶苦茶といってよいほどで、少なくとも作者名表記に関する限り『古今和歌六帖』は信用できないし、むしろ無条件に信用してはいけないといった方がよいだろう。

本文にも問題がある。たとえば第一帖の「のこりのゆき」の項に見える歌一八首のうち、次の一一首については底本に用いた永青文庫本でもわざわざ「已下十一首無之イ」と注しているほどだが、冒頭の「うちきらし」の歌はともかく、「春の日に」以下の一〇首は確かに「のこりのゆき」題にふさわしくない。

已下十一首無之イ
うちきらしゆきはふりつゝしかすがにわがいゑのそのにうぐひすぞ鳴（二三）　あか人
はるのひにかすみたなびきうらがなしこのゆふかげにうぐひすなくも（二四）　やかもち
うぐひすのたにのそこにてなくこゑはみねにこたふるやまびこもなし（二五）
ふくかぜをなきてうらみようぐひすはわれやははなにてだにふれたる（二六）
まつひともこぬものからにうぐひすのなきつるえだをゝりてけるかな（二七）　みつね
春たゝばはなとやみえんしらゆきのかゝれるえだにうぐひすぞなく（二八）
しるしなきねをもなくかなうぐひすのことしのみちるはなゝらなくに（二九）
花のかをかぜのたよりにたぐへてぞうぐひすさそふしるべにはする（三〇）　をきかぜ
たのまれぬはるのこゝろとおもへばやちらぬさきよりうぐひすのなく（三一）　ちさと
うぐひすの谷よりいづるこゑなくははるくることをたれかしらまし（三二）　はせを

むめのはなちるてふなへにはるさめのふりでつゝなくうぐひすのこゑ（三三二）

江戸時代の注釈書である『古今和歌六帖標注』は、このことについて、

うちきらしと年たてばとの歌の間に第六帖に出たる鶯のうた十首まぎれ入たり。そは打きらしの歌は鶯をよめる歌なれば、それにひかれてふと誤りくはへたるなるべし。

と言い、「うちきらし」の歌を除いた一〇首を削除している。なるほど右の歌はいずれも鶯を詠んだ歌である。しかも「うちきらし」の歌を除いた一〇首は確かに第六帖「うぐひす」の項にも同じように並んでいる（四三八八〜四三九七）。ただし両者を比較してみると、歌順に一部異同があり、作者名なども違っていて、必ずしも完全には一致していない。そのままでは「ふと誤りくはへたる」ようなものには見えないのである。何よりも「うぐひす」の項には二九首もの歌があるのに、なぜそのうちの一〇首だけが第一帖に「まぎれ入」れられたのかは説明がつかない。

こまかなことだが、題と歌との関係にもおかしなものがある。たとえば第二帖「みゆき」の項に、

ふるさとはよしのゝ山しちかければひとひもみゆきふらぬ日はなし（一二二四）

という歌があり、「みゆき」が詠まれていて問題ないようであるが、実はこの項は、

松かぜのきよきかはべにたましかば君きまさむかきよきかはべに（一二二八）

しらさきにみゆきかくあらばおほぶねにまかぢしらなみ又かへりこむ（一二二九）

おほきみのみゆきのまにはわぎもこがたまくらまかず月ぞへにける（一二三〇）

などの歌が示すように、「み雪」ではなく「行幸」なのである。『標注』にも、

こは雪のうたなり。こゝに入たる事いかゞ、おぼつかなし。

と言っている。編者の力量不足が原因なのか、遊び心によるものなのか、それとも単純なミスなのか。

また第三帖「ひ」の項には、

さほがはにこほりわたれるうすらひのうすき心をわがおもはなくに（一六二一）

みづとりのかものすむいけのしたひなくいぶかしきいもをけふみつるかな（一六二二）

の二首が載っている。同じ「ひ」でも、前者は「うすらひ（薄氷）」で、後者は「したひ（下樋）」であろう。この項に属する歌は右の二首だけなので、どちらが正しいのか、ここからの判断はなかなかむずかしいが、題の並び方から言えば、

はし（橋）　ひ　ゐせき（井堰）　しがらみ（柵）

とつづくので、恐らく「樋」であろう。「氷（こほり）」の項はすでに第一帖に見える。『河海抄』賢木巻にも、

うすらひは薄き氷なりと八雲御抄にもあり、而六帖樋の所に入たり、如何。

と記されている。早くから問題になっているところなのである。

大小とりまぜ、とにかくいろいろと問題の多い歌集であることが理解されよう。永青文庫本第一帖末尾の本奥書のあとに、

すべてこの六帖、いかにやらん、いづれも〳〵みなかくのみしどけなき物にて侍れば、本のまゝにしるしをく、のちに見ん人、心えさせ給べし。

と記されているように、まことに「しどけなき物」である。かつて『袋草紙』は『後撰集』の不審なること多きをもってやはり「無二四度計一」と評したが、そのしどけなさにおいては『古今和歌六帖』は『後撰集』の比ではないのである。

二

そうしたいくつかの問題のうち、ここでは重出の問題を取り上げてみたい。重出といっても、特に歌の場合である。実は題にも重出の問題はあって、たとえば、第一帖と第四帖に「わかな」があり、第一帖と第五帖に「あした」がある。また第五帖と第六帖に「たまかづら」もある。ただし第一帖の「わかな」はもっぱら春の景として詠まれたものであり、第四帖の「わかな」は祝、第一帖の「あした」は七夕にのみかかわり、第五帖の「あした」は広く雑思、第五帖の「たまかづら」は服飾関係で、第六帖の「たまかづら」は草のそれと、それぞれ一応の区別はある。

その点、歌の重出の問題はどうかというと、本来、もっとずっと簡単なはずである。そもそも『古今和歌六帖』というのは基本的には類題和歌集だから、たとえば、

いせのあまのしほやくけぶり風をいたみおもはぬかたにたなびきにけり

という歌が、第一帖の「煙」の項（七八九番）と、第三帖の「塩」の項（一七八三番）とに出ていたり、

秋のゝにをくしらつゆはたまなれやつらぬきとむるくものいとすぢ

という歌が、第二帖の「秋の野」の項（一一四九番）と、第六帖の「蜘蛛」の項（四〇二〇番）と、二度にわたって収められていたりするといったたぐいは、それぞれに傍線を施した語が用いられている以上、少しもおかしいことではないし、また十分にあり得ることだとも思うのである。しかしながら、実はかなりややこしい問題も含んでいる。

底本として用いた永青文庫本で数えてみると、重出歌はおよそ一五〇首ほどになる。およそというのは、伝本の問題もあるけれど、認定のむずかしい歌が相当数あるからである。右の「いせのあまの」や「秋のゝに」の歌

のように、まったく同じ形で重出することの方がむしろ少なく、しばしば本文に異同があり、重出歌とすべきか、類歌とすべきか、判断に迷う例が多いのである。たとえば、

ぬれぎぬと人にいはすなきくのはなよはひのぶとぞわれそほちつる（一・一九二　九日）
ぬれぎぬと人にいはすなきくの露よはひのぶとぞわがそほちつる（五・三三二二　濡れ衣）

などの場合は比較的異同が小さく、あまり問題にならないかと思われるが、

きみまつとこひつゝふればわがやどのすだれうごきてあき風ぞふく（一・四〇一　秋の風）
ひとりしてわがこひをればわがやどのすだれとほりて秋かぜぞふく（二・一三七九　簾）

などの場合は、明らかに『万葉集』(2)（二六〇六）の額田王詠、

君待跡　吾恋居者　我屋戸乃　簾令動　秋之風吹
きみまつと　あがこひをれば　わがやどの　すだれうごかし　あきのかぜふく

と同じものと思われるのに、本文の違いの大きさに驚く。なぜこんなに違うのか。書写過程で生じたミスとは到底考えられず、重出歌として認定していいものかどうかためらいを覚えるほどである。また、

ここやいづこあなおぼつかなしら雲のやへたつ山をこえてきにけり（一・五一二　雲）
ここにしていづもやいづこしら雲のたなびく山をこえてきにけり（五・二七八九　遠道隔てたる）

の場合はどうであろうか。他に所出を見ない歌なので基準とすべきものがなく、重出歌とするか、類歌とするか、やはり非常に判断に迷うだろう。

すまのうらにしほやくほのほ夕されぱゆきすぎがてにやまにたなびく（三・一七六一　海）
なはのうらにしほやくほのほ夕さればゆきすぎがてに山にたなびく（三・一七八一　塩）
すまもうらにしほやくほのを夕さればゆきすぎがてに山にたなびく（三・一七九四　塩）

の場合は厄介である。異同箇所は初句に見られるごく一部だけである。三度にわたって重出されており、そうした例は他にも見られるが、この例の特異さは、二首目と三首目とが同じ「塩」の項に収められていることである。

当然ながら類題和歌集における重出という現象は、一首の歌にいくつかの要素があり、それぞれの要素によって分類されるから起こるのであって、たとえば、

かきほなる人といへどもこまにしきひもときあくる君もなきかも（二・一三二七　かきほ）

かきほなす人はいへどもこまにしきひもときあくる君もあらなくに（五・三三四七　ひも）

かきほなる人といへどもからにしきひもときあくる人もなきかな（五・三五三〇　にしき）

の三首は、それぞれ傍線を施した語によって「墻」「紐」「錦」の項に分類される。

ところが先の「すまのうらに」以下の三首は、一首が「海」で、他の二首は同じ「塩」に分類されている。ということは、同じ項目に分類されている「なはのうらに」と「すまもうらに（他本　すまのうらに）」の歌は、『古今和歌六帖』においては同じ歌という認識ではなかったことになろう。

もちろん、書写過程におけるミスかと思われるものもある。

をるきくのしづくをおほみわかゆてふぬれぎぬをこそおいの身にきれ（一・一九五　九日）

をるきくのしづくをおほみわがゆくにぬれぎぬをこそおいの身にきれ（一・五九九　雫）

の場合は、他出文献である『貫之集Ⅰ』でも『忠岑集Ⅰ』でも「わかゆといふ」、あるいは「わかゆてふ」であり、意味内容からいっても「わかゆてふ」が正しいかと思われるが、おそらく「てふ」のいわゆる変体仮名が「くに」に似ているために誤ってしまったのであろう。

ふく風はいろもみえねどふゆくればひとりぬるよの身にぞしみける（一・二二五　霜月）

ふくかぜはいろもみえねどゆふぐれはひとりある人の身にぞしみける（一・四二四　冬の風）

の場合は、「ふゆくれば」の「ふゆ」の部分をうっかり逆に書いてしまったための誤りであろう。「夕暮れは」でもそれなりに意味が通じてしまうために始末が悪いが、『後撰集』(四四九)や「寛平御時后宮歌合」(一三〇)、『新撰万葉集』(四一八)など、他出の文献ではすべて「冬来れば」である。そもそも「夕暮れは」では題の「冬の風」に合致しない。

題においてもまた明らかにミスと思われるものがある、総目録の第五帖・雑思の項に「人まつ」なるものがあるが、実は第五帖では「人つま」となっている。その項では人妻との恋を詠んだ歌ばかりが集められていて、本来「人づま」が正しい。「人待つ」でも意味が通じてしまうためにミスが生じ、ミスがミスのまままかり通ってしまっている。

それに対し、先の「きみまつと」の歌や、「すまのうらに」「なはのうらに」などの歌の場合はどのように考えたらいいのだろうか。とてもケアレスミスというような単純なことでは説明しきれるものではないし、それぞれの歌が、それぞれの形のまま、収録される以前から別に存在していたと考えざるを得ないように思われる。『古今和歌六帖』における不可解さはこういうところにも認められるであろう。

三

重出歌の問題で避けて通れないものに、編者による意図的な作り変えが行われたかどうかの問題がある。

おとめごがたまくしげなるたまくしのみることいまはめづらしや君（五・二九五〇　めづらし）

おとめごがたまくしげなるたまくしのいぶかしいまもいもにあはざれば（五・三一七九　くし）

の歌は、『万葉集』(五二二)に見える、

嬬嬬等之　珠篋有　玉櫛乃　神家武毛　妹尓阿波受有者

をとめらが　たまくしげなる　たまくしの　かむさびけむも　いもにあはずあれば

という歌と同じものであると思われるが、「櫛」の項に収められている後者はともかく、「珍し」の項に収められている前者は下句が大きく異なり、

題に合はせての改変であると思はれる。

と平井卓郎氏(3)は言われる。

同じような例に、『古今集』関係では次のような例があるとも平井氏は言われる。

おそくいづる月にもあるかな葦引の山のあなたもをしむべらなり（雑上・八七七）

に対して、

をそくいづる月にもあるかなあし引のやまのあなたもおしむべらなり（一・三三七　ざふのつき）

おそくいづる月にもあるかな山のはのあなたのさともをしむなるべし（二・一二九一　さと）

があり、後者の「里」の部分に改変の可能性が考えられようし、

世中の人の心は花ぞめのうつろひやすき色にぞありける（恋五・七九五）

に対しては、

世の中の人のこゝろはゝなぞめのうつろひやすきものにぞありける（五・三四八〇　いろ）

よのなかの人のこゝろはつきくさのうつろひやすき色にぞありける（六・三八四四　つきくさ）

という形で重出されていて、「月草」の箇所が問題となろう。また、

こづたへばおのがはかぜにちる花をたれにおほせてここらなくらむ（春下・一〇九）

に対しては、

こづたへばおのがはかぜにちるはなをたれにおほせてこゝらなくらん（六・四〇五三　花）

うぐひすのおのがはかぜにちる花をたれにおほせてこゝらなくらん（六・四三九九　うぐひす）

などがあって、やはり「鶯」が問題となる。もっとも平井氏はこの『古今集』関係の箇所では、

これらの歌の六帖における重出とその題との関連を見ると、六帖は題に合はせて古今集の歌詞の一部を作りかへるといふやうなことが無かったかどうかといふ疑問が生ずる。

とされながらも、

ただ、このやうな語句の置きかへがいかなる必要によって何時行はれたかといふことは、やはり問題として残る。

と言い、

一体六帖の編纂に際して、一つの題の下に集められた歌の数は何れも相当数に達してゐるのであって、例歌に事欠くやうなことはなかったらうと思ふのである。それに格別秀歌をえりすぐったとも思はれず、大体題に適合する所があれば採られてゐるやうに見える。従って故意に手を加へて作りかへる必要はなかったのではあるまいか。

とも言われる。先に、『万葉集』の項で「題に合はせての改変であると思はれる」と極めて断定的に言われたことをご自身で否定されているかのようにも見えるが、最近になって、この改変説を支持する意見がいくつか現れた。

ひとつは、青木太朗氏「『古今和歌六帖』の題と本文―他出文献との比較を通して―」[4]がそれで、氏は、右のような例のほか、『貫之集Ⅰ』に見える、

いつとてかわがこひざらんちはやぶるあさまの山のけぶりたゆとも（六五六）

が、次のように「煙」の項のほか、「沼」の項にも挙げられている例や、

いつとてかわがこひざらむちはやぶるあさまのやまはけぶりたつとも（一・七九〇　けぶり）
いつとてかわがこひざらんみちのくのあさかのぬまはけぶりたゆとも（三・一六八四　ぬま）

『躬恒集II』に見える、

遠山田もるや人めのしげゝればほにこそ出ね忘やはする（二五九）

が、

とを山田もるや人めのしげゝればほにこそいでねわすれやはする（二・九六九　山だ）

というように、「山田」の項のほか、

かどわさだもるやひとめのしげゝればほにこそいでねわすれやはする（二・一三六七　かど）

と初句が改まった形で「門」の項にも出ていることを指摘し、これらはすべて、題にひかれ、題に合った形で、題に添うような形で、編纂の際に改められたのであろうとされた。

福田智子氏も、論の主題は別のところにあったが、「『古今和歌六帖』の写本・版本間の本文異同について—万葉歌を中心に—」(5)において、この青木説に対して賛意を表しておられる。『古今和歌六帖』の研究者間では、一般に「題に合はせての改変」説は認められつつあるように思われる。

四

果たしてそれでいいのだろうか。題には大きく分けて二種類あると私は考えている。ひとつは、まず題が提示されて、その示された題によって歌を詠む、いわば「詠歌題」である。典型的な例は『堀河百首』などの場合であろう。もうひとつは、まず歌があり、その歌を分類するにあたって施された題、この場合は「分類題」とでも名づけたらいいのだろうか。『古今和歌六帖』などはその典型だろうと考えられる。これまで見てきた重出歌の存在はもちろん分類題だからこそである。

ところが改変説は、その前提として、歌より前に題がなければならない。詠歌題の場合とは違い、歌そのものはすでにあるわけだから、どこかの段階で題が逆転先行する折がなければならない。もちろん歌集を編むにあたって、ある程度予想して、前もって、相当数の項目を設定しておくということも考えられよう。またある程度資料が整い、一応目次のようなものが作成された段階、というようなことなども考えられよう。いわば『古今和歌六帖』の成立の仕方とも深くかかわっているわけで、改変説を唱える以上、そのあたりのことが十分に説明しきれねばならない。

もし改変されたとして、それではどんな理由によってであろうか。わざわざ改変してまで歌を確保しなければならなかった理由は一体どこにあるのだろう。これまで見てきた、たとえば「珍し」「里」「月草」「鶯」「沼」「門」などの場合、その必然性が極めて乏しいように思われる。すでに平井氏自身も、
一つの題の下に集められた歌の数は何れも相当数に達してゐるのであって、例歌に事欠くやうなことはなかったらうと思ふのである。

と言われているように、具体的に見てみると、次のようになる。

珍し　九首　　里　一三首　　月草　八首
鶯　二九首　　沼　　七首　　門　　六首

それぞれの項目のもとに集められている歌はかなりの数になると言ってよいだろう。

それでは少ない例はどうか。題があって、例歌が一首というケースは次のように確実なものだけでも三五項目ほどもある。

第一帖　　あをむま

第二帖　熊、鳩
第三帖　鯛
第四帖　小長歌
第五帖　皮衣、矢、刀、蓑、綿
第六帖　草の香、さうび、浅葱、藍、まさきかづら、かたばみ、かにはざくら、にはざくら、緋桜、あへたちばな、ざくろ、山なし、からもも、くるみ、くぬぎ、ながめ柏、はたつもり、榁、ゆづるは、堅柏、つまま、さねき、放ち鳥、水鶏、つばくらめ

もし改変という手法があるのだったら、なぜ、こうした項に歌を加える努力をしなかったのだろう。また、一首だけの項で成り立つのだったら、なぜ、二九首もある「鶯」や、一三首もある「里」の項に、本文を変えてまで歌を加える必要があったのだろう。

逆の面からの疑問もある。たとえば、次の歌は重出歌として認定できると思われるものだが、初句と第四句とにそれぞれ異同がある。

なつのかぜわがたもとにしつゝまればこひしき人のつとにしてまし（一・三九五　夏のかぜ）

ふくかぜのわがたもとにしつゝまればおもふ人にはつとにしてまし（五・三四七五　つと）

もともと「寛平御時后宮歌合」（五一）や『新撰万葉集』（二九三）などに見える歌で、それらの本文では次のようになっている。

夏の風我が袂にしつつまればおもはむ人のつとにしてまし

従って、このままの形でも、一方で「夏の風」に分類し、もう一方で「苞」の項に収めて、特に支障はない。問題は、なぜ前者の第三句が「こひしき人の」となっており、後者の初句が「ふくかぜの」となっているかであ

る。改める必要はまったくないし、改める理由もわからない。誤写の可能性も考えにくい。『古今和歌六帖』編纂時にすでにそういう形で存在していたのだろうと考えるよりほかはない。

同じような例はほかにもある。

山たかみみつといはめやたまきはるいはかきふちのかくれたるつま　（三・一七三六　ふち）

ますかゞみみつといはめやたまきはるいはかきふちのかくれたるつま　（五・三一〇九　かくれづま）

これは、『万葉集』（二五〇九）に見える、

真祖鏡　雖見言哉　玉限　石垣淵乃　隠而在孋

まそかがみ　みともいはめや　たまかぎる　いはかきふちの　こもりてあるつま

と同じ歌であろう。現訓では末句を「こもりたるつま」とするのが普通のようであるが、ともかくこのままの形でも十分「渕」「隠れ妻」の項にそれぞれ分類できると思われるのに、なぜか前者は初句を「山たかみ」とする。わざわざ改変する理由も、また誤写の可能性も、やはりこの場合も考えにくかろう。同じ歌がさまざまな形で伝えられていたと考えざるを得ないのではないか。

改変説を唱える場合は、重出歌が持つ問題の一面だけを見るのではなく、もっと多面的に考察し、それでもなおかつ改変したと言えるかどうかを考えるべきであろう。詠歌題と分類題の違いという問題もあり、類題和歌集の一般的な成立の仕方も考慮に入れて、改変なるものが『古今和歌六帖』の成立段階において、いつ、どのようにして行われたかを十分に説明できることが要求されるであろう。

これまで見てきた諸条件を総合してみると、『古今和歌六帖』の歌は、さまざまな形のものが、さまざまなルートを通して、雑然と入ってきたとしか考えようがないように思われる。

たとえば『枕草子』「殿などのおはしまさで後」の段に、やや面倒ないきさつがあって、里下がりの長引いた

清少納言に対し、心配された中宮が文をよこす場面がある。「山吹の花びらただ一重ね」に、「言はで思ふぞ」とだけそこには書いてあった。ところが返事を書こうとして、清少納言はその歌の上句がどうしても思い出せない。

この歌の本、さらに忘れたり。「いとあやし。同じ古言といひながら、知らぬ人やはある。ただここもとにおぼえながら、言ひ出でられぬはいかにぞや」など言ふを聞きて、小さき童の前にゐたるが、「下行く水、とこそ申せ」と言ひたる、など、かく忘れつるならむ、これに教へらるるもをかし。

ということになる。「小さき童」に歌を教えられたのである。のちに参上した折、中宮にもそんな話をして笑い話になるのだが、この歌は、『古今和歌六帖』、第五「いはでおもふ」の項に見える、

心には下行く水のわきかへり言はで思ふぞいふにまされる

である。古瀬雅義氏は、「清少納言の見た『古今和歌六帖』―黒川本・寛文九年版本は古態を伝えるものか―」(6)において、この場面も、氏の言われる「清少納言の見た『古今和歌六帖』」の例のひとつとして挙げておられるのだが、むしろここは、当時、いかにこうした歌が人口に膾炙していたかを示す例として考えた方がいいのではないかと私は考えている。『枕草子』が『古今和歌六帖』の影響を強く受けていたであろうことは間違いないと思うし、そのこと自体に反論する気はさらさらないが、ここは教えてくれたのが「小さき童」であることを重視したい。『古今和歌六帖』という文献に「小さき童」までが直接影響を受けていたとはとても思えないのである。すでにしばしば言われていることではあるが、耳と口からによる伝誦というルートも当然考えてよいのではないだろうか。

さまざまな形のものが、さまざまなルートを通して、と考えて、はじめて『万葉集』(一六〇六)の額田王詠「君待つと」の歌が、あれほど違った形で収録されることが理解されるであろう。初句だけが違っていて、内容のほとんど同じ歌が、同じひとつの項目の中に収められたりする例をみると、あるいは、分類、収録にあたって、

それらをあまりきちんと吟味することなく、一種の類歌として、そのままの形で受け入れた、と考えざるを得ないのかもしれない。本文書写上における誤写などの理由だけではとても説明しきれるものではないように思われる。基本的にはやはり「しどけなき物」のひとことに尽きるのであろうが、人為的な改変というその一点だけは、右のような理由から、かなり考えにくいように思われる。

冒頭でも述べたが、『古今和歌六帖』はまことに不可解な歌集である。歌数、本文、その他、すべてにつけて問題が多く、そのひとつひとつに十分な、かつ合理的な説明を施すわけにはいかないけれども、改変という問題はきわめて人為的な行為であり、もし実際にあったとすれば、他の問題と違って十分に納得のいく説明が必要なはずだし、可能なはずでもあろう。

（1）永青文庫本は現存伝本中最古の完本で、最善本とされるものである。第六帖の奥書に「文禄四年仲秋廿日　法印玄旨（花押）」とあり、玄旨すなわち細川幽齊を中心に（他に数筆あり）、文禄四年（一五九五）に書写されたことが明らかである。
本稿における引用はすべて永青文庫本によった。ただし、ミセケチ、傍記などは原則として省略し、適宜濁点を施した。引用の箇所については必ず桂宮本（『新編国歌大観』の底本である宮内庁書陵部蔵　五一〇・三四）や、御所本（同じく書陵部蔵　五〇六・一三）を参照し、特に大きな異同のないことを確認した。

歌番号は『新編国歌大観』における歌番号を用いた。

なお、平安期の写かとされる伝行成筆『古今和歌六帖』切が五葉ほど存するが（『古筆学大成　16』参照）、現存する限り、永青文庫本とそう大きな違いはない。

（2）原則として和歌の引用は『新編国歌大観』によった。ただし私家集の場合は『新編私家集大成』によった。なお『万葉集』の歌番号は旧番号に従った。

（3）平井卓郎『古今和歌六帖の研究』明治書院　昭和39

（4）青木太朗「『古今和歌六帖』の題と本文―他出文献との比較を通して―」和歌文学会例会　平成17・12

（5）福田智子「『古今和歌六帖』の写本・版本間の本文異同について―万葉歌を中心に―」中古文学会秋季大会　平成22・10

（6）古瀬雅義「清少納言の見た『古今和歌六帖』―黒川本・寛文九年版本は古態を伝えるものか―」中古文学会秋季大会　平成21・10

なお、古瀬氏は『枕草子』の本文を石田穣二『新版　枕草子』（角川ソフィア文庫）によっている。底本は三巻本だが、実は「小さき童の前にゐたるが」の箇所は能因本によって補った箇所である。ただし三巻本によっても後文で「童」であることは明らかである。

六『風葉和歌集』欠脱部に関する考察

一

物語歌を集成したものとして名高い『風葉和歌集』は、その序に、

鶯の初音を聞くよりはじめて、神山の葵をかざし、鹿の音に深きあはれを知り、夜半の時雨を思ひやるに至るまで、また神仏の誓ひ、別れ、旅の心、あしたの露、夕べの雲に世を悲しび、千歳の鶴、二葉の松に君を祝ひ、涙の色を袖にしのび、つらさに添へて憂きを嘆き、糸竹の声に思ひを述べ、親子の道に心を惑はし、あるは長歌、物名、折句、連歌などやうのくさぐさの姿まで、すべて千歌余りを集めて二十巻とせり。かの六種のはじめに寄せて風葉和歌集といふ。

とあり、春、夏、秋、冬以下、勅撰集とほぼ同じ形式で部類分けがなされ、全部で千首余り、二十巻であったことがわかる。ただし現存の諸伝本はすべて十八巻しかなく、次のように末尾の二巻を欠く（以下、本文は『新編国歌大観』による）。[1]

巻一、春上	五九首	二、春下	七四首	三、夏	七七首
四、秋上	七五首	五、秋下	七八首	六、冬	八〇首
七、神祇・釈教	七九首	八、離別・羇旅	七九首	九、哀傷	九九首
十、賀	五九首	十一、恋一	七九首	十二、恋二	九八首
十三、恋三	四〇首	十四、恋四	七四首	十五、恋五	一〇四首
十六、雑一	九八首	十七、雑二	七八首	十八、雑三	七八首
				計	一四〇八首

確実なことはわからないが、失われた巻十九は雑四であろうか。巻二十は序に「あるは長歌、物名、折句、連歌などやうのくさぐさの姿まで」とあるところから、当然雑体であろうと推定される。

なお『風葉和歌集』における欠脱部は右以外にも存する。すでに藤井隆氏によって指摘されているところであるが[2]、現存本の祖本と考えられる桂切丙本（後述）には、巻十三の九五二番と九五三番の間、巻十四の一〇二四番と一〇二五番の間に明らかにその痕跡が認められるという。巻十三を見ると確かに歌数がきわだって少ないから、そうした可能性は十分に考えられよう。

二

ところで広く知られていることだが、『風葉和歌集』には桂切と呼ばれる古筆断簡が存在する。『新撰古筆名葉集』に「後伏見院　中四半　風葉集、哥二行書」とあるものである。後伏見院筆とされている点についてはなお問題があるが、明らかに鎌倉期の写と認められているもので、先述の藤井氏にきわめてくわしいご研究がある[3]。

要約すると以下のとおりである。まずまとまって現存するのは、

穂久邇文庫蔵桂切　甲本　五四葉（巻十一、十二、十三、十四、十五、所属不明）

〃　　桂切　乙本　四五葉（巻十二）

の計九九葉で、甲本、乙本は料紙、筆跡ともに同じく、単独では見分けがつかないほどのものだが、巻十二の部分に重複しているところがあるため、両者は同一人によって書写された別本ということがわかる。またそのほかに、穂久邇文庫には一三三葉分の転写本（巻十一〜十五は影写、巻十六〜十八が臨写）が蔵されており、これは阿波国文庫旧蔵本で、その親本を丙本と呼ぶ。三者の関係は、

①いずれも本来は同筆。

②細かな訂正をしつつ、乙→丙→甲　の順に精写したものと認められる。

③桂切本は『風葉和歌集』の原本で、甲本が最終清書本か。

④丙本が現存諸本の祖本であろう。

という結論になる。

もちろん桂切として伝存するのはこれだけではない。他に手鑑などに押されて諸家に分蔵されているものが、確認されているものだけでも三〇葉ほどある。転写本である現丙本を除いて、いわゆる純粋に桂切と呼ばれるものは穂久邇文庫蔵を合わせると全部で一三〇葉ほどあることになる。実は問題はその中にある。現存本文には見えない本文を持つ断簡があることである。明らかに欠脱部と思われる箇所の断簡なのだが、すでにこれまで知られていて『新編国歌大観』などに掲載されているもの六葉、その後、管見に入ったもの二葉、計八葉が現段階では認められる。すでに知られている六葉を示すと次のとおりになる。

（一）藤井隆・田中登『国文学古筆切入門』[4]所載　2行

かへし　　尚侍

あさち原わけすはなにをかこたまし

（二）東山御文庫蔵手鑑　3行

関白にゆくゑしられ侍らさりけるを
見あらはしてとかくうらみはへりけれは
あさくらの皇太后宮大納言

（三）穂久邇文庫蔵（『物語二百番歌合　風葉和歌集桂切』[5]所載）10行

あふせはたえぬ[6]ちきりともかな
返し　　中務卿のみこのむすめ
めくりあはむのちをはしらすこの世には
なからふへくも見えぬ契を
きさいの宮たゝにもおはしまさて
いてさせ給けるにきこえさせ給ける
ふた葉の松のみかとの御歌
なかゝらぬいのちの程をかきりにて
しはしも君にわかれすもかな

御かへし

（四）五島美術館蔵手鑑『筆陣毫戦』　9行

よその思の御かとの御うた

如何にせむうきはものかはとのみた（7）ゝ

おしあけかたのそらのおもかけ

もろともに月なと見侍ける人ゆへ

我身のうさおもひしらるゝ事侍

けるころそのよのさまににたる月を

見て　　　はままつの左大将の女

うしとたにおもひいてしとしのへとも

なをあまの戸をあけかたの月

（五）久曾神昇『私撰集残簡集成（8）』所載　10行

もにすむゝしの権中納言一夜あひ

て侍ける女のたゝならぬさまにてか

くいふとゆめにみえ侍ける歌

あふことはかくてたえぬるなかゝはの

あさきせになとふかきちきりそ

おもふことありてきふねにまうて侍ける
に一のせをことさらわたれと人の
いひけれは

ゆるきの中務卿みこの女

さらてたにそてのみぬるゝやまかはの

（六）藤井隆・田中登『続国文学古筆切入門』(9) 所載　10行

かれ〳〵になりけるおとこのもとに
ゆふくれにさしをかせ侍ける

みつからくゆるの源大納言女

わするゝをおとろかすにはあらねとも
夕への空はえこそしのはね
女をゆくゑしらすなしてもろともに
おきふしゝとこをうちはらひて

むくらのやとの大将

うちはらふまくらのちりをかたみにて
たちゐにねをもなく我身かな

三

（一）は贈答歌の返歌部分で、残っているのは作者名と歌の上句のみ。しかも「あさぢ原」なる歌は現存の物語にはどこにも見えないので、どういう作品なのか、当然ながら作品名はわからない。ただし「尚侍」なる人物が『風葉和歌集』に作者として登場する物語はそう多くはない。『源氏物語』や『うつほ物語』など現存する物語を除くと、『浅茅が露』『みづから悔ゆる』『緒絶えの沼』が各二度、『みかはに咲ける』が一度である。その中でどの作品が該当するか、具体的に特定することはむずかしいが、「あさぢ原」との関連でいえば、最も可能性が高いのは『浅茅が露』であろうか。現存の『浅茅が露』は後半を佚していて、現段階ではその題名の由来も未詳である。[10]内容的に考えて当該歌は恐らく恋のやりとりであろうし、かつて浅茅が原を分け入ってきた男性がいたことを想定すると、末尾散佚部分にこの歌があったと考えることは可能であろう。あるいは現存『風葉和歌集』には一首の歌も残していないが、『浅茅が原の尚侍』という作品そのものであろうか。『無名草子』に僅かに名のみ残していて、『浅茅が露』とは別の作品かと言われている散佚作品である。

（二）は歌を欠いているものの、収録されている作品は散佚した『朝倉』[11]であることがわかる。有名な定家筆本『更級日記』の奥書によって、『更級日記』の作者とあるいは同一作者による作品かと言われているものである。歌の作者は「皇太后宮大納言」で、『朝倉』のいわば女主人公である。琵琶湖で入水事件を起こしたあと、しばらく石山あたりに身を隠していた女君が、かつての恋人（当時権中納言、のち関白）とめぐり逢ったころの詠かと推察される。樋口芳麻呂氏は『拾遺百番歌合』六十三番右に見える。

昔の契りたがへずめぐり逢ひて　　朝倉女君
あはれとも憂しともえこそいはしろの野中の松のむすぼほれつつ

と同じ歌かと推定されている。

（三）は二組の贈答歌が記されている箇所である。前半の作品名は不明。「中務卿のみこのむすめ」あるいは

「中務卿の宮のむすめ」という人物が歌の作者として登場する物語には、現存『風葉和歌集』中では『かはほり』『嵯峨野』『なると』『ひちぬ石間』『ゆるぎ』などがあるが、特定できない。後半は『ふた葉の松』なる作品の贈答である。現存『風葉和歌集』には他に二首、同作品の歌が見える。返歌を欠いているものの、ここは帝と后宮との間でやりとりされた恋の贈答であると見て間違いないであろう。

(四)は『よその思ひ』と『浜松』なる作品中の詠である。『よその思ひ』も散佚作品だが、現存『風葉和歌集』には他に二〇首もの歌が収められており、かなり大きな作品だったことが推定され、さらにそこに一首加わることになる。『浜松』は、もちろん『浜松中納言物語』であろう。ただしこの歌は現存の『浜松中納言物語』には見えず、いわゆる冒頭の散佚部分に属していたものと考えられている。『拾遺百番歌合』三十番右に、

中納言、もろこしに渡りてのち、さまざま思ひくだけて、　大将姫君

憂しとだに思ひ出でじとしのべどもなほ天の戸を明け方の月

とあるのと同じ歌である。

(五)は、やはり散佚作品である『藻に住む虫』と『ゆるぎ』中の詠。前者は「一夜あひて侍りける女」の、後者は「中務卿みこの女」の、いずれもがおそらく恋の歌で、逢瀬の浅さを嘆いているのであろう。現存『風葉和歌集』に見える歌はそれぞれ他に一首ずつ収録されているだけなので、あまり大きくない作品だったかと推定される。数が少ないだけに貴重な資料が加えられたことになるが、くわしい内容はわからない。

(六)は『みづから悔ゆる』と『むぐらの宿』中の詠。いずれも散佚作品で、やはり恋の歌。前者は「かれがれに」なった男をしのぶ女の詠であり、後者は「ゆくへ知らず」になった女をしのぶ男の詠である。『みづから悔ゆる』は『朝倉』と同じく、定家筆本『更級日記』の奥書によって作者が菅原孝標女かとされるもので、ここでもさらに一首、内容推定のための手がかりが得られたことになる。

四

さて、新出の桂切二葉は次のようなものである。

（七）『思文閣墨蹟資料目録　第三二〇号』（平成11・2・15）所載　10行

たちをくるへきこゝろならぬを
　宣旨さとにいてゝ侍けるあしたあめの
　ふりけるにたまはせける
　　　心たかきの後冷泉院御歌
いかに〳〵おもひあかしてけさみれは
そてのうへにもにたるそらかな
　とをきほとに侍けるに女のもとに
　雨ふりやまて日ころおほくなるころ
　つかはしける
　　　にほふ兵部卿のみこ

（八）伏見宮旧蔵手鑑『筆林翠露』　10行

ありしありあけの月をみるへき
　月の夜かいはみて侍ける女のもとに

つきのころ又たちよりてものなと
申けるをあまりみしらぬさまに
侍けれは
　　　　　　たまもにあそふ関白
月のいろはそのありあけににたれとも
みしはかりなるおもかけもなし
　ひさしくなりにける女のもとにまかれり
けるに夜ふかく月をなかめて琴をひ

断簡（七）には二点の物語作品が収められている。最初の歌は下句だけだが、『雫に濁る』に見える帝の御歌、

　もえやらずむすぼほるらむけぶりにもたちおくるべき思ひならぬを

とは、末句「こゝろならぬを」（「思ひならぬを」）に小異があるものの、同じ歌と認めてよいであろう。現存本『雫に濁る』は前半部を失い、かつ残存部には錯簡も有するようであるが[12]、当該歌はその残存部に見えるものである。女主人公内侍督が亡くなったあと、この世にまだ思いを残しているらしい内侍督の「むすぼほるらむけぶり」を解きほぐす意味もあって、恋い、かつ悲しんでいる歌であろう。

第二首目は『心高き』中の詠。『心高き』は『心高き東宮宣旨』とも言われ、やはり今は散佚した作品である。現存『風葉和歌集』に一〇首、『拾遺百番歌合』に一〇首、計二〇首の作中歌が残されている。もっとも両者に重複している歌が五首あるので、実質は一五首ということになる。当該歌は『拾遺百番歌合』七十五番右に、

　里に出でたるあした、夜より雨降りけるに、宮の御文に、「いかにいかに思ひ明かしてけさ見れば袖の

上にも似たる空かな」とはべりければ、　東宮宣旨

水の上にうたてただよふうたかたの今も浮きたる心地のみして

とあり、詞書中に見えるものだが、すでに知られている歌ではある。東宮（のちの後冷泉院）と女主人公宣旨との間で交わされた贈答である。

第三首目は『源氏物語』における匂兵部卿の詠。『風葉和歌集』では一般に作品名は作者名の頭に付す方法をとるが、『源氏物語』の場合はしばしばそれが省略される。ここもその例。浮舟巻に、「遠きほど」すなわち京にいる匂宮のもとから宇治の夕顔のもとに送られた歌で、非常によく似た状況のものがあり、次のように見える。

雨降りやまで、日ごろ多くなるころ、いとど山路思し絶えてわりなく思されければ、親のかふこはところせきものにこそと思すもかたじけなし。尽きせぬことども書きたまひて、

ながめやるそなたの雲も見えぬまで空さへくるるころのわびしさ

断簡では失われている部分であるが、『源氏物語』中の「ながめやる」の歌には「空さへくるる」という表現がある。前の二首の歌にも「むすぼほるらむ煙」とか「似たる空かな」とあり、『風葉和歌集』における配列上の連続性に齟齬はない。もちろんすべてが恋の歌とみてよいであろう。

断簡（八）は、やはり散佚したものだが、『玉藻に遊ぶ』という作品にとって、大変貴重な資料となるものである。『玉藻に遊ぶ権大納言』とも呼ばれ、天喜三年（一〇五五）五月三日に行われた有名な「六条斎院禖子内親王物語歌合」に提出された作品である。その「物語歌合」には、

玉藻に遊ぶ権大納言

右　　　　　　　　　　　宣旨

有明の月待つ里はありやとてうきても空に出でにけるかな

とあり、作者としては女房宣旨が当てられている。宣旨は『狭衣物語』の作者かとされている人物でもある。作品も重要視されていたらしく、『無名草子』では、『源氏』『狭衣』『寝覚』『浜松』と論じてきて、その次に扱われている。

また「『玉藻』はいかに」と言ふなれば、「さして、あはれなることもいみじきこともなけれども、『親はありくとさいなめど』とうちはじめたるほど、何となくいみじげにて、奥の高き。物語にとりては、蓬の宮こそいとあはれなる人。後に尚侍になりて、もとの大臣に出だしたてられたる、ひろめき出でたるほどこそいと憎けれ。また、むねとめでたきものにしたる人の、はじめの身のありさま、もとだちこそ、ねぢけばみ、うたてけれ。何の数なるまじきみこしば、法の師などだに、いと口惜しき。物語にとりて、主としたる身のありさまは、いとうたてありかし。また、『厳に生ふるまつ人もあらじ』と言へる女御ぞ、さる方にてかからぬ」

右はその『無名草子』における評だが、それによれば、冒頭部の起筆は「親はありくとさいなめど」とはじまっていたらしいことがわかる。『狭衣物語』の起筆が、有名な『白氏文集』の詩の一節を踏まえて「少年の春は惜しめども」とはじめられたように、本作品も催馬楽「何為（いかにせむ）」を踏まえ、典拠のある表現法が用いられていたことになる。

いかにせむ　せむや　愛しの鴨鳥や　出でて行かば　親は歩くとさいなべど　夜妻は定めつや　さきむだちや

また題の「玉藻に遊ぶ」も、『後撰集』春中（七二）に見える、

題知らず　　宮道高風

春の池の玉藻に遊ぶ鳰鳥のあしのいとなき恋もするかな

によるのであろうとされている。要するに「いとなき（絶え間のない）恋」の物語であろうというわけである。この物語における他の資料としては、現存『風葉和歌集』に見える計一三首が最大のもので、それらをどう読み解き、組み合わせて、再構築するか、散佚物語研究の一般的な課題と方法とがここでも問題となるのだが、本断簡はそこにきわめて大きな一石を投ずることになる。従来考えられてきたあらすじは、男主人公（権大納言、のち関白）が、女主人公（蓬の宮、のち朱雀院尚侍、やがて出家）をはじめとして、一条院女一宮、冷泉院一品宮、東宮の母女御など、何人かの女性との間で交渉を持つ、はなやかな、しかし必ずしも思いどおりにはならなかった「いとなき恋」の物語であったらしいということになるが、その間の具体的な状況は不明であった。樋口芳麻呂氏は、この作品が作者を同じくする『狭衣物語』と構造が似ているとし、「狭衣物語に発展する前の雛形的作品であったことは動かないのではあるまいか(13)」として、そのことを前提に具体的なあとづけを試みられているが、ここに見られる新資料は必ずしもそれに添うようなものではないと思われる。当該箇所を私見に従い、適当に漢字、濁点を施してみると、

　月の夜、垣間見て侍りける女のもとに、月のころ、また立ち寄りてものなど申しけるを、あまり見知らぬさまに侍りければ　　玉藻に遊ぶ関白

月の色はその有明に似たれども見しばかりなるおもかげもなし

ということになろうか。垣間見た女を、同じような月の夜に再び訪れたところ、別人だった。月の色は似ているけれど、面影はかつての人とは違う、と嘆く。もちろん『狭衣物語』にも垣間見の場面はあるが、状況がまったく異なっている。この「垣間見」の女を誰ととるか、また物語のどの時点にしつらえるか、可能性としてはいろいろ考えられるが、ごく初期の段階で、蓬の宮を見初めたころととるのが穏当であろうか。当然ながら『狭衣物語』とは別の作品であることを改めて確認し、その上で物語の再構築が必要に思われる。

なお断簡冒頭と末尾の作品についてであるが、最初の、

ありしありあけの月をみるべき

は、おそらく『浜松中納言物語』巻二に見える、

一の大臣の五の君のもとへは、涙にもかきくらされねば、見し世のことどもあはれに思しすまして、なかなか御心のゆくかぎり書きつづけられたまふ。

あはれいかにいづれの世にかめぐりあひてありし有明の月をながめむ

であろうと思われる。末句に異同があるが、この歌は『無名草子』や『拾遺百番歌合』にも見え、そこではいずれも「月を見るべき」となっているので、まず間違いないだろうと思われる。最後の、

ひさしくなりにける女のもとにまかれりけるに、夜ふかく月をながめて、琴をひ

はわからない。これだけで作品を特定することは非常にむずかしい。ただ、いずれにしても恋の歌であることは確かで、「夜ふかく月をながめて」とあるところから考えると、前二首と同じように、これもまた「有明の月」にかかわるものであったらしいことが推定される。

五

すでに述べたように、『風葉和歌集』の部立のあり方、歌の配列の仕方は、基本的には勅撰集のそれにほぼ準じていると言っていい。米田明美氏にくわしいご研究(14)があるが、たとえば四季部は、立春から年の暮れの歌まで、季節の移り変わりに添って歌が並べられているし、恋部は、はじめてもの思うころの歌からいわば破局のころの歌まで、それぞれ用いられている歌語に配慮しながら並べられている。もっとも『風葉和歌集』恋部五巻のうち、右の基準に従っているのは恋一から恋四までで、恋五は恋の四季といった様相を呈していることは、すでに藤河

家利昭氏[15]や、さきの米田氏によって指摘されている。ところで右に挙げた八葉の断簡は、はっきりとは断定できないものの、いずれも恋の歌と考えていいのではないか。『風葉和歌集』欠脱部のうち、全体がそっくり失われている末尾二巻にかかわる断簡ではなく、部分的に失われている恋部に関するものであろうと思われるのである。もちろん内容的にも恋愛初期のものとは考えにくいから、その点でも大きく欠けているとされる巻十三（恋三）にふさわしいし、あるいは断簡（三）の場合は、歌中に「ながらふべくも見えぬ契り」とか「ながからぬいのちの程」などという表現があるから、もしかしたら巻十三よりも巻十四（恋四）である可能性が高いだろうか。

巻十九、二十は、おそらく、かなり早い時点でまとまって欠けてしまっていたのであろう。断簡となったのはそれ以外の箇所と考えた方がいいのではないか。しかも断簡となった部分にも比較的早い時期のものがあり、現存諸本にはそれが欠脱部となって残っているように思われる。欠けている部分も当然ながら散佚物語の研究に大きな影響を持ち、その調査は非常に意味があることになる。桂切のさらなる発掘が必要なことは言うまでもないであろう。また欠脱部以外の断簡であっても、桂切が現存『風葉和歌集』の祖本かとされる以上、本文研究のためにはきわめて大きな意味を持つ。これまでに藤井氏らが収集、紹介されてきたものは数多いが、その後に見出だされた断簡も十点以上は存する。何らかの形で改めて紹介する機会を持ちたい。

（1）藤井隆担当。本文は丹鶴叢書本を底本とし、他本によって校訂。
（2）池田利夫・藤井隆『物語二百番歌合　風葉和歌集桂切』貴重本刊行会　昭和55
（3）注2に同じ。
（4）藤井隆・田中登『国文学古筆切入門』和泉書院　昭和60

(5) 注2に同じ。
(6)『新編国歌大観』では「あふせはたえせ―ぬ」と翻刻されている。
(7)『新編国歌大観』では「うきはものかはこ―のみただ」と翻刻されている。
(8) 久曾神昇『私撰集残簡集成』汲古書院 平成11
(9) 藤井隆・田中登『続国文学古筆切入門』和泉書院 平成元
(10) 大槻修『あさぢが露の研究』桜楓社 昭和49
鈴木一雄・伊藤博・石埜敬子『浅茅が露』中世王朝物語全集1 笠間書院 平成11
(11)『朝倉』以下、散佚物語についての主な参考文献は次のとおり。
堀部正二『中古日本文学の研究』教育図書株式会社 昭18
松尾聰『平安時代物語の研究』東宝書房 昭和30
小木喬『散逸物語の研究』笠間書院 昭和48
樋口芳麻呂『平安鎌倉時代散逸物語の研究』ひたく書房 昭和57
神野藤昭夫『散逸した物語世界と物語史』若草書房 平成10
(12) 山岸徳平「ある逸名の物語とその本文」文学語学 昭和38・6
中野幸一「『しづくににごる物語』考」物語文学論攷 教育出版センター 昭和46
室城秀之『雫ににごる』中世王朝物語全集11 笠間書院 平成7
(13) 注11、樋口論文。
(14) 米田明美『「風葉和歌集」の構造に関する研究』笠間書院 平成8
(15) 藤河家利昭「風葉和歌集恋部の構造」平安文学研究 昭和46・6

第Ⅲ章

私家集と歌人

一　『実頼集』の原形

一

清慎公藤原実頼の家集に関するこれまでの研究は比較的興味深い展開を辿ってきた。まず竹内美千代氏(1)によって、一般に流布されている『実頼集』(当時知られていた伝本はすべてが同一系統であった)は、前半は確かに実頼の家集であるが、後半は明らかに『義孝集』である旨の指摘があり、次いで私も、(2)実頼と義孝の歌の間にさらに『伊勢大輔集』の一部が混入していることを指摘しながら、なぜそうした混態現象が起こったかを二葉の春日切と呼ばれる断簡の存在を通して明らかにした。春日切とは、もともと「平業兼」の奥書を持つ複数の家集伝本から切られたものの総称であり、書写様式は、一面七行、歌一首三行書きという比較的特殊なもので、筆跡も決して見誤ることのないほど特異なものである。現在では『花山院御集』『実頼集』『師輔集』などの各断簡が知られているほか、完本としては『公忠集』、春日切本からの転写本としては、『義孝集』『伊勢大輔集』『惟成弁集』『檜垣嫗集』などが知られている。従ってこれらの原本が部分的にでも断簡となった場合、内容的には別の集であっても、様式的にはまったく同じであったため混乱は容易に起こり得た。『実頼集』の場合も、後半が欠けたあとに、他の集の春日切が、すなわち『伊勢大輔集』の断簡と『義孝集』の断簡とがいつの時点でか結合してしまい、それが現在伝えられているすべての『実頼集』の祖本となった、という趣旨である。混入部分を除くと、歌数は全一〇三首。外題はいずれも「清慎公集」となっている。

ところがその後、冷泉家の秘庫が公開され、「小野宮殿集」という外題を持ったまったく新しい、別種の伝本が出現した。冷泉為和の奥書があり、定家筆本を行どりまで含めて一字の相違もなく書写したとする本文で、全一〇二首。歌数はこれまでの残存部分とほぼ同じだが、配列には違いがある。『冷泉家時雨亭叢書　平安私家集六』に影印が収められ、その本文を底本に全釈も施されているが、両者にかかわった片桐洋一氏(3)は、「既に紹介されている実頼の集、つまり『清慎公集』とはまったく異なって、『伊勢大輔集』と『義孝集』の混入部分を持たず、実頼の集としての純粋な形を保っていて貴重である」とその意義を強調されている。

以下、これまでの伝本を「清慎公集」、新出の冷泉家本を「小野宮殿集」、具体的な本文には関係なく、実頼の家集という意味においては『実頼集』と区別して呼ぶことにするが、「清慎公集」と「小野宮殿集」とで異なっているのは末尾の混入部分だけではない。「清慎公集」における冒頭の三首が「小野宮殿集」では後半部に置かれ、詞書に見える「おとど」と「おとこ」の使われ方が異なっている。「清慎公集」冒頭の三首はいずれも宮廷行事にかかわる晴の歌であり、以後、恋の歌がつづくが、「小野宮殿集」ではまず恋の歌群が七七首ほどつづき、晴の歌三首はその恋歌集成が終わったあとに位置する形になっている。しかもその恋の歌群における主人公は「小野宮殿集」ではほぼ「おとこ」に統一されている。片桐氏は右の事実につき、当時の貴顕の家集が一般に恋歌中心の褻の歌集成を原則としていることを思えば、その恋歌集成の部分こそが本来の『実頼集』における基幹部分であり、あとは他系統や勅撰集などによっていわば増補していったのであろう、と考えておられる。

一方、東洋大学大学院の能登好美氏(4)は、詞書の比較や歌の配列の検討から、非常に細かく、緻密に考察を進める。たとえば漢文体で書かれている詞書が四か所ある。もとになった資料としては記録体である実頼の日記のようなものが考えられるが、うち一首は「小野宮殿集」では和文体になっている。漢文体を和文体に改めることはあっても、家集において和文体をわざわざ漢文体に改めることは考えにくいから、少なくともこの部分は「清慎公集」が「小野宮殿集」よりも原資料に近いと考えた方がいいだろう、といった具合である。敬語のあり方、本文の欠陥部の考察など、その他、実に丹念に検討された上で、両者にはごく簡潔な内容の、いわば母体となった共通の歌集があり、それをもとにして、お互いが複雑に影響し合いながら、歌を補充していったのではないか、とされている。

複雑に、というのはまさにその通りで、両者の関係は一通りの方法ではまず説明できそうにない。ある部分は説明できても、その同じ方法で他の部分を説明しようと思ってもむずかしい。必ず洩れが出てきてしまう。緻密に検討すればするほど新しい問題が生じてくる。歌群内部では配列もほぼ一致し、それぞれの独自歌も多くはないから、両者がまったく異なった成立過程を経ているとは考えにくい。そもそも本来の『実頼集』はどういう形態を持っていたのか、細かな部分はさておいて、とりあえずは大筋の点について考えてみたいと思う。

二

現存「清慎公集」の祖本となった本文は、もともとかなりの歌数を保有していたと考えられる。前述したように、現在では『実頼集』のほか、『花山院御集』『師輔集』などの断簡が春日切として知られているが、そのうち完全な写本が他に伝わるのは『師輔集』だけで、実頼の「清慎公集」は後半が切られ、その失った部分が春日切となり、『花山院御集』はすべてが切られて、全体が春日切となった段階でいわばまとまった形の伝本は消滅した。少なくとも現在のところは見出だし得ない。従ってはっきりと内容が確認できるのは『師輔集』の場合だけ

で、他は勅撰集など、他文献と一致する場合に限り推定が可能となる。たとえば「清慎公集」の場合、手鑑「もじの関」所収の、

①　又

いかてもも（ママ）おもふ心のある時
はおほめくさへそうれしかり
ける

朱雀院子日しにおはし
ますにさはることありての
ふみつの朝臣のもとに

という断簡は、第一首目が『拾遺集』恋一（六九三）に見える、

（題しらず）　　（よみ人知らず）

いかでかと思ふ心のある時はおぼめくさへぞうれしかりける

と一致し、二首目の詞書は、『後撰集』春上（五・六）の詞書、

朱雀院の子日におはしましけるに、さはること侍りてえつかうまつらで、延光朝臣につかはしける

左大臣

松もひきわかなもつまず成りぬるをいつしか桜はやもさかなむ

院御返し

松にくる人しなければ春の野のわかなも何もかひなかりけり

と一致する。一首目は「よみ人知らず」詠で誰の作であるかはわからないが、二首目は「左大臣」すなわち実頼

の歌であることが判明する。この贈答はまた『朱雀院御集』（四・五）にも、

御子日にいでさせ給ひけるに、おほんともにつかうまつらで、奏し侍りける

左大臣

松もひきわかなもつまずなりにしをいつしかさくらはやもさかなん

御返し

まつにくる人しなければ春の野にわかなも何もかひなかりけり

とあり、そこでも「左大臣」の詠であることが確認できる。また、手鑑「麗藻台」所収の、

②あきのゝにいろうつろへる女郎
花我たにゆきておん《ら》と思に
御かへし
ふたはよりたねさたまれる
花なれはなへて人にはをられし
もせし
まつに藤かゝれるを

の場合は、第一首目が『玉葉集』恋四（一六五〇）の、

三条右大臣女の女御のもとへはじめてつかはしける　清慎公

秋の野に色うつろへる女郎花われだにゆきてをらんとぞ思ふ

とやはり完全に一致し、明らかに「清慎公集」の断簡と考えられる。

三

旧稿では右の二葉をもって混態現象についての論を進めたのだが、その後さらに補強する断簡が発見された。まず小松茂美氏[5]は『古筆学大成　18』で、

③くれはては月もみるへし女郎
花あめやめしとはおもはさら
なむ
　　大夫にみる《ミミ》
みる時はことそともなくみ
ぬ時はことありかほにこひし
きやと（ママ）そ

とある断簡を、一首目が『後撰集』秋中（二九四）に見える、

　八月なかの十日ばかりに雨のそほふりける日、をみなへしほりに藤原のもろただを野辺にいだして、おそくかへりければつかはしける　　左大臣
くれはてば月も待つべし女郎花雨やめてとは思はざらなん

と一致するから、やはり実頼の家集であろうと推定される。ただし二首目には問題がある。小松氏は「いかなる歌集にも見えない」とされているが、同じ『後撰集』の恋一（五八八）に、

　題しらず　　よみ人も
見る時は事ぞともなく見ぬ時はこと有りがほに恋しきやなぞ

と見え、ここでは「よみ人しらず」詠となっている。断簡の詞書は「大夫に」で、作者はこの家集の主人公以外には考えにくいから、当然『後撰集』でも「左大臣」となっているべきなのに、なぜ「よみ人しらず」なのか、そこに問題は残るものの、実頼以外の家集、たとえば『師輔集』や『花山院御集』の断簡である可能性は考えにくかろう。

次いで杉谷寿郎氏は、(6) 手鑑「筆林翠露」に見える、

④これはこをもいかゝはうらみさる
へき

大納言こうはいにさして
くれなゐにゝほふてふなるむめ
の花をとにきゝてやおらてや
みなむ

かへしきみ

について、一首目は前半を欠いているが、その下句が『延喜御集』(三二・三三)の、

みかどちひさくおはしまして、をかしきこともすくなかりけるを、御かうぶりし給て、本院女御、をのゝ宮の御むすめまいり給て後、いかゞおぼしめしけむ、ちゝおとゞの御もとに
身のうきにおもひあまりのはてゝ〳〵はおやさへつらき物にざりける

返し
かぎりなきこゝろにかなふ身ならねばこをもいかゞはうらみざるべき

此御門は、女の御ために、なさけなく南おはしましける

とある「かぎりなき」の下句に一致するから、これも「清慎公集」の断簡と見てもいいだろうとされる。「をのゝ宮の御むすめ」の「ちゝおとゞ」とは実頼のことである。

また『大阪青山短期大学　所蔵品目録　第一輯』(7)に見える、

⑤みとりなるまつのちとせを藤
の花きみにかゝりてよろつよや
へん
　　人のくにゝてみふ申ける

は、他の文献に一致するものは見出だせないものの、一首目の歌が断簡②の末尾に見える詞書「まつに藤かゝれるを」につづくものではないかと考え、これも「清慎公集」の断簡ではないかとの判断を示された。首肯すべきであろう。

池田和臣氏(8)は、ご自身の蔵される次の断簡も「清慎公集」ではないかとされる。

⑥　あきころ大夫かうつまさに
　あるにをきにつけ《さし》て
山里のものさひしさはをきの
はのなひくことにそおもひや
らるゝ
　　同人こうりやう殿にある
　にさして

一首目の歌が、『後撰集』秋上（二六六）の歌に完全に一致する。

秋、大輔がうづまさのかたはらなる家に侍りけるに、をぎの葉にふみをさしてつかはしける
左大臣
山里の物さびしさは荻のはのなびくごとにぞ思ひやらるる

ただし、この断簡も二首目の詞書に問題がある。なぜなら、「同人」というのは当然前歌の詞書を受けて「大夫」を指すのであろうが、実は『後撰集』秋中（二八一）の詞書に非常によく似ているというのである。

大輔が後涼殿に侍りけるに、ふぢつぼよりをみなへしををりてつかはしける
右大臣
折りて見る袖さへぬるるをみなへしつゆけき物と今やしるらん
返し
大輔
よろづよにかからんつゆををみなへしなに思ふとかまだきぬるらん
又
右大臣
おきあかすつゆのよなよなへにければまだきぬるともおもはざりけり
返し
大輔
今ははや打ちとけぬべき白露の心おくまでよをやへにける

断簡は歌が欠けているので何とも言えないが、確かに「大夫」と「大輔」、「こうりやう殿」と「後涼殿」とは、状況的に合致する。ところがここでは作者が「左大臣」ではなく、「右大臣」になっている。「右大臣」とは実頼の弟師輔のことである。前述したように春日切には『師輔集』の断簡も含まれるが、池田氏はそのことも念頭において、しかし現存『師輔集』には春日切本系統の完本があるのに、右の部分は見当たらないから、断簡そのものは『師輔集』のものではなく、「清慎公集」のものであると見てよいのであろうとされる。『後撰集』において

「大輔」と「左大臣」とがかかわる歌は三首、「大輔」と「右大臣」とがかかわる歌は右を含めて五首あり、それぞれの関係については別にまた問題にしなくてはならないように思われるが、池田氏の出された結論そのものについては私もそれで十分に納得している。

四

そのほかに、もう一葉新しい断簡が見出だされた。春日井市道風記念館による秋の特別展目録「諸家集の古筆」(9)所載のもので、次のような本文を持つ。

⑦　ふみと云人に
いまさらにおもひいてしとしのふるにこひしきにこそわすわひぬれ
　式部卿宮やまとをときゝのたまはせけるに女
人しれぬ心のうちにもゆる火は

目録ではこれを「伝平業兼筆惟成集切」とするが、明らかに春日切で、しかも「惟成集切」ではなく、「清慎公集」の断簡である。一首目は『後撰集』恋三(七八八)に、

　あつよしのみこの家にやまとといふ人につかはしける　　左大臣
今更に思ひいでじとしのぶるをこひしきにこそわすれわびぬれ

とあり、『古今和歌六帖』(二八七二)にも、また『時代不同歌合』(一五一)にも、それぞれ「小野宮左大臣」「清

慎公」の名で見える。また二首目は『大和物語』第百七十一段に、

いまの左の大臣、少将にものしたまうける時、式部卿の宮につねにまゐりたまひけり。かの宮に大和といふ人さぶらひけるを、ものなどのたまひければ、いとわりなく色好む人にて、女、いとをかしうめでたしと思ひけり。されどつねにあふことかたかりけり。大和、

人しれぬ心のうちにもゆる火はけぶりはたたでくゆりこそすれ

といひやりければ、返し、

富士の嶺の絶えぬ思ひもあるものをくゆるはつらき心なりけり

とありけり。（以下略）

とあり、贈答歌の一部であることがわかる。『続後撰集』恋三（八五四・八五五）にも、

清慎公、少将に侍りける時つかはしける　式部卿敦慶親王家大和

人しれぬ心のうちにもゆる火は煙はたたでくゆりこそすれ

返し　清慎公

ふじのねのたえぬけぶりもあるものをくゆるはつらき心なりけり

とあって、いずれも式部卿宮に仕えていた「やまと」と実頼との贈答歌になっている。従ってこれが「清慎公集」の断簡であることは間違いないのだが、やはり多少の問題はある。それは断簡における詞書のありようである。他文献によれば一首目も二首目も「やまと」と実頼とのやりとりということになるが、断簡の一首目は「ふみと云人に」とあって、やや曖昧である。前半が切れているらしく断定は出来ないが、もしこれも「やまと」とのやりとりであったら、二首目の詞書にわざわざ「式部卿宮やまと」と言う必要はないのではないだろうか。

五

各断簡がそれぞれに問題を抱えているが、ともかく「清慎公集」の断簡と思われるものが七葉も出現したことは、当該系統本を考える上で非常に大きな意味を持つ。しかも断簡同士が直接つづくと思われるものは、前述のように②と⑤の断簡だけで、他はまったく直接的な接続関係を持たない。ということは、少なくともこの二倍以上の佚失部が考えられることになるわけである。春日切にはこのほかにどの家集とも判断できない断簡がまだ一一葉もあり、そのうちの何葉かは「清慎公集」の断簡である可能性もあるのである。現存の七葉分だけでも歌数は全部で一五首。詞書だけのものも含めた数であるが、うち『後撰集』に見えるものが六首、『大和物語』『延喜御集』『拾遺集』『玉葉集』と一致するものが各一首、不明のものが五首もある。こうしてみると佚失部は本来三〇首を超え、独自歌もかなりの数があったと考えられよう。勅撰集と共通する歌もすべてが内容的に一致しているわけではないし、配列も他の文献に依拠しているとは思えない。私家集の形成過程においてしばしば行われ、片桐氏も指摘されている「撰集ニ入リタルニ、コノ集ニ入ラザル歌」を末尾に増補するような例には、この場合当てはめにくいと考えられる。

「小野宮殿集」の冒頭歌群は恋歌の集成であって、それは晴の歌ではじまる「清慎公集」よりも、「貴顕の家集としては明らかにふさわしい」と片桐氏は言われる。またこの部分の主人公が原則として「おとこ」と表記されており、「歌物語的家集」という見地からも「当時の私家集のあり方を、より忠実に反映していると思われる」とされた上で、ただしその「歌物語的家集」は完全になり切っているわけではなく、「不徹底さ」が目立ち、『伊勢集』冒頭部の歌物語的家集の構想的展開には遠く及ばない」ともされている。その限りではいちいちがもっともと思われ、「小野宮殿集」の性格に関しては傾聴に値するが、ひるがえって「清慎公集」の立場からすると、ややわかりにくい面が出てくる。なぜなら、一方の形態が「貴顕の家集」としてふさわしければふさわしいほど、なぜそうした恋歌を中心とした「基幹部分」から、「清慎公集」のようなふさわしくない形態が生まれてきたのかとする疑問が生ずるからである。「清慎公集」後半部における散佚現象、『伊勢大輔集』や『義孝集』の混入現象は、あくまでも物理的な理由によるものである。それぞれが部分的に切られ、断簡となって、ある部分は散佚し、ある部分は書写様式が類似しているために不適切な結びつき方をした。そこに意図的なものを認める余地はないだろう。しかし増補というのは人為的なものであって、何らかの意図がそこにはあるはずである。もし「小野宮殿集」における「歌物語的家集」部分が本来の姿とするなら、なぜその前に「清慎公集」は不要な晴の歌三首を持ってきたのだろう。「貴顕の家集」としてふさわしくないはずなのに、どういう意識がそうした形態をもたらしたのだろう。増補というのは一般に本体のあとに付け加えられるものと思われるが、冒頭にあるこれらの部分をも増補と言えるのだろうか。もし増補でなかったらどういう理由が考えられるだろう。

むしろ逆に、きわめて雑纂的な歌の集合体があって、それに手を加え、より「貴顕の家集」らしく、ふさわしいものに仕立て上げようとしたと考えた方がわかりやすいのではないだろうか。「小野宮殿集」のいわゆる「基幹部分」にも一部「おとこ」が「おとど」になっている箇所があって、恋歌集成の末尾、七〇番から七七番までの中務と贈答の部分だが、片桐氏はそれを「『おとこ』で統一されていた歌物語的家集とは次元を異にしており、やはり付加部分とすべきかと思われるのである」とされて、本来の「基幹部分」にも「付加部分」があったとの見解を示されているが、それも右の立場からするならば、「小野宮殿集」における「歌物語的家集」化のいわば「不徹底さ」故と説明できようし、あちこちに「付加部分」を認めるという無理をしなくて済むだろう。問題である佚失部を含めた後半部、かなりの歌数を持つ後半部を強引に付加と考えないで済む利点もある。両者を客観的に眺めてみると、むしろ「小野宮殿集」の方にこそいろいろと手が加えられているのではないかと考えられて

くる。たとえば最末尾に位置する歌、

　少将敦敏うせてのち、ひむがしくによりむまをたてまつりたるに
　まだしらぬ人もありけるあづまぢに我もゆきてぞすむべかりける

は、「清慎公集」の詞書では、

　敦敏亡逝之後不知其由従関東有送馬之者不堪悲涙聊述所懐

となっていて、これは前述したように漢文体の方が本来の姿かとされているところだが、「清慎公集」ではさらにそのあとに別な歌二首を持ち、佚失部（現存伝本では『伊勢大輔集』ならびに『義孝集』との混入部）につづいていく。要するに「まだしらぬ」の歌では終わっていないのだが、「小野宮殿集」ではそこで終わっている。『全釈』ではその点について、

　息子の死をまだ信じたくない実頼の悲痛な気持ちが、この歌を支えている。権力者実頼が息子の死を悼むという、実頼の人間味溢れるこの絶唱で、当該歌集は締めくくられているのである。（傍点筆者）

と【考説】欄で述べておられる。締めくくりの意識、まさにそういう点にこそ「小野宮殿集」における意図的な性格がはっきりと表れているのではないかと、私には思われるのである。

（1）竹内美千代「清慎公集と義孝集について」樟蔭文学13　昭和36・10
竹内美千代「清慎公集・義孝集続稿」樟蔭国文学1　昭和39・1
（2）久保木哲夫『平安時代私家集の研究』笠間書院　昭和60
（3）片桐洋一解題「冷泉家時雨亭叢書19」朝日新聞社　平成11

片桐洋一「冷泉家時雨亭文庫蔵『小野宮殿集』の構成と成立」国文学（関西大学）第78号　平成11・3
片桐洋一他『小野宮殿実頼集　九条殿師輔集　全釈』風間書房　平成14
片桐説の引用は、主として『全釈』の解説によっている。

（4）能登好美「『清慎公集』研究—その原形をめぐって—」東洋大学大学院紀要　第37集 平成12・3
能登好美「『小野宮殿集』と『清慎公集』—詞書の比較による考察—」東洋大学大学院紀要　第39集 平成14・3
能登好美「『小野宮殿集』と『清慎公集』—歌の配列による考察—」東洋大学大学院紀要　第40集 平成15・3
能登好美「『清慎公集』と『小野宮殿集』—非共通歌の存在をめぐって—」日本文学文化（東洋大学）第3号 平成15・6

（5）小松茂美『古筆学大成　18』講談社 平成3

（6）杉谷寿郎『平安私家集研究』新典社　平成10

（7）『大阪青山短期大学　所蔵品目録　第一輯』平成4・10

（8）池田和臣「伝平業兼筆春日切『清慎公（実頼）集』の新出断簡」汲古　第45号　平成16・6

（9）春日井市道風記念館　秋の特別展目録「諸家集の古筆」平成12・9

二　伝行成筆「和泉式部続集切」とその性格

一

『和泉式部集』にはいわゆる正集、続集と呼ばれる第一次的な家集と、後世の抜粋本的な性格をつよく持つ、宸翰本、松井本、あるいは雑種本などと呼ばれる第二次的な家集とがあり、前者は式部自身の関与した歌稿、と言っていいかどうかは問題あるが、少なくともそうした歌稿に近い原資料を集成した本文として重視されている。ただし正集、続集という名称はきわめて便宜的なもので、その「正」「続」に特別の意味はない。本来一体であったかとする考え方もあるが、現存本は正集に異本が多く、続集にはほとんど見られないという違いがある。もし何らかの事情で二つに分かれたとするなら、相当早い時期と考えるべきであろう。両者ともにかなりの重出歌があることでも知られる。

ところで多くの写本の中で、きわだって写の古いものに伝行成筆本がある。現在、正集でも続集でもその最善本とされるのは榊原家蔵本で、『岩波文庫』、『新編国歌大観』、『新編私家集大成』のいずれもが底本に用いているが、それは現存する完本としてはすぐれているという意味であって、のちに述べるように部分的には問題がまったくないわけではないのである。しかしながらこの伝行成筆本は残念なことに断簡しか伝わっていない。また伝西行筆本なるものもあり、誤って「高遠大弐集」「大弐三位集」の外題が付された零本二帖と、数葉の断簡とが伝わっている。要するにこれも不完全な本文なのだが、伝行成筆本にしても伝西行筆本にしてもいずれも続集系である。後者は榊原家蔵本の祖本にあたるらしいことが清水文雄氏のご論考「伝西行筆和泉式部続集零本について」(1)によって明らかにされており、本文の上では特に問題ないが、前者は資料の少なさもあってなお不明な点が多い。従来知られなかった資料も最近では目にすることが出来るようになったので、それらも含め、資料集成も兼ねながら、改めて伝行成筆本の持つ意味とその性格とについて考えてみたいと思う。

なお、これまでになされた資料集成は次のとおりである。

1飯島春敬『日本名筆全集　第三期第四巻』(2)　二四葉（略称「飯島」）

2吉田幸一『和泉式部全集』(3)　二八葉（略称「吉田」）

3桑田笹舟『和泉式部集』(4)　三二葉（略称「桑田」）

注　切数は一応現存の形態によるが、なかには非常に紙幅の狭いものもあり、紙継ぎがされていて明らかに合成されたと認められるものもある。すべてが原形のまま保存されているわけではないので、厳密な意味での切数はなかなかつかみにくい。

また関係論文として、まとまったものには、

鈴木一雄「和泉式部続集切　甲類・乙類について」(5)

清水文雄「伝行成筆和泉式部集切の二三について」(6)

の二編がある。いずれも大変精密なもので、拙論は当然そうした先学の恩恵を深く蒙っている。多くの資料を集めてくださった諸氏同様厚く御礼を申しあげたい。

ところで最近の快挙には、

中薮久美子「近衛家煕臨・伝行成筆『和泉式部続集切』の出現」(7)があある。陽明文庫に蔵されていた近衛家煕（予楽院）の臨写本の発見だが、これにより一挙に新しく八葉分の内容が知られることとなった。

以公任卿真蹟臨之

元禄七歳七月一日

の奥書を持つものである。筆者を行成とせず公任とするのは家煕独特の極めである。当時家煕は二十八歳。若いころから多くの模写を心がけた人だから当然だが（拙稿「『予楽院模写手鑑』と家集切」(8)参照）、これも非常に忠実な模写ぶりで、現在のところ、そのもととなった実物の所在は知られないものの、内容的にはまったく信頼してよいと思われる。周知のようにこの続集切には甲類、乙類、あるいは第一種、第二種などと呼ばれる、二種類の微妙に筆跡の異なる切が存在するが、その判別も当然可能である。以下、私の目に触れたものをまとめ、すべてを挙げると次のようになる。

二

凡例

一、配列は出来る限り榊原家蔵本のそれにならった。しかし甲類（切番号一〜一八）では問題が多く、他にもいろいろな配列方法が考え得るであろう。

二、歌番号は『新編私家集大成』『新編国歌大観』に付されている番号を用いた。ただし利用上の便宜のため、『岩波文庫』本の番号も（　）の中に付した。

三、榊原家蔵本の続集にない歌、詞書はゴシックで示した。
四、切に紙継ぎのある個所は点線……で示し、切番号のほかにそれぞれをａ・ｂなどと符号を付して区別した。
五、切と切とが直接内容的にもつづくと思われる場合は、両者の間に←印を用いた。また明らかにつづかないと思われる場合は×印を、つづく可能性はあるが断定出来ない場合は?印を用いた。
六、切の所在、図版の見られる刊行物等は切番号の下に【　】を付して示した。従来の集成版に見えるものも先にあげた略称で示した。なお近衛家熙の臨模切は書写順に従い、「予楽院１」「予楽院２」のように示した。
七、その他の備考的なことがらは脚注部分に記した。

甲類

一、【飯島、吉田、桑田】

正月一日人の許に

42（九四四）きく人はきかはゆゝしとおもふともかすむくもゐをわれのみそ見る

七日ゆきのふるに

44（九四六）きみかためわかなつむとて春のゝにゆきまをいかてけふはわけまし

45（九四七）きみをまたかく見てしかなはかなくてこそはきえにしゆきもふるめり

×　×

二、【『心画帖』】

を見てたになくさめよとあるに

48（九五〇）よにふれときみにおくれてをるはなはにほひもみえすゝみそめにして

よるめのさめたるに

いかにしてよるの心をなくさめんひるはなかめてさてもくらしつ　〔千載集840、宸翰本111、松井本154〕

50（九五二）あめのいたうふるひ人のとひにおこせたるに

×　×

三、【『月台』他　飯島、吉田、桑田】

ひさしうけつらてかみのいみしうみたれたれは

72（九七四）ものをのみゝたれてそおもふたれにかはいまはなひかむゝはたまのすち

67（九六九）みはひとつ心はちゝにくたくれはさま〴〵ものなけかしきかな

？　？

四、【飯島、吉田、桑田】

68（九七〇）われかなほとまらまほしきしらくものやへ
かさなれるやまふきのはな
あめのつれ〳〵なる日
69（九七一）あまてらす神も心あるものならはものおもふ
春はあめなふらしそ
たゝすきにすきゆく月日かなあさまし
くて
71（九七三）すく〳〵とすくる月日のをしきかなきみか
←
←

五、【『日暮帖』他　飯島、吉田、桑田】
71（九七三）ありへしかたとおもへは
70（九七二）わかそてはくものいかきにあらねともうちはへつ
ゆのやとりとそなる
四月ついたちころ
98（一〇〇〇）かのやまのことやかたるとほとゝきすいそきま
たるゝとしのなつかな
99（一〇〇一）わか心なつのゝへにもあらなくにしけくも
←
←

六、【『千とせの友』他　飯島、吉田、桑田】

99（一〇〇一）こひのなりまさるかな
まへなるたちはなを人のこひたるやるとて
110（一〇一二）とるもをしむかしの人のかにゝたるはなたち
花のなに《る》やとおもへは
158（一〇六〇）ふくにてものもみぬとしの御そきの日
くるまにありときくはまことかとゝひた
りけるきんたちのありけるをのちに
←　←

七、【桑田】

きゝて
158（一〇六〇）それなからつれなく人はありもせよあらしと
おもひ《は》てとひけるそうき
わかみやにちゝまいりける人に
このみちのやらんめくさにいとゝしくめにのみ
さはるすみそめのそて
61（九六三）つく〳〵とほれてものゝおほゆれは
←　←

八、【徳川美術館　飯島、吉田、桑田】

61（九六三）はかなしとまさしく見つるゆめのよにおとろか

てふるわれは人かは

62（九六四）ひたふるにわかれし人のいかなれはむねにと
まれる心地のみする

66（九六八）あさましのよはやまかはのう《み》つなれや心ほそ
くもおもほゆるかな

74（九七六）いつこにときみをしらねはおもひやるかた
なくものそかなしかりける

×　×

九、【『瑞穂帖』桑田】

79（九八一）たつねていかぬみちなり

80（九八二）身をわけてなみたのかはのなかるれはこなた
かなたのきしとこそなれ

81（九八三）あかさりしきみをわすれんものなれや
あれなれかはのいしはつく《っ》とも

82（九八四）あけたてはむなしきそらをなかむれとそれ
そとしるきくもたにもなし

×　×

一〇、【『浪華帖』桑田】

86（九八八）やるふみにわかおもふことしかゝれねはお

つるなみたのつくるよもなし
なに心もなき人の御さま見るもあはれにて
89（九九一）わりなくもなくさめかたき心かなこゝそはきみかおなし事なれと
×　×
二、【飯島、吉田、桑田】
正月一日むめのはなをひとのおこせたるに
春やくるはなやさくともしらすけりたにのそこなるむもれきなれは
〔正集726、松井本201〕
91（九九三）　七日
↓　↓
三、【『わかたけ』他　飯島、吉田、桑田】
91（九九三）おもひきやけふのわかなをよそに見てしのふのくさをつまんものとは
子日のまつを人のおこせたるに
92（九九四）てもふれて見にのみそ見るよろつよをまつひきかけしきみしみえねは
うくひすはきゝたりやといひたる人に

93 （九九五） いつしかとまたれしものをうくひすのこゑに
こたへてかへりくるかに
？　　？

三、【『古筆名葉集』他　飯島、吉田、桑田】

94 （九九六） むめのかをきみによそへて見るほとにはなの
をりしるみにもあるかな
95 （九九七） たをれともなにものおもひもなくさます花も
こゝろのみなしなりけり
二月つこもりかたに
96 （九九八） たれにかはをりてもみせんゝめの花なか〱
桜さきぬ《く》ときかすな
？　　？

四、【予楽院1】

97 （九九九） はな見るにか許ものゝかなしくはの
へに心をたれかやらまし
さくらのおもしろけれは
こひしさはせんかたもなしはなみれと
それになくさむことこそありけれ
57 （九五七） しぬはかりいきてたつねむほのかにもそ

こにありてふことをきかはや

×　　×

一五、【『谷水帖』他　飯島、吉田、桑田】

101（一〇〇三）いのちあらはいかさまにせんよをしらぬむし
たにあきはなきにこそなけ

106（一〇〇八）　よのなかをおもひすつましきさまにし
てことなる事なきをとこのもとよりわれ
にすてよといひたるに
しらくものしらぬやまちをたつぬともたに
のそこにはすてしとそおもふ

×　　×

一六、【吉田】

みつけてやるとて

105（一〇〇七）ねもたえてあしのをふしもかたをみて

？　　？

一七、【『古筆大手鑑』他　飯島、吉田、桑田】

□□**たのうみはおもひやらなむ**
かたらふ人のひさしうおとつれぬをおな
しおもひのころ

107（一〇〇九）なくさめむかたもなけれはおもはすにいきたり
けりとしられぬるかな
ふの殿ゝおほんもとに
108（一〇一〇）さるめ見ていけらしとこそおもひけりあ
×　×
一八、【予楽院5】
109（一〇一一）みてもいけりとならは
おほんふくなるころこの月のあかさは
見るやといひたれは
111（一〇一三）なくさめんことそなかりしすみそめのそて
には月のかけもやとらす
御ふくぬくとて
85（九八七）かきりあれはふちのころもはぬきすてしなみ

乙類

一九、【桑田】
いなりまつ見《（ママ）》るをむなくるまのありけるを
その人なめりとある君たちのいひけるをき
きてまつりみけるくるまのまへよりこのをとこの

すくるほとゆふにかけてさしいたす

373（一二七五）いなりにもいはるときゝしなきことを今日そたゝす
のかみにまかする

374（一二七六）　かへしいみしうあらかひたれは

×　　×

二〇、【逸翁美術館　吉田、桑田】

またおなしことかたらふ女方たちのもとに

381（一二八三）たなはたにおとる許のなかなれとこひわたらし
なかさゝきのはし

七月八日男のもとにやるとてよませし

382（一二八四）いむとてそ昨日はかけすなりにしを今日ひこ
ほしの心ちこそすれ

×　　×

二一、【予楽院４】

401（一三〇三）そこもとゝすきのたちとをゝしへなむ
たつねもゆかんみはの山もと

くれにこんといひたるをとこに

402（一三〇四）おほろけのひとはこえこぬくみかきをいく
へした覧ものならなくに

403（一三〇五）　あめのいたうふる日しのひたる人のも
とよりようさりはかならすといひたるに
↓
↓
三、【飯島、吉田、桑田】
403（一三〇五）ぬれすやはしのふるあめといひなから
なほこのくれはさはりやはせぬ
ひとのもとよりとほき所へ行にとゝむへき
かたもなけれはたゝにくき事と
いひおこせたるに
404（一三〇六）いとゝしくとゝめかたきはひた道にをしまれぬ
みのなみたなりけり
↓
↓
三、【『書苑』他　飯島、吉田、桑田】
五月許にねぬになくさむといひ
たるに
405（一三〇七）まとろまてあかすとおもへはみしかよも
いかにくるしきものとかはしる
よひのま物なとあひていひたる人の
もとよりつとめてそてのなかにやと

いひたるに

← ←

二四、【同 右】

406（一三〇八）ひとはいさ我たましひはゝかもなきよひの
ゆめちにあくかれにけむ
さらによにあらんかきりはわす
れしといひたる人に

407（一三〇九）ほとふへきいのちなりせはまことにやわす
れはてぬとみるへきものを

408（一三一〇）をとこのよへのほかけにいとよくなむみ

← ←

二五、【同 右】

てしといひたるに

408（一三一〇）けさのほときてみる（マヽ）ともありなましし の
はれぬへきほかけなりせは
なてしこのかれたるにつけて心かは
りたるなとうらむるをとこに

409（一三一一）いろみえてかひなきものは花ならぬこゝろのう
ちのまつにさりける

二六、【『なつやま』他　飯島、吉田、桑田】

八月許夜ひとよ風ふきたるつとめて
いかゝとゝひたる人に

410（一三一二）をき風のつゆふきむすふ秋のよはひとりね
さめのとこそさひしき

411（一三一三）
日に一度かならすふみおこせむと
いひたる人のとはぬころしも心ちあし
くてくらしつまた日おこせすなりぬ

×　×

二七a・b、【飯島、吉田、桑田】

a

かたらふ人にあひみてのち見そめすは
といひたるに

413（一三一五）のちまてはおもひもかけすなりにけりたゝ時のま
をなくさめしまそ

---

b

まふときく日ある人まいりたまへりときゝて

415（一三一七）いろ〳〵のはなにこゝろやうつるらんみやまかく□
のまつもしらすて

416（一三一八）ひとのもとにいきたりけるをとこ返にや
あらんよりきたるにあはねはわさ《つとめて》と
←　←
二八、【『鳳凰台』他　飯島、吉田、桑田】
まいりきたりしを心うくなといひ
たるに
416（一三一八）よひのまをゝきふく風にうらみねとふきか
へさるゝたよりとそみし
417（一三一九）よそ〱になりたるをとこのとほきところよ
りきたるをいかゝきくと人のとひたるに
きたりともよそにこそきけか《ら》ゝころもそのしたかひ
←　←
二九、【予楽院6】
のいまはつまかは
よふけていつる人に
417（一三一九）さよなかにいそ《（ママ）》にもゆくか秋のよのありあけの
月はなのみなりけり
九月許とりのねにそゝのかされてひとの
いてぬるに

418（一三二〇）人はゆきゝりはまかきにたちとまりさも

×　×

三〇、【『昭和古筆名鑑』他　桑田】

420（一三二二）あらはこそあらめ

わつらふときく人のもとにあふひにかきて

421（一三二三）かめやまにありときくにはあらねともおいすしに

せぬゝ《マヽ》もくすりなり

422（一三二四）あまになりなむといふをしはしなほおもひ

のとめよといふ人に

←　←

三一、【同　右】

422（一三二四）かく許うきをしのひてなからへはこれより

まさるものもこそ思

よのなかのはかなき事なとよひとよいひ

あかしていぬる人に

423（一三二五）おきて行人はつゆにもあらねともけさはな

こりのそてもかはかす

424（一三二六）をさなきこのあるをみて我こにせんと

?　?

三二、【『まつかげ』　飯島、吉田、桑田】

424（一三二六）たねからにかくなりにけるうりなれはその秋
　きり《に》たちもましらし

　あか月にとりのなくをきゝていつる人に

425（一三二七）いつしかときゝける人にひとこゑもき□する
　とりのねこそつらけれ

426（一三二八）　よへあめのいたうふりしかはえいかすな
　りにしといひたるに

←　←

三三、【『古筆名葉集』他　飯島、吉田、桑田】

426（一三二八）ひとならはいふへきものをまつほとにあめ
　ふるとてはさはるものかは

　ひとのもとよりえいかすなといひたるに

427（一三二九）なこそとはたれをかいひしいはねとも心にす□
　るせきとこそみれ

428（一三三〇）　ものへまうつとてさうしするをとこ
　たちなからきてあふきとすゝと□とし

×　×

三四a・b、【『和漢書道名蹟展図録』他　吉田〈資料篇〉】

春月のあかき夜いとし《(ママ)》くいりふして
a

443（一三四五）ぬるほともしはしもなけきやまるれは
あたらこよひの月をたにみす
ものにまうてたるにいとたう
とく経よむ法師のあるをきゝて

444（一三四六）ものをのみおもひのいへをいてゝ
こそ心のとかにのりもきゝけれ
b
↑　↑

三五六a・b・c、【『月台』他　飯島、吉田、桑田】
かたゝかへにいきて夜ふか
きあか月にいつとて

445（一三四七）あはれともいはまし物を人のせし
あか月おきはくるしかりけり
a

をむなともたちの二三人ものかたり
するをよそにみやりて

447（一三四九）かたらへはなくさみぬ覧人しれす
b　後出

467（一三六九）そをぬれきぬとひともみるへく　c　後出

兲a・b、【吉田】

←あめのいと←いたうふる夜人のき　a
ていみしうぬれたれはなむかへ　b
りぬるといひたるに

446（一三四八）つれ〳〵となかめくらせるから衣
きてもしほらてぬるといふとも

←かたゝかへに←いきて夜ふか　a　前出
きあか月にいつとて
445（一三四七）あはれともいはまし物を人のせし
あか月おきはくるしかりけり

をむなともたちの二三人ものかたり　b
するをよそにみやりて

447（一三四九）かたらへはなくさみぬ覧人しれす

467（一三六九）そをぬれきぬとひともみるへく

c　後出

←　←

三七、【MOA美術館】

447（一三四九）わか思ことをたれにいはまし
たひなる所にあるころひとゝころな
りしはらからのもとよりひとりき
けはうくひすの声もいとあはれに
なんきこゆるといひたれは

448（一三五〇）かすみたつたひのそらなるうくひ
すはきこえもせよと思てそなく

×　×

三八a・b、【『見ぬ世の友』飯島、吉田、桑田】

三月許にいし山へまうつと
て人のもとに

450（一三五二）こゝろしてわれもなかめむをり〳〵はおも

a

ひおこせよ山のさくらを
　ひころありて返覧とおもふに
　ものうくおほゆれは
451（一三五三）みやこにはいくへかすみかへたつ
　覧おもひたつへきかたもしられす
452（一三五四）　ひころ花おもしろきところに
　あかすけふほかへいくとて

×　　×

三九、【飯島、吉田、桑田】
457（一三五九）みなるといふなたゝしとそおもふ
　ものゝけにうつし心もなくわつら
　ふをとふらふ人に
458（一三六〇）とふやたれ我にもあらすなりにけりうきを
　なけくはおなしみなから
459（一三六一）　時〳〵ふみおこする人のひこといふ所にいくとて
　おもひわするなゝといひたるに

×　　×

四〇、【予楽院2】
山さとにすむ人のもとよりひとよの月はみ

b

きやなみたにくもる心ちなむせしと
いひたるに
463（一三六五）うちはへて山のこなたになかむれはそのよの
つきもくもるなりけり
五月五日人に
464（一三六六）今日はなほのきのあやめのつく〴〵と思
←　←

四一、【予楽院3】

464（一三六六）へはねのみかゝるそてかな
とほき所にとしころありけるをとこの
ちかくきてもことにみえぬにやあらん
とて人のよませしに
465（一三六七）よそなりしおなしときはの心にてたえすや
いまの松のけふりは
←　←
466（一三六八）ひとのきたるを返したれはつとめて
いみしうゝらみてわれこそゆかねといひ
たるに

四二、【予楽院7】

466（一三六八）とまるとも心はみえてよとゝもにゆかぬけし
きのもりのくるしき
あやしき事ともひとのいふをきゝてかゝ
る事をきくにつけてなむいとゝあは
れなるといふをとこに
467（一三六九）ふかゝらはなきなもすゝけなみたかは

←　←

かたゝかへにいきて夜ふか
きあか月にいつとて
445（一三四七）あはれともいはまし物を人のせし
あか月おきはくるしかりけり

a　前出

をむなともたちの二三人ものかたり
するをよそにみやりて
447（一三四九）かたらへはなくさみぬ覧人しれす

b　前出

467（一三六九）そをぬれきぬとひともみるへく

c

×　×

四三、【予楽院8】

おなしころすゝきにつけてさしも
あるましき人のけそうにふみをおこせ
たれは

469（一三七一）つゝむことなきにもあらす花すゝきまほに
いてゝはいはすもあらなむ

470（一三七二）おやにつゝむことあるころかくれてゐたる
かたのまへに花のいとおもしろきに

←　←

四四、【飯島、吉田、桑田】

つゆのいとしけうおきたれは

470（一三七二）さはみれとうち（ママ）はらはて秋はきをしのひ
てをれはそてそつゆけき

つねよりも世中のはかなくみえし
九月九日に

471（一三七九）きゝときく人はなくなるよのなかに今日も
わか身はすきむとやする

←　←

四五、【桑田】

わりなき事をいひつゝうらむる人に

472（一三七四）うしとみておもひすてゝしみにしあれは
我こゝろにもまかせやはする
473（一三七五）よのなかにいきたらんかきりはおと
つれむなとかきたる人のふみのありける
にひさしうおとつれぬころかきつけ
てやる

三

前記の注でも述べたように、右の切数四五というのはあくまでも一応の数字である。たとえば切番号三五『月台』所載の乙類の切は、一見して一葉の古筆切のように見えるのだが、あきらかに二か所で紙継ぎがされていて、小さな三葉の部分から成っている。のちに述べるように乙類の他の切の歌順はすべて現存榊原家蔵本と完全に一致している。それなのにこの切だけは乱れているという問題がある。本来別ものであった切の部分々々がつなぎあわせられて、わざわざ一葉分に仕立てあげられたのであろう。図版で見るとよくわかるのだが、右端の三五aに認められる虫損個所は、実は他の切では中央部分にあるものである。その三五aを中心に、前後の三四bと、三六aとをあわせると、それはそれで逆に本来の一葉分が復元できる。歌順や料紙の質を考えると、それが最も納得いく説明の仕方のように思われる。おそらく詞書や歌の状態から、三四b、三五a、三六aと、まず三つの部分に分けられてしまったのが、そもそもこうした複雑なことになってしまった最大の原因なのであろう。

確実な切数が非常につかみにくい事情は以上のとおりだが、ともかく現段階では四五葉ほどが知られ、かつての切数を大きく超えた。それに伴って切と切とが直接つづく部分も格段にふえ、その結果、鈴木一雄氏などが可能性の問題として慎重に論証されたことがらが、かなり大胆に、自信をもって断定出来るようになった。

たとえば、甲類の断簡一一に見える「春やくる」の歌は、正集726番の歌で、通常の続集本文には載っていないものである。切数の少ない段階ではこの一首のために、古筆切全体が「和泉式部集切」なのか、「和泉式部続集切」なのかが問題となったが、たとえば断簡二に見える「いかにして」の歌は、やはり『千載集』や宸翰本本文には見える歌で、通常の続集本文には載っていない。ところがこの断簡ではその前後にたまたま歌や詞書があり、それがいずれも続集に属していて、異同歌一首を含んだ続集切の一部と認定出来る。四五葉もの切のうち正集の歌だけで成り立っているものが一葉もないということは、これらの切がすべて『和泉式部続集』だけにかかわるものと、この段階でははっきりと断定してよいであろう。

また榊原家蔵本の112(一〇一四)番歌から157(一〇五九)番歌までは、

つれぐ\のつきせぬまゝにおぼゆることをかきあつめたる、歌にこそにたれ。「ひるしのぶ　ゆふべのながめ　よひのおもひ　よなかのねざめ　あか月のこひ」これをかきわけたる

ではじまる、いわゆる五十首歌として名高いものであるが、鈴木氏のご指摘のように、この歌群に属する歌は一首も続集切には見えない。断簡六は、一葉のなかに99(一〇〇二)、110(一〇一二)、158(一〇六〇)番の歌や詞書が収められていて、榊原家蔵本とはまったく異なった配列を示しているが、五十首歌以外の100(一〇〇二)番から、111(一〇一三)番までの歌は、たとえば断簡一五、一六、一七、一八などに見出だし得るのに、112(一〇一四)番から157(一〇五九)番までのその五十首歌に属するものはいまだに一首も見出だせない。やはりこれもはじめからなかったものと断定してよいであろう。続集切の性格を考える上で、このことは非常に重要な意味を持つものと思われる。

従来不明だったもので完全に明らかになったものとしては、417(一三一九)番歌の詞書と歌との関係がある。

榊原家蔵本の本文では、

よそ〳〵になりたるおとこの遠所よりきたる、「いかゞきく」と人のいひたるに

さ夜中にいそぎもゆくか秋の夜を有明の月はなのみ成けり

となっていて、詞書と歌とがまったく内容的にあわなかったのが、断簡二八・二九によれば、

よそ〳〵になりたるをとこのとほきところよりきたるを、「いかゞきく」と人のとひたるに

きたりともよそにこそきけからころもそのしたがひのいまはつまかは

よふけていづる人に

さよなかにいそぎもゆくか秋のよのありあけの月はなのみなりけり

となり、すっきりと意味がとおるようになった。しかもこの「きたりとも」の歌はおそらく前夫道貞が陸奥守から帰京した折のもので、たとえそれが彼女の本心ではなく、強がりであったとしても、当時の心境を知る上できわめて貴重なものと言えよう。

四

ところですでに諸氏によって説かれていることだが、甲類と乙類とではその本文の性格、具体的に言えば榊原家蔵本との関係が基本的に異なっているという問題がある。さきの本文集成をご覧いただきたいが、乙類は一部の紙継ぎ個所を除けばすべて榊原家蔵本と歌の配列が一致する。紙継ぎ個所も前述のように考えればまったく問題がなくなる。それに対して甲類は、切の配置をどう並べかえても歌の配列が一致しないのである。それぞれの切の中ですでに大きく榊原家蔵本と異なっている部分があるのだから、これは明らかに異なる系統の本文と見なければならないだろう。両者についてはたとえば飯島春敬氏が、「寸法も料紙の特長も同じであるから、もとは

別冊であったとしても、同時に製作された寄合書きである」と前記『日本名筆全集』の解説で述べておられるように、同時期の写であることはまず間違いないものである。その書写年代については平安時代後期、しかもあまり下らざるころとの見方が強いが、それはともかくとして、同時期の製作でありながら別筆、別系統の本文ということになると、両者はやはり別冊である可能性が強いであろう。伝西行筆本のようにどこをとってみても榊原家蔵本と同じ本文である場合や、逆にどこをとってみても本文が違う場合は、それはそれとしてまとまりあるものとして考えられるが、一部が榊原家蔵本とまったく同じで、他の一部がまったく異なるという場合は、たとえ筆跡が同じでもなかなか同じまとまりのものとしては考えにくい。ましてやこの場合は筆跡が異なるのである。現存する切の範囲が大きく限定されているという問題もある。甲類は榊原家蔵本の歌番号でいうと42（九四四）から158（一〇六〇）まで、乙類は同じく373（一二七五）から473（一三七五）までである。これはかつて鈴木氏が指摘された当時の範囲とほとんど変らない。要するにその後見出だされた切はすべてある範囲内の切ばかりであって、それによって家集の内容は資料的に密になってきているけれども、外には拡がっていないことになる。おそらくこれからも次々と新しい切は見出だされるであろうが、この基本的な性格は変らないとみてよいであろう。ということは、厳密な意味ではこれは『和泉式部続集』そのものの切とは言えないのではないか。すでに清水文雄氏が「和泉式部続集の成立[9]」というご論考の中で、ごく簡単にこの伝行成筆切の問題に触れ、

両者（筆者注　通常の本文と断簡の本文）の間にはかなりな語句の異同があり、歌の排列にも相当異なる現象が見られるうえに、少数ではあるか、続集にも正集にも見えない歌もまじっているのである。したがってこれは、現存の続集の異本の断簡と見るのは誤りで、むしろ続集を構成する歌群と同じ次元で考えるのが至当である。

と述べておられる。くわしい論証が省かれているのでその内容はほとんど不明というよりほかはないのだが、

「続集を構成する歌群と同じ次元で考えるのが至当である」とする結論の部分はまことに卓見である。氏は、正集、続集に共通する性格として、（1）両集が、ともに成立事情と形態とを異にする若干歌群の集積されたものであること、（2）両集が、それぞれ自体内に重出歌を、また相互間に重複歌を多く持っていること、の二点をあげ、その重出歌を有力な手がかりとして、もととなった構成歌群の復元を試みられた。正集はA群からE群までの五群、続集はF群からJ群までの同じく五群である。今、関係する続集のみの歌番号を示すと次のようになる。

F	1（九〇三）〜37（九三九）
G	38（九四〇）〜159（一〇六一）
H	160（一〇六二）〜431（一三三三）
I	432（一三三四）〜568（一四七〇）
J	569（一四七一）〜647（一五四九）

さて、右の歌群説に従うならば、断簡甲類はすべてG歌群に、乙類はH歌群とI歌群にまたがって、それぞれ属することになる。G歌群はいわゆる帥宮挽歌群としてまとまっているから、それだけで単独に書写されていた可能性はきわめて大きいと言える。ただし前述したように例の五十首歌はその中に含まれていない。五十首歌は

五十首歌として本来独立していたものであったろう。ところで乙類はどうか。清水氏が手がかりとされた重出歌の部分がまだ断簡部分に見出だされていないので何とも言えないが、乙類がH歌群とI歌群にまたがっているという点はやはり気になる。もし乙類が別冊として単独で書写されていたとしたら、それだけでひとつの歌群をなしていたと考えるべきではないか。現存の本文にもなにがしかの欠点があることは右に見てきたとおりなのだから、あるいはH歌群とI歌群の境界についてはさらに考慮の余地があるのかもしれない。

甲類と乙類とはかつて「正集切」「続集切」と呼ばれ、また続集の「上巻切」「下巻切」などと呼ばれたことがあった。そう認定された時期もあったのである。しかしこうしてみるとやはりこれは明らかに歌群の切で、現存の続集そのものの切ではないと言った方がいいらしい。榊原家蔵本の欠点を補うだけでなく、さらに現存続集の成立を考える上での手がかりまで与えてくれる、これがいかに貴重なものであるかが理解されるであろう。なお家集内における歌の配列やある種のまとまりを尊重し、そのまとまりに基づいた読みをすることが最近しばしば行われているけれども、こうした甲類のような配列の大きく異なる本文が存在するとなると、それはそれで十分意味のあることにしても、やはりさらなる慎重さが要求されることもひとこと申し述べておきたい。

---

(1) 清水文雄「伝西行筆和泉式部続集零本について」『山岸徳平先生頌寿中古文学論考』有精堂　所収　昭和47
なおその後、平成2・11に、吉田幸一『和泉式部集　定家本考』上下2冊が古典文庫から刊行され、伝西行筆本についてのより精しい考察がなされている。

(2) 飯島春敬『日本名筆全集　第三期第四巻』書芸文化院　昭和34

(3) 吉田幸一『和泉式部全集』古典文庫　昭和34、41

(4) 桑田笹舟『和泉式部集』書道笹波会　昭和53

（5）鈴木一雄「和泉式部続集切　甲類・乙類について」注2に付載。
（6）清水文雄「伝行成筆和泉式部集切の二三について」国文学攷　昭和35・5
（7）中藪久美子「近衛家煕臨・伝行成筆『和泉式部続集切』の出現」墨　昭和59・7
（8）久保木哲夫「『予楽院模写手鑑』と家集切」『平安時代私家集の研究』笠間書院　昭和60
（9）清水文雄「和泉式部続集の成立」『鈴木知太郎博士古稀記念　国文学論攷』桜楓社　昭和50
なお右に掲げた清水文雄氏の諸論文は、その後学位論文として再構成され、昭和62・9、笠間書院より『和泉式部歌集の研究』として刊行された。

〈追記〉
『古筆学大成』が刊行され、次の五葉、一〇首（うち一首は他本になし）が新たに知られることとなった。

50（九五二）いつとてもなみたのあめはをやまねとけふは
　心のくもまたになし
　　なほあまにやなりなましとおもひ
　たちて
51（九五三）すてはてんとおもふさへこそかなしけれ
　きみになれにしわかみとおもへは
53（九五五）いまはたゝそのよのことゝおもひいてゝわするは
　かりのうきふしもかな

76（九七八）たえしとき心にかなふものならはわかたまの
をによりかへてまし

77（九七九）おほつかなわか身はたこのうらなれやそてうち
ぬらすなみのまもなし

えてさらにあはしなといひてのち
またいきて

388（一二九〇）しのふれとしのひあまりぬいまはたゝかゝり
けり君なをそたつへき

おなしやうなる人に

389（一二九一）ひとゝはゝなにゝよりてそこたふへき
あやしきまてもぬるゝそてかな

みちのくにといふ所よりきたるをとこの
まつ人のもとにはこてほかより返を
きゝてたひのきぬなとしてやるとて
をむなのよませし

393（一二九五）たひころもきてもか許つらけれとたち
返ことおもふへきかな

こゝなからなみこすめりとみちのくに人をそ

といふことをいひおこせたるにことわり

なる事をいひてつらけれはえとふ

ましといひたるに

468（一三七〇）はきはらにふすさをしかもいはれたり

たゝふく風にまかせてを見む

三 『和泉式部続集』「五十首歌」の詞書

一

『和泉式部続集』におけるいわゆる「帥宮挽歌群」については、清水文雄氏がその存在を明確に論じられて以来、式部の人生ならびにその文学を考える際にきわめて大きな意味を有するものとして、これまでにもさまざまな形で注目され、論じられて来た。『新編私家集大成』の歌番号でいうと三八～一五九（清水文雄氏による岩波文庫版『和泉式部集・和泉式部続集』[1]では九四〇～一〇六一）の一二二首であるが、さらにそのうちの一一二～一五七（一〇一四～一〇五九）の四六首は、いわゆる「五十首歌」として、「帥宮挽歌群」の中でも特にまとまりがあり、独立性を持ったものとして、より多く、論の対象とされて来た感がある。「五十首歌」としては、現在では四六首しかなく、不完全なものであることは間違いないが、それはそれとして、この歌群が、「帥宮挽歌群」全体の中で占める構造上の不安定さ、あるいは「五十首歌」という定数歌制作の意図が、和歌詠作時においてすでにあったのかどうかというような問題、ひいては、その主題や手法の面から、同じく帥宮追慕の自作であるかもしれない「日記」形成の問題とからめられて、実に丹念に、深く、読みこまれ、解明されて来た。それは確かに、一歌人としての和泉式部の内奥にまで迫って、彼女の持つ文学の特質を明らかにしてくれてはいるのだが、こまかな点になると、しかしなお問題がないわけではない。本文の解釈には、さまざまな立場があり、視点があって、これこそが完全というわけにはなかなかいかないのであるが、それぞれが思いつきでもいいから考えを出し合い、検討し合えば、それらは互いに止揚し合って、さらにすぐれた、多くの人達から容認される解釈が得られるだろうと思われる。ここではそういう意味で、本当に基礎的な問題なのだが、「五十首歌」の、特に詞書の部分の解釈について、私見を述べてみたい。なお参考のために、右に関する論考で、清水文雄氏以下の、管見に入ったものをあげると、次のとおりである。(2)

清水文雄「和泉式部続集に収録されたいはゆる『帥宮挽歌群』について」
宮崎荘平「和泉式部日記の作品形成」
平田喜信「和泉式部、作者の視座」
藤平春男「和泉式部〃帥宮挽歌群〃を読む」
久保木寿子「和泉式部続集『五十首歌』の考察」
木村正中「和泉式部と敦道親王―敦道挽歌の構造―」

今後、本稿で論文を引用する際、氏名だけをあげて、特に論文名を断わらない場合は、すべて右掲論文であるので、その旨お含みいただきたい。

二

さて「五十首歌」の詞書というのは、次のような形になっている。

つれ〲のつきせぬまゝに、おぼゆる事をかきあつめたる歌にこそにたれ、ひるしのぶ　ゆふべのながめ

よひのおもひ　よなかのねざめ　あか月のこひ　これをかきわけたる

そして、改めて「昼偲ぶ」と題があって、歌が九首、「夕べの眺め」という題で、同じく九首、「宵の思ひ」一〇首、「夜中の寝覚」九首、「暁の恋」九首、とつづくのである。本稿での問題の中心は、右の詞書のうち「歌にこそにたれ」の解釈にあるのだが、そもそもこの部分は、句読点のつけ方にも注釈書によって揺れがあり、岩波文庫版と日本古典全書版(3)では、

つれづれの尽きせぬままに、おぼゆる事を書き集めたる歌にこそ似たれ

とし、『和泉式部集全釈続集編(4)』では、

つれづれの尽きせぬままに、おぼゆる事を書き集めたる、歌にこそ似たれ

とする。「書き集めたる」のあとに、読点を入れるか入れないかだが、この部分だけで判断するならば、「書き集めたる」を、前者は「歌」にかかる連体修飾語とし、後者は「似たれ」にかかる主語としているかに見える。しかし、後者はそれでよいとして、前者は、果たしてそう判断してよいのだろうか。たとえば宮崎荘平氏のように、「つれづれのつきせぬままに、おぼゆる事をかきあつめたる歌」を「書きわけたる」五十首和歌は、「ひるしのぶ」「ゆふべのながめ」「よひのおもひ」「夜なかの寝覚」「あかつきの恋」と、昼から暁へと一日の時間進行の次序に従って、帥宮追慕の哀絶の情が形象づけられている。

と述べておられる例がすでに見えるから、おそらく「かきあつめたる歌」として、連体修飾語とする考え方は少なくとも一部にはあったと認めて差支えないように思われるが、しかしその場合、つづく「にこそ似たれ」はどう考えるのか。たまたま古典全書版ではこの部分に頭注があり、訳が施されているので、それを見ると、

徒然が尽きず続くままに、思ひ浮ぶことを書き集めると、歌に似たものとなった。

となっていて、本文の句読点とは、必ずしも合致していない。私見では、「書き集めたる」のあとに、句点なり

読点なりをおかない解は、非常に成り立ちにくいのではないか、と思っている。久保木寿子氏も、わざわざこの問題をとりあげて、

私は、後に述べる一四六一の歌の詞書「冬比、荒れたる家にひとりながめて、またるる事のなかりしままに、いひあつめたる」と同様に、詠歌事情を述べたものと考え、「書きあつめたる。歌にこそ似たれ、……」としたい。

と述べておられる、句点か読点か、またこの部分が、「詠歌事情を述べたもの」であるかどうかは別問題としても、「書き集めたる」が、直接「歌」にかかるものと考えないという点においては、私も妥当なものと思うのである。

ところでもとの問題に立ち返って、「歌にこそ似たれ」は、それではどういう意味なのだろうか。寺田透氏は、『日本詩人選　和泉式部』(5)の中で、この「五十首歌」について触れ、

佗しく、何か飢渇に似た思いのこびりついた孤独な境遇にあって自分の意識にのぼることを書きとめたものに過ぎないのは確かである。しかしいざ書きとめてみると、歌を作ろうと思ったわけではないのに歌の体をなしている。歌にしようなどという気は動くべきもない今の自分の気分なのに。――詞書はそういう式部の心理を語っているように見える。

と述べておられ、また藤平春男氏は、

五十首歌としての構成が和泉式部自身の手に成るらしいことは、「つれづれのつきせぬままに、おぼゆる事を書き集めたる（『全釈続集編』ここに読点）歌にこそ似たれ。昼しのぶ、夕のながめ、宵のおもひ、夜中のねざめ、暁のこひ、これを書き分けたる」という序的な詞書があって、「……歌にこそ似たれ」という謙退は作者みずからの記述とみられることから考えられるが、……

と述べておられる。その受け取り方に差はあるが、両者に共通しているのは、いずれもおのれの作った作品（以下の五十首、ただし現在は四十六首の歌）に対して、「歌にこそ似たれ」と言っているのだと解している点である。

「似る」という語は、言うまでもないことだが、あるものとあるものとが同じように見えることを言い、そのあるものとあるものとは、一般的には別個のものである。自分の作った歌が、まるで「歌」のように見える、という言い方は、従ってどうしても不自然さをまぬがれがたく、両氏のように考えるならば、理屈の上では考えられないこともないようだが、大変近代的な解釈のようにも思われ、言葉としてもかなり高度な使い方のようにも思われる。

それではどう考えたら自然な解が可能であろうか。詞書というのは、先程の久保木寿子氏の発言ではないが、一般的には詠歌事情を述べたものと考えられる。この詞書の場合も、たとえば岩波文庫版の注で、

「以下の連作は」と、初頭においてみる。

と言い、『全釈』の通釈で、

……これを書き分けてみたのが、以下の歌である。

と訳されているのも、すべて、基本的にはこの概念に基づくものであろう。それ以上くわしく説明されてはいないが、右の立場に立つならば、「歌にこそ似たれ」についての両者の理解も、つきつめていけば、当然寺田氏なり藤平氏なりの考え方によらざるを得ないだろうと思われる。しかし、たとえば次のような例がある。

帥の宮ニテ題十給ハセタル
大井カハノイカダ　ユフグレノ鐘
山寺ノカスカナル　山田ノ紅葉
岸ニノコルキク　草むらの虫

ヲグラ山ノ鹿　清滝河ノ月

これは正集の三五四〜三六三（三五五〜三六四）の十首の歌に対する詞書であるが、「題十」と言いながら、実は八題しかなく、次に並ぶ十首の歌にも完全な対応を示さない。従って詞書に何らかの欠陥があると思われるのだが、それはともかくとして、冒頭の、「帥の宮にて、題十給はせたる」という部分は、直接には詠歌事情そのものを述べているのではなく、次に羅列してある「大井川のいかだ」以下の、いわば歌題の説明であって、それらが総合して詠歌事情を述べるという形になっている。そうしてみると、問題の「つれづれの尽きせぬままに、……これを書きわけたる」の部分も、右の例と同じように考えられないか。以下の、十首（九首）ずつ並んでいる歌の前に、それぞれ「昼偲ぶ」「夕べの眺め」「宵の思ひ」等、直接歌の内容にかかわる題がついているのだから、それらの題についての説明、というように考えればいいと思うのである。そうすると、比較的無理のない解釈が可能になってくる。

三

それではどういう解釈か、私の考えはこうである。まず句読点のつけ方から示すと、次のとおりになる。

つれづれの尽きせぬままに、おぼゆる事を書き集めたる、歌にこそ似たれ。「昼偲ぶ夕べの眺め　宵の思ひ　夜中の寝覚　暁の恋」、これを書きわけたる

そして最初の題である「昼偲ぶ」が、そのあとにつづくのである。

要するに、書き集めた「おぼゆる事」というのは、歌ではなく、題である。正確に言うと、題になる前の段階のものである。つれづれの状態がつづいて尽きることのないままに、感じることを書き集めてみた、それはまるで歌みたいであった。

ひるしのぶゆふべのながめよひのおもひ　よなかのねざめあかつきのこひ

これを書きわけたのが、次の題だというのである。もう説明は不要であると思われるが、「昼偲ぶ……」以下が、いわば「おぼゆる事」であって、その「おぼゆる事」を書き集めてみたら、たまたま三十一文字になった。だから「歌にこそ似たれ」なのである。むずかしく考える必要は何もない。『土佐日記』二月五日の条に、次のような話があることはよく知られている。

かくいひつつ来るほどに、「船疾く漕げ。日のよきに」と催せば、楫取り、船子どもにいはく、「御船より、おふせ給ぶなり。朝北の、出で来ぬ先に、綱手早曳け」といふ。この言葉の歌のやうなるは、揖取りのおのづからの言葉なり。揖取りは、うつたへに、われ歌のやうなることいふとにもあらず。聞く人の、「あやしく、歌めきてもいひつるかな」とて、書き出だせれば、げに三十文字あまりなりけり。

これも、「御船より……」という「揖取りのおのづからの言葉」が、「歌めきて」聞こえた。書き出してみたところ、確かに「三十文字あまり」であった。もっともこの場合は、揖取り自身はおのれの発した言葉のおもしろさに気づいていないのだが、ふとした言語行為の持つ、予期せぬ意味や効果といったようなことがらは、確かに存在するし、われわれもしばしば経験する。式部の場合、これが虚構でないという保証はどこにもないのだが、一応詞書の上では、たまたま思い浮かぶことを書き集めてみたら、五音と七音になった、と言う。「昼」から「暁」までの時の流れに、巧みに恋情を配したその「おぼゆる事」は、かなり構成的で、意識的な匂いもするが、「歌にこそ似たれ」の解は、しかしそのように考えてはじめて、無理のない、素直なものになるかと思われる。

歌人としての和泉式部の意識を、こうした詞書の中からも深く読みとっていくという立場からは、右のような解はあまりにも平凡で、つまらない解でしかないだろう。しかしどんなに素朴な解であっても、その方が語義や文脈に素直ならば、やはり高度な議論よりも、まずそちらを優先すべきであることは言うまでもないことである。

その上で、論というものは組み立てられなければならないはずである。

「五十首歌」が、すでに詠まれた詠草類の中からの選歌、分類、そして再録であるのか、それとも定数歌制作の意図がまずあって、その構想のもとに、一気に詠みあげられたものであるのかの判定は、このように考えて来ても、なおかなりむずかしい問題を含んでおり、にわかに決着はつけられないが、その時の心情や体験に即して、直接的に詠出したものであるかどうかという点になると、右の詞書の理解からは、少なくとも題の介在を抜きにしては考えられないと思うのである。純粋の題詠ではなく、体験に基づいたものとは言え、やはり題詠的な性格は、そこに色濃く認めなければならないと思われる。

「帥宮挽歌群」の一群として、この「五十首歌」を、その中でどう位置づけるかについては、いろいろな考え方が出来そうである。伝藤原行成筆「和泉式部続集切」の一葉に、前後の部分がありながら、この「五十首歌」をそっくり欠いていることから、この歌群の独立性ないしは他の歌群との関係なども、これまでしばしば言及されて来た。帥宮挽歌という興味あるテーマと併せて、この歌群にはなお検討に価する余地が十分にあると思われる。

詞書の持つ意味が、従来考えられていたよりもずっと平凡だからといって、歌そのものの価値が減ずるものでないこともまたもちろん当然のことである。

---

(1) 岩波文庫『和泉式部集・和泉式部続集』清水文雄校注　昭和58
ただし本稿における本文引用はすべて『新編私家集大成』により、岩波文庫版の歌番号は（　）内に記した。

(2) 清水文雄「和泉式部続集に収録されたいはゆる『帥宮挽歌群』について」「国語と国文学」昭和39・5

宮崎荘平「和泉式部日記の作品形成」藤女子大学「国文学雑誌19」昭和51・4
平田喜信「和泉式部、作者の視座」「国文学」昭和53・7
藤平春男「和泉式部〝帥宮挽歌群〟を読む」『論叢王朝文学』所収　昭和53
久保木寿子「和泉式部続集『五十首歌』の考察」『物語・日記文学とその周辺』所収　昭和55
(3) 木村正中「和泉式部と敦道親王―敦道挽歌の構造―」『平安時代の歴史と文学　文学編』所収　昭和56
(4) 日本古典全書『和泉式部集　小野小町集』窪田空穂校注　朝日新聞社　昭和33
(5) 佐伯梅友・村上治・小松登美『和泉式部集全釈続集編』笠間書院　昭和52
寺田透『日本詩人選　和泉式部』筑摩書房　昭和46

四　『発心和歌集』普賢十願の歌

一

『肥後集』一四三番歌に、

人のもとに、普賢講行ひて十願の心詠みしに、礼敬諸仏
数知らずみよの仏を敬ふと心一つやいとなかるらん

という歌がある。「普賢講」とは『普賢経』を読誦し、普賢菩薩の徳をたたえる法会のことだが、『源氏物語』松風巻には、

御寺に渡りたまうて、月ごとの十四五日、つごもりの日行はるべき普賢講、阿弥陀、釈迦の念仏の三昧をばさるものにて、

とあって、『河海抄』によれば、これは「十四日普賢講、十五日阿弥陀、晦日釈迦念仏、常行三昧也」ということのようであり、この場合は普賢講は毎月十四日に定期的に行われたことになる。

ところが『肥後集』の場合は、「人のもとに」とあるから、おそらく不定期に行われた個人宅における法会で

あって、参加者はそれぞれに「十願の心」を一首ずつ詠み合い、肥後はそのうち「礼敬諸仏」の歌を詠んだ、ということになるのだろう。「十願」とは、普賢菩薩が立てた十種の請願のことで、それを説く「普賢行願品」(正確には『華厳経』第四十「入不思議解脱境界普賢行願品」)によれば、

「礼敬諸仏」(諸仏を敬うこと)

をはじめとし、

「称讃如来」(如来の功徳を讃えること)
「広修供養」(すべての仏に仕えて供養を行うこと)
「懺悔業障」(過去からの罪業を懺悔して心身を浄化する戒めを守ること)
「随喜功徳」(仏や一切衆生の功徳に随喜すること)
「請転法輪」(すべての仏に説教を願うこと)
「請仏住世」(涅槃につこうとする菩薩などに現世にとどまるよう要請すること)
「常随仏学」(仏に伴してその教化の相を学ぶこと)
「恒順衆生」(すべての衆生の別に応じて仕え、供養すること)
「普皆回向」(あらゆる功徳をすべての衆生にほどこして仏果が得られるのを願うこと)

の十種である。

肥後の歌は、釈教歌としては格別むずかしいところがなく、「みよの仏」にはおそらく「三世」と「見よ」とが掛けてあって(この技法は肥後の歌には非常に多い)、

たくさん見よという三世の仏を敬うことで、たった一つの御心に普賢菩薩は忙しくしていらっしゃることでしょうか。

というような意になるのだろう。[1]歌を理解する上で、特に深い仏教的な知識が必要とされるものではないように思われる。

二

ところで普賢十願に関する詠は、たとえば『法華経』二十八品歌などにくらべると格段に少ない。諸歌集を検してみてもなかなか見出だすことはできないし、ましてや十願すべてが詠まれているケースは非常に珍しい。管見に入った限りでは、まとまって残っているものとしては選子内親王の『発心和歌集』に見える十願十首のみである。歌番号でいえば六番歌以降がそれにあたるが、まず詞書の前に「普賢十願」とあり、

礼敬諸仏

普賢行願威神力　普現一切如来前　一身復現刹塵身　一一遍礼刹塵仏

きみたにもちりのなかにもあらはれは　たつとゐるとそゐやまはるへき

とあって、以下、一〇首がつづく。肥後の詠と異なるのは「普賢行願威神力　普現一切如来前　一身復現刹塵身　一一遍礼刹塵仏」というような経文が直接の題となっていることである。「称讃如来」以下もすべて同じである。石原清志氏は「発心和歌集考―十願十首歌―」[2]というご論考によって、この一〇首について実にくわしい注解を施されている。それによると、これらの経文はすべて「普賢行願品」の一節で、たとえば「礼敬諸仏」の項で引用されている経文は、

普賢菩薩の行願はすぐれた威神力をもって、その行願を一切の如来の前に現わし、また、一身を仏刹極微塵数の身として現前し、また、いちいちあまねく仏刹極微数の諸仏を礼すると言う。

という趣旨だそうである。選子内親王の歌はその趣旨を敬虔に受けとめて詠んでおり、初句における「きみ」は

普賢菩薩、第二句の「ちり」は詞書中の「刹塵」をあらわす、また「刹塵」とは「数限りなき程の無数の意」で、一首の意は、

崇敬措くあたわざる普賢菩薩が一切如来、無数の仏菩薩の中に現われ給うことがあれば、このみ仏こそは行住座臥常に敬礼さるべき尊きみ仏であるよ。

ということになる。何ともむずかしいが、この十願十首歌の理解をより困難なものにしているのは、実は、九、一〇、一一番歌における、非常に不可解な本文である。具体的にあげると次のようなものである。

懺除業障
我昔所造諸悪業　皆由無始貪恚癡　従身語意之所生　一切我今皆懺悔
るころそつきせさりけるわかみより　ひとのためまてなけきつゝくる

随喜功徳
十方一切諸如来　二乗有学及無学　一切如来興菩薩　所有功徳皆随喜
くこそあらはれにけれちかくてとほく　きえてもこのかたはなこりな

請転法輪
十方所有世間燈　最初成就菩提者　我今一切皆勧請　転於無上妙法輪
のよまてもひろめてしかなかへるとて　のりのちきりをむすひをきすへ

右は『新編私家集大成』が底本としている書陵部蔵（一五〇・五四二）本によったが、歌の部分はたとえば「るころそ…」「くこそ…」「のよまても…」とすべて初句から意味不明である。その親本と目される冷泉家時雨亭文庫本も当然ながらまったく同じである。その他の伝本としては、書陵部蔵（五〇一・八三三）本、群書類従本、島原松平文庫本などが知られているものの、いずれも近世の写で、内容的には右の本文が最も信頼できるものと思

われる。念のため、不可解な歌の部分だけを見てみると、書陵部蔵（五〇一・八三三）本では、

る（一字分アキ）ころそつきせさりけるわか身より人のためまてなけきつゝくる
くこそあらはれにけれちかくてとほくきしてもこのかたはなこりな
のよまてもひろめてしかなかへるとてのりの契をむすひをきすへ

となっており、群書類従本では、

月ころそつきせさりけるわかみとり人のためまて歎つゝくる
□くこそあらはれにけれちかくてもとほくきゝても□
のちまてもひろめてしかなかへるとて法の契を結ひをきつゝ

となっている。また島原松平文庫本では、

る《本ノマヽ》ころそつきせさりける我身より人のため迄なけきつゝくる
く《本ノマヽ》こそあらはれにけれちかくてとほくきしてもこのかたはなこりな
の《ち歟》よまてもひろめてしかなかへるとて法の契をむすひをきすへ

となっている。小異はあるがいずれもわかりにくさは同じである。

なお『新編国歌大観　三』(3)では右のうち松平文庫本を採用していて、本文にさまざまな改訂を施している。たとえば「るころそ」の歌は、

書陵部本の「る」は「年」の草体に近似しており、初句を「年ごろぞ」と読むことによって、歌の内容も詞書と合致する。

として、

年頃ぞつきせざりける我が身より人のためまでなげきつづくる

と改め、「くこそ」の歌は、「散らし書きを誤写したもの」で、原文は、

ちかくてとほくきしてもこのかたはなこりなくこそあらはれにけれ

だったのではないかとし、「『きしても』の『し』はおどり点の可能性もあるので」、

ちかくてもとほくききてもこのかたはなごりなくこそあらはれにけれ

と最終的には改めている。

また石原氏は前記ご論で、基本的には「意味内容の把握は困難」としながらも、苦心してそれぞれに「私意」を加えておられる。たとえば「るころそ」の歌については、

初句の冒頭に「懺悔す」と字余りにはなるが、付加してみれば、

とし、解を試みておられるし、「のよまても」の歌については、

初句は五文字で定型ではあるがこのままでは意味が把握できない。そこで字余りにはなるが、初句の冒頭に一字を加えてみることとすると一首の意からは「こ」または「あ」であろう。「こ」とすれば現世となり、「あ」とすれば未来世となるから、詞書を通して原典の内容を考慮すれば、「こ」とするほうが妥当と思われる。

として、「このよまでもひろめてしかな」とした上で試訳を施されている。詞書については非常にくわしい説明をされているのであるが、歌の解としてはやはり相当に無理があるのではないかと思われる。

三

散らし書きにされている歌を書写する場合、それがどのように読まれたら本来の正しい姿になるだろうかということは、当然ながら誰しもが考えることだろう。従って『新編国歌大観』の解題が述べるように、「くこそ」

の歌は、「散らし書きを誤写したもの」などと簡単に断ずるわけにはいかないし、そうした考え方にはにわかに従えないが、結論そのものは非常に興味深いと思われる。なぜなら「あらはれにけれ」は已然形で、直後の「ちかくて」には直接つづかず、どう考えても直前の「こそ」を受けての係り結びとしか見られないからである。「きえて」は写本段階では確かに「きして」とも「きゝて」とも読めるので、やはり『新編国歌大観』が言うように、

　　ちかくてとほくきゝてもこのかたはなごりなくこそあらはれにけれ

という形を考えるのが穏当だろうか。詞書になっている経文は多少本文上に誤りがあり、正しくは、

　　十方一切諸衆生　二乗有学及無学　一切如来與菩薩　所有功徳皆随喜

と「普賢行願品」にはなっていて、その趣旨は、石原氏によれば、

　十方一切の衆生や声聞乗や縁覚乗の人々や、未だ習学を要する聖者やもはや習学の要のない聖者や一切の如来や菩薩のたもつ所の功徳をみな随喜する。

ということになる。近い遠いにかかわらず、耳を傾けると、人々の保つ功徳は、すべてこの世にあらわれる、よろこばしいことだとする歌の内容は、まさにこの趣旨に合致するといってよいだろう。

　こうした読みの方法は、他の二首についてもまったく同じように適用できるのではないかと私は考えている。たとえば「るころそ」の歌は、「つきせざりける」が連体形で、「わがみ」にかかるとする考え方もこの場合出来ないことではないが、やはり「ぞ」の係り結びと見ることも可能であろう。「るころそ」は写本段階では「るこゝろそ」とも読める。「散らし書きを誤写したもの」であるかどうかは別にして、

　　わがみよりひとのためまでなげきつゝくるるこゝろぞつきせざりける

となるのではないか。「なげきつづくる」ではなくて、「なげきつつ　くるるこころ」となって、なぜ「つづく

る」と連体形終止なのかという疑問も解消する。詞書になっている経文の趣旨は、石原氏によれば、
我は往昔に諸々の悪業を犯した。これはみな往昔の貪欲と瞋恚と愚癡の三毒によるものである。この三毒は、その行為を成立させる身体と言葉と心より生じたものである。その一切を心から懺悔し奉るというのである。

となり、「くるるこゝろ」が「懺悔」に該当して、初句の冒頭に「懺悔す」を敢えて付加する石原氏の「私意的考察」よりは、この方がずっとわかりやすいし、蓋然性も高いと思われる。

「のよまても」の歌も同じように考えられる。整理すると、

かへるとてのりのちぎりをむすびをきすへのよまでもひろめてしかな

となる。経文の趣旨は、

この十方世界、すなわち、流転してとどまらないこの現象世界において、この世の衆生を指導し仏道へと衆生を導く燈火ともなって、最初に菩提を成就する者は、我はいまただちに現時点において、そのすべての者共を勧請し、その菩提の証果を得た者達と同様な境地に達するように無量の衆生を導くために、法の輪をめぐらすように、この上もないすぐれた仏法の真理の世界へ極微塵数無量の衆生を教化しようというのである。

と石原氏はされる。「すへのよ」はもちろん「すゑのよ」である。石原氏のように初句の冒頭に「こ」または「あ」を加えて、「このよまでも」とか「あのよまでも」と無理して考える必要はなくなるだろう。

『新編国歌大観』の解題はせっかくいいところに着目しているのに、なぜ他の二首にはその考えを及ぼさなかったのだろう。散らし書き説は先述したような問題点もあるし、なぜこの三首だけなのかという疑問も残る。しかしより適切な理由は現時点では他に思い浮かばない。冷泉家時雨亭文庫蔵真観筆『範永集』のように、部分的に散らし書きをしている例もないわけではない。あくまでも現段階ではという限定つきながら、最も有力な説であることは確かである。ともかく『発心和歌集』の本文は、右に述べたことを基本として今後考えるべきであろ

う。普賢十願の歌はこれで完全に整ったことになるわけである。改めてその意味を考えなおさなくてはならないであろうし、結果的にはそのことは釈教歌全体の問題にもかかわってくるように思われる。

（1）久保木哲夫他『肥後集全注釈』新典社　平成18
（2）石原清志『発心和歌集の研究』所収　和泉書院　昭和58
（3）担当　橋本ゆり

五　針切『相模集』といわゆる「初事歌群」について

一

現存する『相模集』の伝本には、

Ⅰ流布本系

Ⅱ書陵部蔵（五〇一・四五）「相模集」系

Ⅲ書陵部蔵（五〇一・三三）「思女集」

の三系統があり、そのほかに断簡としてだが、行成筆と伝称される針切『相模集』が伝わっている。針切には『源重之子僧集』と『相模集』との二種があって、行成筆というのは信じられないにしても、少なくとも平安後期の筆であることは確実であり、すでに平安期に存した写本だから、きわめて貴重なものであることは間違いない。しかも『源重之子僧集』というのは他に伝本がまったく伝わらず、断簡そのものがいわば孤本で、針切『相模集』もまた、その原形態が今ひとつ明確でないのである。すでに鈴木一雄氏らが述べておられるように(1)、針切『相模集』は流布本系の一部と非常に近い関係にある。流布本系は、代表される浅野家本でいうと、歌数総計五九七首。はじめに自撰のよしが述べられている序的部分があり、ついで連作風の歌、日常詠、百首歌、長歌などが、それぞれ歌群として収められているのだが、その末尾に近い部分、五二八番から五九二番までの歌群に、この針切『相模集』はほぼ相当する。「ほぼ」というのは、一部に当該歌群以外の歌かと思われるものがあったり、仔細に検すると、内部にもかなりの異同があったりするからである。

　ところでこの歌群は、春八首、夏九首、秋九首、冬九首、雑三〇首から成り、計六五首。歌群の最後に、

　　これはまことにいはけなかりしうゐごとにかきつけて、人に見せむこそあさましけれ

とあって、いわば少女期の習作と知られ、「初事（うひごと）歌群」とも呼ばれているが、近藤みゆき氏はこの歌群について、『相模集』における他の有名な百首歌、いわゆる「走湯百首」との関連から、題材、用語等の相通性、また連作的独自性などを検討された結果、これは単なる初期作品の秀歌撰ではなく、やはり本来百首歌だったのであろう、しかも題詠百首歌の習作だったのではないかと推論された。(2) 百首歌としては現存本文の歌数がやや少ないのが気になるが、四季と雑とから成る部立のありよう、その他から考えても、十分考慮に価する説のように思われる。

　本稿はそうしたこれまでの諸研究を踏まえた上で、さて針切『相模集』は流布本系とどういう関係があり、どういう意味を持つのか、またそれは広く私家集と歌群との関係を考える上でどういう意味を持っているのか、他の家集の場合なども考慮に入れながら考えてみたいと思っている。

二

　針切『相模集』については、従来一一葉、三六首が知られていて、『新編私家集大成　中古II』に「相模　IV」として収められている。しかしその後知られた切もあり、全部で一六葉、四八首（うち一六の一葉一首は『相模集』

なのか『重之子僧集』なのか、実ははっきりしないが(3)、改めてそのすべてを示すと次のようになる。

一、【白鶴帖、名筆、名跡、他】

五三四　さわ水にかはつもいたくすたくなりいまや
　さく覧ゐての山吹

五三五　かすみたにみやこにしはしたちとまれすき
　ゆくはるのかたみともせん

　なつ

五三六　山かつのしはのかきねをみわたせはあな
　うの花のさける所や

◎二、【予楽院模写手鑑】

四七　なりやよはのひところゑ　〔現存「初事歌群」以外の歌〕

五三八　うきてよにふるのゝぬまのあやめくさね(ママ)か
　るそてのかはくよそなき

五三九　ほたるよのひかりはかりはみゆれともおほつか
　なしやさみたれのそら

五四〇　さなへひくもすそよこるといふたこも我こ
　とそてはしひとならしな

三、【常盤山文庫蔵、飛梅余香、名筆、名跡、他】

五四一　あとたえて人もわけこぬなつくさのしけくも
ものをおもふころかな

五四二　なきかへるしての山ちのほとゝきすうきよにま
とふわれをいさなへ

（　）　ところせくたつかやり火のけふりかなわか身
もしたにさこそこかるれ

〔五四三　欠〕

五四四　ひとへなるなつのころもはうすけれとも
あつしとのみもいはれぬるかな

四、【まつかげ、名筆、他】

あき

五四五　ぬるかりしあふきのかせも秋き《ママ》ゝてはおもひ
なしにそすゝしかりける

五四六　たなはたはあまのはころもぬきかけてたつと
ゐるとやくれをまつらん

五四七　いろかはるはきのした葉をみるとても人の
こゝろのあきそしらるゝ

五四八　をきのはをなひかす風のおときけはあはれ
みにしむあきのゆふくれ

五、【名筆、名跡、他】

（　）　やゝもせはありへしとのみおもふよにすみて
もみゆるよはのつきかな

五四九　わかことやいねかてにする山たもりかりて
ふしかにめをさましつゝ

五五〇　すきかてに人のやすらふあきのゝはまねくすゝ
きのあれはなりけり

（　）　はきのはをしとろもとろにふみしたき
ふすさをしかのこゑきこゆなり

◎六、【名跡、他】

五五八　しもおかぬ人のこゝろもいかなれは草より
さきにまつかれぬらむ

〔五五九　欠〕

（　）　きえさらはうれしからまし冬夜のつきも
てはやすにはのしらゆき

五六〇　なみたかはみきはにさゆる冬こほりし

たになかれてすくるころかな

五六一　うつみひをよそにみるこそかなしけれき
ゆれはおなしはひとなるみを

七、【なつかげ、名筆、名跡、他】

（　）　すゝか山おほつかなくてほとふれとおとつれも
せぬ人やなにひと

五六五　人もうしわかみもつらしとおもふにはうら〳〵
にこそゝてもぬれけれ

〔五六六　欠〕

五六七　あふことのかたきとみゆるひとはなほむかし
のあたとおもほゆるかな

〔五六八　欠〕

五六九　みにしみてつらしとそおもふ人にのみうつる
こゝろのいろにみゆれは

八、【名筆、他】

（　）　わかためはわすれくさのみおひしけるひと
のこゝろやすみよしのきし
なけき

五七二　時〳〵はいかてなけかしとおもへともなら

ひにけれはしのはれぬ哉

◎九、【山岸メモ】

五七三　ひまなくそなにはのこともなけかるゝこや
つのくにのあしのやへふき

一〇、【名筆、名跡、他】

（　）　あめふれはきしたにみえぬうとはまの
松よりもけにまさるわかこひ

五八一　しはしたになくさむやとてさころも
をかへす〳〵もかへしつるかな

五八五　いのちたにあらはとはかりたのめしもなに
かこのころこひそしぬへき

〔五八二・五八三・五八四　欠〕

一一、【常盤山文庫蔵、飛梅余香】

五八六　つれもなき人をしもやはしのふへきねたさ
もねたきわか心かな

〔五八七・五八八　欠〕

五八九　みのうさをおもふは山にいりしよりなみた
をえこそせきもとゝめね

（　）ものおもひの山となるまてつもるみをよし
のゝかはになけやしてまし
（　）いはねともなけきのもりやしるからむ心
つくしにわかおもふこと

◎一二、【山岸メモ】

（　）もしほくさあきの葉山にかきあつめやくとは
ものをおもふなりけり
（　）かせはやきあらいそかくるなみのまもわかも
のおもひのやむときそなき

一三、【月台、名筆、名跡、他】

（　）ものをのみおもひいり火の山のはにかゝる
うきみとなとてなりけむ
（　）おもひつゝいはぬ心のうちをこそつれなき
ひとにみすへかりけれ

一四、【名筆】

（　）くたく□《（ママ）》れとなほうせゝぬはかきりなくも

のおもふ人のみにこそありけれ

（　　）ゆめさむるあかつきかたのとこのうらは
なみたのうみとなりにけるかな

（　　）うはたまのよるはゆめにもなくさめつ
ひるこそものはわひしかりけれ

一五、【名筆】

（　　）ゆめにたにみゆやとねても心みむおもひおこ
する人はなくとも

（　　）つねよりもけさのとこゝそおきうけれこ
よひいかなるゆめをみつ覧

（　　）うへみてもおほつかなきは人にたにか
たりあはせぬゆめにさりける

◎一六、【泉屋博古館蔵手鑑】

（　　）ひともかなかたりくらさんはりまなるゆ
めさきかはをうつゝにそみし

右のうち◎印の施されているものが新出断簡である。切番号の下に記されている【　】内は所蔵者名、ないしは断簡の収められている手鑑名、印刷物名などであるが、「名筆」「名跡」というのはそれぞれ『日本名筆全集巻五』[4]『日本名跡叢刊90』[5]の略である。また新出断簡二の「予楽院模写手鑑」というのは予楽院、すなわち近衛家熙の手に成るもので、近衛家陽明文庫に伝わる手鑑だが、古筆切そのものではなく、忠実な写しである。もっともその忠実さは驚嘆すべきほどのもので、他の例から見て少しも資料的価値が減ずるものではない。九、一三の「山岸メモ」というのはかつて山岸徳平氏が集成書写された針切に関するメモで、現在は実践女子大学に蔵されているが、原断簡の見られないもののみをここに掲げた。合計すると新しく五葉分、一二首が知られたことになる。またそれぞれの歌頭に付された番号は『新編私家集大成』における流布本系の歌番号だが、（　）の付されたものは流布本系にない歌、歌末の〔　〕に示した注は流布本系にあって断簡にない歌の歌番号である。全四八首のうち三〇首もの歌に出入りがあり、先にも述べたとおり、同じ「初事歌群」とはいっても両者にはかなりの異同があることが知られるのである。

三

さて、複数の古筆切の先後関係を考える際に、基準となるのはやはり現存本文の配列である。右にあげた各断簡の歌の配列は、特有歌が多いだけにもちろん現存本と完全に一致するものではないが、歌の先後関係そのものにはまったく異同がない。従って番号の若い歌を持っている切から順に並べると一応の配列は完了することになる。しかし中には現存本と一致する歌の全然ない切もあって、たとえば一二以下のようにその位置を測定する手がかりのないものがある。現段階ではやむを得ず一括して末尾においたが、たまたまこの針切『相模集』の場合は「初事歌群」と同じように、春、夏、秋、冬、雑などという部立があり、一二以下の切はその内容から見てすべて雑に属するらしいので、末尾においてもそう大きな誤りにはならないだろうと思われる。

ところで現在、国文学研究資料館に蔵されている初雁文庫本（旧西下経一氏蔵）の中に、「源重之女集」なる題を持つ写本がある。実は『重之女集』ではなく、明らかに針切からの転写本で、『重之子僧集』と『相模集』との混態本なのだが、相模詠は末尾に一まとまりに写されていて、全九首、次のような形になっている。

二、つれもなき人をしもやはしのふへき
　　ねたさもにねたきわかこゝろかな　」一二ウ
〃　身のうさをおもふはやまにいりしより
　　なみたをえこそせきもとゝめね
〃　ものおもひの山となるまてつもるみを
　　よしのゝかはになけやしてまし
〃　いはねともなけきのもりやしるからむ
　　こゝろつくしにわかおもふこと
三、風はやきあらいそかくるなみのまもひとの
　　おもひのやむときそなき　」一三オ
亖、ものにのみおもひいり日のやまのはに
　　かゝるうき身となとてなりけむ
〃　おもひつゝいはぬこゝろのうちにこそつれ
　　なき人にみすへかりけれ
一五、つねよりもけさのとしこそおきうけれ
　　こよひいかなるゆめをみつらん

〃　うらみてもおほつかなきは人にたに
　　かたりあはせぬゆめにさりける　　」一三ウ
（以下空白）　　　　　　　　　　　　　」一四オ

表記や歌の数は必ずしも現存の切とは一致しないが、表示したように「つれもなき」から「いはねとも」までの四首は断簡一一に、「風はやき」は一二の一部、「ものにのみ」と「おもひつゝ」は一三、「つねよりも」「うらみても」は一五の一部にそれぞれ該当している。偶然であろうが特有歌のみの断簡が多く、この形が本来の伝本のままとはもちろん言えないまでも、配列を考える上で何ほどかの参考にはなりそうである。内容的に見ても、一一、一二、一三といわば「思ひ」の歌がつづいて、一五はすべて「夢」の歌、しかし一三と一五の間に推定のように断簡一四を入れると、「思ひ」からスムーズに「夢」につづく。雑部の中にも当然ある種の歌群はあったと考えられよう。断簡には「なつ」「あき」のほかに、現存本文にはない「なげき」という部立名も見える。雑部がさらに細分化されていたのであろうか。ともかくこうしたいわば傍証もあって、前述したような配列が考えられたのだが、さてその上で改めて針切『相模集』の全体を見渡してみると、繰り返しになるがやはり大枠では確実に「初事歌群」そのものと見てよかろうと思われる。両者に一致する歌がそれぞれの配列の上でまったく齟齬がないからである。断簡と断簡との先後関係はどこまでも推測に過ぎないけれども、一葉一葉の断簡内部における歌の配列は事実であり、動かしがたいものである。

歌の出入りの問題についてはただしよくわからないところがある。前述したように現存する針切『相模集』は全部で四八首、そのうち針切本の特有歌は何と二一首、逆に現行本のみにあって針切本にない歌は九首もある。これは異常に多いということが言えよう。一部に伝本過程の問題があるにしても、それだけでこれほどの数がすべて説明しきれるものではない。成立当初からすでに何らかの問題があったと考えざるを得ないであろう。ところで先の推定によれば、針切本特有歌二一首のうち、四季の部に属する歌はたった五首で、残りの一六首、すなわち特有歌全体の四分の三にあたる歌が雑部に属している。断簡内部の割合では四季歌二三首、雑歌二五首、現行本では四季歌が三五首、雑歌が三〇首の歌群である。比率の上で雑歌の異同がいかに多いかがわかるであろう。もっとも現行本にのみあって針切本にない歌も、四季歌四首に対し雑歌五首で、割合からいうならばやはりこれも雑歌の方が多い。「初事歌群」は雑部を中心に歌の出入りがあって、一方は現行本の形に、一方は針切本の形になったと考えればいいのだろうか。ただ近藤氏が言われているようにもしこれが走湯百首などと同じ百首歌だったとするならば、原形はどのようなものだったのだろう。特有歌が針切本にのみあり、現行本の歌はすべて針切本に存しているのだったら、現行本の「初事歌群」は六五首しかないだけに、欠落現象はすべて現行本にのみ起こったと考えられ、本来の姿は針切本が示していると認定できよう。しかしながら現行本にあって針切本にない歌が九首もあるのである。明確な形での百首歌ではなく、百首歌の試作歌とでもいうべきものが複数伝わったと考えるべきなのであろうか。

四

「初事歌群」が果たして百首歌であったかどうかは別として、現存の針切本『相模集』のほとんどがその「初事歌群」の範囲内にあったことは、何度も繰り返すようだが確かな事実である。断簡のもともとの形態が現行本のような六〇〇首近い家集であった可能性ももちろんあるわけだけれども、この部分しか断簡が残っていないところを見ると、常識的には「初事歌群」だけが他と切り離されて独立していたと考える方がずっとわかりやすい。初期の百首歌歌人として名高い源重之の家集は、日常詠を中心とする前半部に、後半部すなわち百首歌が加わった形で成り立っているのがふつうの形態であるが、徳川美術館に蔵されている伝行成筆本のように、百首歌だけで成り立っている伝本もあり、明らかに独立した形で百首歌が存在していたことを知ることが出来る。しかもそれはあとから独立したものではなく、独立していたものが後に合体したものらしいことは、伝本間の比較検討からも想像がつく。目崎徳衛氏が言われているように、(6) 各伝本間に見られる歌の記載順序は、前半部が「完全に一致」し、百首歌の部分が「ひどく区々」であって、「百首のみの記載順序の異同のはげしさは、それが早くから独立で大いに流行していたことの影響と考えうる」からである。また『曽袮好忠集』は、毎月集、三百六十首和歌、好忠自首、つらね歌、順百首などの歌群から成るが、西行筆と伝称される巻子本切『好忠集』はそのすべてを具えているわけではなく、現在のところ三百六十首和歌の部分だけしか目にすることが出来ない。これもまた断簡ではあるけれど、もともとは三百六十首和歌だけが単独で存在していたと考えられるひとつの例と言えよう。

『和泉式部続集』の場合は特殊なケースである。現行本の一一二番歌から一五七番歌までの四六首(岩波文庫本の番号でいうと一〇一四〜一〇五九番歌)は、通常「五十首歌」といって、次のような詞書を持ち、あるひとつの歌群をなしていると考えられている。

　つれづれの尽きせぬままにおぼゆることを書き集めたる、歌にこそ似たれ。昼偲ぶ、夕べの眺め、宵の思ひ、夜中の寝覚め、暁の恋、これを書き分けたる

具体的な歌は「昼偲ぶ」という題のもとに九首、「夕べの眺め」九首、「宵の思ひ」一〇首、「夜中の寝覚め」九首、「暁の恋」九首、とつづいている。全体としてはいわゆる「帥宮挽歌群」の中に属しているのだが、行成筆と伝称される和泉式部続集切の場合はこの歌群の歌を欠いている。周知のようにこの断簡には甲類、乙類と呼ばれる微妙に異なる二種の筆跡があって、乙類の本文は現行本とほとんど同じ系統なのに、甲類は非常に大きな違いがある。おそらく両者はもともと別個の存在で、甲類も乙類もそれぞれが小さなまとまりとして伝来してきたからだろうとかつて私は考えたが、(7) ほとんど「帥宮挽歌群」の範囲内の甲類は、歌順等が異なるだけではなく、

この「五十首歌」をそもそも持っていないのである。それはたまたま「五十首歌」のある部分の断簡が発見されていないというような問題ではないらしい。手鑑『千とせの友』(8)所載の断簡に、

九九　こひのなりまさるかな

まへなるたちはなを人のこひたるやるとて

一一〇　とるもをしむかしの人のかにゝたるはなたち

花のなにやとおもへは

一五八詞　ふくにてものもみぬとしの御そきの日

くるまにありときくはまことかとゝひた

りけるきんたちのありけるをのちに

とあって、一一〇番と一五八番歌はあるのに、いわゆる「五十首歌」の一一二番から一五七番までがないことからもそれは判断できる。一葉の断簡の中で肝心の部分がそっくり抜けているのである。他の断簡にも一〇九、一一一番歌など、現存本で近い歌番号の歌はあるのに、ついに「五十首歌」中の歌は見当たらない。伝行成筆本が書写された段階ではやはりこの歌群は独立していて、他と切り離された形で存在していたのであろう。

要するに『重之集』や『曽祢好忠集』の場合は、現行の形態になる前の、歌群そのものが単独で残っている例で、『和泉式部続集』の場合は、逆にそうした歌群を含み持つ前の、他の歌群がそのままの形で残っている例と考えられよう。『相模集』の場合は前者に属するが、家集の成立という点から言えば結局は同じことである。もともとはいくつかの歌群があって、それらがどこかの段階でひとつになり、現行のような形になった。合体は数次にわたることがあったかもしれないが、いろいろな歌群の中でも定数歌のようなまとまりのあるものは特にそうした独立、合体という傾向が強かったであろう。「初事歌群」が百首歌的性格を持っていることと、右の事実

は決して無縁ではないと思われる。

（1）鈴木一雄「針切本重之の子の僧の集について」墨美　昭和29・12
（2）近藤みゆき『古代後期和歌文学の研究』風間書房　平成17
（3）本書第II章の三　参照。
（4）『日本名筆全集　巻五』書芸文化院　昭和29
（5）『日本名跡叢刊　90』二玄社　昭和60
（6）目崎徳衛「重之集の成立とその史料的価値」『平安文化史論』所収　桜楓社　昭和43
（7）本書第III章の二　参照。
（8）関戸守彦編手鑑『千とせの友』尚古会　昭和3

六 『俊忠集』の伝来

一

中世歌学の名門御子左家は、御堂関白道長の六男長家を祖とし、忠家・俊忠の二代を経て俊成・定家とつづくのだが、その三代目俊忠は、単に俊成の父であるというだけではなかった。『金葉集』以下の勅撰歌人としても名を遺し、小さいながらも家集一巻を後世に伝えた人である。

家集で現存するものには、Ⅰ宮内庁書陵部蔵『帥中納言俊忠集』(五〇一・三一八)の系統と、Ⅱ同じく宮内庁書陵部に蔵せられる『中納言俊忠卿集』(五〇一・三七)とがある。前者はいわゆる流布本系で、後者は一本のみだが、それぞれ定家、俊成の関係する伝本であることが各奥書によって知られ、その奥書を信ずるならば、現存本はすべて近世以降の書写ではあるものの、尊重すべきもののように思われる。歌人俊忠を考える上で、きわめて基本的な資料になるものと言えよう。

ところでその内容だが、Ⅰの系統は最善本とされる書陵部蔵『帥中納言俊忠集』によると、歌数は全五五首、うち二首が連歌形式で、奥書に、

本云
寛喜二年六月十四日、手自書写了
　　　　　　　　　　　　　源在判（家長也）
申請前戸部（京極中納言入道也）本也
寛元四年十二月廿日、書写了、交了
　　於灯下一交了
　　　　　　　桑門隠真観
（南無地蔵菩薩　離苦得楽）

とあるものである。右の記述によれば、この本は寛喜二年（一二三〇）に源家長が前戸部すなわち京極中納言定家の本を申し請けて書写したもので、寛元四年（一二四六）にはさらにそれを真観が転写し、近世の写を経て現在に伝わった。祖本が定家所持本であったことは右によってわかるわけである。

それに対しIIの系統は、根幹部が四二首で、「或本如此」として片仮名による書き入れが集中に一首、また「他本歌」として同じく片仮名による書き入れが末尾に二〇首と四句、それぞれ付加されている。その書き入れはいずれもIの系統によるものである。奥書は根幹部のあとと「他本歌」のあとにそれぞれあり、興味のあるのはもちろん根幹部の方である。

　このほかのうたあまた侍りしを、先人の自筆にてこれら許をかきおかれて侍しかは、　故人の心しりかたくて、不能取捨なり
　（丁カエ）
　弘安九年暦玄冬仲月黄鐘朔日書之
　本俊成卿手跡也

弘安九年（一二八六）にこれを書写したのが果たして誰であるかは不明であるが、右の記述によれば、親本は

「俊成卿手跡」であったという。とすると「このほかのうた……」の記述ももちろん俊成のものであった可能性が高くなる。父俊忠の歌はこのほかにもたくさんあったが、俊忠自身によって書き置かれていたのはこれだけで、その意図するところは推し量りがたかったし、取捨することもかなわなかったので、そのまま書写した、という。Iの流布本系がいわば定家本系なら、このIIは俊成本系、さらには俊忠自筆本系と言っていいように思われる。

二

ところで『俊忠集』には、こうした伝本のほかに、断簡の形としてだが、現代までに遺されているものがなお幾種類かあり、平安時代末期から鎌倉時代初期にかけての伝本のありようが、わりに明確な形で示されている。その一つは伝定家筆とされる俊忠集切であり、他の一つは伝西行筆とされる俊忠集切である。前者は同じ伝定家筆といっても料紙の大きさや筆跡の違いから、さらに幾種かに分かれるようだが、後者は通常「小色紙」と呼ばれているように、横幅はまちまちだが、縦が九センチメートル前後の非常に小さなもので、いずれも同種のものと認められる。飯島春敬氏『平安朝かな名蹟選集　二十八』[1]や、伊井春樹氏『古筆切資料集成　三』[2]（翻刻のみ）、小松茂美氏『古筆学大成　19』[3]などによってすでにそれぞれの集成が試みられており、佐藤恒雄氏も「伝定家筆俊忠集切一葉」[4]という一文において、新たに見出だされた断簡の紹介と、その価値とについて述べられている。今それらを総合し、改めて現段階における集成を試みると次のようになる。

【伝定家筆俊忠集切】

一　　おなし御時鳥羽殿に行
　　幸の日題池上花

2 千とせすむ池のみきはの
やへさくらかけさへそこに
かさねてそみる

二 女房の哥をめしてたまはり
しに　小大進

6 つらさをは思いれしとしのへとも
身をしる雨のところせきかな

返し

7 おもはすにふりそふ雨のなけきには
みかさの山をさしてちかはむ

三 東山の花のもとにて人〳〵
うたよみしに山をこえて
花を見るといふ心を

16 相坂のせきちにゝほふ山さくら
もるめに風もさはらましかは

四 みちのなかにしてあふこひと

いふことを

17　なこの海のとわたる舟のゆきすりに
ほの見し人のわすられぬ哉
　故殿うせ給てのち五月五日
　源中将くにさねのきみせう
　そこして侍しかへりことの
　ついてに

五
　おなし所にて又のとしの春
　のこりのはなをゝしむ心を

40　世のうさをいとひなからもふるものを
しはしもめくる花もあれかし
　八条の家にて哥合に草花
　露といふことを

41　夕露の玉かつらして女郎花
野原のつゆにおれやしつらむ

六
　鳥羽殿小弓合
　花為春友　　　左中将

49　この春はかさねてにほへやへ桜
霞とゝもにたちもはなれし

七
52　山もりよなけきといへは
ふしゝはもなかめかしはも
わきてやはこる

【伝西行筆俊忠集切】

一　ほりかはの院の
おほむとき
たいりのうた
たいいはひ

1　いはひつゝしめゆふ
たけのいろみれは
みよのけしきは
そらにしるしも

二（2）　おなし御とき
とはに行かう

のとき　たい
いけのうへのはな

三

おなし御とき
なつのたいかへ
すをたまはりて
たてまつりし
うちのほたる

10 すみのえのあさゝ
はすたくなつむし
をくさはにぬける
たまとこそみれ

四

はうにものこし
にあひてのちに
つかはせりし

12 あかさりしよはの
けしきのこひしさ
にか《さ》ねぬそてを

かへしつるかな

五　ゆきのうた
ひと〳〵よみしに

13 おほつかなこしの
おやまのしゐしは
のあをはもみえす
ふれるしらゆき

六　はなのもとにて
人〳〵うたよみ
し日たい山を
こえてはなを
みる

16 あふさかのせきちに
にほふ山さくら
もるめにかせもさ
はらましかは

七
いへのうたあはせ
にはなたちはな
20
さ月やみはなたち
はなのありかをはかせ
のつてにそそらに
しりける

八
34
山のさくらはなふり
にしはるそこひし
かりける
（36）
ひか事にて
ありければ
中宮の女はう
又かへし

九
よをうらみて
かつらのいへにこ
もりゐてはへり
しころ九月十

三夜おのことも
うたよみしついてに

39 なかめする心のやみ
もはるはかりかつらの
さとにすめる月かな

一〇

をしむ心を

40 よのうきをいとひ
なからもふるものを
しはしもめくるはなも
あれかし

八条のいへの
うたあはせに

一一

おなしいへの
うたあはせに

42 くまもなくあかし
のうらにすむ月は
ちひろのそこのかゝみ

なりけり

右のうち、伝定家筆切は、先にも述べたように必ずしもすべてが同種のものではない。一と七は未見だが、二と四はそれぞれ定家風ではあるものの、明らかに三・五・六とは異筆で、うち四については、「定家の真蹟、もしくは模写だとしたら、この切れだけが孤立した存在となり、かなり若いころに書写した俊忠集の一葉となる」と佐藤氏は言われている。その点、伝西行筆切についてはあまり問題がない。筆跡といい、料紙といい、すべてが同類のものと認められるのである。

Iの流布本系は、その奥書から判断して定家所持本を祖とする可能性が非常に大きいことは先に述べたが、右の伝定家筆切群と比較してみると、そのことが一層はっきりする。字句に多少の異同はあるものの、本文に付した歌番号（洋数字。すべて流布本系によって施した）を見ればわかるとおり、歌の配列をはじめとして両者はほとんど同じと言ってよい。奥書の記述と右の事実とを考え合わせてみると、いわゆる伝定家筆切には幾種類かあっても、この一群こそが現存流布本系の祖本であったと認定してまず間違いないもののように思われる。

なお、冷泉家に蔵されていて近年公にされたものに、定家真筆とされる「集目録」(5)なるものがある。定家が所持していたと思われる光孝天皇、亭子院などの御集をはじめとして、『入道右大臣集』『恵慶集』『相模集』など、全九七集の作品名がそこには記されているが、その末尾に「帥殿恋十首」「同御集」とあり、すでに指摘されているとおり、これはまさしく俊忠にかかわるもので、叢書の解題を執筆された片桐洋一氏も言及されているように、当然伝定家筆切との関係も考えられるわけである。本断簡群の資料的価値がどれほどのものであるかがこれによっても理解されるであろう。

ところで橋本不美男氏は、『私家集大成　中古II』の解題において、その定家本系は定家自身の編になるものではないかと推定されている。確かに橋本氏の言われるとおり、定家は俊忠の孫に当たるし、奥書のあり方からいってもその可能性は非常に大きいと言わねばならない。ただ多少なりとも懸念すべき点があるとするなら、それはほかならぬ「平安末期、十二世紀後半の書写にまぎれもない」(『古筆学大成』解題)とされる伝西行筆切の存在である。現段階で知られる一一葉の断簡から考えるならば、伝西行筆切もまたまぎれもない定家本系だからである。もっとも八の断簡のように、34番歌から36番の詞書に直接つづいていて、明らかに歌一首を脱していると思われる箇所もないではないが、その他の点では所収歌も配列もまったく定家本系に一致し、基本的には両者は同系と言えるのである。すでに佐藤氏が前記論文の中で言われているとおり、現存する伝定家筆切の多くは「やや老熟した感じ」の筆跡である。もし定家晩年のものとするならば、両者の関係は時代的にどうしてもおかしくなってくる。ただし書写はともかく、撰そのものは定家の若い頃のものとすればまったく可能性がないわけではない。前述したとおり、伝定家筆切の中には定家の若書きかもしれないと思われるものも混じっており、もしそれが正しいとするならば、定家筆の俊忠集切には複数あったことになって、大変興味深いことになってくる。

三

冷泉家にはまた、俊成、西行、定家の筆による「三筆色紙形」なるものが蔵せられている(『冷泉家の生活と文化』『藤原俊成の古典』などの図版による)。三葉の色紙形が一幅の掛軸に仕立てられたものだが、内容は次のようなものである。

【俊成筆】

山ふかみまつの

あらしに
きゝなれて
さらにみや
こやたひ
　心ちせん

【西行筆】
しのはれん
ことそともなき
みつくきのたひ〳〵
そてにすみの
　つくらん

【定家筆】
松風にうちいつる
　なみのおとはして
こほらぬいけの
月にこほれる

図版解説によると、俊成筆は縦九・一、横九・一センチメートル、西行筆は縦九・二、横八・四センチメートル、定家筆は縦一一・八、横九・九センチメートルの、いずれも非常に小さなもので、形態的には伝西行筆俊忠集切と大変よく似ているものである。しかもそれだけではない。この西行筆色紙形と伝西行筆俊忠集切とは筆跡が完全に一致し、書写されているものが俊成筆と西行筆とはいずれも『俊忠集』中の歌なのである。前者は47番歌、後者は45番歌である。定家のもののみ『後鳥羽院御集』中の歌（一五三五）なのでここでは対象外にするが、この事実をどのように考えたらいいのだろうか。

まず言えることは、両者ともに『俊忠集』の断簡かということである。色紙形といってもそれは現在の形態がそうだというだけのことであって、本来は書籍の形態をとっていたことは十分にあり得ることである。特に西行筆の場合はすでに同筆、同形態のものの存在が認められているのである。私は図版でしか見ていないので確認は出来ないのだが、両者ともに同じような綴じ穴跡めいたものを左側に持っている。俊成筆は確実に二つ、西行筆は二列になって二つずつある。ただしこの二列というのがどうもよくわからない。もし本当に綴じ穴だったとして　一体どのような綴じ方がされていたのか。列と列との間に折れ目が認められるので、あるいは大和綴のような形態だったのか。何はともあれもと綴じ本の断簡であった可能性は非常に大きいと思われる。とすると、伝西行筆俊忠集切はもう一葉増えることになり、冷泉家では少なくともこれを西行真筆と認めていたことになる。有名な一品経和歌懐紙や御物の仮名消息などとはやや趣を異にする感もあるが、従来西行を伝称筆者として伝えてきたいくつかの同類の家集群とともに、改めてこの切についても西行真筆の可能性が探られて然るべきことのように思われる。

一方俊成筆の場合は、はじめて俊忠集切の実物が出現したことになる。IIの系統本の祖が俊成本らしいことはすでに述べてきたが、その俊成本とこの俊成筆俊忠集切とはどのようにかかわるのか。前述した佐藤氏や時雨亭叢書における片桐洋一氏の解題によると、冷泉家にはさらに「古筆切巻子手鑑」なるものも蔵せられているよしであり、その中に「ことのゝ御しふ」という俊成筆外題の表紙と、「二条帥殿御集也　外題并奥二枚ハ五条殿御筆也」とある藤谷殿の書付があるそうで、これまた大変興味深い。「故殿の御集」が、書付にあるように「二条帥殿」すなわち俊忠の家集である可能性は十分にあるのである。現段階ではその寸法の確認はまだ出来ていないし、書付に「奥二枚ハ」とあるのも問題だが、俊成筆切との関連ももしかしたらあるのではないか。ただここで解せないのはその所載歌である。「山ふかみ……」という歌は確かに俊忠集47番に見えるものだが、それはⅠの定家本系にのみ見える歌であって、Ⅱの俊成本系には、少なくともその根幹部には見当たらない。47という歌番号はあくまでも定家本系のもので、現存のⅡ系本とこの俊成筆切とは直接の関係がないのである。

Ⅱ系本の奥書によれば、俊成は「このほかの歌あまた侍りしを」、俊忠自筆の資料に手を加えず、そのまま書写したことになっている。俊成筆切所載の歌が現存本にないということは、あるいは「このほかの歌」の中から書写したとも考えられるが、切そのものがもし先の「故殿の御集」の一部だったとすると、現存本はすでに切られてからの転写本であって、完本ではなかったということにもなってくる。またもし「故殿の御集」がⅠの定家本系だったとすると、今度は俊成とⅡ系本との関係はどうなのかという別な問題が起こってくる。

新しい資料の発掘が、新しい考え方を導き、新しい論理を支えてくれる。『俊忠集』の場合、その伝来に子や孫である俊成、定家のかかわっていたことが従来からも指摘されてきたが、関係する各種断簡の存在や、冷泉家公開による新資料の出現などが、さらにそのことを強く裏付け、一層の具体性を持たせることとなった。今後の研究の進展にもよるが、俊成筆本の存在をはじめ、西行、定家の書写活動など、基本的問題についても、より具体的に、的確に描き出すことができるようになるのではないか、と期待されるのである。

（1）飯島春敬『平安朝かな名蹟選集　二十八』書芸文化新社　昭和48
（2）伊井春樹『古筆切資料集成　三』思文閣出版　平成元
（3）小松茂美『古筆学大成　19』講談社　平成4
（4）佐藤恒雄「伝定家筆俊忠集切一葉」香川大学国文研究　平成3・9
（5）「集目録」冷泉家時雨亭叢書『平安私家集　一』所収　朝日新聞社　平成5

〈追記〉

なおその後、犬井善寿『惟規集・俊忠集切小考』私家版　平成24　によって、伝西行筆切の次の一葉が報告された。

一二　　おなしたいりの
　　うた　たい　つり
9　いはおろすかたこそ
なけれいせにうみ
のしほせにかゝる
あまのつりふね

七　『頼輔集』考
――寿永百首家集と『月詣和歌集』――

一

『月詣和歌集』の仮名序に見られる「三十六人の百首」、いわゆる寿永百首の参加歌人については諸説があり[1]、必ずしも三十六人の具体名すべてが確認されているわけではないが、刑部卿頼輔に限って言えば、その家集はまず間違いなく寿永百首の一つであろうと推定されている。春、夏、秋、冬、恋、雑の各部立を持ち、総歌数一三一首、うち他人詠一二首。「百首」と言いながら厳密な意味で一〇〇首でないのは、やはり寿永百首と推定されている他の諸家集も同じであり、末尾に「寿永元年六月廿八日　従三位行刑部卿藤原朝臣頼輔」の奥書を持っていて、自撰が確からしい点からも、「寿永元年」というその成立年次の点からも、寿永百首としてほとんど疑う余地のない家集と言ってよいだろう。

現存伝本のすべては同一系統で、これまで『私家集大成　中古II』や『新編国歌大観　第三巻』などの底本には もっぱら宮内庁書陵部蔵「刑部卿頼輔集」（五〇一・一八九）が用いられてきた。ところが近年、その書陵部本の親本と思われる伝本があらわれた。冷泉家時雨亭文庫に蔵せられる一本で、『時雨亭叢書　巻26』に収められているが、当然ながら今後はその冷泉家本が研究の中心におかれるべきものになるであろう。

ところでかつて私は「伝寂蓮筆頼輔集切」という小論[2]で二葉の古筆切を紹介し、現存の伝本に見られない本文を有しているので、あるいは従来言われているように「本文はすべて同一系統」と言い切れないのではないかと疑問を投げかけたことがあった。具体的には次の二葉である。

〔尊経閣文庫蔵　前田家二号手鑑〕

女のつゝむことあれはいまはえなむ
あふましきといへるにつかはしける
あふことをいまはかきりとおもふには
いのちもともにたえぬへきかな

〔中村記念美術館蔵手鑑〕

よのはかなきことをおもひつゝ
けて
ねさめしてをもひとくこそかなしけれ
うきよのゆめもいつまてかみん

歌そのものはいずれも現存伝本に見られるものであるが、詞書にかなりの異同がある。たとえば前者は現存伝本でいうと六七番歌に当たるが、

つゝむことありていまはあふましきよし
申たる人のもとへ
あふことをいまはかきりとおもふには
いのちもともにたえぬへきかな
とあり、後者は一〇八番歌で、
十座百首の中すくわいを
ねさめしておもひとくこそあはれなれ
このよのゆめをいつまてかみむ

とある。書陵部本と冷泉家本とでは「たえぬ」と「たへぬ」、「みむ」と「みん」など、表記にやや違いはあるものの内容的にはもちろん変らない。

ところがこの二葉の古筆切は実は別系統の本文などではなくて、「治承三十六人歌合」の本文であるとの指摘があった。犬井善寿氏「『頼輔集』所載歌の本文の形成と伝播」[3]がそれで、氏は、現存『頼輔集』の成立以前の歌合等の資料から、現存『頼輔集』へ、その『頼輔集』から、『月詣集』や諸撰集へ、という本文の流れを吟味する過程で述べられたのだが、確かに右の二葉は間違いなく「治承三十六人歌合」の一部であった。

「治承三十六人歌合」については、早く谷山茂・樋口芳麻呂両氏による翻刻と解題[4]とがあり、松野陽一氏にも非常に詳しい論[5]がある。松野氏は同時に鎌倉初・中期の写と推定されている絵入りの断簡をも紹介されているが、私の紹介した断簡は絵がなく、まったく別種のものである。なおその後、つれがもう一葉見出だされている。徳川美術館蔵手鑑「玉海　上」所載の断簡がそれで、やはり寂蓮の極めがあり、内容は次のようなものである。

霞

春くれはしるしのすきもみえぬかなか

すみそたてるみはのやまもと

これも「治承三十六人歌合」の一部と認めて問題はないが、現段階で知られるのはこの三葉だけで、歌合に選ばれている僧と俗の歌人三十六人のうち、なぜ頼輔の部分だけが残されているのかはわからない。ともかく別系統の『頼輔集』でなかったことは明らかである。

二

ところが新しく、まったく別種の断簡が出現した。山形の赤湯温泉、山茱萸・白雨文庫に蔵せられる極めのない断簡（【図版】参照）で、次のようなものである。

改名隠恋

てる月のそらなのりすときゝつれは

あらはにみえぬそらかくれとは

前右京権大夫もろみつの家会に

ひとりのみなみたのかはにうきねして

つかはぬをしのこゝちこそすれ

ひよしのやしろのうた合に

つらくともついのたのみはありなまし

「てる月の」と「ひとりのみ」の歌は他の資料によって確認することは出来ないが、三首目の「つらくとも」は次の各集によって頼輔詠と認められる。

【白雨文庫蔵　極札なし　二三・六×一五・〇】

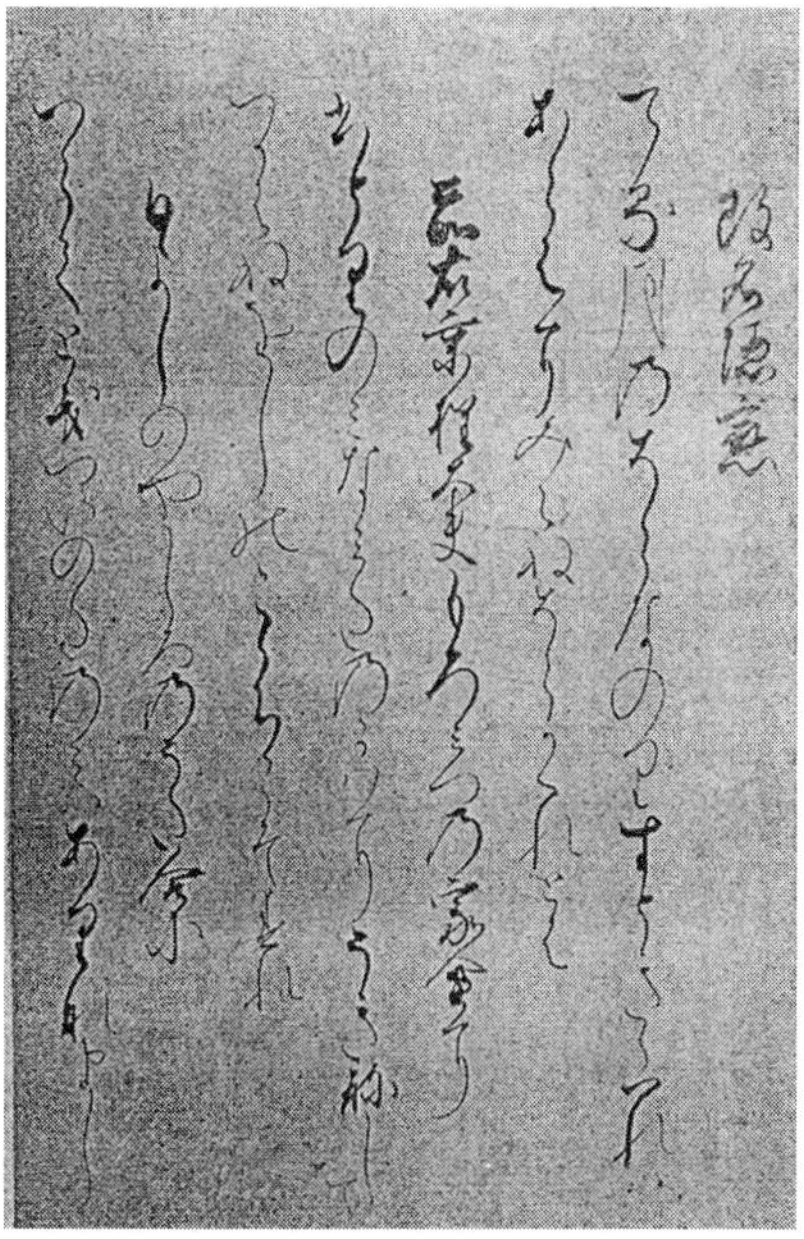

日吉歌合

つらくともつゐのたのみはありなましあはぬためしのなきよなりせは（頼輔集　七五）

題しらず　　刑部卿頼輔

つらくともつひのたのみは有りなましあはぬためしのなき世なりせば（月詣集・恋上　三六六）

日吉社歌合に　　刑部卿頼輔

つらくともつひのたのみは有りなましあはぬためしのなき世なりせば（風雅集・恋一　九九〇）

ただし断簡は上句だけで下句は切断されているから、念のため他の二首も頼輔詠である可能性があるかどうかを調べてみると、一首目の題である「改名隠恋」は、次のように二集に見出だすことができる。

改名隠恋

あふみてふ名をばたがへて忍ぶれば我を秋とやいまはたのまむ（頼政集　三七四）

歌林苑影供会、改名隠恋と言ふことをよめる

われにきみなをたじとやたづぬればさいひし人もなしとこたふる（教長集　七六二）

いずれも頼輔とは同時代歌人によって詠まれている。しかも「歌林苑影供会」の折のものであったことが『教長集』により知られるが、頼輔が歌林苑に出入りしていたことは、『頼輔集』の五四・五五番歌に、

歌林苑会に

きみゆへにおもひみたるとしらせはや心のうちにしのふもちすり

今ははやわするゝほとになりなましつれなき人のこひしからすは

とあることによっても明らかであり、「てる月の」の詠を頼輔のものと見て特に問題はないであろう。もっとも佐々木孝浩氏によると、(6)歌林苑における影供会なるものはほとんど毎月のように開かれていたらしいから、それぞれがいつの折のものであったかはわからないし、三者が同じ場で詠じたという保証もないのだが、「改名隠恋」という特異な題がこの断簡に見えるという事実は重要である。

また二首目の詞書に見える「前右京権大夫もろみつの家会に」も、それなりに意味を持つ。やはり『頼輔集』の七六番に、

前右京権大夫師光家歌合、祝を

きみかよのいくちとせともかきらぬをうらやましとやまつはみるらん

とあるからである。師光は歌林苑歌人と親しく、俊恵の『林葉集』にもしばしば登場するし、その家集は同じように寿永百首の一と考えられている。

断簡に見える三首はいずれも恋歌であるが、こうしてみるとすべてが頼輔の詠と考えてまず間違いないと思われる。しかもうち二首は従来まったく知られていなかったものである。もちろん現存『頼輔集』にも見えないし、「治承三十六人歌合」にも見えない。作者名無記入の形式は明らかに家集のそれであるが、これをどのように考えたらいいのだろうか。

三

『頼輔集』の問題を考える場合、寿永百首の問題はどうしても抜きには出来ないし、『月詣和歌集』についてもいろいろ考えなければならなくなってくる。

森本元子氏は、寿永百首家集に共通する特色として、注1に挙げた論で次のように述べている。

一　作者の自撰であり、自詠百首を本体とすること。（贈答による他人の作は別）

二　四季・恋・雑の組織をもつこと。ただし、各部の歌数は不定で自由。

三　題詠・生活詠の別を問わぬこと。詞書・題詞などの制限もない。

四　寿永元年夏ころの成立であること。

五　集中の作が「月詣和歌集」にとられていること。

比較的ルーズな枠組みを持つ百首歌群であるが、森本氏は右の諸項に合致するものとして、『頼輔集』以下二十五集を認定しておられる。しかしその後、松野陽一・井上宗雄氏らによってさらに各家集の検討が加えられ、(7)まず間違いなく寿永百首と認定されるのは、現在のところ次の二十二人の家集であるとされた（ただし成仲に関しては多少疑問ありともされる）。

頼輔、季経、経家、隆信、資隆、親盛、有房、師光、親宗、経盛、経正、忠度、長明、広言、覚綱、寂蓮、寂然、讃岐、小侍従、大輔、大進、成仲

問題はそれぞれの家集のあり方である。特色の一つに「集中の作が『月詣和歌集』にとられていること」とあるが、具体的にどのように『月詣集』とかかわっているのか。杉山重行氏によれば、(8)『月詣集』の資料としては必ずしも寿永百首家集ばかりではなく、たとえば右大臣兼実家百首、別雷社歌合、久安百首、賀茂重保家歌合な

ども深くかかわっているとされる。ただし現存他文献にまったく見出だされない歌もかなりあり、それらは何を資料としているのかはもちろんわからない。念のため、右の二十二人の歌人達には、Ⓐ歌がどれだけ『月詣集』に採られ、Ⓑそのうち寿永百首家集と一致する歌がどれだけあるか、また、Ⓒ家集に複数の系統があり、寿永百首本には見えないが他の系統本に見えるもの、Ⓓ家集にはないが他の先行文献に見えるもの、Ⓔどの先行文献にもまったく見えないものなど、それぞれの数値を一覧表にまとめてみると次のようになる。

作者	Ⓐ	Ⓑ	Ⓒ	Ⓓ	Ⓔ
○頼輔	16	10		4	2
○成仲	14	4		2	8
※忠度	13	13		0	0
経盛	13	12		0	1
経正	13	5		1	7
隆信	12	8	1	1	2
大輔	12	3	3	2	4
小侍従	11	9		0	2
寂蓮	11	8		0	3
季経	10	7		2	1
覚綱	10	6		0	4

大進	10	6		0	4
親盛	9	9		0	0
○寂然	9	7	2	0	0
師光	9	5		1	3
資隆	8	8		0	0
讃岐	8	7		0	1
※親宗	7	7		0	0
広言	7	5		0	2
※経家	6	6		0	0
※長明	4	4		0	0
有房	3	3		0	0

ただし以上の数字はあくまでも目安である。『月詣集』自体、現存本はすべてが巻八を欠いているし、『師光集』は他集との混態本である。『大進集』のような残欠本もある。整っている本来のものだったら当然ながら多少数字は変ってこよう。それにしても『月詣集』の独自歌はかなり多い。寿永百首家集中の歌と完全に一致するのは、経家、資隆、親盛、有房、親宗、忠度、長明などだが、他の歌人達の場合はそれだけで収まらないばかりでなく、詞書などを丁寧に比較検討してみると、家集と一致する歌でも問題がないわけではない。たとえば、『月詣集』七一七・七一八番は、

経正朝臣賀茂臨時の祭の舞人にてはへりけるに、清輔朝臣は陪従にて侍まゐれりけるを、いかにとたつねたりけれは、大田にまゐりておもふこゝろのへ申つるなりとて、よみてつかはしたりける

藤原清輔朝臣

かくれぬにしつむかはつは山ふきの花のをりこそねはなかれけれ

かへし

としことの春にそあはんかくれぬにしつむ蛙と何なけく覧

という贈答歌であるが、『経正集』九四・九五番では、

加茂臨時祭の舞人して侍しに、清輔朝臣陪従にてよみ侍し

かくれぬにしつむかはつはやまふきのはなのおりみてねはなかれけれ

返し

としことのはるにそあはんかくれぬにしつむかはつとなになけくらん

となっていて、『月詣集』の詞書の方がずっとくわしい。また二七五番の、

藤原敦頼、住吉にて歌合し侍りけるに、旅宿時雨といふことをよめる

小侍従

草枕おなし旅ねの袖に又よはのしくれもやとはかりけり

とある歌は、『小侍従集』（三系統あるうち、寿永百首家集と目されているのはIIの系統である）の三三番には、

たひのとまりのしくれ

くさまくらおなしたひねのそてに又夜はの時雨もやとはかりけり

とあって、題しか記されていない。いずれも他の資料によらなければわからないような事実（傍線部）が、『月詣

集』には盛り込まれていることになる。

四

『月詣集』の撰にあたって、寿永百首家集の果たした役割りが大きかったことはもちろんであろうが、それは結果としてそうなったのであって、『月詣集』を編むためにわざわざ百首が集められた、というのではなかったのではないか。序には、和歌の効用を説いたあと、

しかれば、いそのかみのふりにしあとをまなび、三十六人の百首をあつめて神の御たからにそなふ。(A)(B) これによりて、(C) としごろともとする祐盛法師をかたらひて、(D) われも人もなゝそぢのよはひにおよぶまで、春秋につけて花もみぢにこゝろをそめて、眉のしもかしらの雪のきえなんことのはかなさもしらず、後のかたみとゞめおかざらんもほいなかるべしとて、おなじくこゝろをあはせて、たのみをかけ、あゆみをはこびたてまつる人々、そのほかのことのはをあつめて月詣集となづく。千二百首を十二巻にわかちて、我すべら御神のみづがきのうちにをさめたてまつりて、……

と記されている。ややわかりにくいが、「三十六人の百首をあつめて神の御たからにそなふ」(A) ということと、「十二月の宮まゐりの歌をつらねて、よみ人の二世のねがひをみてんとおもふこゝろふかし」(B) ということとは、気持ちの上では通じていても、直接的には関係のないことのように思われる。「そなふ」「ふかし」は終止形である。これまで寿永百首は、一般に、『月詣集』撰集のための資料として奉献されたと説明される傾向にあった。たとえば『経盛集』の奥書に、

神主重保依願請当世好士各和歌百首可進納神殿云々……

寿永元年六月十日

という経盛自身の手になる跋文があり、それを受けて、嘉永四年に長沢伴雄が、

右経盛卿集は三条西殿家の秘本なるを、竊に借りて写しおくなり、奥書のやうを按ふに、加茂神主重保が月詣集を撰ぶをり、その料にかきて送りたる稿本とこそおぼゆれ……

と述べているがごとくである。私自身もそのように考えていたことがあった。しかしそうではなくて、あとから行われた撰集事業が、すでに奉献されていた三十六人の百首を、いわば資料の一部として利用した、というだけなのではないか。

そもそもこの序は、わかりにくいばかりではなく、かなりの問題をも含んでいる。「賀茂社家系図」重保の項に、

（略）重保有撰集、号月詣集勒為十二巻千二百首、有序真名仮名、真名序ハ寿永元年十一月自序、仮名序ハ祐盛法師書之、（略）

との注があるが、真名序は「自序」でいいとして、「仮名序ハ祐盛法師書之」というのはどうであろう。その仮名序には「[C]としごろともとする祐盛法師をかたらひて」とあり、つづいて「[D]われも人もなゝそぢのよはひにおよぶまで」とある。「われ」は当然編者重保であろうし、「人」は祐盛法師を指すのではないか。

また「われも人もなゝそぢのよはひにおよぶまで」もわかりにくい。寿永元年当時、重保は六十四歳、祐盛法師は一歳年長で六十五歳のはずである。用法によっては四十代を「いそぢ」、五十代を「むそぢ」などと称している例もあるとのことであり、[9] そうとすればこの「ななそぢ」も六十代と解することによって一応の決着はつく。

しかし同じ『月詣集』の五一番には、

俊恵法師に七十の賀をしてとらせ侍るとてよめる　　賀茂重保

君がよはひいのりかさねて行末も猶なゝそぢの春をまたせん

と、ほかならぬ重保自身が「七十の賀」に対して「ななそぢ」と言っているのである。これをどのように考えるか、問題は残ろう。

成立の時期についてもまた問題がある。百首家集の方は『経盛集』の奥書に「寿永元年六月十日」とあり、『経正集』には「寿永元年六月廿六日」、『頼輔集』には「寿永元年六月廿八日」などとあって、多少ばらつきがあったとしても、三十六人の家集すべてが揃ったのは寿永元年の六月の末以降であることにほぼ間違いない。一方『月詣集』の方は、跋文の形をとっている真名序に「寿永元年壬寅十一月」とあり、一応は同じ年の十一月と考えられるが、そうとすると家集奉献から僅か四か月ほどで『月詣集』は完成したことになる。編集は、「おなじくこゝろをあはせて、たのみをかけ、あゆみをはこびたてまつる人々」の歌だけではなく、「そのほかのことのは」をも集めて、「千二百首」を選び、「十二巻」にわかつ作業であった。決して不可能とは言えないにしても、四か月間では至難の業のようにも思われる。たまたま集中の官位表記が、たとえば、内大臣（実定）、左衛門督実家、大納言時忠、従三位季能、従三位平通盛、参議親宗などとあるのはいずれも寿永二年以降のもので、不都合である旨を杉山氏は指摘されており[10]、さらに井上氏はそれを受け、同じく参議修範もやはり寿永二年以降のはずだし、六五・六番の季経ならびに兼光の詠は、『月詣集』が完成した寿永元年十一月の、しかも二十四日における大嘗会の折のもので、五七番の詞書に見える法印静賢六十賀は、『僧歴綜覧』によれば寿永二年のことだから、少なくとも寿永元年十一月の成立ではおかしい、一旦仮成立、仮奉納したあと、改めて整備しなおしたものかとも言われている[11]。念のため下限の問題を調べて見ると、参議通親は元暦二年（一一八五）正月二十日に権中納言、右大臣（兼実）は文治二年（一一八六）三月十二日に摂政、内大臣（実定）は同十月二十九日に右大臣、左衛門督実家は同十二月十五日に権大納言にそれぞれ任じられている。従って官位表記の面からのみ考えるならば、現存

『月詣集』の成立は「寿永元年壬寅十一月」ではなく、翌寿永二年から元暦二年までの三年間ということになる。

五

何はともあれ『月詣集』の成立に寿永百首家集が大きな役割りを果たしたことは確かであろう。しかしそれだけが資料になったのではなかった。撰者周辺の賀茂社関係のものをはじめ、杉山氏が丹念にまとめておられるように、かなりの数の歌合や歌会等がそのほかにも考えられる。今は伝わらないが、寿永百首以前にまとめられた個人的な集成、家集のようなものも当然あったであろう。右の二十二人のうち、比較的若い歌人達、たとえば一覧表に※印を付した、長明（寿永元年当時、推定二十八歳）、経家（三十四歳）、忠度（三十九歳）、親宗（三十九歳）等は、あるいはこの百首がはじめての作品集成だったのかもしれない。『月詣集』収載歌のすべてはこの百首に見えるし、詞書のあり方も関係深いように思われる。その点○印を付した、成仲（八十四歳）、頼輔（七十一歳）、寂然（六十数歳）などのいわゆるベテラン歌人達は、すでに『続詞花集』や『今撰集』などに歌が入集していて、それぞれに集成も経験していたのではないか。『月詣集』はそうした集成群をも併せて資料としたと考えた方がわかりやすいだろう。たとえば『寂然集』の場合、伝西行筆詠草切と呼ばれているものが、あるいは寂然の家集かと推定されているように、現存の三系統本以外にも別系統の本文があった可能性が大きいけれど、『月詣集』の七一六番に、

世をそむきて又のとし、はなを見てよみ侍りける　　寂然法師
此春そ思ひはかへすさくら花むなしき色に染しこゝろを

とあるのは、寿永百首と目される系統の本文には見えず、『続詞花集』雑下・九〇二に、

よをそむきてのち花を見て　　寂然法師

此春ぞおもひもかくすさくら花むなしきいろにそめし心を

とあり、詞書のありようも似通っている。『月詣集』がすでに『続詞花集』に採られている歌をわざわざそこから採歌するとは考えにくく、恐らく両者に共通したいわば原資料のようなものがあったと考えるべきであろう。森本元子氏は、その著『私家集と新古今集』[12]において、頼輔の歌が早く『続詞花集』に二首採られていることを指摘し、詞書などを比較された上で、

（現存頼輔集以前に）続詞花集の撰歌資料として、一往家集らしいものがあったのではないかと思われる。現存頼輔集は、その第一家集ともいうべきものに、その後十数年間に詠みためた歌をあわせた歌稿から、賀茂社に奉納すべく自撰された百首選家集であろう。第一家集（あるいは草稿）の存在は不明だが、第二家集たる現存の頼輔集は、月詣集や千載集の資料とされ、やがて新古今集の資料ともなった。

と述べられている。寿永百首に属すると思われる家集群が、それぞれにどういう段階を経て、どういう形で編纂されたかは詳細にはわからない。必ずしもすべてが同じ道筋を辿ったのではないだろうということは、同じ百首といっても、集によってかなり形態が違っていることからも判断される。したがって若い歌人達のように百首奉献の要請があってはじめて家集をまとめた者もいたであろうし、すでにあったものを基にまとめた者もいたであろう。森本氏が考えられたようなこともちろんあり得たと考えられる。ただし、前掲の新出断簡の場合、詞書には「前右京権大夫もろみつの家会に」とあって、右京権大夫師光に「前」が付されている。師光が右京権大夫を辞したのは仁安三年（一一六八）以後のことらしいから[13]、『続詞花集』が成立したと考えられる永万元年（一一六五）ごろよりはやや後のことになる。頼輔の場合、『続詞花集』に二首、『今撰集』に三首入集しているが、それらとは直接のかかわりがなかった可能性が大きい。しかしながらこうした断簡の存在からは、現存の『頼輔集』以外の『頼輔集』、寿永百首家集以外の『頼輔集』の存在もまた十分に推定されるわけである。頼輔が「治承三

十六人歌合」に選ばれていることは前述のとおりであり、森本氏が言われるように、寿永百首以前に集成されたものがあったとしても決しておかしくはないと、私は考えている。

(1) これまでの寿永百首関係の論には次のようなものがある。
谷山茂「千載集と諸私撰集」『谷山茂著作集　三』所収　角川書店　昭和57
森本元子「賀茂社奉納百首家集について」『私家集の研究』所収　明治書院　昭和41
多賀宗隼「月詣和歌集について」大正大学研究紀要　昭和50・11
井上宗雄「寿永百首家集をめぐって」『平安後期歌人伝の研究』所収　笠間書院　昭和53
杉山重行『月詣和歌集の校本とその基礎的研究』新典社　昭和62
松野陽一「寿永百首について」『鳥帚』所収　風間書房　平成7
(2) 久保木哲夫「伝寂蓮筆頼輔集切」和歌史研究会会報　平成4・12
(3) 犬井善寿「『頼輔集』所載歌の本文の形成と伝播―寿永百首家集諸集所載歌の本文　流伝の検討のために―」国語国文　平成16・10
(4) 谷山茂・樋口芳麻呂『古典文庫　中世歌合集　上』昭和34
(5) 松野陽一「治承三十六人歌合考」『鳥帚』所収　風間書房　平成7
(6) 佐々木孝浩「歌林苑の人麿影供」銀杏鳥歌　平成元・12〜平成2・12
(7) 注1、松野・井上論文。
(8) 注1、杉山論文。
(9) 新古今集・一五三七番(「いそぢ」四十七歳、慈円)、宝治百首・三二五七番(「むそぢ」五十一歳、頼氏)など。
(10) 杉山重行「月詣和歌集の諸本と成立」語文　昭和43・3

(11) 注1、井上論文。
(12) 森本元子『私家集と新古今集』明治書院　昭和49
(13) 注1、井上論文。

八　衣笠内大臣家良詠と御文庫切

一

『万代集』や『現存和歌六帖』、あるいは『続古今和歌集』の撰者の一人に数えられている衣笠内大臣藤原家良には、彼自身の作品集として性格のまったく異なった二種の家集が伝えられている。一つは宮内庁書陵部蔵『後鳥羽院・定家・知家入道撰歌』なるものの系統であり、もう一つは三手文庫蔵『衣笠前内大臣家良公集』の系統である。前者は書名どおり、家良詠が、後鳥羽院、定家、知家の三人によって撰歌されたもので、それぞれ二五首、六〇首、一二五首と、計二一〇首の歌が撰者別に並べられている。同系の伝本には書陵部蔵『衣笠内府詠』(残欠本で、現存部分は定家撰の一部のみ。三七首)、静嘉堂文庫蔵『衣笠内大臣集』(伝為氏筆とされる古写本だが、脱落と、明らかな親本段階での錯簡とがある。二〇〇首)などがある。後に述べるように作者自身の関与が非常に大きいと思われる系統である。それに対して後者は、すでに三村晃功氏によっても指摘されているように[1]、春、夏、秋、冬、恋、雑に部類された前半部と、『新撰六帖題和歌』からの家良詠抄出部分の後半部とから成るもので、他撰と目されているものである。歌数は計九二三首。両者はいずれも『新編私家集大成　4』に翻刻されていて、樋口芳麻呂氏による詳細な解説が施されている。なお『新編国歌大観　第七巻』には前者のみが翻刻され、これまた明快な解説が佐藤恒雄氏によって付されている。

二

ところで家良詠には今一つ、家良筆と伝称される御文庫切なるものが伝えられている。「ゴブンコギレ」あるいは「オブンコギレ」と称されていて読みは必ずしも一定していないが、『増補新撰古筆名葉集』の衣笠内大臣家良公の項には、

　御文庫切　自詠百首、有名詠草ナリ、哥二行書、定家卿加筆点アル処モアリ

とあり、その内容を「自詠百首」としている。「定家卿加筆」の切もあったらしい。また『古筆名葉集』の衣笠内大臣家良公の項には、

　巻物切　百首自詠、哥二行書、有名詠草ノ切也、此外類筆ナシ、元禄年中初テ出ル

という、「御文庫切」の名称はないが、内容の非常に類似した、おそらく同じものを指していると思われる記述がある。「百首自詠」「哥二行書」、そして「元禄年中」に世に出たことなどがそれによって知られる。

ところで現在のところ、管見に入った御文庫切には次のようなものがある（倉敷市宝島寺蔵『手鑑』にも伝家良筆とされる断簡が一葉存するが、実は伏見天皇筆広沢切の誤りである）。

【一】京都国立博物館蔵手鑑『藻塩草』（五〇）【口絵4】参照

　みむろ山したをくつゆの草葉まで
　かけてうつろふ秋はきにけり

39　秋の夜のなかきをちきるかひやなき
　まつにふけぬるほしあひのそら

【二】根津美術館蔵手鑑『文彩帖』（七三）

46　風さ□るあしまあらはにすむ月の
　しもをかさぬるをしのけ衣

【三】小松茂美『古筆』（二〇三　根津美術館蔵）

49　雪ふかきふゆ木のむめのにほふより
　[は]るのちかさもしるきころかな

50　しのふ□□□たくさかけてをくつゆも
　秋にはあへすいろそうつろふ

51　草かれのあはつのはらにかるとりの
　□□□□□のはおもひなりけり

【四】出光美術館蔵手鑑『見ぬ世の友』（五二）

51　草かれのあはつのはらにかるとりの
　かくれぬものはおもひなりけり

49　雪ふかきふゆ木のむめのにほふより

【五】MOA美術館蔵手鑑『翰墨城』（二〇三）

70 ほの〳〵とかすめる山のしのゝめに
月をのこして帰かりかね

71 あしひきの山のたかねにさく花を
たえすたなひく雲かとそみる

72 あかなくにちりぬる花のをしけれは
いとゝくれゆくはるもうらめし

【六】陽明文庫蔵『大手鑑』（二一二）

80 わかために心かはらぬ月たにも
ありしにゝたるかけをやはみる

【七】陽明文庫蔵『予楽院模写手鑑』（二〇八）

こひよりふかきみちをやはみむ

79 さても猶我やは人をわするへき
ちきりしすゑはかはりはつとも

80 わかために心かはらぬ月たにも
ありしにゝたるかけをやはみる

81 おもふこといはてこの世にありふとも
心のうちをしる人もかな

82 庭のおもの草のしけみのさゆり葉も
花にしらるゝなつはきにけり

83 あまのとのあくるほとなきみしか夜に
ゆくかたとをくのこる月かけ

84 身のうさのなくさむかたの《も》なきまゝに
なさけあれなと世をおもひつゝ

85 ほとゝきすこゑまつころやゝまかつの
わさ田のさなへうへはしむらん

【八】陽明文庫蔵『予楽院模写手鑑』（二〇九）

先年愚撰内々被召出不被返下
披露之上当世作者之哥自始不任
愚意被定下候訖仍更撰進
六十首将来若辨知此道同志之
輩候者心載撰集候歟於当時
世者辨存之人已断訖候歟
（一行アキ）

延應元七月京極入道中納言
被請愚草十二月廿四日被返
送之次相具之
大納言家良

右のうち（ ）内は、それぞれの手鑑ないしは書物内部での切番号であり、歌の頭に施された洋数字は『新編私家集大成』ならびに『新編国歌大観』における『後鳥羽院・定家・知家入道撰歌』の歌番号である。一か所だけ、断簡【二】の「みむろ山」の歌に番号が施されていないのは、この歌だけが現存本にないからなのだが、実は断簡ではこの歌に合点が施されていて、小さく「似思仍止」と書かれているように見える（【口絵4】参照）。文字の部分は虫損甚だしく、読みになお問題は残るが、この合点が一種の除棄記号らしいと考えることは出来そうである。ただし課題はいろいろとある。合点はいつ施されたのか、また『増補新撰古筆名葉集』にいうところの「定家卿加筆点アル処モアリ」とどう関係するのか。後にも述べるように、これらは考え方によってかなり複雑な問題に発展する。

さて、それはさておき、右の断簡は現存の『後鳥羽院・定家・知家入道撰歌』にその内容がほとんど一致する。すでに『古筆切提要』[2]や『古筆手鑑大成』[3]などにおいて指摘されているように、御文庫切は決して「自詠百首」の断簡などではなく、『後鳥羽院・定家・知家入道撰歌』そのものの断簡と考えてよさそうに思われる。しかも断簡【七】と【八】の奥書風の部分は（【七】と【八】は古筆切そのものではない。予楽院すなわち近衛家熙による模写である。ただし予楽院の模写は一般に非常に忠実で、内容については十分信頼できる[4]）、連続して書陵部蔵『衣笠内府詠』の末尾にまったく一致する。従って【八】の奥書風の部分も、歌はないが『後鳥羽院・定家・知家入道撰歌』の断簡と考えていいわけだが、書陵部蔵『衣笠内府詠』は先述したように定家撰の部分だけの残欠本なので、この奥書は当然定家撰に関するものと考えられる。内容はややわかりにくく、不明な箇所もあるが、おそらく前半が定家のもので、後半だけが家良のものであろう。定家撰の家良詠がもともとあって、後鳥羽院によって内々に召されたが、返却されずに披露された。その上「当世作者」の歌も、はじめから定家の意にそわない形で定められた。そこで改めて六〇首の歌を撰進し、将来の撰集に備えた(前半)。定家撰の資料となった家良の詠草は、延応元年(一二三九)七月に定家から請われ、撰歌の完了が同じ年の十二月二十四日、家良はすでに撰歌されていた後鳥羽院の分(二五首)と併せて一書とした(後半)。なお後鳥羽院撰の部分は冒頭に「後鳥羽院御撰」とあり、末尾に「愚詠自隠岐被召撰出給之」とあって、隠岐での撰と知られるが、敬語の使い方や「愚詠」という表記の仕方から考えるならば、これは家良の立場での執筆と見られよう。この段階ではおそらくまだ知家の分はなかったと思われる。やがてそれも加えられて現在のような形になったのだと考えられるが、最終的にはともかく、少なくとも定家撰の段階までは家良自身がそのまとめに深くかかわっていたことは確かである。

三

残存する断簡を見ると、現段階ではすべて定家撰の部分だけである。歌番号でいうと三九番から八五番まで。定家撰は二六番から八五番までだから、その中にすっぽり入り、しかも定家撰の奥書の部分まで残っていることになる。『後鳥羽院・定家・知家入道撰歌』のうち、御文庫切はそうすると定家撰の部分だけということになろうか。

ただし丁寧にみると、断簡の中には不審な箇所がないわけではない。【三】と【四】、また【六】と【七】の関係である。前者には「雪ふかき」と「草かれの」の歌が、後者には「わかために」の歌が、それぞれ重複している。もっとも後者はあまり大きな問題にはならない。なぜなら前述のように断簡【七】は模写で、【六】は『大手鑑』所載。両者はともに近衛家陽明文庫に蔵され、しかもいずれも予楽院の手に成るものだから、予楽院は【七】を模写したあとさらに細かく切断して、一部を手もとにとどめ置いたと考えればいいからである。問題は前者である。断簡【三】は内容、歌序ともに現存の他の伝本とまったく変わらないが、【四】は「51、49」と、この断簡だけ他の伝本と歌の順序が違っている。もちろん筆跡は【三】【四】ともに同じであり、一方が一方の模写というような事実はない。

前述したように、現時点では模写も含めて、断簡は八葉しか見つかっていない。従って確実なことは言えないのだが、断簡【三】と【四】、特に【四】のような事実があると、御文庫切はすべてが定家撰の部分だけと断定するわけにはいかないように思われる。定家撰は全部で六〇首、これははじめからそうだったと奥書が証明している。ところが後鳥羽院撰の二五首と知家撰の一二五首は、本来の歌数そのものかどうかわからない。もっと多かった可能性だってあるかもしれない。三者の撰歌内容をそれぞれ比較してみると、後鳥羽院撰と定家撰は五首一致し、後鳥羽院撰と知家撰、定家撰と知家撰はまったく一致していない。最も多くの歌を撰んだ知家の撰が他と一首も重ならないということは、彼だけが意識的に撰歌対象を変えたか（たとえば定家撰以後の歌に絞るというように）、あるいは撰歌対象は同じでもすでに撰ばれている歌を除外したか、そんな風にしか考えられないように思われる。そうすると【四】のように定家撰と重なる歌を持っている断簡は知家撰の一部であった可能性がほとんどないということになる。その点後鳥羽院撰は現存歌数も少ないし、その中で定家撰と一致する歌もすでにある。定家撰と同じ歌を含む断簡が後鳥羽院撰の一部と考えることには少しも不都合が生じない。歌の順序も、現にある五首の重複歌は必ずしも一致していない。断簡【四】の歌順が定家撰と違っていても従ってまったく支障はないのである。後鳥羽院撰の歌は本来もっと多くて、一部が切られた結果が二五首だと考えることは必ずしも不可能ではないだろう。

四

古筆の伝称筆者名はあくまで伝称であって、真実の筆者であることはむしろ少ないが、稀には正しい場合もあるし、作品によっては作者自身の筆になるものがそのまま残されている場合もある。御文庫切の場合、現段階では家良自身の筆と認められる確実な証拠はまだ見出されていない。しかし疑問視する根拠もない。古筆研究家の鑑定では鎌倉期の写であることはまず間違いないようだし、奥書の見方によっては自筆と見ることも可能である。

そこで問題となるのは例の「定家郷加筆点アル処モアリ」の記述である。断簡【一】の、僅かに残された虫損文字からは必ずしも定家の筆とは断定できないが、もし本文の筆跡が家良自筆で、注が定家筆であるとすると、定家の手から一旦離れた定家撰は、家良の手によって後鳥羽院撰と合体された後再び定家のもとに戻ったことになるだろう。その段階ではもちろん知家撰はまだ添えられていなかったと考える方が自然である。前述したように定家撰が成立し、後鳥羽院撰と一緒にされたのは延応元年（一二三九）十二月で、定家の亡くなったのはその二年後の仁治二年（一二四一）八月のことだから、時間的にはそう差はない。定家はそこで改めて自分の撰について見直しをした。例の奥書によれば定家撰ははじめから六〇首で、現存歌数も六〇首だから、もし一首を除けばどこかで一首を入れなければならなかった。管見に入った限りでは補入歌を注した断簡は見あたらないが、以上の推測が正しければ今後そうしたものも出てくる可能性はあるだろう。後鳥羽院が崩じたのは延応元年二月で、定家が撰を開始したのはその同じ年の七月。もし知家撰が定家没後のことだとすると（その可能性はきわめて大きいが）、二人はそれぞれ先人の目を意識することなしに自由な撰が出来たことになる。後鳥羽院と定家、また御子左家と知家などの関係を考える時、そうした事柄もまことに興味深いことのように思われるがいかがなものであろうか。片々たる古筆切がさまざまな想像を掻き立たせ、それによって和歌史が一層の広がりを見せてくる。

（1）三村晃功『中世私撰集の研究』所収　和泉書院　昭和60

（2）伊井春樹・高田信敬『古筆切提要』

（3）『古筆手鑑大成』角川書店（解説担当　橋本不美男）

（4）久保木哲夫『平安時代私家集の研究』第三章の三　笠間書院　昭和60

〈追記〉

なお、その後、【八】の奥書の部分については古筆切そのものが藤田美術館に蔵されていることが判明した。また、『古筆学大成』その他が刊行されて、以下のごとくさらに八葉の断簡が知られることとなった。いずれも定家撰の箇所で、現段階では後鳥羽院撰など、他の箇所の断簡は見られない。断簡【四】に関しては、あるいは模写の可能性なども含めて、他の考え方をしなくてはならないかもしれない。

【九】田中登『平成新修古筆資料集』第一集（五六）

43　さほ山のこすゑもいろやまさるらん
きり□□そらにかりはきにけり

44　秋のいろのいつくはあれとはしたかの
とかへる山のみねの月かけ

【一〇】『古筆学大成　20』（七二）

56　あしひきの山したしけきたまかつら
たえせぬ物はおもひなりけり

【一一】『古筆学大成　20』（七四）

60　おもひ河そこのたまものひとかたに
なひくよりこそみたれそめしか

61　むねにみつおもひはしたにこかるれと
みえぬけふりはしられやはせむ

【一二】『古筆学大成　20』（七八）

63　はやきせはさほもとりあへすうかひふね
をろすたなはのみたれてそおもふ

【一三】『古筆学大成　20』（七九）

68　事しあれはまつなけかるゝこのころも
むかしとならはしのはれやせむ

【一四】『平安の仮名　鎌倉の仮名』（出光美術館）

73 山さとのこのしたくらき五月雨に
ゆくかすみえてとふほたるかな

74 うつらなくをのゝ秋はきうちなひき
たまぬくつゆのをかぬ日はなし

【一五】『古筆学大成　20』（八〇）

75 みむろ山したくさかけしゝらつゆも
冬はしもにやをきかはるらむ

76 やまさとはみゆきもいまたふらなくに
この葉のうへもみちはたえつゝ

【一六】『古筆学大成　20』（八一）

77 山ちかき佐保の河とのゆふきりに
ゆくかたしらすなくちとり哉

九　『家良集』考

——伝定家筆五首切を中心に——

一

伝定家筆五首切と呼ばれている古筆の一群がある。縦一六・五センチメートル前後、横一四・〇センチメートル前後のいわゆる桝型で、詞書はなく、歌が五首ずつ、すべて一首二行書きに書かれている。『増補新撰古筆名葉集』の京極黄門定家卿の項には、

五首切　六半、哥仙集、哥二行書

とあり、その内容を「哥仙集」とするが、具体的には誰の家集とも記されていない。ところが早く、この断簡を衣笠内大臣家良の家集と関係あるのではないか、と指摘されたのは野口元大氏である。「伝定家筆五首切の一葉」(1)と題された一文において、氏は、後に掲げる五首切中の一葉を掲げ、その中に家良集の一系統である『後鳥羽院・定家・知家入道撰歌』なるものと一致する歌があることを認めた上で、「そうしてみると、この一葉は、右の三者の撰歌の母胎となった家良自撰の散逸家集の断簡と見なしてよいであろうか」と推測された。

周知のように、伝存する家良の家集には次の二種がある。

Ⅰ宮内庁書陵部蔵（四〇六・二二）「後鳥羽院・定家・知家入道撰歌」系

Ⅱ三手文庫蔵「衣笠前内大臣家良公集」系

Ⅰは、純粋の家集というよりも、家良詠を、後鳥羽院、定家、知家の三人がそれぞれの好みによって撰歌したものである。後鳥羽院撰が二五首、定家撰が六〇首、知家撰が一二五首で、計二一〇首。それぞれ撰者別に並べられている。もっともそのうち後鳥羽院撰と定家撰とでは五首の共通歌があるので、全体として実質的な詠歌は二〇五首となる。知家の撰で他と一致するものは認められない。同系の伝本には書陵部蔵「衣笠内府詠」、高松宮旧蔵（現国立歴史民俗博物館蔵）「衣笠内府詠」と、静嘉堂文庫蔵「衣笠内大臣集」とがあり、前二者は三七首の残欠本で、現存部分は定家撰の一部分のみ、後者は伝為氏筆とされる古写本だが、明らかな脱落と、親本段階でのものと思われる錯簡とがあって、全二〇〇首を有する本文である。そのほか、この系統にはきわめて重要なものとして御文庫切と呼ばれる古筆切がある。『増補新撰古筆名葉集』の衣笠内大臣家良公の項に、

御文庫切　自詠百首、有名詠草ナリ、哥二行書、定家卿加筆点アル処モアリ

とあり、古来家良筆と伝称されていてその可能性もかなり高いが、決して「自詠百首」などではなく、「後鳥羽院・定家・知家入道撰歌」そのものの断簡である。現状では定家撰の箇所だけが一六葉分、三一首と、その跋文にあたる部分しか知られていず、自筆の可能性があるだけに残念だが、すでに拙稿「衣笠内大臣家良詠と御文庫切」[2]においても述べたように、うち出光美術館蔵の手鑑『見ぬ世の友』に押されている一葉（二首）は、根津美術館に蔵されている一葉と歌が一致し、しかもその順序が異なっているという問題がある。根津美術館の一葉はすべてにわたって現存本と一致する。そこで拙稿ではあるいは定家撰以外の部分の断簡も別にあったのではないか、後鳥羽院の撰は本来二五首ではなく、もっと多かったのかもしれないと推量したのだが、その点に関してはなお再考の余地がありそうである。

IIは、全歌数九二三首。早く三村晃功氏の「『衣笠前内大臣家良公集』の成立(3)」によって指摘されているように、この系統本はすべて、春、夏、秋、冬、恋、雑などに部類された前半部と、『新撰六帖題和歌』からの家良詠抄出部分としての後半部とから成り、後世における他撰と目されているものである。IとIIの両系統本はいずれも『新編私家集大成　中世II』に、またIの系統本のみは『新編国歌大観　第七巻』にも、それぞれ本文が翻刻され、樋口芳麻呂氏と佐藤恒雄氏とによって実に詳細な解題が付されている。『万代集』や『現存和歌六帖』、あるいは『続古今和歌集』などの撰者の一人とされる家良の家集は、こうしてみるとその全体像はすでにほぼ明らかにされており、まったく問題がないかのように見える。しかし伝定家筆五首切なるものがここに新しく出現した。それはどういう性格のもので、『家良集』にとってはどういう位置を占めるものなのか。

二

本断簡はこれまでにも幾葉か知られており、それらは皆、従来はいわば「未詳歌集切」として処理されてきた。たとえば次のようなものである。

【一】出光美術館蔵手鑑『見ぬ世の友』

おしみかね春もむなしくゝれなゐの
いろにそめたるいはつゝしかな
ふちなみのこすゑにはるはなりにけり
みとりすくなきゝしのまつはら
さしおゝふいけのみきはのまつかえに

しなひもなかくかゝるふちなみ
とり《か》するしなのゝまゆみひきわかれ
心つよくもかへるはるかな
あたなりとはなのなのみやのこるへき
おくるゝはるもとまらさりけり

【二】陽明文庫蔵『大手鑑』下

□まふかき秋のたもとをしほりにて
つゆわけきたるふるさとの月
山さとはまつふくかせのすさみたに
おもひいれたる秋のゆふくれ
しくるれといろはつれなきしゐしはの
しゐてそなるゝみねの秋かせ
まさきちるとやまのいほのひまをあらみ
とこもまくらも月そさやけき
いまさらにきくとおもはゝいかならむ
なれてとしふるをかのまつかせ

【三】白鶴美術館蔵手鑑

＼もみちはのいろこきいるゝやまかせの
そてにそ秋のかきりをはみる
もみちはのぬさのたむけもいかゝせむ
そなたとつけぬあきのかへるさ
＼くれなゐのいろそめつくすもみちはを
かせにまかせてあきそくれゆく
もみちはをぬさにたむけてゆく秋の
いまいくたひのわかれしたはむ
ゆくあきのさてもならひのいつなれは
おなしわかれをなをしたふらむ

これらに収められている歌はいずれも他の文献によっても誰のものか確認できず、従って「未詳歌集切」とされてもやはり仕方のないものばかりであった。伊井春樹氏は『古筆切資料集成　三』[4]において、新たに知られた四葉の五首切を「後鳥羽院・定家・知家入道撰歌」とし、従来のものを「未詳家集」としてはっきり区別されている。前者をその一部だけが合致しているからといって、ただちに「後鳥羽院・定家・知家入道撰歌」そのものとされたのには大いに問題があるが、後者は具体的に誰の詠と確認できなかったという理由によるのであろう。ところが一方田中登氏は、従来まったく知られていなかった新しい断簡一葉を、「散佚『衣笠家良集』考」[5]においで示され、野口説を追認した上で、『見ぬ世の友』以下の断簡についても同種のものである可能性を示唆された。また、その後刊行が終了した小松茂美氏『古筆学大成　20』[6]では、「家良集〈推定〉」とわざわざ慎重に「推定」の二文字を入れ、計八葉もの五首切を一挙に示された。五首切に限らず、本大成は貴重な資料を豊富な写真で提供し、われわれ国文学研究者に稗益することまことに大きいのであるが、これで五首切研究も非常にしやすくなった。

以上により、これまでに知られた断簡と、そのほか私自身が収集した断簡とをまとめてみると、現在では全部で一九葉、八七首（追記参照）にも達する。現状から推定される全体像からみればそれはまだまだごく一部でしかないのだろうが、一応そのすべてを掲げて、問題点と意義とについて考えてみたい。

三

【四】「某家所蔵品入札」大正14・12・21〈『古筆切資料集成　三』による。意味不明の箇所あるも、伊井氏翻字のまま〉

あをやきのかけゆくきしのした水に
なひくたまものかすそゝゆく
やまかはのみつのおちあひをせくいけの
とをきつゝみになひくあをやき……II（三一）、夫木・雑五（一〇七三四）「御集」
しくれせし秋はつれなきまつのいろを
ひとしほそむるはるはきにけり

【五】『古筆学大成　20』92

としをへてしのはぬなかのわかれちに
われのみしたふはるのかりかね……I（四）

かへるかりかすみのよそにわかるとも
わするな秋のそらにあひみむ
かへるかりかすむゆふへのわかれちに
くものころものうらみかねつゝ……………………Ｉ（三三）
かりかねのみねとひこえてかへる山
はるはとまらぬなをやうらみむ
いはゝしのかつらき山のかりかねも
かみのちきりによるとなくなり

【六】『古筆学大成　20』解説
さくらはなけふこそさかりあしひきの
こなたかなたにたてるしらくも……………………Ｉ（一五三）

【七】『古筆学大成　20』83
さなへとる山たのみしふほしあえす
ひかすかさなるたこのさころも
さなへとるとはたのおもにたつたこの
あさのさころもほさぬころかな
＼としをへてみはしのまへにたちなれし

はなたち花もむかしわするな……………Ⅰ（一〇、三八）、万代・雑一（三八四三）「中納言になりてのち、
あやめふくよもきのやとのゆふ風に　　　近衛将にてひさしく侍りける事を思ひて」
にほひすゝしきのきのたちはな…………夫木・夏一（二六九四）「百首御歌　新撰風」
そてふるゝ花たちはなにちきるとも
たかしのふへきゆくすゑもなし…………Ⅰ（一八六）

【八】〈古筆学研究所、収集資料より〉
やまのはの月もうつろふゆふへより
をのかひかりとあきかせそふく
みにしめとふくころをひの秋風に
はるけきそらの月もさやけし
くさもきもしくれぬほとはある物を
まつ秋みゆる月《の》かけかな……………Ⅰ（一六二）
ことはりのあきのならひといひなから
さもくもりなくすめる月かな
なか〳〵にひともたつねぬあき山の
このまの月そみるへかりける

【九】『小出庄兵衛氏所蔵品売立目録』昭和6・10・20

なにはかたあれゆくなみのたかければ
あしへにとをくたつそなくなる
てる月のいりしほさせはすまのうらに
ありかさためすちとりなくなり
さよなかとよはふけぬらしたましまの
かはをとすみてちとりなくなり…………Ⅰ（一五）、Ⅱ（一九八）、夫木・冬二（六七五八）「三百六十首中」
ふゆのよはなとかせあらきおくのうみの
かはらのちとりこゑもさむけし
月になくありあけのちとりこゑさむし
しもふかきよのふきあけのはま

【10】〈古筆学研究所、収集資料より〉
ちとりなくのたのたまかは月かけに
しほかせこしてさむきよはかな
おきつかせふきあけのちとりなくこゑも
いそへのなみのよるそかなしき…………Ⅰ（九三）
あかしかたおなしあとゝふともちとり
ことうらなみもよるやかなしき
やまさとのかりたのしきのはをとまて

さむきしもよのありあけの月
みつとりのあしまのねやもすみたえぬ
月をかさねてこほるいけみつ

【二】米国・エール大学蔵手鑑

ふるゆきのさゝなみしろきにほのうみの
こほりのうへにうらかせそふく
いしはしるたきにそゝきのしけゝれは
あたりはうすきやまのしらゆき
ふるゆきにむもれはつへきはまゝつの
いろをのこしてうらかせそふく
さゆるひのおなしそらよりふりかゝる
みそれにきゆるにはのしらゆき

【三】『須磨寺塔頭正覚院所蔵　古筆貼交屏風(7)』

なみたかはうきなやよそにもりいてむ
そてのしからみたえすなりなは
わかこひはしのふのうらにやくしほの
けふりにまかふくもたにもなし

そてのうへにさやはなみたのこほるへき
月まつ人といひはなすとも……………………Ⅰ（一七）
いつまてかたえて心のしのひけむ
いまはなみたをせくそてもなし
くゆるとも人はしらしなしなのなる
あさまのたけのよそのけふりは……………Ⅰ（一九九）

【三】逸翁美術館蔵〈国文学研究資料館編『逸翁美術館蔵国文学関係資料解題』(8)〉

／しらせはやあまのもしほのたれゆへに
ほさてとしふるそてのゆくゑを……………Ⅰ（五三）
いせのうみのをのゝみなとのおのつから
あひみるほとのなみのまもかな……………Ⅰ（一一五）、Ⅱ（二四九）、新後撰・恋二（八九五）「題不知」
しられしなやきてのあまのしほけふり
くゆるおもひのむねにみつとも
／あふさかのゆきゝはみちもゆるさねと
なみたをとむるせきもりはなし……………Ⅰ（五四）
こひしなぬみのつれなさをなけきにて
／あひみむまてはおもひたえにき……………Ⅱ（二五四）、新後撰・恋二（八六一）「題不知」

【一四】『村瀬庸庵愛蔵品入札並売立』昭和10・2・8

ねぬるまのとこはくさはとふくかせに
あか月つゆのをきそわひぬる……………Ⅰ（一六八）
＼うかりけるたかあふことのならひより
勅ゆふつけとりのねにわかれなむ……………Ⅰ（一六九）、Ⅱ（三三八）、新勅撰・恋三（七九六）「恋歌よみ侍りける中に」
しろたへのそてそかはかぬしのゝめの
かはたれときにわかれせしより
みてもうしあけぬといひしわかれより
そてにたえせぬつゆのかたみは
おもひかね心くたくるほとみせて
そてのなみたはたまもはかなし

【一五】『古筆学大成　20』87

たかためにつゆをすゝむとなけれとも
おきゐるとこのさよの秋かせ
よりなみやはてはたえなむかたいとの
あふことかたくなけかすもかな……………Ⅰ（三一）
しろたへのそてにのこれるうつりかの
それさへいまはとをさかりつゝ

むはたまのぬるかうちなるゆめならて
またあふことはたのむよもなし………………Ⅰ（一七一）
人心のきはあれゆくふるさとに
しのふのつゆのをかぬ日はなし

【一六】『古筆学大成　20』84
みつたゝふゝかたのかはつをのれのみ
こひちにたえぬねをやなくらむ
なみのよるちたのうらなみちたひとも
人をうらみのかすはしられす
いたつらにみるめよるへきかたもなし
さはくみなとはそてにたえねと………………Ⅰ（二三）
おきつかせあらゐかさきによるなみの
うちもたゆます人そこひしき………………Ⅰ（二〇三）
ちきらねと月はあはれにまちいてつ
くるゝよことにものわすれせて

【一七】『古筆学大成　20』91
おいかはるたけのふるねのよゝをへて

たかうきふしはなをのこるらむ
すみよしのまつはかひなきそてぬれぬ
きしもせぬよのなみはかけつゝ……………Ⅰ（一九八）
なにはえのあしかりをふねゆきかへり
うきみこかれてよをやつくさむ……………Ⅰ（二四、五七）、Ⅱ（三八五）、続後撰・恋二（七五九）「題不知」
いたつらになにそはありてあふさかの
ひとたのめなるせきもうらめし
ふしのねのけふりもいまはたえぬなり
ためしもしらぬみのおもひかな……………Ⅰ（二〇〇）

【一八】『古筆学大成　20』88
いかにせむゆふつけとりはなきぬとも
しはしわかれぬよこくもゝかな
つらしともおもひとられぬいつはりの
いくよになりて月をみるらむ
なさけにもなとかとまちしよな〳〵は
うきほとしらぬわか身なりけり……………続古今・恋五（一三三五）「絶恋を　前内大臣」
なにをかもたまのをにせむかたいとの
よるさへゆめにあふこともなし

／おもひかはそこのたまものひとかたに
なひくよりこそみたれそめしか……………I（六〇）

【一九】『古筆学大成 20』89
うとくてそすくへかりけるあれゆ（マヽ）の
うさもつらさもありけるものを
／はやきせはさほもとりあへすうかひ舟
おろすたなはのみたれてそ思……………I（六三）
／たえてなをなからへはやはまちもみむ
こよひなふけそやまのはの月
ことはりのうき身のとかはさてをきて
かけぬなさけをなをうらみつゝ

四

右に挙げた断簡のうち、【一一】を除いては、すべての断簡に家良詠と確認できる歌がある。各歌の下に……で示したのがそれで、Iと記したのは「後鳥羽院・定家・知家入道撰歌」系に、IIと記したのは「衣笠前内大臣家良公集」系に、それぞれ一致するものである。（　）内は歌番号である。他に勅撰集や私撰集と一致するものも知り得る限りすべて掲げた。全部で二八首ある。ただそのうち問題なのは断簡【一八】に見える「なさけにも」の歌で、『続古今集』恋五には作者を「前内大臣」として収めている。『続古今集』では「前内大臣」とは九条基家のことである。家良の場合は「衣笠前内大臣」と必ず「衣笠」を冠して表記される。現存伝本によれば「前内大臣」は二一首。「衣笠前内大臣」は二六首ある。しかも『続古今集』竟宴時の成立とされる「続古今和歌集目録」なる書物にもこの歌は「前内大臣」の作とされている。『続古今集』の撰者には家良もその一人として名を列ねているのだから、そもそもこうした問題が起こるのはおかしいのだが、ともかく両者の間では混乱がある。ただ五首切で作者の確認できる他の二七首はすべて家良だから、この歌だけを基家の作と考えることはやはり非常にむずかしい。かなり早い段階で、いわばケアレスミスによって、「衣笠前内大臣」の「衣笠」が落ちてしまったと考えるより仕方がないのではないだろうか。

こうしてみると、言われているように伝定家筆五首切はまず間違いなく『家良集』の断簡と考えて差し支えないように思われる。他の文献によって家良詠と確認できる歌を持つ断簡はもちろんのこと、【一】【二】【三】ならびに【一】の断簡のように、家良詠が一首も確認できない場合でもやはりそのツレと考えていいのではないか。

それは各断簡内の歌の配列からも判断できる。たとえば【四】の断簡は「あをやぎ」や「はるはきにけり」などの歌句から考え、家集全体で見ると早春の歌ばかり並べている部分と思われるし、【五】の断簡は「はるのかりがね」や「かへるかり」から考えて、やはり春の歌、【七】は「さなへ」「花たちばな」などとあり、夏の歌、【八】はすべて「月」の歌で、さらに「秋風」や「秋山」などの語も散見し、秋の歌、【九】【一〇】は「ちどり」中心で、冬の歌、【一二】は「うきなやよそにもりいでむ」とか「わがこひはしのぶのうらに」などとあって、忍恋の歌、【一三】は「あひみるほどのなみのまもがな」「あひみむまでは」とあり、いわゆる未逢恋の歌、【一四】は「をきぞわびぬる」「かはたれどきにわかれせしより」などから考えて、逢後恋の歌、といったように、それぞれの断簡は、明らかに、部類的な、あるまとまりを持っている。おそらく全体としても、春、夏、秋、冬、恋、といった程度の配列がなされていたと見るのが穏当であろう。ところで家良詠の確認できない断簡であるが、【一】

は「春もむなしくくれなゐの」「ふぢなみ」「はるもとまらざりけり」などとあって、明らかに暮春の歌、【二】は「秋」「秋のゆふぐれ」「みねの秋かぜ」などとあり、秋の歌、【三】は「もみぢば」「あきぞくれゆく」「ゆくあき」とあって、晩秋の歌である。また【二】は「ふるゆき」「しらゆき」「みぞれ」などとあるから、これはまぎれもなく冬の歌であろう。同筆、同形態、そして同種の配列ということになれば、右の断簡はすべて一つの作品から生まれたものと断じてまず誤りないものと思われる。しかも配列が配列である。四季や恋の歌を一般的な基準に従って並べてみると断簡そのものの順序もわかり、ある程度の確度でそれらを並べることができる。特に【九】【一〇】のように、前者が、たづ、ちどり、ちどり、ちどり、ちどり、ちどり、の順で、後者が、ちどり、ちどり、ちどり、しぎ、みづとり、の順になっていると、その先後関係は実にはっきりする。あるいはこの両者は直接つづく断簡かもしれないと思われるほどである。現存する五首切をそうした基準に従って並べ換えると、

四・五・六・一・七・八・二・三・九・一〇・一一・一二・一三・一四・一五・一六・一七・一八・一九

のようになるだろうか。ただし後半の恋の部分は必ずしも定かではない。

五

家良の没後、四、五十年が経過したころの撰と思われる『夫木和歌抄』には、家良詠は全部で三四六首が収められている。周知のように『夫木和歌抄』には実に綿密な注記があり、それが和歌資料面でのひとつの大きな特徴ともなっているのだが、家良詠には「六帖題」「建長八年百首歌合」「宝治二年百首」などのほかに、「御集」とか「家集」とかと注記されているものが二三首に及んでいる。たとえば、

三六九三　御集、夏御歌中
ももしきやみはしのもとの橘になれし昔ぞ今も恋ひしき…………II（五五三）、新撰六帖（七六一）

四一九〇　御集、六帖題、都

村雨に散りかすぎなん山城の宇治の都の秋萩の花……………………Ⅱ（五三一）、新撰六帖（七五一）

四九九九　御集、秋御歌中

山田もる木曽のふせ屋のとまごしに又袖ぬらす秋のむらさめ…………（家集ニナシ）

一三八五三　家集、六帖題

花さけど人もすさめぬかへの木のいたづらにのみ身は成りにけり…Ⅱ（八六二）、新撰六帖（三三二）

といった具合である。ところが現存の家集Ⅰ・Ⅱ系と照合してみると、一致する歌はすべてⅡ系で、Ⅰ系は一首もない。『夫木和歌抄』が参照した『家良集』はそうするとⅠ系でないことだけは確かなのだが、四九九九「山田もる」のようにどちらの系統本にも見えない歌がある。またⅡ系本は原則として一首一首に題があるのに、三六九三「ももしきや」のように「夏御歌中」などとあいまいな書き方をしている歌もある。ややこしいのは『新撰六帖題和歌』中の歌である。前述したように「六帖題」と注された歌は多く、全三四六首の家良詠中二一三首もあるのだが、このうち四一九〇「村雨に」や、一三八五三「花さけど」のように、「御集」あるいは「家集」と注していながら、さらに「六帖題」と注している歌がある。Ⅱ系本の後半五一九首はすべて『新撰六帖題和歌』の家良詠だから、もし『夫木和歌抄』がⅡ系本を参照しているなら、当然「六帖題」の歌はすべて「御集」の歌でなければならないことになるだろう。ところが実際はほとんどが「六帖題」とだけ注していて「御集」との二重注記はきわめて少ない。『夫木和歌抄』の参照した「御集」はそうすると現存のⅡ系本そのものではなく、ごく一部の『新撰六帖題和歌』中の歌を含み持っていた家集ということになる。『夫木和歌抄』の注記の資料となったものが現存の『家良集』Ⅰ系でもなく、またⅡ系でもなかったとすると、それではどういう形態のものだったのだろうか。五首切の歌の配列はちょうど「夏御歌中」とか「秋御歌中」という表現にふさわしいように思われるが、しかし五首切もまたやはりそれには該当しないように思われる。なぜなら五首切中の歌で六帖題の歌と一致するものは一首もなく、五首切本そのものの成立が『新撰六帖題和歌』の成立以前と考えられるからである。そもそも『新撰六帖題和歌』の成立は後に述べるように定家没後のことである。五首切の筆者が定家というのは信じられないにしても、定家本を親本にしているとか、しばしば見られるように巻頭、巻尾などのごく一部が定家の筆跡で、大部分は定家風の筆跡で書かれているとか（たとえば穂久邇文庫蔵『物語二百番歌合』、冷泉家時雨亭文庫蔵『散木奇歌集』など）、そうした本文と同類と考えられるので、何らかの形で定家は関係していたと思われるのである。

すでに野口氏や田中氏が指摘されているように、五首切はむしろⅠの『後鳥羽院・定家・知家入道撰歌』が成立した際の資料になったものと考える方が納得しやすいだろう。Ⅰの系統本には二種のいわば奥書めいた文があって、一つは後鳥羽院撰のあとに、(A)もう一つは定家撰のあとに、(B)それぞれ次のような形で記されている（ただし書陵部蔵「後鳥羽院・定家・知家入道撰歌」にはBを欠いている。書陵部蔵「衣笠内府詠」と高松宮旧蔵「衣笠内府詠」にはあり、最も古く、同系統の祖本ともいうべき御文庫切にもあって、本文的には十分信頼し得るものである）。

A　愚詠自隠岐被召撰出給之

B　先年愚撰内々被召出不被返下
披露之上当世作者之哥自始不任
愚意被定下候訖仍更撰進
六十首将来若辨知此道同志之
輩候者必載撰集候歟於当時

世者辨存之人已断訖候歟
（一行アキ）
延應元七月京極入道中納言
被請愚草十二月廿四日被返
送之次相具之
大納言家良

Aは、冒頭に「愚詠」とあり、家良の立場による執筆と考えてまず問題はないだろう。後鳥羽院はすでに「隠岐」に流謫の身となっていて、撰歌は隠岐においてのものと知られるわけだが、Bはやや難解である。内容は前半と後半とに分かれていて、後半は問題なく家良のものと考えられる。延應元年（一二三九）七月、家良は京極入道中納言定家に「愚草」を請われ、十二月廿四日に定家からその撰が返送されてきたので、これに「相具」した、という。延應元年七月というのは、実は後鳥羽院が隠岐で崩御された五か月後のことである。両者の撰はそうすると後鳥羽院の方が早いことは明らかで、「被返送之次相具之」の記述は、すでにあった後鳥羽院撰と合体させたことを意味することになる。問題は前半である。特に二行目の「披露之上当世作者之哥……」のあたりはわかりにくく、前後の意味的なつながりも不明だが、先年「愚撰」を内々に召し出され、返下されずに披露された、当世作者の歌についてははじめから「愚意」にまかせず定め下される、そこで更めて「六十首」を撰進したのだが、将来、もしこの道に弁知する同志の輩がいたら撰集に載せてくれるかもしれないし、あるいはそうした人物はすでにいなくなっているかもしれない、というほどの意味であろうか。この文が定家撰の奥書の部分にあたり、「愚撰」「愚意」とあって、しかも数は「六十首」と現存の家集に一致しているとなると、この文の執筆は定家と考えてまずその点は間違いないように思われるのだが、「愚撰」を内々に召し出されたのはそれでは誰なのか。最も可能性の大きいのはやはり後鳥羽院であろう。当時の定家と後鳥羽院との関係から言えば問題は残るが、概して強い不満の口調が読み取れる文全体のトーンから考えると、定家の後鳥羽院に対する思いがほとばしり洩れたものとしか考えられないように思われる。ともかくこうした奥書ふうのいくつかの記述から知られることは、まず家良詠に対する後鳥羽院の隠岐での撰があり、後鳥羽院の崩後、定家が改めて家良詠を求めて撰をした。おそらく定家は早くから家良には撰を依頼されていて、一度は試案が出来たのだが、後鳥羽院に召し出されてそのまま返却されなかった。後鳥羽院の崩御という事態がもしなかったら、二度目の定家の撰はずっと遅くなったか、あるいは永遠になかったかもしれない。両者の間にはそれほどのわだかまりがあった。次に示した簡単な年表によっても知られるとおり、後鳥羽院の崩じた二年後、定家も没しているのである。八十歳であった。従ってこの仕事は定家にとっては最晩年の仕事に属することになる。知家撰はさらにそのあと、おそらく定家の没後、後鳥羽院や定家の目を意識することなしに自由になされたものであろう。前二者とは形式も異なっているし、一致する歌が一首もないのは注目される。

定家の求めた「愚草」が、もし定家のもとで書写されたとするならば、この五首切がそれに最もふさわしいもののように思われる。詞書も部立もなく、部類別に配列されているとは言え、ただ単に歌だけを羅列した形態は、家集というよりはむしろそうした撰歌資料としての歌稿である。あちこちに施された合点は、もしかしたら撰歌のための定家の心覚えかもしれない。現段階で認められる合点歌は全部で一三首あり、そのうち定家撰（Ⅰ系、歌番号でいうと二六番から八五番まで）と一致するのは六首しかないのだが、定家撰に入っていて逆に合点のついていない歌もまた一首しかないので、見方によってはその相関関係はかなり高いとも言えるのである。あるいは最終的な段階に絞り込む前の、いわば一次予選的段階のメモと考えてよいのであろうか。後鳥羽院撰や知家撰も同

西暦		家良年齢	事項
一二三九	延応元	48	二月二十二日　後鳥羽院崩（60）。七月　定家ニ詠草送付。十二月二十四日　定家撰、返送。
一二四〇	仁治元	49	
一二四一	二	50	八月二十日　定家没（80）。
一二四二	三	51	
一二四三	寛元元	52	十一月二十一日『新撰和歌六帖』詠始。
一二四四	二	53	三月二十五日『新撰和歌六帖』詠了。
	（中略）		
一二五八	正嘉二	67	十一月　知家没（77）。
	（中略）		
一二六四	文永元	73	九月十日　家良没。

じ資料によったのかどうかについてはまだ何とも言えないが、少なくとも定家撰の資料にこの五首切がなったと考えることはあまり無理なく出来そうである。従来知られていたⅠ・Ⅱ系の伝本以外に、相当数の独自歌を持つ伝本が現われたことは、それがきちんとした家集の形態を持っていないものであるにしろ、歌人家良を考える際に非常に重要な意味を持つものと言えよう。五首切そのものの発掘は今後もつづくであろうが、それによっては『家良集』の理解もより一層すすむことが確実である。定家没年時までの家良詠草群が五首切で、『夫木和歌抄』の資料となった「御集」はそれとは別だとすると、またまったく異なった系統の本文が別に存することになり、その点も非常に興味ある問題となってくる。さらに多くの資料の出現が期待されるのである。以上、現段階にお

ける五首切の収集およびその持っている意義と問題点とについて考えてみた。

(1) 野口元大「伝定家筆五首切の一葉」和歌史研究会会報 62〜64合併号 昭和52・5
(2) 本書第III章の八、参照。
(3) 三村晃功『中世私撰集の研究』所収 和泉書院 昭和60
(4) 伊井春樹『古筆切資料集成 三』思文閣出版 平成元
(5) 田中登『古筆切の国文学的研究』所収 風間書房 平成9
(6) 小松茂美『古筆学大成 20』講談社 平成4
(7) 田中登他編『須磨寺塔頭正覚院所蔵古筆貼交屏風』ジュンク堂書店 昭和63
(8) 国文学研究資料館編『逸翁美術館蔵国文学関係資料解題』明治書院 平成元

〈追記〉

右以後、次の六葉が見出だされた。各断簡の内容的まとまり、配列、その他、すべて右論旨に完全に合致する。特に断簡【三】は晩春と初夏の境目にあたり、「夏」の項目名も見える、大変貴重なものである。ゆるやかな、しかししっかりとした部類分けがなされていたことがこれによって確認される。

【三〇】尊経閣文庫二号手鑑

うつろふ桜（晩春）

しらつゆのたまこきませてさほひめの
むすふやはなのかつらきのやま

くれなゐのとをやまさくらうつろひぬ
みねのさくらのいろもちくさに
いまはとてうつろふからにさくらはな
なといひしらぬにほひそふらむ
はるをへてならふならひのかゐやなき
うつろふはなになけきわひつゝ

【三】同右　山吹（晩春）

やまふきの花のちしほにうつろへは
したゆくみつもふかきいろかな
山ふきの花もいくしほふかけれは
うつるもそむるはるのかはなみ
ゆく水のおのれせかれぬやまかはに
かけのみよとむきしのやまふき
やまふきのうつろふいろの花さかり
いはてすきゆく春そつれなき
のこりなきやよひのくれをちきりにて
さくほとつらき山ふきのはな　Ⅰ（一五三）

【二二】ふくやま書道美術館蔵手鑑『久澄』

しゐてなお春やゆくらむやまさくら　　ゆく春

ちりかひくもるはなのまよひに……………………I（三四）

夏

たちそむるなつのけしきはもゝしきの　　初夏

おほみや人のそてにみえけり

あさつくひさすやおかへのならかしは

かけこそもらねなつはきにけり

わかれてのゝちしのへとやゆく春の

ひかすにはなのさきあまるらん……………………I（三五）、新拾遺・夏（三〇三）「夏歌の中に」、雲葉・夏（二八二）「題不知」

【二三】林家旧蔵（現文化庁蔵）手鑑　第一帖

このねぬるあさのさころもうすきりの　　初秋

たつやひとよのあきのはつ風

時のまのうつれはか《は》るけしきかな

きのふもふかぬ秋のはつかせ

秋はまたひとよはかりをしらつゆの

おきてあさけのそてそすゝしき

うたゝねのみにしむかせにおとろけは

そてにつゆひぬあきはきにけり
あさちはらふるきまかきもあとみえぬ
おしかのそのに秋はきにけり

【二四】同右　第二帖　雑あるいは哀傷
めにちかくいやはかなゝるよのなかに
人をかそへてそてはぬれつゝ
よのなかにいきとしいけるものはみな
つゐにをはりのあるそかなしき
あはれわかふりはてぬみのほとにたに
さま〳〵みつるゆめそかなしき
心あらはいとふへきよのことはりも
おもひさためてとしそふりゆく
うかるへきよのことはりをみてしより
おもふはかりはみをもなけかす

【二五】日比野浩信「私家集断簡拾遺」（久保木哲夫編『古筆と和歌』所収）
□のほとはこほりにようらぬともふねの　冬
みきはにとをきしかのからさき

うちわたすこまもなつみのかはよとに
やまかせあらくこほるふゆかな……………………Ⅰ（一一〇）

かせさゆるあしまあ□□にすむ月の
しもをかさぬるをしのけころも……………………Ⅰ（四六）

一〇　中務卿具平親王とその集

一

村上天皇の第七皇子具平親王は、『栄花物語』巻八「はつはな」に、

中務の宮の御心用ゐなど、世の常になべてにおはしまさず、いみじう御才賢うおはするあまりに、陰陽道も医師の方も、よろづにあさましきまで足らはせ給へり。作文・和歌などの方、世にすぐれめでたうおはします。心にくくはづかしきこと限りなくおはします。

と記されているように、学問の分野でも芸能の分野でも、すべてに通じ、博学多識、実に才能豊かな人であった。

その生涯については、早く、

大曽根章介「具平親王考」(1)

という論考があり、さらにくわしくは、同じ大曽根氏による、

「具平親王の生涯（上）」(2)

「具平親王の生涯（下）」(3)

という労作がある。いずれの論考も、どちらかというと漢文学の分野に力点をおいて叙述されたものであるが、本稿はもっぱら和歌の面、しかも今では散佚してしまったその家集がどのようなものであったかについて考えてみようとするものである。

家集については、すでに萩谷朴氏が、

「所謂〝伝寂然筆自家集切〞は具平親王集の断簡か」(4)

で明らかにされたとおり、伝寂然筆と称される一群の古筆切がその断簡であろうかとする。氏ははじめ、二葉の断簡と、六葉から成る巻子本形式の残巻（うち二葉は藤原定家と一条兼良とによる奥書）とから論じられたのだが、後に集成した『私家集大成　中古Ⅰ』の段階ではさらに二葉増え、そのうちの一葉が「なかつかさのみこのしふ」という外題の部分であったことから、それは一層確定的となった。具平親王は、その邸宅から六条宮、あるいは千種殿などとも呼ばれたが、中務卿でもあったので、中務親王とも、後中書王とも呼ばれた。後中書王とは、醍醐天皇皇子でやはり文人で中務卿であった兼明親王を前中書王と呼んだ上での対比である。中書とは中務省の唐名である。

ところで古筆資料による研究の一つの大きな泣き所は、常に中間発表的な性格を持たざるを得ないということである。基本的な考え方は動かないにしても、新しい資料が出てくれば当然その段階で改めて考えなおす必要が出てくるし、こまかな部分では新しい知見も得られよう。この小論もそういう意味ではどこまでも中間発表でしかないのかもしれないが、伝寂然筆と称される『具平親王集』の断簡（「大富切」と称される）についてはその後も新しい資料に恵まれている。現段階で改めて考えなおしてみる価値は十分にあると思われ、以下はその報告と考察である。

二

『私家集大成』以後、新たに見出だされた断簡は次のようなものである。一部はすでに、

伊井春樹「伝寂然筆『具平親王集』切」(5)

によって示されていたが、

小松茂美『古筆学大成　第十九巻』(6)

が出るに及んで、その数は一挙に倍増した。私は残念ながらそのほとんどを図版でしか見ていないが、読みにくい特異な筆跡で（【口絵5】参照）、しかもいわゆる散らし書き、詞書と歌との区別も定かでないところがある。萩谷氏によると、前述した定家真筆の奥書の部分には、

唯心房寂然壱岐守頼業

少年之時狂手跡也

とあるよしであり、定家と寂然との関係から考えても、この鑑定には「万一の狂いはないものと思われる」とされるものである。大胆なその筆づかいはとても「少年之時」のものとは思えないが、ともかく読みにくいことは確かで、『私家集大成』や『古筆学大成』における翻字も何か所かにわたって首をかしげざるを得ないところがある。以下は散らし書きを通常の形に書き改め、何とか判読して、歌と詞書とに分けて記したものである。どうしても判読不能の箇所は空白のまま残し、枠で囲っておいた。

K【MOA美術館蔵手鑑『翰墨城』】

8　花みれはよのはかなさそしられけゐ春をすこしてちらしとおもへは

L
【五島美術館蔵　鴻池旧蔵手鑑】
はつゆきのあした、よのはかなきことを
9　おもふ人のかのみや人をおくらなむきえとまりふるゆきの世中

M
【永青文庫蔵手鑑『墨叢』】
10　あさな〳〵ひとへはやへのはなとこそみれ
宮の御てつからかゝせたまへるを、一品のみやよりかりきこえさせたまひて、返したてまつらせたまふとて

N
【岩国吉川家蔵手鑑『翰墨帖』】
かしたてまつれとて、いほうしりといふむしをつくりて、よもきにつけてかける
11　こゝろさへきえやははつるあさちふの露にかつけんすかたなれとも

O
【手鑑『筆鑑』　昭和52年「西武古書展示即売会目録」所載】
12　ひ《(ママ)》そへてしつこゝろなきよのなかにくものもりをもいとゝきくかな
これをきゝて、左衛門のかみ、かへしゝたりける人にいひおこせ

P
【古筆学大成　巻十九　81】

つのかみためよりなくなりて又のとしの春なりけれは

13　もろともにこそさふらひしおいらくもひとりはみえすなりもていくよに

人、うきなたつころ、ひとにつかはす

Q【古筆学大成　巻十九　82】

月のあかゝりけるよ、よふくるまておはしまして

14　よにふれはものおもふとしもなけれとも月にいくたひなかめしつらむ

R【古筆学大成　巻十九　83】

おほんかへし

15　朝露のほとたにまたぬよのなかははなもちとせの心ちこそすれ

松下逐涼

S【古筆学大成　巻十九　85】

16　すみかをはとへともたれをたのむなるらむ

又おこせける

17　つねならすしくるるゝ（ママ）」（以下別丁）

この和哥かくなんいひにやりつると人のもとにいひおこせたりけれは、かくそよみてやりける

T【古筆学大成　巻十九　87】

女御殿

18　おもひやる心しきみをはなれねはとほきほとゝもおほえさりけり

御返事　宮

19　よろつよを行するとほくいのれはやはるかにのみは

『私家集大成』にはすでに一〇葉（外題、奥書部分を含む）、七首が収められているので、断簡符号、歌番号は仮にそのつづきのものとした。新出断簡は全部で一〇葉、一二首、従って総合計は二〇葉、一九首ということになる。（追記参照）ただし断簡Sは実は二葉分で、料紙はつづいているものの、内容的には前半と後半とではつながらない。古筆学研究所の神崎充晴氏のご教示によると、これはあきらかに列帖装の一部とのこと。要するにある綴じの途中の部分に当たる料紙が見開き状態になっているのである。萩谷氏によって紹介された田中親美氏蔵の断簡六葉は巻子本仕立だそうだから、それは当然のちの改装によるものということになろう。

三

近時、冷泉家から出現した「集目録」なる文献には定家の真筆で「中務宮具平」との記述がある。「集目録」は定家が所持した家集のいわば所蔵リストとも言うべきものだが、そうした性格を持つ目録の中に見える記述である。定家手沢の『具平親王集』があったことはその点からも確認できるわけで、定家の奥書を有するこの断簡群が、「集目録」に載る「中務宮具平」の家集そのものの切であると考えることは容易であろう。

断簡同士の順序はもちろんわからない。新出断簡は一応名のある手鑑所載のものから順に掲げたが、多くは散らし書きのために一葉に書かれる歌数が少なく、本来の歌順のあり方を一層推定しにくいものにしている。しかし一葉一葉を丹念に調べていくと、いろいろとおもしろいことがわかってくる。

断簡Kはやはり散らし書きで、一葉一首の、あたかも色紙のように書かれたものだが、実はこれは、『秋風和歌集』雑上(一〇六四・一〇六五)に見える次のような贈答歌のうちの一部なのである。

中務卿のみこのもとに、桜のはなのさかりなりけるをつかはすとて　　廉義公

花みればよのはかなさぞしられけるはるをすぐしてちらじと思へば

かへし　　なかつかさ卿のみこ具平

あさ露のほどだにまたぬよの中は花も千とせのここちこそすれ

断簡だけを見ている限りでは、当然8番歌の「花みれば」は具平親王の詠と考えてしまうであろう。しかし実はこれは「廉義公」すなわち公任の父である藤原頼忠の詠で、返歌の「あさ露の」の方が具平親王の詠だったのである。しかも断簡Rがちょうどその返歌の部分に当たる。まったく偶然だが、断簡Kと断簡Rとは直接つづく部分であることもわかった。他の文献によってこうした事実が確認されなければ、おそらくわれわれはずっと誤解したままだったであろう。二葉の断簡の先後関係も当然不明のままだったはずである。

同じようなことは断簡Pについても言える。当断簡の書きようは歌と詞書との区別がまったくなく、むしろ歌が詞書の中に埋没しているといった形になっているが、内容や音数律から辛うじてそれと判別できるものである。もちろん摂津守為頼の亡くなった翌年、親王によって詠まれた歌、とこのままでは理解せざるを得ないだろう。ところが同じ歌が、この場合は『長能集Ⅱ』(九四・九五)に次のように見える。

中つかさの宮にて、こぞの春、つの守ためよりの朝臣とさぶらひて、歌などよみけるを、けふわする

なゝど、宮ののたまはせけるに、為頼なくなりて又のとしの春、宮よりのたまはせたりける

如何なれや花のにほひもかはらぬにすぎにし春の恋しかるらむ

御かへし

もろともにこそさぶらひしおいらくも人にはみえずなりもてぞゆく

やはりこれも「如何なれや」という親王の歌に対する長能の返歌なのである。後にも述べるが、為頼が没したのは長徳四年（九九八）、当時親王は三十五歳、長能は五十歳である。為頼の年齢は不明だが、「もろともにこそさぶらひしおいらくも」というのは長能の言にしてはじめてふさわしいと言えるだろう。第四句は「ひとりはみえず」に対して「人にはみえず」と異同があるが、断簡の「ひとりはみえず」の方がわかりやすい。なお「如何なれや」の歌は、『後拾遺集』雑一（八九一）に、

はるのころ、為頼、長能などあひともにうたよみはべりけるに、けふのことをばわするなといひわたりてのち、為頼みまかりてまたのとしのはる、長能が許につかはしける　　中務卿具平親王

いかなれやはなのにほひもかはらぬをすぎにしはるのこひしかるらん

とあり、親王の歌であることがこの面からも確認できる。

なお、ついでに言うならば、断簡Rの末尾に書かれている「松下逐涼」の歌は、『千載集』夏（二〇七）所載の、

松下納涼といへる心をよみ侍りける　　中務卿具平親王

とこ夏のはなもわすれて秋かぜを松のかげにてけふは暮れぬる

である可能性が高い。「松下逐涼」と「松下納涼」という違いはあるが、これは『新編国歌大観』本によったからで、『千載集』諸本の中には、例えば八代集抄本や静嘉堂文庫本、竜門文庫本などのように「松下逐涼」という伝本もあり、むしろその方が多いのである。『題林愚抄』（夏下　二八一〇）では「松下納涼」という題が別にあ

るにもかかわらず、わざわざ「松下逐涼」という題のもとでこの歌が引用されている。詞書の部分だけでなく、歌の部分の断簡も見出だされるならば、おそらく簡単に解決のつく問題であろう。

四

断簡Mの10番歌は、前半部が切られていて第三句以下しか明らかでないが、『公任集』（一八八・一八九）に見える次の歌に一致する。

　中務の宮に、やえぎくうへ給ふて、ふみつくり、あそびし給ひける日
をしなべてひらくる菊はやへ〳〵の花のしもにぞみえわたりける
　宮
閨のうへのしもとをきゐて朝な〳〵ひとへにい《や歟》への花をこそ思へ

「中務の宮」とはもちろん具平親王のことであるが、要するに公任との贈答であることがわかる。公任と具平親王とはそれぞれの母がいずれも醍醐天皇皇子代明親王の女で、両者はいわば従兄弟の関係になる。和漢の才といい、芸能の才といい、その博学多才ぶりは実によく二人に共通していて、親王の方が二歳年長だが、心の通い合う、本当に親しい間柄でもあったらしい。『拾遺集』や『後拾遺集』、あるいは『公任集』などに両者の間で詠み交わされた歌が何首も残されている。

断簡Sも、そうしたやりとりを示す一つの例である。もちろんこの場合も断簡からだけではわからない。『公任集』（四九三〜四九九）に、

　なりとものむまのかみ、すけしてうぢ院にすむころ、あひにいきて
秋ふかみ霧立わたる朝な〳〵くものもりなる君をこそおもへ

なかつかさの宮きゝ給て
そむきにし跡をいかでか尋まし霧も立そふ雲のもりには
とあれば
白雲にあとくら〳〵に行（く）かずもとひもやすると思ひけるかな
御返し
諸共に契し雲のすみかにはとへども誰を頼む成らん
又宮より
秋ふかき同じかざしのことのはゝ山下露やもらんとすらん
御返し
つねならず時雨る空の言のはゝもるとも露を何とかは思
又
いふにだにしぐれん空はつれ〲と詠めの後は思ひこそやれ

とあることによって、「すみかをは（諸共に）」が具平親王詠、「つねならす」がそれに対する公任詠であることがわかる。ただし『公任集』によればその間にもう一首「秋ふかき」という親王詠が入り、「つねならず」の歌はそれに対する返歌という形になっている。「言の葉」「露」「漏る」などの語が両者に使われているところを見ると、贈答歌としては『公任集』の方がずっとわかりやすいが、断簡ではなぜそのような形になっているのかは不明である。また「秋ふかみ」「そむきにし」の両歌には「くものもり」なる語が用いられていることも興味深い。この「くものもり」は非常に特異な語で、『夫木和歌抄』（雑部四　森）に一首だけ使用例が載せられ、「国未勘之」と注せられているものである。ところが断簡Oの12番歌にも同じように「くものもり」が用いられている。この歌は初句「ひそへて」をはじめ非常に意味のとりにくいものだが、あるいはこれと同じ折の詠であろうか。次の詞書に見える「左衛門のかみ」は当然公任ということになろう。

『私家集大成』所収の断簡B（歌を欠いている。第二葉目の断簡）は、出光美術館蔵の手鑑『見ぬ世の友』に見られるものだが、やはり公任とかかわりのあるものである。次の翻字は一応私見によった。非常に読みにくい断簡で、この読みが絶対に正しいかとなると自信があるわけではないが、『私家集大成』の読みそのものには少なくとも問題がある。

ためよりなどを御ともにていはくらにおはしましけるを、さねかたの中将きゝて、などかめしなかりけむ、いまだゝひらかならず、さぶらはむ、ときこえたりける

これとほとんど同じ詞書を持つ歌が、次のように『千載集』と『公任集』とに見える。

【千載集　哀傷　五四五・五四六】

はなのさかりに藤原為頼などともにて、いはくらにまかれりけるを、中将宣方朝臣、などかかくと侍らざりけむ、のちのたびだにかならず侍らんときこえけるを、そのとし中将も為頼もみまかりける、またのとしかの花をみて、大納言公任のもとにつかはしける

中務卿具平親王

春くればちりにし花もさきにけりあはれ別のかからましかば

かへし

大納言公任

行きかへり春やあはれとおもふらん契りし人の又もあはねば

【公任集　五五九・五六〇】

花の盛に藤原為頼などともなひていはくらにまかれりけるを、中将実方朝臣、などかく侍らざりけん、後のたびにかならず侍らんと聞けるを、そのとし中将も為よりも身まかりける、又の年、かの花の比、

中務卿具平親王のもとより

春くれば散にし花も咲にけり哀別のかゝらましかば

返し

行かへり春や哀と思ふらん契りし人のまたもあはねば

要するに具平親王が公任や為頼などを伴って岩倉に花見に行った。誘われなかった実方は恨んだが、その年のうちに、一緒に行った為頼も、恨んだ実方も亡くなり、翌年、親王と公任とが二人との別れを悲しみ、その気持ちを詠み合った、というものである。ところが断簡と『千載集』、『公任集』の三者を比較してみると、花見に誘われずに恨んだのは実は「中将実方朝臣」ではなく「中将宣方朝臣」である可能性がある。『千載集』では「中将宣方朝臣」となっている。しかしややこしいことに、この箇所は『千載集』でも『公任集』でもそれぞれに異同があって、『千載集』の場合には八代集抄本や陽明文庫本は「宣方」、静嘉堂文庫本は「実方」であり、『公任集』の場合は群書類従本や榊原家本は「宣方」、書陵部本は「実方」なのである。いずれも漢字表記なので「宣」と「實」とのくずし方による紛らわしさからの混乱かと思われるが、断簡では仮名書きで紛れもなく「さねかた」とある。源宣方にしても藤原実方にしてもその没年が同じ長徳四年（九九八）なので、贈答歌の詠作年次そのものは翌長保元年（九九九）の春ということで間違いはないと思うのだが、「宣方」が正しいのか「実方」が正しいのかはそのために却って判断しにくいものにもしている。『千載集』には撰者である俊成自筆の日野切があり、そこでの表記を知りたいところだが、残念ながら日野切は現在のところ下巻部分しか残っていない。問題なのは両者の官職である。いずれも中将経験者なのでそのこと自体は問題ないのだが、没年時に中将だったのは宣方の方である。しかも実方は当時陸奥守在任中のはずで、没したのも陸奥だと伝えられている。長徳四年当時在京していなかったはずの実方が該当する可能性はほとんどないと言っていいだろう。書写が古く、明確に仮名で記されているからといって、必ずしも信用できるものではない、これはひとつの例になるかと思われる。

現存している断簡には見えないが、そのほかにも具平親王と公任との交流を示す和歌資料は数多く見受けられる。『拾遺集』雑春（一〇〇五）にある、

正月に人々まうできたりけるに、又の日のあしたに、右衛門督公任朝臣のもとにつかはしける

中務卿具平親王

あかざりし君がにほひのこひしさに梅の花をぞけさは折りつる

の詠は、『公任集』（一八・一九）にも、

中務の宮にて、人〴〵さけのみしつとめて、宮のきこえ給ふける

あかざりし君が匂ひのこひしさに梅の花をぞけさは折つる

返し

今ぞしる袖にゝほへる花の香は君がおりけるにほひなりけり

とあり、『為頼集』（三一〜三二）にも、

正月十三日、ひとひまいりたまへりしのち、左兵衛督の宮にまいらせたまふ

あかざりしきみがにほひのこひしさにむめのはなをぞけさはおりつる

宮

いまもとるそでにうつせるうつりがはきみがおりけるにほひなりけり

いへあるじ

こひしきにはなをゝりつゝなぐさめばうぐひすきゐんむめものこらじ

とあって、『為頼集』だけは詠歌の状況、ないしは歌の詠み手に問題があるものの、ある年の正月（竹鼻績「藤原

公任の研究―公任集作歌年次考―」(7)によれば、長徳元年正月)、親王のもとに参上した公任や為頼との翌朝のやりとりであることがわかる。

また『後拾遺集』春上(一二七)には、

大納言公任、はなのさかりにこむといひておとづれはべらざりければ

中務卿具平親王

はなもみなちりなんのちはわがやどになににつけてか人をまつべき

と、約束を違えて花見に来なかった公任に対して詠んだ歌があり、『詞花集』雑上(三〇一)には、

月のあかく侍りける夜、前大納言公任まうできたりけるを、すること侍りておそくいであひければ、まちかねてかへり侍りにければつかはしける

中務卿具平親王

うらめしくかへりけるかなつきよにはこぬ人をだにまつとこそきけ

とあって、せっかく来たのに会わずに帰してしまった公任に対して詠んだ歌がある。前者は『為頼集』(一四)に「中務のみやの御」としてあり、後者は『公任集』(三四三・三四四)に、

おなじ宮にまいり給たる人に、契給ひたりける事有ければ、心もとなくて、まだ出給はぬにいで給ひにければ、つとめて

うらめしく帰りけるかな月よにはこぬ人をだにまつとこそきけ

御返し

夜をさむみ月よゝし共つげざりしやども過うく思ひし物を

という形で返歌とともに見えるものだが、いずれにしても非常に親しい間柄であったことがわかる。

なお『袋草紙』（上巻）に引用される次の記事は、親王と公任とによる人麿・貫之の優劣論と、公任の「三十六人撰」はそれがもとになって成立したかとされる、きわめて有名なものである。

朗詠江注云、四条大納言、六条宮被レ談云、貫之歌仙也。宮云、不レ可レ及ニ人丸一。納言云、不レ可レ然。爰書ニ秀歌十首一。後日被レ合。八首人丸勝、一首貫之勝、此歌持と云々。夏の夜はふすかとすれば郭公。自ニ此事一起三十六人撰出来歟。

しかし以上のような両者の関係から考えるならば、その優劣論は、決して論争というような、大げさなものでも、また厳しいものでもなく、もっと和やかな、和気藹々とした雰囲気のもとで行なわれた、一種の和歌談議のようなものだったと考える方が穏当なのではないだろうか。

五

具平親王の勅撰集入集歌は、全部で四二首。その内訳は、

『拾遺集』四首、『後拾遺集』二首、『詞花集』一首、『千載集』四首、『新古今集』八首、『続後撰集』一首、『続古今集』一首、『続拾遺集』一首、『玉葉集』七首、『続千載集』二首、『続後拾遺集』三首、『風雅集』一首、『新千載集』二首、『新拾遺集』三首、『新後拾遺集』一首、『新続古今集』一首

となる。また主な私撰集の入集歌は次のとおりだが、勅撰集との重複歌も多く、実質的な歌数の増加は、『万代和歌集』の一首と、『秋風和歌集』の三首のみである。

『和漢朗詠集』一首、『玄玄集』二首、『新撰朗詠集』三首、『続詞花集』二首、『万代和歌集』九首、『秋風和歌集』三首、『雲葉和歌集』二首

従って勅撰集と私撰集とから知られる具平親王詠は全部で四六首。ただ問題なのは『夫木和歌抄』の場合であ

る。同集に見える「中務卿親王」とか「中務卿のみこ」というのは、一般には後嵯峨天皇皇子である宗尊親王のことと考えられている。確かにその可能性は大きい。作者名表記の箇所に「中務卿のみこ鎌」とか「中務卿親王鎌倉」と記されているものがあり、それらは明らかに宗尊親王を指すからである。しかし「鎌」や「鎌倉」の付されていないものはどうか。全一八〇首中、一〇六首にも達する、その一首一首を調べてみると、たとえば「六帖題御歌」とか「三百首御歌」とか注されているものはやはり宗尊親王の詠としか考えられず、「御集」ないしは「家集」と注されているものの中でも、『瓊玉和歌集』『柳葉和歌集』『中書王御詠』『竹風和歌抄』などの、いわば『宗尊親王御集』と呼べるものによって親王詠と確認できるものが少なくないのである。ところが次のような歌（秋部　四五四八七）がある。

　　露　　　　　　　　　　　　　　　中務卿親王
夜もすがら荻の葉風はたえせぬをいかでか露の玉とぬくらん

これは『新拾遺集』秋上（三二四）に、

　　題しらず　　　　　　　　　　　中務卿具平親王
夜もすがら荻のは風のたえせぬにいかでか露の玉とぬくらん

とあり、『万代集』秋上（九一一）にも、

　　題不知　　　　　　　　　　　　中務卿親王具平
よもすがらをぎのはかぜのたえせぬにいかでかつゆのたまとぬくらむ

とあって、これらを信ずるならば具平親王詠ということになる。そもそも『万代集』初撰本の成立時にはまだ宗尊親王は七歳のはずで、この歌がもしはじめから入っていたとすると、絶対に宗尊親王の詠であるはずがない。『夫木抄』には他の文献を調べてもなおどちらとも確認できない歌が何首かあるが、それらの中にはあるいは具平親王詠があるかもしれないのである。さらに残存歌数が増える可能性はあるだろう。

ところで、『八雲御抄』（正義部　学書）に、

六帖後中書王六条宮

という記述があり、『和歌色葉』にも、

私の集、打聞、髄脳、口伝、物語、思々に、おの〳〵やう〳〵におほかり。憶良が類聚歌林、師氏枇杷大納言の海手古良、天神の菅家万葉集、浜成の和歌の式、摂政家謙徳公の豊蔭、増基法師が廬主、石見の女の髄脳、宇治の僖撰が式、六条の宮後中書王の六帖、源賢多田法眼が樹下集、麗花集とて侍るは誰が撰とも聞えず。

とあって、具平親王には「六帖」なる著作物があったことがわかる。『和歌色葉』によれば、それは「私の集、打聞、髄脳、口伝、物語」などであり、具体的にはどういう種類の著作物であったか定かではないが、『源平盛衰記』七（大納言出家事）によると、

御布施ニハ六帖抄ト云御歌雙紙ヲゾ被渡ケル。彼抄ト申ハ、村上帝第八皇子具平親王家ノ御集ナリ。此親王ヲバ六条宮トモ申ス。後中書王共申。中務親王トモ申ケリ。内ニ道念御座シテ、外ニ仁義ヲ正シ、管絃ノ妙曲ヲ極メ、詩賦ノ才芸ニ長ジ給ヘリ。歌道殊ニ巧ニ御座ケルガ、後ノ世ノ御形見トテ集サセ給タリケル草子也。此大納言（成親）モ、彼抄ヲバ無類オボサレケレバ、配流ノ時身ニ付ル物ハナケレ共、此抄計ヲバ、是レ迄モ被随身タリケリ。旅ノ空、布施ニナルベキ物ナカリケレバ、泣々被出ケルコソ最哀ナリ。

ともあり、そこでは明確に「御集」と記され、しかも「歌道殊ニ巧ニ御座ケルガ、後ノ世ノ御形見トテ集サセ給タリケル草子」であったこともわかる。この「六帖抄」と、今問題にしている断簡群、すなわち定家の書き遺した「中務宮具平」なる手沢本とどういう関係にあるのか、もちろん俄かに断ずることは出来ないが、他の文献に遺っている具平親王詠の状況から推察すると、その資料としての家集にはかなりの量の作品が考えられよう。し

かしすでに繰り返し述べてきたように、断簡群は料紙の使い方が非常にぜいたくで、ほとんど散らし書きだから、到底そこには多数の歌が書かれていたとは思われない。「六帖抄」はそれに対し、名称から判断しても相当数の作品集であった可能性がある。断簡群はその抄出であった可能性ももちろんあるわけだが、何はともあれ、具平親王には複数の家集が存在していたのではないかと私は考えている。

---

(1) 大曽根章介「具平親王考」国語と国文学 昭和33・12
(2) 〃 「具平親王の生涯(上)」古代文学論叢10『源氏物語とその周辺の文学 研究と資料』武蔵野書院 昭和61
(3) 〃 「具平親王の生涯(下)」和漢比較文学叢書12『源氏物語と漢文学』汲古書院 平成5
(4) 萩谷朴「所謂〝伝寂然筆自家集切〟は具平親王集の断簡か」和歌文学研究22 昭和43・1
(5) 伊井春樹「伝寂然筆『具平親王集』切」日本古典文学会会報 第一一二号 昭和62・7
(6) 小松茂美『古筆学大成 第十九巻』(伝寂然筆中務親王集切)講談社 平成4
(7) 竹鼻績「藤原公任の研究—公任集作歌年次考—」山梨県立女子短期大学紀要 昭和45・3

〈追記〉
小論以後の関係文献には次の三点があり、以下の断簡の追加と、「六帖」に関する萩谷説や拙論への訂正がある。

久保木秀夫「散佚歌集切集成 増訂第一版」科研報告書別刷 平成20
〃 『中古中世散佚歌集研究』青簡舎 平成21
〃 「大富切補遺」鶴見日本文学会報69 平成23・10

U【春日井市道風記念館『秋の特別展　諸家集の古筆』】

正月つこもり左衛門督殿ゝ女房たちうたよみたりけるを御らんしてゆゝしのほとなに（以下判読不能）

なかはゆくほとたにほとたにとしはひさしきを

V【春日井市道風記念館『秋の特別展　諸家集の古筆』】

そのとしのはるおはしましたりけるはなのおなしことさきてかの人はなかりけれは

W【田中親美旧蔵メモ】

かくはつかしの中務宮しふ

春はなほこぬ人またしはなをのみ心のと《か》にみてをくらさむ

X【国文学研究資料館蔵】

おほえしときこえたまへりけれは　四条大納言

ゆきかへりはるやあはれとおもふらむ

Y　久保木秀夫蔵【口絵5】参照

すみそめのそてはそらにもかさなくにしほりもあへすつゆそおきける

二　京極関白師実とその和歌活動

一

完本としては現存しないが[1]、かつて京極関白師実に家集があったらしいことは、久曾神昇氏がその著『仮名古筆の内容的研究[2]』第七節「京極関白集切」にくわしく述べられており（なお「日本文学研究　第一三号」昭和25・6、『書道全集　第一四巻』昭和31・9等にもすでにその旨の指摘がなされている）、家集断簡と思われるものが一二葉分紹介されていて、それにより計一六首の歌（他に詞書のみの箇所が二首分）が知られることになる。『私家集大成　中古II』では、配列の問題を含め、ほとんどが全面的に久曾神氏説によっている。

ところが最近新しい断簡、連続した見開き二葉分が小松茂美氏の古筆学研究所により発見紹介された。『過眼墨宝撰集[3]　4』所載の伝源俊頼筆京極関白集切がそれで、縦二〇・三センチメートル、横二七・五センチメートル。内容は次のとおりである。

康資王母のうすはな

さくらのうたを判者
経信大納言くれなゐの
さくらは詩にはつくりは
へれと歌によみたること

なんなきと難しまう
しけれはあしたにか
の康資王母のかりのたう
ひつかはしける
しら雲はたちへたつれとくれなゐの
うすはなさくらこゝろにそそむ

一見して有名な「高陽院七番歌合」の折のものであることが知られよう。萩谷朴氏の『平安朝歌合大成』には「二二七　嘉保元年八月十九日　前関白師実歌合」として収載されているものである。師実が高陽院において催した歌合で、判者は源経信。「左方女房七人」「右方男七人」の計一四人の歌人がそれぞれ桜、郭公、月、雪、祝の五題を一首ずつ詠み、各七番ずつつがわせたものだから、都合三五番の歌合となる。右のやりとりは歌合のすべてが終ったあと、主催者の師実が当日の歌人の一人であった康資王母に対して感想を述べた部分で、歌合本文では次のようになっている。

桜の二番の歌、持にはせらるる、なほ左歌めづらしきにやあらむ、殿より筑前の君につかはす御歌

白雲にたちまさらねどくれなゐの薄花桜心にぞしむ

御返　筑前

白雲はさも立たば立て桜色の今ひとしほを君し染むれば

「殿」は言うまでもなく師実、「筑前」とは康資王母の女房名である。「桜の二番の歌」が「持」と判定されたが、私はやはりあなたの「薄花桜」の歌が心にしみます、というほどの意であろう。「桜の二番の歌」とは「桜」題で二番目につがわされた歌、すなわち、

左持　筑前

くれなゐの薄花桜匂はずはみな白雲と見てや過ぎまし

右　中納言匡房

白雲と見ゆるにしるしみ吉野の吉野の山の花盛りかも

を指している。「白雲にたちまさらねど」（断簡では「しら雲はたちへだつれど」とある）の「白雲」は当然匡房の「白雲と見ゆるにしるし」の歌を意味すると思われるが、筑前はそれに対して「白雲」なんて問題ではありません、私の「薄花桜」をあなたが一層色濃く染めてくださったので、と答えている。筑前にしてみれば師実の心遣いと、ともかくも自分の歌を認めてくださったというその一事が非常にうれしかったに違いない。話がそこで終れば何でもないことだった。詠作にまつわるごくふつうのエピソードだったのだが、しかし話はそのままではすまなかった。判者経信に対する不満が、

ひと日、心を得ぬことをのたまはせたりしはいかに……

ではじまる、例の有名な「筑前陳状」事件に発展するのである。

この小論は「高陽院七番歌合」や筑前陳状そのものを論ずることが直接の目的ではないので、以下、詳細は避

けたいが、右の断簡に相当する部分は他の文献にもいくつか見出だすことが出来る。たとえば『康資王母集』（一五〜一七）には、

摂政殿の七番歌合に、桜

くれなゐのうす花ざくらにほはずはみなしらくもと見てやゝまゝし

此歌の持なるよし申て侍しかば、殿

白雲にたちまさらねど紅のうす花桜心にぞしむ

御返し

しら雲はさもたゝばたて桜いろに今一入を君しそむれば

とあり、『詞花集』巻一・春（一八〜二〇）には、

京極前太政大臣家に歌合し侍りけるによめる　　康資王母

くれなゐのうす花ざくらにほはずはみなしら雲とみてやすぎまし

この歌を判者経信、くれなゐのさくらは詩にはつくれども歌によみたることなむなき、とましければ、

あしたにかのやすすけの王のははのもとへいひつかはしける　　京極前太政大臣

しら雲はたちへだつれどくれなゐのうすはなざくらこころにぞそむ

返し　　康資王母

しら雲はさもたたばたてくれなゐのいまひとしほをきみしそむれば

とある。本文的に見るならば断簡は『詞花集』に非常に近いと言うことが出来るであろう。師実の歌が断簡と『詞花集』とでは「しら雲はたちへだつれど」とあり、歌合本文と『康資王母集』とでは「白雲にたちまさらねど」となっているというような違いだけではない。経信の判として見える「くれなゐの桜」は詩には作るけれど

も歌に詠むことはないという意見は、実は断簡と『詞花集』本文だけにしか見られないものなのである。歌合本文の判詞には。

左の歌はめづらしきやうに詠まれたれど、歌の心は、遠くて雲と見つれど、近く過ぎて見つればくれなゐに匂ふに、匂ふ桜なりけりと詠まれたるなり。さらば、山などにかけて遠きことなどやはあるべからむ。右の歌はめづらしげなけれど、別の難もなければ持とや申すべからむ。

とあって、筑前の歌の欠点は本来遠景の桜だからこそ雲かと見間違えたはずなのに、その遠景らしさが出ていない。遠景らしさを出すためには「山」などに言いかけて表現すべきだったという点にある。「くれなゐの桜は詩には作れども」云々は、あえて探せば後の筑前陳状に対する経信の返答の中に見えるもので、歌合当日議論された可能性はもちろんないわけではないが、少なくとも文献上は後世の『袋草紙』などにおける引用文をも含めて他には見出だせない。従って断簡と『詞花集』だけが特殊な本文を持っていることになり、両者の関係はかなり密接なものがあったと見てよいであろう。師実の没したのは康和三年（一一〇一）で、『詞花集』の撰進はその五十年後、仁平元年（一一五一）のことである。後に述べるように『師実集』はその敬語の使い方からして明らかに他撰と見られるが、常識的に考えれば『詞花集』の方が『師実集』を資料としたと見るのが穏やかであろう。すでに知られている断簡の記述を見てもわりに信頼できるものが多いし、俊頼筆というのはもちろんそのまま信じられないにしても、(4)『師実集』の成立そのものはおそらくかなり古いもので、それを通して師実の和歌活動、ひいては師実の生きた白河・堀河両朝の歌壇の状況を知ることが出来ると見てよいであろう。久曾神氏のご論等に支えられながら、改めて師実とその和歌活動について考えてみたいのである。

二

京極関白師実は、御堂関白道長の孫、宇治関白頼通男で、母は因幡守藤原種成女祇子。長久三年（一〇四二）に誕生、天喜元年（一〇五三）十二歳で元服し、正五位下。その後侍従、左中将、権中納言、権大納言と摂関家の子息らしく順調に昇進して、康平三年（一〇六〇）十九歳で内大臣、同五年には左大将を兼ね、治暦元年（一〇六五）右大臣、延久元年（一〇六九）左大臣、その間も蔵人所別当や東宮傅を兼ねて、承保二年（一〇七五）に三十四歳で内覧の宣旨を受け、関白となる。応徳三年（一〇八六）堀河帝即位と同時に摂政、寛治二年（一〇八八）太政大臣、同四年には摂政を辞して関白に戻るが、同八年三月にはその関白も辞し、子息である内大臣師通に位を譲る。五十三歳であった。「高陽院七番歌合」を催したのはその同じ年の八月（十二月より嘉保と改元）であるから、いわば政治の第一線から退いた後ということになるが、康和三年六十歳で薨ずるまでの、その晩年だけが彼のそうした和歌的活躍の期間であったわけでは必ずしもない。比較的若いころから和歌にはかなり親しんでいたようである。

現存する資料のうち最も若い時期を示す歌は、『新千載集』巻一・春上（八三）に見える次のようなものである。

康平三年三月八日、家に、花色映月といへることを講じ侍りけるによめる

京極前関白太政大臣

月かげのはれゆくままに桜花そこともいとど見えぞわかれぬ

この歌は久曾神氏によって集められた断簡（『私家集大成』の歌番号でいうと3番歌。以下、断簡の歌番号はすべて『私家集大成』本による）にも同じ「花色映月」の題で載っているものであり、「康平三年（一〇六〇）」というと、彼の十九歳の時のものということになる。『新千載集』という後世の成立である勅撰集に、しかしどれだけの資料的

信憑性があるかという問題は別にあるだろうが、断簡4〜6番の歌に、

4　康平四年三月四日、宇治にて、望山花
しらくものたなびくやまの山ざくらいづれをはなとゆきておらまし

5　秋花移庭
わがやどにあきのゝべをばうつせりとはな見にゆかむひとにつげばや

6　舟過芦洲
かはぶねのあしまをすぐるをとすれ□ゆくらむかたの見えもせぬかな

ともあり、これはその翌年の彼が二十歳の時のものであるから、十九歳の時の詠歌が残っていたとしても従ってそれほど信じがたいものでもないと思われる。

4番の歌は『新古今集』巻二・春下（一〇二）に、

内大臣に侍りける時、望山花といへる心をよみ侍りける　京極前関白太政大臣
しら雲のたなびく山のやまざくらいづれを花と行きてをらまし

とあり、5番の歌は『後拾遺集』巻四・秋上（三二九）に、

庭移秋花といふこころを　関白前左大臣
わがやどにあきののべをばうつせりとはなみにゆかんひとにつげばや

とあるものである。前述したように師実が「内大臣」であったのは康平三年（十九歳）から治暦元年（二十四歳）までの間だから、その点でも特に問題はないと言えるだろう。

『勅撰作者部類』によれば、師実の歌は、

『後拾遺集』一首、『詞花集』一首、『千載集』三首、『新古今集』一首、『新勅撰集』一首、『続後撰集』二首、

『続古今集』一首、『続千載集』一首、『続後拾遺集』一首、『新千載集』二首、『新後拾遺集』一首、『新続古今集』一首

の計一六首が勅撰集に収められていることになる。作者名表記はそれぞれ「関白前左大臣」「京極前太政大臣」「京極前関白太政大臣」「京極入道前関白太政大臣」などであるが、問題は『金葉集』である。同集の詞書では先の「高陽院七番歌合」の歌がすべて「宇治前太政大臣家歌合に……」と記されているからである。「宇治前大政大臣」とは通常師実の父頼通を指す。とすると『金葉集』ではあるいは「高陽院七番歌合」を頼通の主催と考えていたのかとも疑われるが、頼通主催の長元八年「三十講歌合」は「宇治入道前太政大臣三十講歌合に……」とあって、師実と頼通とは「入道」を入れるか入れないかで使い分けていたらしい形跡がある。従来『勅撰作者部類』ならびにその類書はいずれも『金葉集』には師実の歌はないことになっていた。たとえば次の贈答歌（巻五・賀、三二九・三三〇）は頼通と源顕房の作と認定されていて、それもまた無理からぬ点はあるものの、実は師実と顕房の贈答だったと考えた方がいいらしいのである。

前々中宮はじめてうちへ入らせ給ひけるに、雪降りて侍りければ、六条右大臣のもとへつかはしける

宇治前大政大臣

ゆき積もる年のしるしにいとどしくちとせの松の花咲くぞ見る

返し

六条右大臣

積もるべしゆき積もるべし君が代は松の花咲く千たび見るまで

右に見える「前々中宮」とは白河天皇中宮賢子で、「六条右大臣」は源顕房。賢子は顕房女である。各種記録類や『栄花物語』、あるいは『今鏡』などによって知られるように、賢子は師実の養女になった上で東宮時代の白河天皇のもとに入内している。延久三年（一〇七一）三月九日のことであった。当日雪が降ったかどうかは定

かではないが、三月のはじめならばまったく可能性のないことでもないだろう。あるいは「はじめてうちへ入らせ給ひけるに」というのは白河天皇が即位された翌延久四年十二月を指すのであろうか。それはともかくとして、賢子入内にかかわる賀の歌を実父である顕房と詠み合うのは形式上の養父であろうとも、師実の方が頼通よりも遥かに可能性が高いと見るのが自然であろう。勅撰集入集歌はそうするとさらに一首増えて、計一七首ということになる。なお新日本古典文学大系版『金葉和歌集』(5)の注では、特にそのことを強調しているわけではないけれども、当然のようにこれを師実の歌として説明しているのは注目される。

三

賢子入内の折の詠が師実のものであるとすると、延久三年は師実が三十歳の年である。次いで年次の確認できるのは承保二年（一〇七五）四月の詠であるが、関係する断簡（陽明文庫蔵）はこのあたり非常に長く、前述した康平四年の「しらくもの」の歌以下が内容的にも連続しているので、その後半部（7〜10）をすべて挙げてみる。

大井河におはしましして、水辺紅葉

7 おくやまのみねのもみぢばみなそこにながると見れどゐせきによどむ

承保二年四月十八日、清涼殿にて、久契明月といふ題を講ぜられけるによみたまひける

8 ちとせへむことはさらなりきみが世のひかりまされるなつの月かな

おなじとし、みかりの行幸の日、大井河にて

9 かめやまのもみじばゝやくおほゐが□ながれてたえぬにしきなりけ□

承保三年四月三日、中宮皇女降誕九夜に

10 ときはなるちとせのまつともろともにつるのかひこをくりかへし見る

おなじ年、九月十三夜、月照菊

最後は詞書だけで終っているが、日付を見る限り、この断簡は確実に年次を追っている。とすると7番の「おくやまの」の歌は承保二年以前の詠ということになるけれども、くわしいことはわからない。『水左記』承保二年九月十日の条に、

天晴、此日左府泛二遊大井河一、有二管絃和歌事一、於二大井一出レ題、桂第而講レ之、有二序代一、作者有綱朝臣。

とあり、『栄花物語』布引の滝には、

（承保二年）九月廿四日に、左大殿大井河に紅葉御覧じにおはしますとて、殿上人・上達部参り集まり、殿も例ならずなべてならぬ狩の御衣奉らんとせさせ給ふほどに、

とあって、日付にやや違いがあるものの、承保二年の秋には大井に出かけて行って、一行が歌を詠んでいることは間違いない。ただしそれは承保二年のことだからあるいは9番の「かめやまの」の歌が該当するのかとも思われるが、その場合、今度は「みかりの行幸の日」というのが問題となる。断簡には「行幸」とあるが、天皇が参加された形跡はいずれにもないからである。なお『金葉集』巻三・秋（二四五）に、

宇治前太政大臣　大井河にまかりわたりたりけるにまかりて、水辺紅葉といへる事をよめる

大納言経信

おほゐがはいはなみたかしいかだしよきしのもみぢにあからめなせそ

とあるのは、「宇治前太政大臣」が先に述べたように『金葉集』では師実を指しているらしいし、歌題の「水辺紅葉」を考えあわせると、明らかに7番の「おくやまの」と同じ折のものと考えられる。

いったいに経信は師実とは随分親近していたらしく、「久契明月」という題の8番「ちとせへむ」の歌も、『経信集Ⅱ』（八一）の、

清冷殿《ママ》にて、ひさしく明月をちぎる、といふだいを

よろづよとつきをあかなくちぎるかなあまてらしますかみにいのりて

と、詠歌場所（「清冷殿」は「清涼殿」であろう）、題ともに一致するし、断簡末尾（歌欠）の「月照菊」という題の歌も、『経信集Ⅱ』（八八）に見える、

大殿にて、月菊をてらす

つきかげに色もかはらぬしらぎくはわれありがほににほふなりけり

や、『康資王母集』（三〇）の、

月きくをてらす、といふ題をよめり

露みだれこゝろ〲に咲く菊の色わくばかりてらす月影

に一致する。「久契二明月一」の歌は承保二年四月十八日、「月照レ菊」の歌は承保三年九月十三日の詠であることがいずれもその詞書から判明する。なお10番の「承保三年四月三日」というのは、「中宮皇女」すなわち賢子所生の媞子誕生が承保三年四月五日のことだから、九夜は正しくは「四月十三日」となる。一字分の脱落であろう。

承保三年にはこのほか有名な摂津国布引の滝遊覧の詠がある。『栄花物語』布引の滝に、

その頃、殿、布引の滝御覧じにおはします。道のほどいとをかしう、さま〲の狩装束などいふ方なし。

とあって、師実の歌、

晒しけんかひもあるかな山姫の尋ねてきつる布引の滝

以下、九名の歌が一首ずつ並べられている。その文章の直後に、

年かはりぬれば、承保四年といふ。

とあるから、当遊覧が承保三年の事柄であることは間違いないのだが、具体的にいつのことかはわからない。

『金葉集』（五四五）や『新古今集』（一六五二）によれば、右の九首のほか、さらに二首、同じ折の歌を加えることが出来る。

また断簡14番に次のような歌がある。

正月七日、経信大納言のもとにのたうびつかはしける

14　あらたまるうづゑをつきて千とせふるきみが子日のまつをこそ見れ

おほんかへし

断簡では返歌の部分が切られて佚しているが、『経信集Ⅱ』（七・八、『経信集Ⅲ』でもほぼ同文）に、

とのより、ゑの序かきてとてありしを、かきてまいらせたりしおほむかへりに、かくなんおほせらるゝとて、ないしの、ふみにかゝれたりし、正月子日なり

あらたまるうづゑをつきて千とせふるきみがねのひのまつをこそ見れ

御かへし

おいらくのうづゑをつきてわれもいのるねのひのまつはきみがよはひと

とある。断簡でも本来は当然そういう形で載っていたのであろう。ここで問題になるのは断簡で「正月七日」とあり、『経信集』では「正月子日なり」とあることとである。正月七日が子日にあたるのは、彼が生きた時代では承保二年と三年の二回だけである。従ってこの贈答歌はそのどちらかの詠ということになるが、歌の内容から考えるとおそらく前者、承保二年のことであろう。「卯杖」とは卯の日に用いるものだから、歌中に示された「子日の松」とは本来一首の歌の中に共存しにくいはずである。それが「あらたまるうづゑ」という表現になったのは、おそらく新しい年が卯の年だったからであろう。承保二年は乙卯の年にあたっている。その年師実は三十四歳、経信はちょうど六十歳であった。

四

つづく承暦、永保年間は少なくとも現存資料の上では歌人として特に目立った活動はない。明確なのは承暦二年（一〇七八）四月に行なわれた内裏歌合に出席したのと、永保元年（一〇八一）、同じく内裏で行なわれた歌会で「暮天郭公」という題の歌（『続千載集』二五四）、

人とはでおのれぞなのる郭公くれゆくそらを過ぐるひとこゑ

を詠み、永保四年正月、やはり内裏で詠んだ子日の歌（『続後拾遺集』六一一）、

百敷にねのひの松を引栽ゑてきみが千とせぞ兼て知らるる

があるくらいである。前者は『経信集II』（五四・五五）に見える「暮天郭公応製」題二首の経信詠と、後者は『新古今集』巻七・賀（七二八・七二九）に見える経信と通俊の「永保四年、内裏子日に」との詞書がある二首の歌と、おそらく同じ折のものであろう。

永保四年は二月七日をもって応徳と改元する。その三月十六日、三条内裏にて和歌、管絃の会があり（『後二条師通記』『江記』等）、師実をはじめ各大臣、また公卿、殿上人など多くの参会者があった。歌は『続後撰集』（一三四四）、『経信集II』（二〇〜二二）、『顕季集』（一六）等によってその一部を知ることが出来るが、題は「花契二多春一」で、序は経信が書いた。『夫木抄』春四（一一一五）によれば、師実の歌は次のようなものであった。

ちよまでと咲きぞはじむるさくら花みかきのはらにほりうゑしより

四十代後半の寛治以降（一〇八七〜）になると、師実の和歌活動も大分活発となる。『新続古今集』巻七・賀（七五二）に、

寛治元年十一月、鳥羽殿にて、松影浮水といふ事を講ぜられけるに

京極前関白太政大臣

千とせへて花さく松のいとどしくのどけき水に影ぞうつれる

とあり、『経信集』（Ⅰ一三〇、Ⅱ一六七、Ⅲ一九四）にも同じ題で、

ちとせふるかげをぞ見つるいけみづのなみをりかくるまつのしづえに

の歌が、また『匡房集Ⅰ』（一五六）には「鳥羽殿ゝ松影浮水」と詞書して、

いけみづにまつのちとせをうつしてぞちとせのかげもいろまさりける

の歌が、それぞれ載っている。おそらくこれも同じ折のものであったろう。『中右記』寛治元年十一月二十五日の条に、

暁院有三御二幸鳥羽殿一、入レ夜還御

との記述がある。「院」とは前年譲位されたばかりの白河院である。『新続古今集』の詞書に見える「寛治元年十一月」「鳥羽殿」と符合するので、あるいはその折のものであろうか。

断簡13番の、

おほんかへし、摂津

13　八千年も栖べきやどのあるじをばよろづよ左右もきみぞ見るべき

は、残念ながら肝心の師実による贈歌の部分を欠いているが、幸いなことに同じ歌が『前斎院摂津集』（一〜三）に次のように載っている。

高陽院にわたらせ給へるはじめに、人〴〵にいはひのうたよませさせ給しに

いけ水のすむにしらるゝちとせをばきみが心にまかせたるべし

そのうたども申てとおほせられて、関白どの

このとのゝはるかにさかゆまつの葉のちよの千とせにいはひこめつゝ

御返し

やちとせもすむべきやどのあるじをばよろづ代までも君ぞみるべき

要するに師実が高陽院にはじめて渡御した折、人々が祝いの歌を詠んだ、そのやりとりなのである。この高陽院はもちろん従来からある高陽院ではないだろう。『後二条師通記』などにしばしばその造営に関する記事が見られるように、寛治六年七月に新装なったばかりの高陽院と思われる。同記事によれば、寛治六年七月十日、師実は東三条院から高陽院に移り、十日と十一日の両夜には盛大に新築祝いの饗饌がととのえられた。おそらくその時の詠であろう。

師実の高陽院は、これ以後しきりに和歌、作文、管絃、小弓、競馬などの行事に場を提供する。『後二条師通記』からあらあら拾い出しただけでも、たとえば寛治六年七月二十一日競馬、寛治七年三月十一日小弓、ならびに鞠、管絃、四月二十七日競馬、六月二十八日作文、ならびに管絃、七月七日作文、和歌といった具合である。この七月七日の作文、和歌の会は前々から計画していたものらしく、前月六月二十九日の条に、

盛長来、伝二殿仰一申云、来七日作文、可レ有二和歌一度一之由所レ被レ仰也、但人々申云、作文許可レ候之由人々所レ被レ申也、同前織女風為レ扇〈心字〉、牛女有二付会一、可レ難之由有二其聞一云々、仰二左大弁一改定歟、於レ序者、伊勢守孝言朝臣也、不レ経二幾程一択二抜人々一可レ召之処、定愁気哉、皆実可レ参也、

とあり、当七日の条には、

天晴、申剋許参レ殿、不レ居二饗饌一、於二虹橋一先有二糸竹事一、居二菓子許一之、已及二秉燭一、瓊章置レ之、講師了、次女房六人和哥、自二御簾中一置二扇上一被レ出レ之云々、右中弁承レ仰、予取レ之置レ之、以二有信一令レ読レ之、帰宅、為レ違レ方渡二御堂一之、

織女者扇乃風乃涼左仁天乃河者波立野益牟

御返

伊都より裳扇乃風乃涼之左に織女都女はう礼しか留良む

とあって、題は「織女風為レ扇」であったことがわかる。「織女者（たなばたは）」と「伊都より裳（いつよりも）」の両歌は、当日の会が終わってから交わした師通と師実の贈答らしいが、「女房六人」のうちの一人は女流歌人として有名な肥後であったことは次のことから明らかである。『肥後集』（八六）に、

七月七日、かやゐどのにてふみなどつくられしに、たなばたかぜをあふぎにすといふだいを

さよふけてすゞしきかぜやたなばたのゆきあふそらのあふぎなるらん

とあり、「七月七日」、「かやゐどの（高陽院殿）」で、「たなばたかぜをあふぎにす」という題の歌を詠んでいるからである。しかも肥後は『新勅撰集』などでもっぱら「京極前関白家肥後」と呼ばれているように、師実に仕えていた女房であった。

五

冒頭で述べた高陽院七番歌合が行われたのは寛治八年八月十九日、おそらくこれが高陽院の行事としては最大のものであったろうが、すでに述べたことなのでここでは繰り返さず、他の和歌関係の諸事跡を追って行きたい。『後二条師通記』寛治七年十月三日の条に、白河院、郁芳門院の日吉社御幸の記事があり、翌四日、帰途における師通と師実の贈答が記されている。

寄二前僧正房一飲食、殿下予候、無二他人一云々、会坂関水予読レ歌、

会坂乃峯乃紅葉乎見渡者夜乃霖雨尓贍にけり

招二盛長一、語二其由一之処、言語之次、申二殿下一了、御返事、

しぐれに天峯乃紅葉者色づけり関乃し水に景者見由らむ

読みにくい表記の歌だが、両者をあわせて判読すると、それぞれ、

逢坂の峯のもみぢを見渡せば夜のしぐれに色づきにけり

しぐれにて峯のもみぢは色づけり関の清水に影は見ゆらむ

とでも読むのだろうか。初冬の関の情景が詠まれている歌である。

断簡には歌を佚していて、詞書の部分だけのものがある。

閏三月はべりけるとし、斎院にまいりたまひて

散らし書きに書かれているものだが、これは『新勅撰集』巻九・神祇（五四八）に見える、

潤《ママ》三月侍りけるとし、斎院にまゐりて、長官めしいでて、女房の中につかはしける

京極前関白太政大臣

春は猶のこれるものをさくら花しめのうちにはちりはてにけり

や、『続古事談』第二に見える、

大殿、ヤヨヒノツゴモリニ斎院ニ参給テ、次官惟実シテ女房ニタマハセケリ。三月ニ閏月アリケルニ、

春ハマダノコレルモノヲ桜花シメノ中ニハ散ニケルカナ

女房ノカヘシアリケリ。

などと同じものであろう。『日本暦日原典』等によれば、閏三月のある年は寛治八年のことである。「春は猶のこれるものを」と言っているのだから、閏三月に入る前の、本来の三月つごもりの詠であろう。

断簡11番の歌は、

嘉保元年八月十五夜、鳥羽殿にて、池上月

11　おほぞらもいけのおもてもくもりなくさやけさまさるあきのよなよな

というものである。嘉保元年は前述したように改元が十二月十五日だから、厳密にはこれも寛治八年の詠となる。『中右記』には関係するくわしい記事があり、『金葉集』巻三・秋（一八〇・一八一）にも。

寛治八年八月十五夜、鳥羽殿にて、翫池上月といへる　院御製

いけみづにこよひの月をうつしもてこころのままにわが物と見る

大納言経信

てる月のいはまのみづにやどらずはたまゐるかずをいかでしらまし

という二首の歌が載っている。また『続拾遺集』巻十・賀（七四〇）、『続後拾遺集』巻十・賀（六一九）、『新千載集』巻二十・慶賀（二三二五）にもそれぞれ次のような形で載っている。

寛治八年、鳥羽殿にて、翫池上月といへるこころを　権中納言俊忠

のどかなる光をそへて池水にちよもすむべき秋の夜の月

＊　＊　＊

寛治八年八月十五夜、鳥羽殿にて、翫池上月といへる心を　大納言公実

夜とともにさわがぬ池の水なればのどかにぞすむ秋の月影

＊　＊　＊

寛治八年八月十五夜、鳥羽殿にて、翫池上月といへるこころを

富家入道前関白太政大臣

いくかへりすまんとすらむ池水はうつれる月の影ものどけし

家集では『経信集II』（八三、III一一三もほぼ同じ内容だが、詞書の下に「有序」の注がある）に、

八月十五夜、池上月、鳥羽殿にて、

てるつきのいはまのみづにやどらずはたまゐるかずをいかでしらまし

とあり、『匡房集I』（一〇二）にも、

鳥羽殿ゝいけのうゑの月

いけみづにうつれる月ぞさだめなきすむとやいはんやどるとやいはん

とある。勅撰集では題が「翫池上月」となっていて、家集では「池上月」となっているという違いはあるが、いずれも同じ折のものであることは、経信作の同じ歌が勅撰集、家集の両者に載っていることからも明らかであろう。なお師実の「おほぞらも」の歌は、『続古今集』巻四・秋上（四〇二）に、

鳥羽にて、池上月を

と、これは「池上月」の題で採歌されている。

ところでこの会の歌はいろいろな形でエピソードが生まれ、伝えられたらしい。『袋草紙』雑談に、

白河院於二鳥羽殿一、九月十三夜池上月和歌、序者経信卿歌云、

照月の千浜の水にやどらずは玉ゐる数をいかでしらまし

池字なきの由世以傾レ之。俊頼語云、此由経信云、しかいふなりやとて無二他言一云々。同和歌、御製云、

池水にこよひの月をやどしても心のまゝに我物とみる

是は女房堀河殿（大宮右府女）歌なり。而内々に今日和歌如何と御尋之処、申二此歌一。已秀逸歌也。仍仰云、汝歌に不レ似。可レ為二我歌一とて御収公云々。

此度歌有二不思議事共一。高松宰相公定、無レ月歌詠。世人以称二無月宰相一。

又故治部卿能俊歌云、

池水に影を移して秋の夜の月のなかなる月をこそみれ

是をば号二天変少将一云々。于レ時少将なり。

というのはそうした点で大変興味がひかれるのである。文中の「九月十三夜」というのは何らかの誤りであろうが、「池上月」という題なのに経信の歌に「池」の文字がなく、公定に至っては「月」のない歌を詠んだ。経信はそれを指摘されて口をもごもごするばかり、公定は「無月宰相」という綽名を頂戴した。また能俊も「月のなかなる月」と不思議なことを詠んでやはり「天変少将」と綽名された。おもしろいのは白河院である。「池水に」の歌は実は女房堀河殿の作であった。ところが内々に今日のお前の歌はどんな歌かと聞いたところ、それが非常に秀逸だったので、「汝歌に不レ似。可レ為二我歌一」と言って自分のものにしてしまった、という。どこまで本当の話かはわからないけれど、こうしたエピソードがおもしろおかしく伝えられ、他にくらべて比較的豊富に資料が残されていることを考えると、この会が当時から盛んに人々の口の端にのぼっていたであろうことが容易に推察される。なお『経信集Ⅲ』の詞書の下に「有序」の注があり、『袋草紙』に「序者経信卿」とあるのは、当日の歌会の序を経信が書いたからで、『本朝文集』巻五十に、「八月十五夜侍二太上皇鳥羽院一同翫二池上月一応レ制和歌序」と題して収録され、これも現在にまで残されている。

『千載集』巻一・春上（五〇～五二）に見える次の歌は、一部『続詞花集』にも重複するものであるが、白河院が師実の京極殿に御幸された、その翌日の詠である。

京極の家にて十種供養し侍りける時、白河院みゆきせさせたまひて又の日、歌たてまつらせ給ひけるによみ侍りける　　京極前太政大臣

さくら花おほくの春にあひぬれど昨日けふをやためしにはせん

はなざかりはるの山べをみわたせばそらさへにほふ心ちこそすれ　後二条関白内大臣

さきにほふ花のあたりは春ながらたえせぬやどのみゆきとぞみる　右衛門督基忠

『後二条師通記』『中右記』などにこれも詳述されているように、嘉保三年二月二十二・二十三日の両日に関するものであろう。白河院と郁芳門院の京極殿御幸が二十二日にあり、その翌日管絃と和歌の会が催されている。

『新古今集』巻十六・雑上（一四六二）に見える、

京極前太政大臣家に、白河院みゆきし給ひて又の日、花歌たてまつられけるによみ侍りける　堀川左大臣

老いにけるしらがも花ももろともにけふの御行に雪と見えけり

や、『顕季集』（二九）に見える、

二月二十二日、京極殿に御幸ありしに、またの日、花をもてあそぶといふ題をよまれしに

桜花にほふさかりの宿なればなををりてこそ見まくほしけれ

は、当然同じ折のものと思われ、『金葉集』巻一・春（三五）の白河院御製、

宇治前太政大臣京極の家の御幸　院御製

春がすみたちかへるべきそらぞなきはなのにほひにこころとまりて

は、歌の内容から考えて「またの日」の詠ではなく、御幸当日のものであろう。

断簡12番歌は、

花契千年

12　さきそむるわかぎのむめも見つれどもちとせのはるにかみさびぬべし

とのみあってくわしい説明がなく（あるいはその部分は佚しているのかもしれない）、題だけが示されているものであるが、同じ題の歌はやはり別にあり、管見に入った限りでは二首、次のように見出だすことが出来る。

『続後撰集』巻二十・賀（一三四五、『匡房集Ⅰ』二九にも「有序」と注して見える）、

永長元年三月、おなじく花契千年といふことを、序たてまつりて　前中納言匡房

いはねども色にぞしるきさくら花きみがちとせのはるのはじめは

『俊忠集Ⅰ』（四八）、

嘉保三年三月廿一日、花契千年　左少将

君がよのちとせをふべきためしにて花ものどかにゝほふなりけり

両者の日付の違い、すなわち前者が「永長元年」で、後者が「嘉保三年」とあるのは、実は同じ年のことである。嘉保三年の十二月に改元して永長となっているわけで、厳密に言えば三月のことだから「嘉保三年」の方が正しいが、『俊忠集』に見える「嘉保三年三月廿一日」というのはただし問題がある。『後二条師通記』『中右記』『時範記』等によれば、正しくは嘉保三年三月十一日である。『中右記』同日の条に、

今夕於㆓御前㆒初有㆓和歌㆒、先兼日被㆑出㆑題花契千年、人々参入之後戌剋、出㆓御昼御座㆒、

とあり、以下、比較的くわしい記述があるが、十八歳になったばかりの若い堀河天皇が主催されたものとしてははじめての中殿和歌会であった。題も「花契㆓千年㆒」であったことが確認できる。序は匡房が書き、もちろん師実も出席していた。

断簡16番歌は詞書を佚していて歌の部分しか残されていない。

16　ちはやぶるいつきのみやのありすがはまつとゝもにぞかげもすむべき

しかし同じ歌が『千載集』巻十・賀（六一六、『月詣集』七三にもほとんど同じ形で載っている）に、

二条太皇太后宮、賀茂のいつきと申しける時、本院にて松枝映水といへる心をよみ侍りける

京極前太政大臣

ちはやぶるいつきの宮のありす川松とともにぞかげはすむべき

とあり、一応の詠歌事情を知ることが出来る。「二条太皇太后宮」は白河天皇第三皇女令子内親王。母は師実の養女となって入内した賢子なので、当の師実から見れば孫にあたることになる。その令子が賀茂の斎院であったのは堀河天皇の御代の寛治三年（一〇八九）六月二十八日から、承徳三年（一〇九九）六月二十日までのちょうど十年間。「松枝映レ水」という題で歌を詠んだという記録はその間にはないが、非常によく似た「松葉映レ水」という歌なら見出だすことが出来る。『後二条師通記』承徳三年四月一日の条に、

於二斎院一可レ有二和歌一、題者余所択申也、松葉映水、令二中将家政覧一レ於レ殿、帰来云、御覧了、

とあり、詠歌場所も斎院である。『後二条師通記』によれば、実はその半月ほど前の三月十七日にも師実一行は斎院に出かけて行っており、満開の桜のもとで小弓、鞠、管絃、和歌の会を催している。その時の記録では、

雪盛二硯蓋一歌書二薄體一

女房読レ之、

はなざくらちりしくにはをはらはねばきえせぬゆきとなりにけるかな

中宮大夫返事、

しめのうちにちりしくにはの花なればちとせのはるもなにかゝはらむ

となっているが、これは『前斎院摂津集』（五〇・五一）にほとんど同じ形で載っているものである。

院の花御覧じに、とのばら、人〴〵などあまたぐしてまいらせ給へるに、まりなどあるに、すゞりのふ

たにゆきいれていださせ給ひししきがみに

はなざくらちりしくにはをはらはねばきえせぬ雪となりにけるかな

かへし、中宮大夫

しめのうちにちりしくにはの花ざくらちとせのはるもなにかゝはらむ

要するに『後二条師通記』に見える「女房」とは令子に仕えていた摂津だったことが明らかになるわけである。しかも同集ではそのすぐあとの歌（五三）に、

四月一日、殿ばら、人〴〵ぐしてまいらせ給て、うたよませ給しに、まつのは水にえいずといふ題

ちとせふるきみがときはのまつのはゝみづにうつれるかげものどけし

とあって、やはり「四月一日」に「まつのは水にえいず」の題で詠じているのである。このあたり『後二条師通記』とまったく一致する。また『二条太皇太后宮大弐集』（八二）にも、

本院にて、人々まいりて、まつのはみづにえいずといふ心よませたまひしに

のどかなるみづにうつれるまつかげはちよをばかはと見するなりけり

とあり、大弐も令子に仕えていた女房であるから、いずれも同じ折の詠と見てよいであろう。

六

前述したように師実は康和三年（一一〇一）二月、六十歳で薨じている。その間における彼のかかわった和歌的事跡をほぼ年代順に追ってきたつもりだが、もちろんこれだけでそのすべてが網羅できたわけではない。嘉保二年（一〇九五）八月に行われた「郁芳門院前栽合」のように、出席していたことは確かだが歌が残されていないものは触れていないし、逆に断簡15番歌のように、単に「いはひのこゝろをよみたまひける」とだけあっては

っきり年次の確定できないもの、あるいは歌は他人の詠だが、明らかに師実主催の歌会におけるものと思われるのに、やはり年次の確定ないしは推定できないものは触れないできた。断簡そのものがより多く出現すれば、さらに多くの事跡が確認でき、当時の歌壇の状況をよりくわしく知ることが出来るのであろうが、現在の段階ではせいぜい以上のようなところである。

さて、断簡についてはすでに述べたように久曾神氏の学恩を多大に蒙った。氏もすでに述べておられるのだが、師実の家集はその敬語の使い方から判断して明らかに他撰と考えられる。たとえば次のような具合である。

大井川におはしまして

久契明月といふ題を講ぜられけるによみたまひける

斎院にまいりたまひて

経信大納言のもとにのたうびつかはしける

いはひのこゝろをよみたまひける

あしたにかの康資王母のがりのたうびつかはしける

一般に天皇の御集や上流貴族の家集にはこうした形のものが多く、他撰の傾向が強いのに対し、いわゆる専門的な歌人の場合は自撰の場合もあり、他撰の場合もあって、必ずしもどちらが多いとは言い切れない面がある。有名歌人であるが故に後世になってもなお勅撰集などから歌が集められたような場合が当然あったと考えられるからである。その点上流貴族の場合は、ずっと後世になって歌が集められ、家集作りが行われたという可能性は非常に少ないだろう。天皇の場合はともかく、師実のようないわば教養として歌を詠む人達の家集を編纂する、しかも敬語を用いながら編纂する人間というのは、少なくともあまりに遠い関係の者は考えにくいと思われる。

従来考えられてきた歌の配列は、それはとりもなおさず断簡の配列にもかかわってくるのだが、詠歌年次順を基とする考え方に厳密に従うと、なお考慮の余地はありそうである。しかしそういう問題はあるにしても、右のように考えてくると、この断簡の持つ資料的な意味、ないしは価値は、かなり高いと見ていいのではないか。

和歌が第一級の文芸であり得た時代に、師実のような摂関家の人間が果たしてどのような和歌活動をしたかということはもちろんそれだけでも興味のあることではある。しかし彼らの和歌活動は、それが摂関家の人間であったがために、単に個人的な範囲内にとどまることを許されない面もあった。彼らは当代における歌壇全体のパトロン的な存在でもあったわけだから、その活動は時代全体の和歌活動、晴の場における比較的大きな歌会などの行事には直接的に結びつくことが多かった。一人の人間の和歌活動を通して見ることが、そうとすると時代の和歌活動全体を概観することにも通じてくることになる。師実という人物は、右のような意味ではまことに興味深い人物であったし、摂関期の終りから院政期の初めにかけての歌壇の状況を知る上で、欠かすことの出来ない人物であったように思われるのである。

(1) 実はその後、冷泉家時雨亭文庫より完本が出現した。『京極大殿御集』という。〈追記〉参照。
(2) 久曾神昇『仮名古筆の内容的研究』ひたく書房 昭和55
(3) 古筆学研究所編『過眼墨宝撰集 4』旺文社 平成元
(4) 最近中村健太郎氏は、料紙ならびに筆跡の面において、当断簡が真観本の特徴を持つことを指摘している。追記参照。
(5) 新日本古典文学大系『金葉和歌集』(川村晃生・柏木由夫校注)岩波書店 平成元

〈追記〉

新出の『京極大殿御集』は、「永仁五年四月十五日／於西山往生院菊坊／教人書写之訖」の奥書を持ち、全三七首。歌数は多くはないが、従来知られていた伝俊頼筆断簡の内容をすべて含み、まさしく完本と言える。配列はほぼ年次順で、これまでの考え方に誤りがなかったことも確認された。『冷泉家時雨亭叢書　承空本私家集中』（解題担当　久保木哲夫　朝日新聞社　平成18）参照。なお、該本や伝俊頼筆断簡とは別に、資経本『京極大殿御集』もあったらしいことが、新たに冷泉家などから計五葉分の断簡が出現し、明らかになった。

その後、発表された関係論文は次のとおり。

花上和広「藤原師実の詠歌―集成と考証」都留文科大学大学院紀要　平成16・3

花上和広「『京極大殿御集』の研究　付、他出文献一覧表」『日本語日本文学論集』笠間書院　平成19

高野瀬恵子「『京極大殿御集』の構成について」和歌文学会53回大会　平成19・10

中村健太郎「真観本の特徴を持つ古筆切資料について」和歌文学会例会　平成23・12

一二　大和宣旨考

一

『古本説話集』に「御荒宣旨歌事」という話がある。

今は昔、御荒の宣旨といふ人は、優にやさしく、かたちもめでたかりけり。皇太后宮の女房也。

とあって、その御荒宣旨に中納言定頼が文を通わせるという話である。

昼は蟬夜は蛍に身をなして鳴き暮らしては燃えや明かさん

ところがその定頼がやがて心変わりをし、絶え間がちになる。女は、「みめよりはじめ、何事にもすぐれてめでたくおはする」定頼のことが忘れられない。

はる〴〵と野中に見ゆる忘れ水絶え間〳〵を歎くころかな

やがてすっかり絶えてしまうが、たまたま定頼が「賀茂に参り給ふ」と聞き、「今ひとたびも見む」と女は思って、心にもあらぬ賀茂参りをしたりする。しかし思いは一層つのるばかり。

よそにても見るに心はなぐさまで立ちこそまされ賀茂の川波

女は涙を流し、蟬の鳴くのを聞いては、

恋しさを忍びもあへぬ空蟬のうつし心もなくなりにけり

という状態になったりする。結局「おのづから嘆きや晴るる」と思って、定頼には劣るけれども、「無下ならぬ人」へ、すなわち身分のそれほど賤しくない人に身を任せる。しかし心は晴れず、ただひたすら定頼を恋い、慕い、歎いた。

身を捨てて心はなきになりにしをいかでとまれる思ひなるらん

世をかへてこころみれども山の端に尽きせぬものは恋にぞありける

そんな自分を「いかに罪深かりけむ」と思っていた彼女は、やがて生まれてきた子供が成長し、比叡山に籠もって「貴くめでたき法師」になったのは「罪少し軽みにけむかし」と思われた、という。

説話ではこのあとに、

御堂の中姫君、三条院の御時の后、皇太后宮と申したるが女房也。山との宣旨とも申しけり。世にいみじき色好みは、本院の侍従、御荒の宣旨と申したる。侍従は、はるかの昔の平仲が世の人、この御荒の宣旨は、中比の人。されば、昔今の人を一手に具して申したる也。

という注記的な説明を施す。御堂、すなわち道長の次女で、三条院の御時の后、皇太后宮と申しあげた方の女房であった、というわけである。「山との宣旨（大和宣旨）」とも言ったという。

右の歌のうち、「昼は蟬」の歌は、確かに定頼の家集である『四条中納言集（定頼Ⅰ）』にも見えるものだが、その詞書には、

女院の中納言のきみ、つれなくのみありければ

とあり、「女院の中納言のきみ」に送った歌であって、御荒宣旨宛てではない。また「はるゞゝと」と「恋しさ

を」の歌はいずれも『後拾遺集』にも載っていて、次のように、確かに「大和宣旨」が「中納言定頼」のもとにつかわした歌になっている。

中納言定頼がもとにつかはしける　大和宣旨

はるばると野中に見ゆる忘れ水絶え間絶え間を歎くころかな（恋三　七三五）

中納言定頼がもとにつかはしける　大和宣旨

恋しさを忍びもあへぬうつせみのうつし心もなくなりにけり（恋四　八〇九）

前述の注記的な説明は何を根拠としたのかは不明だが、当然ながら右のような事実を意識して施されたものなのであろう。

同じような話は、実は『無名草子』の末尾、女の論と呼ばれているところにも見える。小野小町、清少納言、小式部内侍、和泉式部と有名な女流歌人を論じてきて、

宮の宣旨こそ、いみじくおぼえはべれ。男も女も、人にも語り伝へ、世に言ひふらすばかりのもの思はざらむは、いと情なく、本意なかるべきわざなり。定頼中納言、かれがれになりてはべりけるに、

はるばると野中に見ゆる忘れ水絶え間絶え間を嘆くころかな

と詠みけるほどに、絶え果てたまひて後、賀茂に参りたまふと聞きて、よそながらも今ひとたび見まほしさに、詣でて見きこえても、

よそにても見るに心はなぐさまで立ちこそまされ賀茂の川波

さても、いとど涙の催しなりけり。

恋しさを忍びもあへず空蟬のうつし心もなくなりにけり

と詠める、返す返すもいみじきなり。誰々かほどほどにつけてもの思はぬ。されども、うつし心もなきほどに思ひけむ、いとありがたくあはれにおぼえはべるなり

とあり、もっぱら定頼との関係が語られる。定頼中納言がかれがれになって、女は、

はるばると野中に見ゆる忘れ水絶え間絶え間を嘆くころかな

と嘆き、完全に絶えて後、「賀茂に参りたまふ」と聞いては、やはり「よそながらも今ひとたび見まほしさに」わざわざ参詣したりする。しかし姿を見ると、一層「よそにても」と涙にくれることになり、

恋しさを忍びもあへず空蟬のうつし心もなくなりにけり

と「うつし心もなきほどに」思い明かす。

やや簡潔な表現にはなっているが、基本的にはほとんど『古本説話集』と同じ内容である。ただしここでは、「御荒宣旨」ではなく、「大和宣旨」でもなく、「宮の宣旨」となっている。注記的な説明も特にない。ところが同じ『無名草子』女の論の末尾近くに見える上東門院（彰子）の項には、

その御おとうとの枇杷殿の皇太后宮と聞こえさするこそ、いと華やかに、もの好みしたる人々多くさぶらひけれ。大和宣旨もその宮の女房なるべし。折々の女房の装束、打出なども、ためしなきほどに制を破り、女房の一品経供養などしけることも、いとおびただしくはべりけれ。……

とあり、枇杷殿の皇太后宮（妍子）の女房として、「大和宣旨」がまったく唐突な形で顔を出す。『無名草子』の作者はあるいは「宮の宣旨」と「大和宣旨」とは別人であったと考えていたのではないかとさえ思われる。『古本説話集』と『無名草子』との先後関係にはなお問題が多いが、いずれにしても両者を勘案すると、大和宣旨なる女房については鎌倉時代の初期においてすでにかなり説話化されていた可能性が大きいと言えるであろう。

二

大和宣旨を考える際に、基本的な資料としては、まず次のようなものが挙げられる。

①『尊卑分脈』（桓武平氏の項）

惟仲
├道行
├忠貞
└女子 号大和哥人

②『勅撰作者部類』

三条院太皇太后宮女房、中納言惟仲女、大和守義忠為妻之故号大和

③『和歌色葉』

後拾　大和宣旨　中納言従二位平惟仲卿女、大和守義忠為妻、仍号大和宣旨。三条院皇后宮女房

④陽明文庫本『後拾遺和歌抄』作者勘物

三条院皇太后宮女房、中納言従二位平惟仲卿女、母従三位藤原忠信卿女

また、⑤『大鏡』道隆伝の道雅について述べた条も大いに参考になろう。

この君、故帥中納言惟仲の女に住みたまひて、男一人、女一人生ませたまへりしは、法師にて、明尊僧都の御房にこそおはすめれ。女君は、いかが思ひたまひけむ、みそかに逃げて、今の皇太后宮にこそまゐりて、大和宣旨とてさぶらひたまふなれ。

要するに、彼女は従二位中納言であった平惟仲の女で、はじめ道雅と結婚し、二人の子を儲けたが、どういう事情があったのか、道雅のもとから逃げ出し、今の皇太后宮に仕えて「大和」あるいは「大和宣旨」と呼ばれる

ようになった、大和守義忠の妻となっていたためである、ということになろうか。ここには、説話に見える定頼は出て来ないが、『後拾遺集』所載歌から考えると、定頼との間に恋愛関係にあったであろうことは事実であろうし、それが破綻したあとに関係を持った「無下ならぬ人」が、おそらく道雅であり、後、道雅のもとから逃げて、大和守義忠と再婚したということになろうか。

道雅は伊周の子で、関白道隆の孫にあたる。『尊卑分脈』の当該部分には、

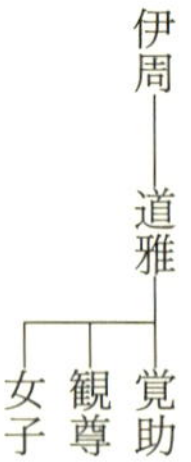

とあり、観尊には「母権中納言平惟仲女」との注記、女子には「上西門院女房／号大和宣旨／後拾遺作者／左中弁義忠朝臣室」との注記がある。観尊の母が「権中納言平惟仲女」であるということは彼がまぎれもなく道雅と大和宣旨との間に生まれた子であることを示しており、しかも『僧歴綜覧』によれば、観尊は「天喜五年　権律師。十二月廿八日任。天台宗。千手院。道雅三位子。〈明尊大僧正入室。四十三〉」とのことである。『古本説話集』に見える「貴くめでたき法師」、『大鏡』に見える「法師にて、明尊僧都の御房にこそおはすめれ」にまさしく合致する。もっとも『大鏡』の記述はややあいまいで、「(大和宣旨は)道雅との間に一男一女を成し、後に出家して明尊の弟子となったが、還俗して妍子に仕えた」とする解釈もあるほどだが[1]、出家して明尊の弟子となったのは大和宣旨ではなく、当然息子の観尊の方と考えるべきであろう。天喜五年(一〇五七)に四十三歳ならば、生まれは長和四年(一〇一五)ということになり、父道雅が正暦三年(九九二)の生まれだから、二十四歳の折の子ということになる。なお「女子」の項に施された注記「上西門院女房／号大和宣旨／後拾遺作者／左中弁義忠朝臣室」には問題がある。「号大和宣旨……」以下は道雅の妻に付されるべきものであって娘のものではない。

「上西門院女房」は「女子」の肩の部分に施されているからおそらく娘に対する注記そのものと考えられるが、「号大和宣旨／後拾遺作者／左中弁義忠朝臣室」はそれとは別に下部に施されている。おそらく観尊についての左注「母権中納言平惟仲女」に併記されていたものが紛れたのであろう。

なお、道雅が前斎宮当子との間で起こした有名な密通事件（『御堂関白記』寛仁元年四月十日の条、ならびに『大鏡』道隆伝、『栄花物語』たまのむらぎく等）は、観尊が誕生したと考えられる長和四年から二年後のことである。井上宗雄氏が「或は道雅の密通事件、三条院からの勅勘などを契機に（寛仁元年）道雅から逃れて妍子に出仕したのではあるまいか」(2)とされているのは、時期的にもあり得ることのように思われる。

さて、大和宣旨のその出仕先についても問題がある。『古本説話集』の注記に示される「御堂の中姫君、三条院の御時の后、皇太后宮と申したる」にしても、『無名草子』の「その御おとうとの枇杷殿の皇太后宮と聞こえさする」にしても、また『大鏡』の「今の皇太后宮」にしても、彼女が仕えたとされるのはいずれも道長の次女で、彰子の妹、三条院の后であった妍子を指すのだが、『勅撰作者部類』のみは「三条院太皇太后宮」とする。新田孝子氏はこの「三条院太皇太后宮」を彰子とされ、それをもとにさらに論を展開されているが(3)、おそらく「太皇太后宮」にひきずられた結果の誤りであろう。ここは「三条院皇太后宮」でなければならないし、そもそも『勅撰作者部類』では彰子はすべて「上東門院」と記され、「三条院太皇太后宮」と記されることはないのである。

父の中納言惟仲は、贈従三位平珍材の長男である。弟、すなわち大和宣旨の叔父にあたる人には、『枕草子』で清少納言らに馬鹿にされ、笑われた、大進生昌がいる。その生昌にとって惟仲は自慢の兄であったらしいことは『枕草子』によっても知られるが、『公卿補任』などによると、惟仲は長徳二年（九九六）権中納言、同四年中納言、その後、中宮大夫や大宰権帥などを兼ね、正三位となり、寛弘二年（一〇〇五）任地の大宰府で薨じた。

六十二歳。生年は天慶七年（九四四）となる。先に述べたように道雅の生まれは正暦三年（九九二）で、それ以前に恋愛関係にあったと思われる定頼は長徳元年（九九五）の生まれだから、彼女もそれに見合うような年齢だとすると、惟仲五十歳前後の誕生となり、かなり遅い子持ちだったということになろう。

また中納言惟仲女が「大和」と呼ばれた理由は、「大和守義忠為妻之故」だったと先の『勅撰作者部類』などはいう。義忠は、勘解由次官藤原為文男。万寿二年（一〇二五）五月、自ら「東宮学士阿波守義忠歌合」（『平安朝歌合大成』一二〇）を主催し、長久二年（一〇四一）二月の「弘徽殿女御生子歌合」（『大成』一二八）では判者をつとめた歌人でもあったが、大和守に任ぜられたのは、長元九年（一〇三六）〈『範国記』十月十四日の条〉のことである。その後、長暦二年（一〇三八）に右中弁に任ぜられたものの、『弁官補任』には「大学頭・東宮学士・大和守如故」とあり、兼任だったようである。没年は長久二年（一〇四一）十月。まだ大和守在任中であったが、吉野川で水死する。『尊卑分脈』に「長久二十十一於吉野川没死　三十八」、『弁官補任』には「大学頭、東宮学士、大和守、十一月一日流遊吉野川、覆舟卒、同月十九日贈参議従三位、侍読労」とあって、舟が覆ってのいわば事故死であった。なお、『尊卑分脈』によれば十月十一日、『弁官補任』によれば十一月一日と、その日付けに違いがあるけれども、『系図纂要』や『二十一代集才子伝』などにもほぼ同内容の記述があって、いずれも「十月」とする。大和守に任ぜられてから六年目であるから、おそらく重任していたのであろう。なお、『範永朝臣集』に、

大和守義忠亡くなりての年、家の桜の咲きたりけるに、かの家につかはしける

植ゑおきし人のかたみと見ぬだにも宿の桜をたれか惜しまぬ（七）

という歌が見えるが、贈られた相手は妻である大和宣旨であったのだろうか。ただし「大和守義忠亡くなりての年」とあるのは不審。亡くなったのは十月（あるいは十一月）だから、桜の咲くのはその翌年でなければならない

だろう。

　ここでまた、いくつかの問題がある。ひとつは義忠の年齢である。すでに松村博司氏が『栄花物語全注釈　三』[4]巻十二、たまのむらぎく「大嘗会悠紀・主基和歌」の条で詳述されているが（早く『古典文学大系　栄花物語　上』の補注にも同様の記述がある）、『御堂関白記』長和五年（一〇一六）十一月十二日の記事によれば、義忠は後一条天皇の大嘗会の際に主基方の和歌を詠んでおり、それは没年の二十五年前のことだから、三十八歳で没したとして、十三歳の折のことになる。大嘗会和歌の作者としてはいくら何でも若すぎるし、年齢上極めて不適当と言わざるを得ない。そのほかにも、長和二年の記事では左衛門尉で検非違使、長和四年以降の記事では大内記、寛仁二年（一〇一八）以降では式部少輔などと記録されている。それぞれ十歳、十二歳、十五歳のこととなる。また、義忠の父為文は、『尊卑分脈』によれば長保三年（一〇〇一）五月には没したことになっているが、もしそれが正しいとすれば、義忠は父が没してから三年ほど経ってから生まれたことになり、これもあり得ない。大和宣旨との関係から考えると、定頼や道雅とそう大きな隔たりのない年齢であったと見るべきではないだろうか。

　もうひとつの問題は、大和の名称である。夫の義忠が大和守になったのは実は妍子の没した九年後のことである。先の『勅撰作者部類』や『和歌色葉』の記述ももちろん、『大鏡』にも「今の皇太后宮にこそまゐりて、大和宣旨とてさぶらひたまふなれ」とあるのは、従って甚だしく理に合わない。妍子づきの女房であった時代にはまだ義忠は大和守になっていなかったのである。信憑性のないのは説話化された物語の内容だけではなく、基本的と思われる資料もまた、大変危なっかしい内容を伝えていることになる。

三

　大和宣旨が最初に仕えたと考えられる妍子は、寛弘八年（一〇一一）、三条天皇のもとに女御として入内、翌年中宮、寛仁二年（一〇一八）に皇太后となって、万寿四年（一〇二七）三十四歳で没した。正暦五年（九九四）の生まれということになるから、定頼、道雅らとはほぼ同年齢で、大和宣旨もまた同じような年齢であったろう。妍子の亡くなった折の詠が『相模集』に見える。

皇太后宮うせさせ給ひて又の夜、月のいみじう明かきを見て
あめのした雲のどかにもあらぬよに澄みても見ゆる秋の月かな（九一）
大谷に出で給ひしに、御送りの車などのうちつづきたりしがいみじくあはれにて
あはれきみ雲のよそにも大谷のけぶりとならむかげとやは見し（九二）
そのころ、彼の宮の宣旨のもとに
とはばやと思ひやるだにつゆけきにいかにぞ君が袖はくちぬや（九三）
返し
涙川流るるみをと知らねばや袖ばかりをば君がとふらむ（九四）

右の「宣旨」とは大和宣旨のことである。「彼の宮」とは当然亡くなった皇太后宮妍子を指すが、そこに仕えていた「宣旨」が大和宣旨であることは、語句にやや異同があるものの、同じ贈答が『後拾遺集』哀傷にもあることから確認できる。

三条院御時、皇太后宮の后に立ち給ひける時蔵人つかまつりける人の、うせさせたまひて御葬送の夜、親しきことつかうまつりけるを聞きてつかはしける　山田中務
そなはれし玉の小櫛をさしながらあはれかなしき秋にあひぬる（五四八）
同じころ、その宮に侍りける人のもとにつかはしける　相摸
とはばやと思ひやるだにつゆけきをいかにぞ君が袖はくちぬや（五四九）

かへし

大和宣旨

涙川流るるみをと知らねばや袖ばかりをば人のとふらん（五五〇）

そうしてみると、彼女は当時相模などからは単に「彼の宮の宣旨」とのみ意識されていたらしいことがわかるが、後に夫の義忠が大和守になったものだから、他の宣旨との区別からか、再出仕の折にか、「大和」あるいは「大和宣旨」と呼ばれるようになったと考えられよう。

『栄花物語』巻三十五、くものふるまひには、一品宮章子内親王のもとで、「大和」なる女房が出羽弁と歌を詠みかわしている場面がある。

月日はかなく過ぎて、九月の御念仏に、院に一品宮渡らせたまふ。女房十人ばかりして忍びやかなれど、上達部、殿上人いと多く参りたまへり。（中略）十四日、雨降りて口惜しきに、出羽弁、

罪すすぐ昨日今日しも降る雨はこれや一味と見るぞ嬉しき

大和、

すすぐべき罪もなき身は降る雨に月見るまじき歎きをぞする

章子はすでに東宮（のちの後冷泉天皇）妃となっており、記事の年次は長久五年（一〇四四）と推定されている。もし妍子が没して十七年、その間、大和宣旨に関する情報はまったく見出だせないが、章子は妍子の姪である。この「大和」と大和宣旨とが同一人物なら、その可能性は非常に大きいと思われるが、章子は妍子が没する前年に生まれているので、そのまま直接章子のもとに出仕するようになったのかもしれないし、あるいは妍子の妹で、章子の母、後一条帝中宮威子のもとに一旦仕えて、威子の亡くなった長元九年（一〇三〇）九月以降に遺児である章子のもとに仕えるようになったのかもしれない。『栄花物語』などによれば、歌のやりとりをしている出羽弁も、もとは中宮威子に仕えていて、その没後、章子のもとに仕えるようになったことが明らかな女性である。

大和宣旨の夫である義忠が大和守になったのは前述のように長元九年十月で、威子の亡くなった翌月である。「大和」あるいは「大和宣旨」なる名称は、そうしてみると章子のもとに仕えるようになってはじめて用いられたことになろうか。

『出羽弁集』は、永承六年（一〇五一）の正月から秋までの、主として章子周辺での詠を時系列に沿って集められた、極めて日記的な性格の強い家集であることが明らかになっているが、[5] その『出羽弁集』にも「大和」は登場する。

七日の日、雪のいみじかりしに大和のたまへりし

いかにして若菜摘むらん雪深み春とも見えぬ野辺のけしきに（七）

返し

さかさまにかへらぬ年をつみためて若菜はよそのものとこそ見れ（八）

配列から言えば、これは正月七日の詠で、服喪のために里帰りをしていた出羽弁と、中宮章子のもとにいる大和との贈答である。

また、章子の方違え先であった中宮大夫長家の邸宅、大宮殿（御子左殿）の庭が実にすばらしく、七月七日にはぜひともそこで「御遊び」をと待ち設けていたにもかかわらず、当日は思いがけなく野分が吹き荒れ、「山の方なりつる屋も倒れてののしる」騒ぎとなり、宴は流れる。残念がった女房達はこもごも歌を詠み合うが、その中で大和も、

いかばかり長き契りを結びけむ空に絶えせぬたなばたの糸（五七）

という歌と、

花散らす折ならねども身に沁みて恨めしかりし夜半の風かな（六四）

という歌とを詠んでいる。完全に中宮章子のもとに仕える女房の一員として行動しているように見えるが、さらにはっきりしているのは、次の『橘為仲朝臣集（為仲Ⅰ）』である。

東三条にて、殿の「人の見ることや苦しきをみなへし、といふ歌の末はおぼゆや」と問はせたまひしに、中宮の大和の君の家は北なれは、「いかがいふ」と問ひにやりたれば、「これこそおぼえね」と言ひて、しばしばかりありて、ものに書きて、「霧のまがきにたちかくるらん、とこそいひけれ」と言ひおこせたりけり、はじめおぼえぬを恥ぢしむとて

をみなへし忘れ草とぞ思ひつる霧のまがきにおそく晴るれば（七四）

返し、大和

霧晴れぬまがきのほかにをみなへし知らで尋ぬる人やなになる（七五）

「殿」関白頼通が、「人の見ることや苦しきをみなへし」という歌の下句を為仲らに尋ねるが、誰も答えられない。「中宮の大和の君」の家が東三条殿の北にあるので、彼女なら知っているだろうと問い合わせるが、彼女もとっさには答えられず、しばらく経ってから「霧のまがきにたちかくるらん、だったわ」と言ってよこした、それをめぐってのやりとりである。

問題は「大和の君」に対して「中宮の」という語が添えられていることである。石井文夫氏によると、『橘為仲朝臣集（為仲Ⅰ）』で詠作年次の知られる歌はほぼ永承から治暦の間のものに限られており、注目すべきは、「宮の下野」をはじめ、「宮のさぶらひ」など、集中「宮」とあるのはすべて後冷泉天皇の皇后四条宮寛子を指していて、「中宮」とは完全に使い分けがされている、とのことである。[6] 石井氏はその「中宮」について、あるいは威子の可能性もあるかとされているが、当時の中宮は章子をおいてほかにない。寛子が入内したのは永承五年（一〇五〇）で、皇后に册立されたのはその翌年だから、ほぼ『出羽弁集』と同じ時代ということになる。『為仲

集』では常に出羽弁は「中宮の出羽弁」である。このやりとり自体の詠作年次は特定できないものの、大和が章子に仕えていたことはまず間違いないものと思われる。

四

大和なる女房は、永承四年（一〇四九）十二月二日（庚申）の「六条斎院歌合」（歌合大成　一三七）、ならびに永承五年五月五日「六条斎院歌合」（大成　一四〇）、某年五月五日「禖子内親王歌合」（大成　一八二）などに歌人として登場し、また天喜三年（一〇五五）五月三日（庚申）の有名な「六条斎院物語合」（大成　一六〇）にも名を列ねて、「あやめかたひく権少将」という作品を提出している。萩谷朴氏はこれらの「大和」をすべて「大和宣旨」のことであろうかとされているが、先の『出羽弁集』や『橘為仲朝臣集（為仲Ⅰ）』に見える「大和」が推測通りに「大和宣旨」であると認められるならば、当然そういうことになるだろう。六条斎院禖子内親王のもとで催された歌合であるが、参加者は必ずしも斎院女房だけではなく、さまざまな後宮の関係者がいたことはすでに萩谷氏が詳述されているところである。

こうしてみると、彼女の宮仕え生活は、皇太后宮妍子に仕えた初期の時代と、それ以後の主として中宮章子に仕えた時代とに大きく分けることができ、妍子時代は「宣旨」と呼ばれ、章子時代は「大和」と呼ばれていたらしいことがわかる。妍子が亡くなったあとしばらくは消息不明だが、たとえ章子の母威子に仕える時期があったとしても、その時代にはまだ再婚相手の義忠が大和守になっていなかったので、当然「大和」と呼ばれることはなかったであろう。なお『栄花物語』や『出羽弁集』によれば、中宮章子のもとには別に「宣旨」と呼ばれる女性がいた。もともと威子に仕え、章子の乳母をつとめていた女性である。宣旨という職掌は、上皇、中宮、春宮、斎院、あるいは摂関家などに置かれていて、御匣殿、内侍とともに女房三役といわれ、その筆頭の地位にあった。

従ってそれぞれの家にいるのは一人が原則で、複数の存在は考えられず、章子のもとでは彼女は単に「大和」であって、「大和宣旨」と呼ばれることはなかったであろう。またあちこちに宣旨なる女性がいることにもなるから、他と区別する場合にはわざわざ、たとえば上皇宣旨、中宮宣旨、春宮宣旨などと呼ばなくてはならなかったろうし、その意味では『無名草子』における「宮の宣旨」という呼称はあり得たかと思われるが、『古本説話集』における「御荒宣旨」については不明である。あるいは花山院の時代における御形宣旨との混同があったか。

なお「大和宣旨」という呼称がはじめて見えるのは『大鏡』や『後拾遺集』においてである。もしかしたら彼女の生存中にはなかった名称で、後になって、多くの「宣旨」の中で、「大和」とも呼ばれた「宣旨」の意で用いられた可能性があるかもしれない。

歌人としてだけではなく、彼女は物語作者としての才も持ち合わせていたのであろう。「あやめかたひく権少将」という作品がどういう作品なのか、現在では散佚していてその内容も、また価値も、われわれには知るすべがないが、彼女がいわば並の女房ではなく、周囲からかなり高い評価を得ていたらしいことは、先の『為仲集』に見えるエピソードなどによっても知られるであろう。

従来あまり注目されずにきたが、『本朝書籍目録』の仮名の項には、物語や記録類のほか、日記類も何点か記されていて、そこに、「和泉式部日記」や「紫式部日記」、「讃岐典侍日記」等とともに「大和宣旨日記　一巻」なる記述が見える。具体的にどのような内容のものなのかはもちろん不明である。『紫式部日記』のように、大和宣旨自身の手によって記された、妍子なり章子なりのもとでの女房生活が描かれたものなのか。それとも『和泉式部日記』のように、自作とも他作ともつかない、一人の女の、ある種の物語めいたものなのか。「うつし心もなきほどに」われを忘れた若きころの定頼との恋、破綻に終った道雅との結婚、不慮の事故で失われた義忠との生活、数奇な生涯を送った彼女のどのページを切り取っても、それは十分物語になりうるように思われる。

『古本説話集』や『無名草子』から考えると、あるいはかなり説話化されたものであったのかもしれない。

（1）新編日本文学全集『栄花物語 3』巻三十五 くものふるまひ p327 注一九 小学館 平成10

（2）井上宗雄「左京大夫道雅」『平安後期歌人伝の研究』所収 笠間書院 昭和53

（3）新田孝子『栄花物語の乳母の系譜』原理篇第五章 風間書房 平成15

（4）松村博司『栄花物語全注釈 三』巻十二 たまのむらぎく p356 角川書店 昭和47

（5）久保木哲夫『出羽弁集新注』青簡舎 平成22

（6）石井文夫『橘為仲集全釈』笠間書院 昭和62

初出文献

第Ⅰ章

一　新出断簡　催馬楽「なにそもそ」考――「源氏物語」竹河巻にも関連して――（「都留文科大学研究紀要　第58集」平成15・3）

二　誤写と本文の整定――出羽弁集の場合を中心に――（「言語と文芸　126号」平成22・2）

三　自筆資料と筆跡の認定――広沢切を中心に――（四国大学「言語文化　第4号」平成18・12）

四　伝後伏見院筆広沢切（都留文科大学国文学科五十周年記念論文集『文科の継承と展開』平成23）

五　歌会と歌稿――新資料　後奈良院宸筆詠草を中心に――（「都留文科大学研究紀要　第70集」平成21・10）

第Ⅱ章

一　平安朝歌合の新資料（「都留文科大学研究紀要　第76集」平成24・10）

二　「若狭守通宗朝臣女子達歌合」の主催者ならびに名称（「和歌文学研究　第105号」平成24・12）

三　泉屋博古館蔵手鑑　付、堀河院中宮歌合考（「泉屋博古館紀要　第22号」平成18・3）

四　「百和香」とポプリ（「むらさき　25輯」昭和63・7）

五　古今和歌六帖における重出の問題（「中古文学　第90号」平成24・11）

六　『風葉和歌集』欠脱部に関する考察（平田喜信編『平安朝文学　表現の位相』新典社　平成14）

第III章

一　『実頼集』の原形（「国文学論考　44号」平成20・3）

二　伝行成筆和泉式部続集切とその性格（「言語と文芸　102号」昭和63・2）

三　和泉式部続集「五十首歌」の詞書（「国文学論考　20号」昭59・3）

四　『発心和歌集』普賢十願の歌（四国大学「言語文化　第5号」平成19・12）

五　針切相模集といわゆる「初事歌群」について（橋本不美男編『王朝文学　資料と論考』笠間書院　平成4）

六　俊忠集の伝来（「国文学論考　30号」平成63・3）

七　『頼輔集』考――寿永百首家集と『月詣和歌集』――（「和歌文学研究　第97号」平成20・12）

八　衣笠内大臣家良詠と御文庫切（「リポート笠間　32号」平成3・11）

九　『家良集』考――伝定家筆五首切を中心に――（古筆学叢林5『古筆学のあゆみ』八木書店　平成7）

一〇　中務卿具平親王とその集（有吉保編『和歌文学の伝統』角川書店　平成9）

一一　京極関白師実とその和歌活動（山岸徳平先生記念論文集『日本文学の視点と諸相』汲古書院　平成3）

一二　大和宣旨考（「国文学論考　47号」平成23・3）

あとがき

片々たる一葉の断簡が実に多くのことを語ってくれることがある。あるいは多くのことを考えさせるきっかけを作ってくれることがある。これまで主に手がけてきた古筆資料の場合だけに限らない。あまり人目につかなかった文献が実は大きな意味を持っている場合もあるし、格別どうということもない記述から大きな問題に発展することもある。考えている時が実に楽しい。もっともある種の問題意識を持っていないとそれらは単なる資料の断片に過ぎない。路傍の石ころと同じである。私が見出だした資料の中でもはじめその価値に気がつかず、あとで他の方の論文から極めて重要な意味があったことを教えられたことが何度かある。

考察の内容をより確かなものにするためには、当然ながらより多くの同じような資料、断簡の場合で言えばツレだが、を集めることが必要になってくる。多ければ多いほど、内容が固まってくるはずである。資料集成ということが従って私の仕事の中ではかなり重要な柱となっている。

散文の場合でも韻文の場合でも、基本的には研究の方法に違いはないはずである。しかしそれでもなお、独立した歌一首一首が集まって歌集という形態をとっていることが多い韻文の場合は、散文の場合とは異ならざるを得ない面があるように思う。ある部分がわかったからといって、そこから全体を類推することは歌集の場合は非常にむずかしい。たとえば散佚作品の場合、物語では、『風葉和歌集』とか『無名草子』とかに見出だされるわずかな歌を通してある程度そのあらすじを辿ることが出来るが、歌集の場合はもともと載っていたであろう歌が何首かわかったところで、それだけのことである。全体像を知るためには結局歌集の断片を丹念に集めるより仕方がない。集成の意味も重要度も、散文の場合とはかなり違ってくるように思われる。

もっとも論文の中でも述べたことだが、古筆資料を扱う研究の泣き所は、常に中間報告的な要素がどうしてもつきまとうということである。新しい資料が出てくれば、当然その時点でまた改めて考えなおしてみる必要が生じてくる。それまでに考えたことの補強となることが多いが、時には考えを改めなくてはならないこともある。書きためたものを今回まとめるにあたって、可能な限り〈追記〉という形で補いをしたが、ある程度それはやむを得ないことだと思っている。

私は答えがすっきり出てこないというのはどうも気に入らない。ああでもないこうでもない、いろいろと考え方が出来るかもしれないが私はこういうふうに考えたい、というのは性に合わない。誰が考えてもそうとしか考えられないような結論がいい。そういう結論を導き出すような論文を書きたい。たった一点の資料からでも、資料を博捜し、たくさん集めた資料の中からでも、そこから導き出されたものが誰でも納得できるような論文を書きたい。文献学的方法はそうした意味では私の性に大変よく合っているように思う。事実と客観性とを重んじ、有無を言わせぬところが好きである。

各文庫をはじめ、所蔵者各位にはいつもながら大変お世話になった。学術論文ということで図版も快く使わせてくださるところが多かった。心から御礼を申し上げたい。また、今回も出版にあたっては笠間書院にさまざまな面でご配慮をいただいた。特に担当の重光徹氏には随分わがままも聞いてもらった。改めて感謝の意を表する次第である。

平成二十五年五月

久保木哲夫

著者紹介

久保木　哲夫（くぼき　てつお）

昭和6（1931）年　東京都生まれ
昭和29（1954）年　東京教育大学文学部国語国文学科卒業
都留文科大学教授、東京家政学院大学教授を経て、平成8（1996）年
都留文科大学学長に就任。14（2002）年退任。
都留文科大学名誉教授

主な編著書
『四条宮下野集　本文及び総索引』〔笠間書院・昭和45年〕
『平安時代私家集の研究』〔笠間書院・昭和60年〕
『完訳日本の古典　無名草子』〔小学館・昭和62年〕
『伊勢大輔集注釈』〔貴重本刊行会・平成4年〕
『和泉式部集全集』〔共編　貴重本刊行会・平成6年〕
『康資王母集注釈』〔共著　貴重本刊行会・平成9年〕
『新編日本古典文学全集　無名草子』〔小学館・平成11年〕
『肥後集全注釈』〔共著　新典社・平成18年〕
『折の文学　平安和歌文学論』〔笠間書院・平成19年〕
『古筆と和歌』〔編　笠間書院・平成20年〕
『伏見院御集［広沢切］伝本・断簡集成』〔共編　笠間書院・平成23年〕
『古筆手鑑大成』〔共編　全16巻　角川書店〕
『徳川黎明会叢書』〔共編　全12巻　思文閣出版〕
『国立歴史民俗博物館蔵　貴重典籍叢書』〔共編　全22巻　臨川書店〕

うたと文献学

2013年（平成25）11月15日　初版第1刷発行

著　者　久保木哲夫

装　幀　笠間書院装幀室

発行者　池田つや子

発行所　有限会社　**笠間書院**

〒101-0064　東京都千代田区猿楽町2-2-3
☎03-3295-1331　FAX03-3294-0996
振替00110-1-56002

ISBN978-4-305-70706-2

シナノ印刷
（本文用紙：中性紙使用）

和歌・歌謡 初・二句索引

初句等が欠落している場合は冒頭の句をもってそれに代えた。

●か

●き

●く

書名・作品名・事項索引

●あ

●か

●さ

●た

●な

人名索引（近世以前）

名を基準とし、姓、官等は（　）内に示した。ただし官名や別称で示されている場合はミヨ項目を設け、人名の箇所でその所在を示した。なお物語における作中人物もこの項で扱った。

●さ

●た

●な

●は

●ま

●や

●ら

●わ

人名（近代）・所蔵者索引